화향

화홍(花紅) 3

2판 1쇄 찍은 날 | 2010년 9월 1일
2판 11쇄 펴낸 날 | 2022년 4월 21일

지은이 | 이지환
펴낸이 | 서경석

편집책임 | 강다윤

펴낸곳 | 도서출판 청어람
등록번호 | 제1081-1-89호
등록일자 | 1999. 5. 31
어람번호 | 제5-0269호

본사 주소 | 경기도 부천시 원미구 부일로 483번길 40 서경B/D 3F (우) 14640
편집부 주소 | 서울구로구디지털로272한신IT타워 404호 (우) 08389
전화 | 02-6956-0531 팩스 | 02-6956-0532
메일 | roramce@naver.com

ⓒ 이지환, 2010

ISBN 978-89-251-2273-1 04810
ISBN 978-89-251-2270-0 (SET)

※ 파본은 본사나 구입하신 서점에서 교환하여 드립니다.
※ 저자와 협의하여 인지를 붙이지 않습니다.
※ 이 책은 도서출판 청어람과 저작자의 계약에 의해 출판된 것이므로,
   무단 전재 및 유포·공유를 금합니다.

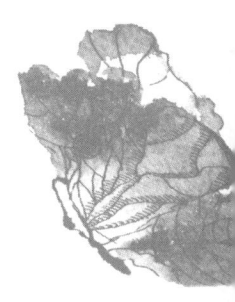

目次

제1장 낙루(落淚) · 7 | 제2장 단장(斷腸) · 48 | 제3장 애별(愛別) · 82
제4장 심연(心緣) · 101 | 제5장 재회(再會) · 125 | 제6장 병마(病魔) · 155
제7장 일광(日光) · 187 | 제8장 자업자득(自業自得) · 212
제9장 꽃자리 영근 정해 · 234 | 제10장 회임 · 258 | 제11장 국면 전환 · 290
제12장 위기(危機) · 315 | 제13장 사필귀정(事必歸正) · 360
부록 · 393 | 또다시 화홍, 화홍, 화홍 · 406

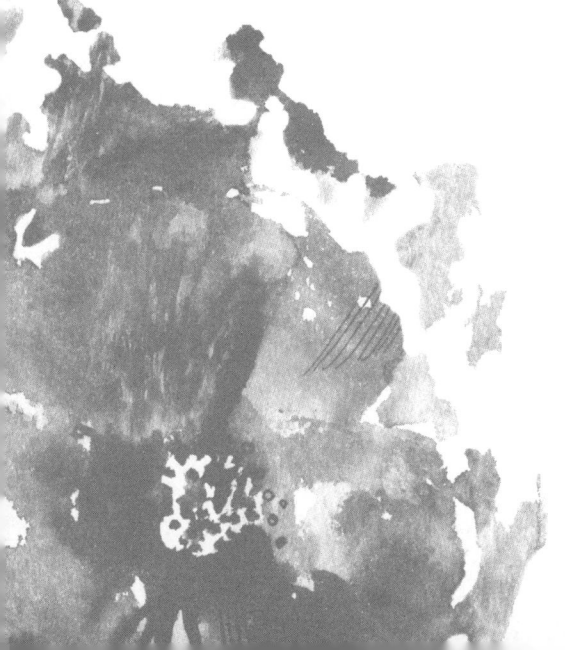

제1장 낙루(落淚)

아무리 잠결이나 사람이 곁에 있고 없고는 방 안의 온기가 다르다. 무엇인가 허전하고 몹시도 쓸쓸하였다. 분명 곁에 머물렀던 따스함이 사라졌다. 화들짝 놀라 왕은 벌떡 일어나 앉았다. 사방이 적적하고 방 안은 텅 비어 있었다.
희미한 침촉 하나 조용히 타고 있는 좁은 침방. 아무리 두리번거려 보아도 중전의 자취가 없었다.
"게 아무도 없느냐?"
사방이 모다 잠든 적적한 한밤중. 아연 놀라 쩡쩡 터지는 고함 소리가 하늘을 뒤흔들었다. 꾸벅꾸벅 졸던 숙침 나인이 갑작스런 왕의 부름에 자지러졌다. 설핏 얕은 잠에서 깨며 예, 전하, 하고 길게 대답을 하였다.
"중전께서는 어디 가셨느냐? 어찌 방에 아니 계시느냐? 당장 모셔오라!"

느닷없이 적막한 석광당이 갑자기 소란하여졌다. 아까 분명 상감마마 곁에서 침수하신 중전마마께서 자취없이 사라지다니. 이런 변이 있나! 아랫것들이 영문을 몰라 어리둥절해하며, 황당해하며 중전의 행적을 찾아 이리저리 우왕좌왕 난리가 났다. 시커멓게 질린 안색으로 왕은 방문 앞에 서 있기만 하였다. 안절부절못하는 그 마음을 보여주듯이 꽉 움켜쥔 주먹이 덜덜 떨리고 있었다.

"전하, 아모 일도 아닐 것입니다. 들어가시옵소서. 소인이 당장 중전마마를 찾아 뫼시겠나이다."

장 내관이 살살 달래어 방 안으로 다시 모시었다. 펄럭이는 촛불을 바라보며 왕은 우두커니 앉아 있기만 했다.

'설마 이 어리석은 사람이 하여서는 아니 되는 어리석은 결심을 한 것은 아닐까?'

모진 무안과 호통 소리에 어찌할 바를 모르고 민망해하던 하얀 얼굴, 이내 커다란 눈에 서서히 차오르던 눈물방울이 새삼 선연 떠올랐다. 마냥 불길하고 불안하였다. 가늘 길 없이 심란한 내심을 진정하듯 왕은 윗목에 던져진 줌치를 집어 들었다. 가만히 중전의 온기를 더듬듯이 용안을 비볐다. 보란 듯이 걷어찼지만 몰래 집어 들고 나온 정표. 이런 것 말고 그대 마음이나 주지. 천하 멍충이 같으니라고.

손을 들어 지창(紙窓)을 열었다. 새파란 칼날로 잘라낸 듯한 날카로운 그믐달이 싸느다란 빛을 뿌리고 있었다. 얼어붙은 그의 마음을 사정없이 후벼 팠다.

어둔 천공을 바라보며 간절하게 속삭였다. 중전, 짐이 다 잘못하였으니 아모 일도 말고 그냥 돌아오시오. 제발 돌아오시오, 기원하였다. 무작정 밉고 원망하고 투기하던 마음 대신 무사한 얼굴만 보자 하면 그냥 행복할 것 같았다.

'아니 본다. 다시는 아니 본다.'

아무리 부원군의 병환이 걱정되어도 그렇지. 제멋대로 강두수와 더불어 궐 밖으로 나간 중전을 용서할 수가 없었다. 가시덤불 친 석광당에 홀로 버려두고 돌아서며 굳게 결심하였다.

다시는 너를 그리워하지 않을 게다. 몰래 사모하여 그리워하고 못내 잊지 못하여 아파하는 일 같은 것은 아니 할 게다. 버림받기 전에 먼저 짐이 너를 버리련다. 이를 악물었다.

오기였고, 비틀린 자존심이었고, 복수심이었다. 그를 보아주지 않는 사람에 대한 원망이었다.

어차피 혼자인 것을. 그의 팔자에 무슨 복이 있다고 유일한 마음결이 있다 행복해하였을까? 인제는 꿈에서 깨어날 때인 게다. 혼자만의 마음 접고 그대 내치고 맘대로 살 테다. 마냥 좋다 하는 누이 치마폭에 휩싸여 세월아 네월아 하고 살아가는 혼몽한 군주나 될 테다.

'나가거라. 그래, 나가 죽어버리거라. 다시는 짐의 눈앞에 뜨이

지 말고. 다시는 짐같이 불측한 사내 눈에 뜨이지 말고…….'
 내내 따라오던 가녀린 울음소리. 차마 크게 소리 내지도 못하여 가는 빗줄기처럼 하염없이 마음을 적시던 어린 안해의 슬픔이 정말 미웠다. 시시각각마다 지워지지 않고 괴롭혔다. 그래서 더 모질어졌다. 그 울음이 듣기 싫어, 그의 곁에서는 영 행복하지 않는 사람이 미워서 마냥 짓밟았다.
 원망을 받으려, 미움을 더 받으려 괴롭히고 윽박지르고 모질게 굴었다. 자꾸만 자꾸만 굳게 굴어서 더더 눈에서 마음에서 멀어지고 싶었다. 하냥 아프게 하고 힘들게 하는 외사랑에서 벗어나려. 고운 그 사람을 먼저 버리려 안간힘을 다하였다. 하지만 맘처럼 되지 않아 더 괴롭고 비뚤어지던 그 맘을 어찌 가누랴.
 '돌아오시오. 그대 원하는 대로 다 하여줄 터이니. 인제는 짐도 알거니. 감히 그대를 욕심내면 아니 되는 것을. 아무리 바라도 얻을 수 없는 그대의 마음을 소망하여 곁에서만 빙빙 돌며 괴롭히는 짐의 못남을 인제는 그대도 더 이상 참아낼 수 없다는 뜻일 테지. 폐비하여 줄 것이니 짐을 떠나. 다시는 그리워하지 않을 것이니. 가난하게 바라여 깊은 상처 내는 못난 이 사람을 그대도 버려.'
 김 상궁이 나인의 급한 기별을 받고 제 방서 자다가 아연 놀라서 달려왔다. 중전마마 자취가 보이지 않는다는 말에 그의 얼굴이 시커멓게 질려갔다.
 "아이고, 필시 큰 변이 났느니!"
 외마디 고함을 지르며 갑자기 김 상궁이 금원 쪽으로 뛰기 시작하였다. 장 내관도 따라 달렸다. 초롱이며 횃불을 든 나인들과 상궁들도 눈이 휘둥그레졌다. 바람처럼 숨을 헐떡이며 두 사람을 쫓아 우르르 한달음질이었다. 인기척에 놀란 듯, 불빛 따라 복동이가 깡충깡충 뛰쳐나왔다.

이상한 일이다. 낑낑 하면서 자꾸 슬픈 울음소리를 내는구나. 이것 보셔요 하듯이 김 상궁 치맛깃을 물어 끌었다. 저의 말을 도통 못 알아듣는 것이 답답하다는 듯이 복동이가 저만치 달려갔다 다시 돌아오는데 꽃신 한 짝을 입에 물고 있었다.

"에구머니! 중전마마 꽃신이옵니다!"

김 상궁이 덜덜 떨며 한 무릎을 꿇었다. 사람에게라도 이르듯이 복동이더러 속삭였다.

"복동아, 너가 미물이나 중전마마 은혜를 알 것이다. 중전마마는 어디 계시느냐? 이 꽃신은 어디서 났느냐?"

복동이가 입에서 꽃신을 떨어뜨리더니 따라오셔요, 하듯이 침향정 계단을 깡충깡충 뛰어올라 간다. 만에 하나 중전마마께서 목을 매고 흉한 꼴로 매달려 있는 것은 아닐까? 마냥 겁이 나는 김 상궁, 속으로 부처님! 천지신명님! 하고 빌고 있는 참이고.

정자 바닥에 꽃신 한 짝이 놓여 있었다. 중전마마 머리에 찌르는 용잠이며 노리개며 황금 쌍가락지며 하는 패물들도 다 침향정 난간에 가지런히 포개져 있었다. 허나 중전마마만은 아니 계시다.

"중전마마, 중전마마! 아이고, 아이고!"

김 상궁 이하 상궁, 나인들이 철퍼덕 주저앉았다. 난간에 하얀 끈이 묶여져 있는 것을 발견하였다. 필시 이 밤에 목을 매러 작정하고 나오신 것이다. 허나 중전마마 자취는 묘연하니 대체 어디에 계시는가? 문득 한 나인이 천제연으로 면한 난간에 몸을 걸치고 무심코 수면을 내려다보다가 고함을 쳤다.

"마, 망극하여라! 주, 중전마마이십니다!"

모다 깜짝 놀라 횃불을 비추고 내려다보았다. 중전마마께서 정신을 잃고서 천제연 연못에 빠져 있는 것이 아니냐. 천제연 가운데에 있는 상명도의 돌기둥에 몸이 반쯤 걸려 있었다. 익사는 면하였지만 축 늘어진 옥체를 보자니 명이 경각임을 뉘가 보아도 알 수가 있었다.

무작정 김 상궁이며 진금이 연못으로 뛰어들었다. 허리까지 차는 물을 헤치고 같이 달려든 김 상궁과 함께 축 늘어져 있는 중전마마를 안고 나왔다. 그때서 횃불을 든 나인이 외마디 비명을 지른다.

"아이구, 피입니다! 중전마마께서 피를 흘리고 계십니다요!"

혼절을 한 채 정신을 도통 못 차리시는 중전마마 여린 목에 끈이 반쯤 감겨 있었다. 아마 목을 매려 하다가 연못에 빠진 듯하였다. 오래도록 차가운 물에 잠겨 있던 터라 이미 몸이 식어 파르라니 창백한데 실낱같은 숨결이 붙어 있어 그나마 산 것이지, 벌써 혼백은 구천을 떠돌고 있는 듯하였다.

"급히 너는 가서 전의감을 부르고 전하께도 큰 변이 났다 알려드려라! 아이고, 아이고, 내가 언제고 이런 날이 올 줄을 알았다! 애꽃이 어진 분을 모질게도 능멸하시고 구박하시더니……. 가엾으신 우리 중전마마. 스스로 자진하실 정도로 속이 문드러지신 줄을 내가 미리 알았다! 흑흑흑."

"전하께서 중전마마더러 정말 죽어라 하여 그리하셨던가? 그냥 억하심정으로 괜히 심술을 부리신 것이지."

팔은 안으로 굽는다고 걱정이 되면서도 장 내관이 어름어름 대전마마 편을 들려 하였다. 한마디 그래도 제 주인 역성을 드는 장 내관에게 김 상궁이 눈을 하얗게 흘겼다. 모지락스럽게 쏘아붙였다.

"흥, 입은 삐뚤어져도 말은 바로 하라 하였거늘 실로 전하께서 중전마마에게 못할 일은 도맡아놓고 하신 것은 하늘이 알고 땅이 안다. 중전마마께서 만약 돌아가시기라도 하면은 내가 목 베일 각오하고 전하께 단단히 한말씀 아뢸 것입니다!"

입은 싸되 발은 빠르다. 김 상궁이 중전마마의 축 늘어진 몸을 업고 박 상궁이 등을 받쳐 달려가는데 급한 기별을 받고 횃불을 들고 달려오는 나인들과 전의감을 보진재 앞서 만났다.

급한 김에 마루방에 금침 깔고 중전마마를 눕히었다. 약방 상궁이 전의감의 명을 받아 중전마마 옥수를 감히 잡고 진맥을 하여 숨을 살피는구나. 그 와중에 다시금 중전마마 아랫도리에 휘감긴 치맛자락 사이로 더운 피가 뭉클뭉클 흘러내리었다. 이내 두툼한 금침을 뻘겋게 물들이는 선혈이 무서웠다. 그를 유심히 살피던 전의가 헉! 하고 소리를 질렀다. 시선을 따라가던 약방 상궁 얼굴도 새하얗게 질려 있었다.

낙루(落淚) 13

"보, 보시오, 마마님. 혹여 중전마마께서 회임을 하시었던 것은 아닙니까?"

"뭐라구요? 중전마마께서 회임을 하시었어요?"

옥체를 보살피는 전의가 모르면 누가 알랴? 실로 기함할 말이라 아연 놀라서 장 내관이며 김 상궁이 서로 얼굴을 마주 보았다. 옥체를 보살피는 박 상궁 얼굴도 이미 죽은 낯이었다.

그때 발소리 어지럽게 나고 주상전하 납시오 하는 장고 소리가 났다. 어찌나 급하셨던지 교자도 아니 타시었다. 내달려오신 듯 숨날이 급하였다. 계단을 오르다가 너무 놀라서 헉! 신음을 삼키며 그만 석상이 되시었다.

중전마마 목에 감긴 끈은 풀어놓았으나 이미 혼절하여 생기라고는 하나 없는 참혹한 모습이다. 물에 젖은 의대는 아직 갈아입히지 못하였다. 가엾고도 망극한 모습인데 게다가 하혈은 멈추지 않으니 금침이 뻘겋게 물들었다. 이것 참말로 큰 변이 났구나. 상감마마께서 중전! 하고 소리쳐 부르며 달려들어 몸을 흔드나 이미 혼백이 반은 날아간 분이라 대답을 하지 않는다.

"어찌 이러시느냐? 어찌하였기에 이리 정신을 못 차리고 피를 흘리시느냐? 물에 빠진 게로다. 많이 다치신 것이냐? 옥체가 어떠하시기에 이런 변란을 보이느냐?"

중전마마 안위를 묻자오시는 대전마마 목청이 격하시었다. 작은 손을 부여잡은 어수가 부들부들 떨렸다.

"전하. 전하, 흑흑흑. 망극하옵니다. 중전마마께서……."

억장이 무너지고 울음이 터진 김 상궁 더 이상 말을 잇지 못하였다. 중전마마께서 전하의 구박과 능멸을 못 이겨 목을 매었다. 물에 뛰어들어 스스로 자진하시리라 하였다는 것을 어찌 입으로 내어 말을 할 것인가? 게다가 이리 하혈을 쏟으시는 바, 필시 회임하신 아기씨 잃어버린 터이라 그는 더더구나 차마 말을 못할 것이다 싶었다.

"왜 말을 못하는 것이더냐? 필시 어두운 곳에서 발을 헛디딘 것이로다. 여하튼 중전이 엉뚱한 것이다? 삼경에 홀로 겁도 없이 후원은 왜 나가서 이리 변을 당한단 말이더냐? 쯧쯧. 지존이니 그 행동이 진중해야 하는 것이거늘 조심성이 이리도 없는 것이더냐?"

속이 몹시나 상하신 터이니 절로 목청에 짜증기가 완연하였다. 왕의 비틀린 자존심이었다. 겉 보이는 왕의 그 퉁명스러움은 너무 놀란 충격을 억지로 감추려는 안간힘과도 같은 것이었다. 속으로는 벌벌 떨리어 정신이 하나도 없으신 터, 속으로 빌고 또 비는 것이었다. 별일이 아니어야 할 터인데…… 제발 별일이 아니어야 할 터인데…….

"전하, 어찌 이리 무정하신지요. 흑흑흑."

사무치고 극한에 다다른 원망이 눈물로 뚝뚝 떨어지고 목이 메었다. 왕은 깜짝 놀라 고개를 돌렸다. 김 상궁이 축 늘어진 중전마마 손발을 정신없이 주무르면서 흐느꼈다. 무엄한 것도 다 잊고 원통하여 소리쳤다.

"중전마마 이런 꼴 보시고 아직도 모르시는가? 중전마마께서 물에 빠지신 것은 발을 헛디뎌 그런 것이 아니옵고 침향정서 목을 매시고 스스로 뛰어드신 것이옵니다!"

"뭐, 뭐라?"

왕이 너무 당황하고 기가 막히어 목청을 높였다. 용안이 한층 더 하얗게 질려갔다. 왕비에게 뺨을 한 대 세차게 후려맞은 기분이었다. 설마? 설마하였거늘. 왕 당신이 울컥하여 내뱉은 말, 스스로 죽어져라 하였기에 정말로 목을 맬 줄이야!

생기라곤 하나 없는 창백한 얼굴을 하고 중전은 눈을 뜰 줄을 모른다. 완벽한 거부이다. 철저한 단절이었다. 왕은 중전의 그 얼굴에서 지아비 왕에 대한 차디찬 부인과 미움을 오롯이 읽었다. 지난 세월 동안 그저 참고 인내하며 지냈던 마음속에 담긴 참담한 굴욕과 괴로움이 그리도 지독하였다고, 이제 모든 것을 훨훨 벗고 떠납니다! 하는 도도한 자존심을 보았다.

"살아서는 마마 곁을 절대로 벗어나지 못할 참이니 이리 죽어서 도망을 갈 것입니다. 따라와 보시오! 절대로 다시 돌아오지도 잡혀오지도 않을 것이오. 명부까지는 전하로서도 따라올 수 없을 것이니 이제 그만 저를 놓아주십시오. 감옥같이 막막하고 답답한 궐에서 저를 그저 미워하시고 능멸하신 전하 곁에서 이렇듯이 마침내 달아날 것입니다."

미동없이 넋을 놓고 누워 그렇게 말하는 것 같았다. 중전의 굳게

다물린 입술에는 잔잔한 미소 같은 것이 머금어져 있었다. 이제 마침내 평안과 안식을 찾았다는 듯이, 인제 더 이상 마음고생도 하지 않을 것이니 비로소 행복하다는 듯이, 지아비에게 당하던 그 냉정하고 잔인한 모욕에서 드디어 벗어나서 참으로 기쁘다는 듯이.

'이토록 중전 그대는 짐을 싫어하고 미워하였소?'

중전의 가엾은 모습에 가슴이 아프고 근심으로 미칠 지경이나 또한 왕의 마음 한구석에는 커다란 상처가 벌어지고 있었다. 자신의 마음을 그리도 몰라주는 왕비가 너무 섭섭하고 원망스러웠다. 도도한 왕의 심장에 쓰라린 피가 주르륵 흘러내렸다.

"야속한 사람이로고. 중전은 참말 짐에게 무정하고 고약한 사람이야."

새어 나오니 어찌할 수 없는 원망이었다. 평생 짐은 이 사람 뒷모습만 바라며 외사랑만 하여야 할 팔자인가. 먼저 밀어내고, 살아갈 수도 없게시리 모질게 괴롭힌 것은 자신이면서도, 왕은 중전에게 외면당하고 거절당하는 것이 너무 아프다. 마냥 슬프다.

궐 밖의 전의태감 홍준이 급히 부름을 받고 입궐하였다. 동창이 아련히 밝을 무렵이었다.

혼절하여 도통 깨어나지 못하시는 중전마마 아래에서 흐르는 하혈은 여전히 장하였다. 전의태감 홍준은 아무 말 들은 것 없는데도 첫눈에 그 이유를 알아차렸다.

급한 김에 법도가 어디 있는가? 상감마마 윤허를 받아 황급히 백설처럼 창백한 중전마마 옥수를 감히 잡고서 맥을 짚었다. 역시나 태맥이었다. 허나 맥동은 약하였고 하혈은 장하였다. 이미 아기집은 떨어져 나간 터이고 회복시킬 방법이 전무하였다. 늙은 어의(御醫)의 입에서 깊은 한숨이 절로 배어 나왔다. 홍준은 돌아앉아 나직한 음성으로 환후의 전말에 대하여 아뢰었다.

"참말 망극하옵니다, 전하. 중전마마께서 혼절하시어 하혈이 장하신 이유가 있음이니 회임을 하시여 이미 두어 달이 넘으셨나이다. 모질게 넘어지신 터로 옥체 상하시니 아마 아기씨를 낙태하신 듯하옵니다."

헉! 하고 비명도 아닌 신음도 아닌 충격의 일성이 왕의 입에서 새어 나왔다.

천지가 무너졌다 하여도 이렇게는 놀라지 못할 것이로다. 단 한 번도 생각하여 본 적 없는 뜻밖의 이야기에 정신은 혼미해지고 혼백이 떠나갔다. 젊은 왕은 멍하니 홍준을 노려보았다. 그렇지 않아도 창백하던 용안이 회를 칠한 듯이 핏기가 싸악 가셨다. 더듬더듬 왕은 떨리는 목청으로 재우쳐 확인을 하였다. 차마 믿을 수가 없다는 그런 목소리이다. 제발 거짓부렁이라 말하라! 하는 애원과 채근마저 스며 있는 그런 목소리였다.

"다, 다시 말하라! 중전께서 이미 회임을 하여 두어 달이나 되었다고?"

기함하여 숨이 넘어갈 지경이 된 왕 앞에서 홍준이 침통한 표정으로 그저 고개만 조아렸다. 그로서도 더 이상 할 말이 없었다. 이미 일이 이 지경이 된 상태에서 그가 무엇을 더하고 빼서 말을 할 것이냐?

"참담하옵니다. 아마 두어 달 전서에 승은받으시어 회임하신 터이기 그동안 분명 옥체 달라지신 징조가 있었을 것입니다. 헌데 어찌 그 기미를 알아차리지 못하여 이런 일이 벌어졌는지 신도 도통 모르겠나이다. 회임을 하시면은 달거리 거르시고 구역질하시고 평소 아니 찾던 음식도 원하시고 이러하시니 그를 보고 회임하신 줄을 알아차리는 것입니다. 가장 가까이하시는 분이라 지아비 전하께서는 한 번도 눈치채지 못하셨는지요?"

"석광당에 홀로 앉아 근신하시는 분의 징조를 짐이 어찌 알겠더냐? 도통 조용한 사람이니 말을 아니 하는데 짐이 어찌 안다고 그러하…… 가만, 가만! 혹시…… 어제 그 일이…… 그렇다면은?"

흐으음. 한마디 탄식의 신음이 새어 나왔다. 전하, 침중하고 아뜩한 표정으로 어수를 들어 이마를 괴었다. 막막하니 입을 열지 못하였다.

짐작 가시는 일이라도 있으시니까? 홍준이 재차 물었다. 가만히 고개를 끄덕였다. 훤칠한 용안이 검불처럼 한껏 일그러지고 있었다. 맞아, 그것이었다! 넋이 빠진 듯 주섬주섬 되새기는 옥음이 어느덧 축축하게 젖어들고 있었다.

"어제…… 김 상궁이 비(妃)의 사가에서 이고 들어온 고리짝이 바로 그것이었구나. 조모님의 손맛이라, 시큼한 기름붙이 딱 한입만 하였으면, 하였다. 도통 말없는 그 사람이 그이를 내입케 하여 주십시오 하고 몇 번이고 애원하였지. 짐이 무안하여 궐 안의 진미를 다 놓아두고 왜 그딴 것을 찾느냐 일갈하였거늘…… 아아, 그래서 그런 것이었구나."

억장이 무너지고 간장이 뒤집혀진다 함은 바로 이런 때 쓰는 말이리라.

뉘가 촌것 출신 아니라 하였던고? 하며 야박하게 무안 주었지. 차마 더 이상은 말 못하고 얼굴을 붉히며 고개만 숙이던 중전의 모습이 생각났다. 눈 깊이 물기가 촉촉하게 배어 나오면서도 신첩이 도통 입맛이 없어서…… 하고 말꼬리를 흐리었지. 가련한 그 사람의 초췌한 옆얼굴이 새삼 선연하였다. 그것 딱 한 입만 하였으면……. 돌아앉아 몰래 찬물을 마시며 몇 번이고 혼잣말처럼 중얼거렸었다. 비로소 돌이켜 생각하니 그것이 입덧이었구나.

아아, 얼마나 먹고 싶었으면 그런 말을 하였을까. 지아비이신 전하께서 군입도 아니 떼던 얌전한 사람이 어찌 저런 말을 하였을까 하고 찬찬히 생각하시어 중전 옥체를 좀 살피라 하였으면은 되었을 것을…….

그때 중전의 설움이 얼마나 장하였을 것이던가? 가슴이 칼로 에이듯이 아프다. 마치 붉은 피가 뚝뚝 떨어지는 듯하니 전하, 사무치도록 가슴 아프고 미안하다. 저도 모르게 한 손으로 얼굴을 싸쥐며 입술을 피가 나도록 깨물었다. 천지간 아득하고 그저 어지럽다. 온통 눈앞이 암흑이다. 몸이 천천히 나락으로 떨어지는 기분이었다.

한동안 그저 망연자실 얼굴을 싸쥐고 넋 놓고 앉아만 있던 왕은 전하? 전하! 하고 근심되어 용체를 가볍게 흔드는 장 내관의 재촉에 어수를 내렸다. 그 용안이 참담하고 마냥 슬펐다. 중전의 창백한 얼굴을 하염없이 내려다보고만 있는 왕의 눈에는 어느새 더운 눈물이 고이어 주르르 흘러내리고 있는 것이다.

"중전께서 회임을 하였다? 짐의 아기씨를 이 여린 옥체에 담고 계셨단 말이지?"

마치 혼잣말을 하듯이 전하께서는 다시 한 번 중얼거리신다. 너무 기막히고 억장이 무너진 참이니 차라리 믿고 싶지 않다는 것이 솔직한 심사였다. 무서운 자책, 부끄러움이다. 중전! 하고 부르며 축 늘어진 차가운 손을 부여잡아 가슴에 끌어안는데, 손등으로 용루가 뚝뚝 떨어졌다.

홍준의 입에서 자꾸만 한숨이 새어 나온다. 상감마마 자책도 딱하였으나 그의 눈에 중전마마 환후가 보통 일이 아닌 것이다. 어찌할거나. 마음을 굳게 먹고 그저 망부석처럼 앉아 중전마마 손 부여잡은 채 울먹이고 계신 전하께 찬찬히 말씀을 올리었다.

"어찌하든 일단 정신을 차리시고 피가 그쳐야 할 것인데. 여하튼 지혈을 하는 약제부터 써보겠습니다만은 효과가 있을 것인지 신도 자신을 못하겠나이다."

망연자실 넋을 놓고 중전 손만 부여안고 왕은 홍준의 말을 듣고 있다. 어느새 또다시 후드득 용안 아래로 망극한 눈물이 흘러내리는구나.

"전하, 신의 불충이옵니다. 중전마마 옥체를 잘 보살피어 옥체

낙루(落淚) 21

보존하시게 하여 드려야 할 것인데 그를 못한 용서받지 못할 실책이라. 부대 신을 참하여 주십시오."

"나가라! 듣기 싫다. 모다 나가라! 짐은 중전하고만 같이 있을 것이다. 듣기 싫다. 아무 말도 다시 말라! 듣기 싫다! 나가라! 어서!"

격하게 소리치는 왕의 목청에 시퍼런 살기(殺氣)가 묻어 있었다. 눈에서 피눈물이 뚝뚝 떨어져 용포를 적셨다. 아무도 두려워 감히 바로 보지 못하였다. 아랫것들이 쭈뼛쭈뼛 눈치를 보다가 하나둘씩 물러 나갔다.

대전이고 중궁전 아랫것들 상관없이 전부 다 불안한 마음으로 문 하나 바깥에 옹기종기 모여 방 안 기척에 귀를 쫑긋 곤두세웠다. 이내 새어 나오느니, 상처 입은 맹수의 으르렁거림 같은 거친 울음소리였다.

토막토막 갈라져 흘러나오는 말은 중전에 대한 원망이었다. 그렇게 고운 지어미를 아프게 한 자신에 대한 무서운 원망이었다. 왕은 앙탈하는 어린애인 양, 어미에게 떼쓰는 소년처럼 중전의 여린 몸을 마구 흔들어댄다.

"이러지 말라. 제발 짐에게 이러지 말라! 그대는 어찌 이리 항시 짐에게 무정하고 잔인한가? 이렇게 짐을 버리고, 평생 회한 속에 잠기게 하고 혼자 가면 그대는 편안할 줄 아는가? 아니 보낼 것이다! 이리 그대가 짐 곁에서 마음대로 도망치게 내버려 둘 줄 아는가? 그대는 어차피 짐의 계집이니라 말하였다. 절대로 아니 보낼 것이다! 이리는 못 보낼 것이다! 절대로 아니 보낸다 이 말이니라!"

왕은 스스로를 향한 너무 큰 분노와 좌절감으로 미칠 것 같았다. 그만큼 또 두렵고 무서웠다. 마음에 담아버린 단 한 사람을 어이없이 잃어버리고 살아가야 할 긴긴 시간이, 적막이, 회한과 외로움이 두려웠다. 얼굴 한 번 보지 못하고 잃어버린 아기씨의 일로 평생 가슴 아파하며 살아가야 할 것이 참담하고 끔찍하였다.

알지도 못하는 새 촉촉하게 스며든 봄비에 몸이 젖어드는 것처럼 어느 때인지도 알 수 없게 살며시 깊은 심장에 다가와서 둥지를 튼 소중한 사람을 이렇게 잃어버릴 수는 없다 싶었다. 하물며 왕 자신의 모진 능멸과 잔인한 구박에 중전이 살 뜻을 잃고 목을 맨 참이니 이 어진 지어미와 태중 아기씨 두 목숨을 빼앗게 된 참이라. 젊은 왕은 그저 딱 죽고만 싶었다.

"깨어나지 않으면 짐이 그대를 가만두지 않을 것이다! 못난 것이 이리도 짐을 끝끝내 우세를 시킨다더냐? 일어나라! 일어나란 말이다! 당장 일어나란 말이다!"

왕은 마치 광인처럼 고함을 질러대기 시작하였다. 발을 쾅쾅 굴러가며 버럭버럭 난리를 부렸다.

"당장 눈을 뜨란 말이다! 일어나지 않으면은 네 아비며 중궁전 관속들을 다 참해 버릴 것이다. 이토록 불충하는 계집이니 무엇이 고울 것이냐? 일어나라. 일어나란 말이다! 이리는 못 보내느니 누가 제 마음대로 이런 짓을 하라 하였는가? 누가? 누가!"

인제 와서 고래고래 고함지르면 무엇 해? 왕은 너무도 막막하고 안타깝고 아뜩하여 중전의 몸에 얼굴을 묻어버렸다. 체통도, 위엄이란 것도 다 잊었다. 이번에는 두 손 모아 애원하기 시작하였다.
"중전, 눈을 떠보시오. 응? 그대를 이렇게 잃어버리면은 짐은 살 수가 없어요. 그대가 짐을 조금이라도 생각한다면 제발 깨어나시오! 짐이 간청하오. 이렇게는 보낼 수 없어요. 짐이 그대를 깊이 사모하고 은애하였다는 것은 그대도 알아야 하지를 않소? 짐이 미워만 하였다 알게 하고 보낼 수는 없습니다. 깊이깊이 사모하였다고 말을 하게 해주어. 응? 그 한마디라도 하게 해주오. 제발."
마지막에는 기어코 뚝뚝 떨어지는 물기가 소낙비가 되어 떨어졌다. 작은 몸을 끌어안고 속삭이는 목소리가 바스라져 가루가 되어버린 왕 자신의 희망이었다. 난생처음 깊숙이 심장에 박아버린 사모지정이었다.
"짐이 어찌 살라고, 외로워 이 평생을 어찌 살라고…… 야속하게 그대마저 짐을 버린단 말이오? 짐더러 어찌 살라고. 응? 곁에 있어준다 하였지 않아? 약조하였지 않아? 밀어내고 끊어내도 그대만은 오래오래 있어준다 하였잖아? 말해 보소, 그때의 맹세는 거짓이었소? 짐 곁에서 마음붙이로 평생 있어준다 먼저 약조한 사람이 그대이거늘! 응? 중전! 일어나서 말해보오!"
증거라도 대련다. 왕은 더듬더듬 줌치에서 비단 손수건을 꺼냈다. 툭 떨어져 움직이지 않는 파리한 중전의 손에 그것을 올려놓았다. 왕 당신의 욱제라는 자(字) 옆에 다소곳이 의지하고 선 〈혜〉라는 글자 한 자. 신첩은 평생 마마 곁에 있을 것입니다, 눈에는 눈물을 가득 담고 환하게 미소 짓던 그 얼굴이 생생하였다. 달처럼 창백한 얼굴 위로 어리석은 사내의 뜨거운 눈물이 뚝뚝 떨어졌다.
"이리 우리 둘이 오순도순 살아가자 약조해 놓고 이러지 마소. 짐이 천 번 잘못하여도 그대는 만 번 용서해 준다 약조했잖소. 그래 놓고 인제 와서 이러면은 짐더러 어쩌라고? 응? 짐더러 어찌 살라고 이런 짓을 하였소, 야속한 사람아!"

이른 새벽 무렵. 대왕대비마마께서 듭신다 고변이 들었다.
중전마마께서 밤에 후원 거니시다가 발을 헛디뎌 사고당하시었는데 실로 변이 크다 하는 기함할 말을 듣고서 날이 밝기가 무섭게 달려오신 것이다. 대왕대비마마, 우두커니 한 손으로 이마를 괴고 넋을 잃은 채 앉아 있는 왕을 향해 참담한 고함을 치셨다.
"주상, 이것이 대체 무슨 날벼락 같은 변이랍니까? 어찌 이렇게 되었소이까?"
"……소손이 잘못하였습니다. 그저 소손이 잘못하였지요, 할마마마. 이 사람이 저이를 그렇게 만들었습니다."
넋을 잃은 듯이 전하, 힘없이 중얼거리신다. 대왕대비마마 하도 기가 막히고 억장이 무너지니 무어라고요? 하고 외마디 비명이시다. 왕은 두 손으로 얼굴을 싸쥐었다.
"그랬습니다. 제가 그랬어요! 제가 이 사람더러 죽어라 말하였기로, 지난밤서 목을 매었답니다."
"주상! 대체 어찌 이러시오? 지금 제정신이오? 중전이 무슨 죄를 지었다고? 이 어진 사람이 대체 무슨 잘못을 그리 많이 하였다고 이리하십니까? 허구한 날 날벼락같은 노염만 장하시어 항시 오들오들 떨며 성한 사람 꼴도 못하게 날치게 잡으신 것도 모자라 죽어라 하였다고요? 하, 기가 막혀서, 기가 막혀서……! 인제 이 할미가 말이 아니 나옵니다!"

대왕대비마마 하도 어이없고 기막히니 말문이 딱 막히었다. 핑도는 어지럼증이 엄습하였다. 한 손으로 이마를 짚고 늙은 노인이 풀썩 한 옆으로 기우뚱하였다. 마마! 하고 아랫것들이 놀라 외마디 비명 지르며 노인을 부축하는데 왕은 그저 방바닥 내려다보며 넋을 놓은 듯 중얼거린다.

"다 소손 탓입니다. 예, 소손의 잘못입니다. 차라리 어린 날처럼 할마마마께 회초리라도 맞았으면 좋겠나이다. 왜 그런 모진 말을 했는지 모르겠습니다. 할마마마, 짐도 제 마음을 모르겠나이다. 중전 앞에서 마음을 못 가눈 적이 너무 많으니…… 왜 이 사람 앞에서 짐이 이토록 무정하고 밉살스런 짓만 하였는지 모르겠나이다. 그저 이 사람만 바라보았다고, 항시 짐만 바라보며 웃어주기 바라였다고 그렇게 말하고 싶었는데, 왜 그 말 한마디 못하였는지…… 할마마마, 소손이 참으로 두렵습니다."

그제야 고개를 든 왕이 대왕대비전하의 앞에 어수를 내밀었다. 물에 빠진 사람이 구원을 바라듯이 간절한 눈빛이었다.

"할마마마, 너무 두렵나이다! 이 사람이 이렇게 어이없이 곁에서 떠나가면 짐은 살지를 못할 것 같습니다. 할마마마, 중전을 살려주십시오. 제발 중전을 살려주십시오. 이 사람, 저가 이리는 못 보내옵니다! 어찌 이렇게 쓸쓸하게 가게 할 것입니까? 우리 아기씨 잃고, 중전까지 잘못되면 짐은 살 수가 없습니다. 할마마마, 제발 중전더러 돌아오라 하여주십시오! 천지신명에게 맹세할 것입니다. 짐이 좋은 왕이 될 것이니, 중전을 다시 데려와주십시오! 으흑흑흑."

대왕대비마마 무릎 앞에 마침내 무너져 왕은 어깨 들먹이며 오열하였다. 대왕대비께서는 왕의 그 참담하게 흐느끼는 꼴에 억장이 무너지시었다. 다시 한 번 기함할 일이 아기씨 일이라. 옆에 앉아 같이 우는 김 상궁을 돌아보았다.

"상감의 말씀이 대체 무엇이더냐? 아기씨라니? 이것이 무슨 기함할 말이더냐? 자세히 말을 하여라!"

"망극하옵니다, 마마. 중전마마께서, 흑흑, 아기씨 회임하사 두어 달이었는데 이리 낙상하시어 충격이 크신지라…… 엉엉엉. 아기씨를 그만 낙태하셨다 합니다. 흑흑흑. 흑흑…… 그래서 이토록 하혈이 장한 것인데…… 쇤네를 죽여주십시오. 중전마마 옥체를 미리 보살피지 못하여 이런 망극한 일을 당하게 하였으니 오늘 중궁전 아랫것들이 다 죽을 참입니다. 흑흑흑."

대왕대비마마 눈앞이 캄캄하였다. 상감마마 연치 높아지시나 후사 하나 없어 모두 걱정이 아니었나? 정궁이신 중전이 회임을 하였다는데 알지를 못하고 낙상하여 아기씨를 잃게 해? 하물며 왕이 중전더러 스스로 죽어라 극언하여 상심한 중전이 목을 매어서 이렇다 하니 노인의 가슴에 딱 못이 박히었다. 더 이상 할 말을 못 찾으시는 것이다.

낙루(落淚) 27

"거참 잘하였소이다! 예, 주상. 참 잘하셨어요!"

간신히 한마디 하시는데 이 사이로 분함과 노여움이 모래알처럼 갈리었다.

"주상께서 참말 명군(名君)이시오! 악독한 계집 치맛자락에 휘둘리어 정궁은 발길에 구르는 돌멩이마냥 차고 다니시며 그저 구박하고 홀대하여 회임하신 아기씨까정 잃게 하시고…… 예, 아주 잘하셨소이다! 실로 주상은 지아비도, 아비 되실 자격도 없으십니다그려!"

그러나 다 큰 어른인 왕이 무릎에 엎드려 어깨 들먹이며 오열을 터뜨리고 있는 참에 어찌 끝까지 모질어지랴? 대왕대비전 마지막 말씀에 기어코 물기가 터지고 말았다.

"예끼, 이 못난 사람아! 어찌 이리하였소이까? 이리 후회할 일을 어찌하였소? 할미가 무어라 합디까? 제발 중전 좀 보살피고 따뜻하게 하라 그리 부탁하였지 않소? 이 모든 일, 주상께서 다 자초한 일이오! 나는 못합니다. 나는 이 사람 너무 불쌍해서 다시 오라 말을 못합니다!"

으으음…… 중전의 감긴 눈시울이 가냘프게 떨렸다. 간신히 온전한 정신이 돌아오는 모양이다. 잠시 눈을 뜨기는 하였지만 초점이 없이 흐릿한 눈동자였다.

대왕대비마마, 반갑고도 걱정이 되어 중전! 하고 홈빡 작은 손을 잡아쥐고 소리치셨다. 왕도 정신 차리오! 하고 애타게 간청하였다.

"짐이 보이오? 짐이 예 있소이다! 제발 정신 좀 차려보오! 중전,

짐이 다 잘못하였소!"
 중전은 하얗기만 한 시선을 힘겨이 끌어올렸다. 한동안 무정하고 차기만 하던 왕의 얼굴이 아주 가까이 다가와 있었다. 거멓게 질려 마냥 애타하는 얼굴이었다. 차가운 눈물방울이 얼굴 위로 비처럼 뚝뚝 떨어지고 있었다.
 지금 왕이 울고 있는가? 왜? 무엇 때문에? 이것저것 갈피를 잡지 못한 의식 안에서 다만 한 가지, 아주 뚜렷한 것은 중전의 본능이자 마지막 남은 그에 대한 부드러운 마음씀이었다.
 '우지 마시어요, 전하. 제발 신첩 때문일랑이면 우지 마시어요. 신첩은 마마께 아무것도 아닌걸요. 신첩 때문이면 슬퍼하지 마세요. 신첩이 떠나야 마마께서 편안하실 것이니 이렇게는 우지 마시어요, 제발.'
 중전은 힘없는 손을 들어 초췌한 왕의 얼굴을 살며시 어루만졌다. 사모함이 진정일진대, 무의식 중이나 왕이 근심하고 있다 함을 느낀 것이다. 자신의 상태는 아랑곳 않고 두려움으로 떨고 있는 지아비 왕을 위로하는 듯한 다정한 손길, 힘없는 미소가 더없이 아렸다.
 "우지…… 마시어요. 제발…… 우지 마시어요…… 네에?"
 "중전!"
 "성왕께서는…… 우시면 아니 되어요. 우는 것은…… 신첩 몫이니…… 마마께서는 의연하시어……."
 이런 순간에도 짐을 걱정하오? 짐을 위로하고 마음 써주는 것이

낙루(落淚) 29

오? 짐을 미워하여 이런 짓을 저지른 것이 아니었소? 그대 마음 깊이에는 짐을 향한 정이 안즉도 있는 것이지요? 응? 감격하면서도 한편으로는 울컥하여 다시금 뜨거운 용루가 넘쳐 중전의 볼에 후드득 떨어졌다.

살며시 하얀 입술에 희미한 미소가 어리는 것도 같더니 중전은 다시 눈을 감았다. 그 잠시도 힘이 드는 모양이었다. 아버님…… 희미한 신음처럼 중얼거린다. 사친인 부원군이 보고 싶다 하는 말이다.

"중전께서 정신이 다소 드셨느니라! 탕제 대령하여라! 정신이 드신 참이니 인제 약물이 넘어갈 것이다! 허고 당장에 전령 보내어 부원군 입시케 하라! 아니, 아니, 그러지 말고 재관아! 네가 직접 가거라! 당장에 네 말 등에 모셔오너라!"

전하, 바깥을 향하여 버럭 소리 질렀다. 홍준의 명을 받아 약방 상궁이 급히 탕약 대접 받쳐 올렸다. 중전마마 입안으로 몇 방울 흘려 넣는다. 깨어나시어야 일단 약재 처방이라도 할 참이니 정신 드는 약물부터 먹이는 것이다.

윤재관이 전하 분부받잡고 날랜 말 타고 질풍같이 부원군 사저에 내달려갔다.

날벼락 같은 소식을 들은 김익현, 정신이 혼미하였다. 허둥지둥 의대도 제대로 차리지 못하고 섬돌 아래 맨발로 내달리는구나. 그 점잖은 양반이 다리에 힘이 풀리니 흙바닥에 넘어져 뒹굴면서도 창피한 줄도, 아픈 줄도 모르는 것이다. 황급히 나서는데 궐에 도착한

시간이 이미 오후 무렵이다.

그러나 잠시 정신을 추스리는가 했던 중전마마, 그 밤서 다시 정신을 잃으셨다. 피를 잃으면 성한 사람이라 할지라도 기운을 차릴 수가 없음인데 하물며 유약한 병인(病人)임에랴. 자꾸만 쏟아지는 하혈이 그치지 않으면은 중전마마 명을 장담할 수 없다 홍준이 비장한 얼굴을 하고 전하께 아뢴 것은 그 밤 삼경 무렵이었다.

중전마마 깨어난 참에 잠시 맑아진 듯도 한 하늘이 다시 어두워졌다. 삽시간에 검은 먹장구름이 궐 안팎으로 가득히 깔렸다.

중전마마께서 낙상하시어 명이 경각이라 하는 소문은 그날 이내로 도성 안팎으로 전부 퍼져 나갔다. 하혈이 장하니 큰일이다 하는 소식에 모두 다 삼삼오오 모여 수군수군 걱정이다.

어진 중전마마 환후 회복되시기를 바라는 마음은 하나였다. 누가 시킨 것도 아닌데 하나둘씩 광희문 앞에 모여드는 인파가 물결을 이루었다. 수백 수천여 명이 소복(素服)하고 궐문 앞에 엎드리어 하나같이 중전마마 회복하시길 정성으로 기원하니 위로는 사대부 선비부터 아래로는 서소문 다리 밑의 각설이패까지 한뜻이로다. 부대 중전마마 무사합시오! 하는 간절한 기원이 하늘을 닿았구나.

"무슨 비방이 없소? 피 그치는 특효약이 되는 것이 무에가 있소이까?"

"백탐이 그저 특효이나 그를 구할 방도가 없으니 걱정입니다."

백탐은 하얀 족제비의 쓸개이다. 족제비 쓸개야 구하기는 어렵지 않으나 하얀 족제비는 만에 하나일까 귀한 것이라. 웅담 호골 산삼

보다 귀하다 여겨졌다. 없는 것 없는 이 궐에서도 진짜 백탐은 없는 참이라! 하얀 족제비가 어디 있으며 있다 해도 금세 어찌 잡을 것이더냐?

"방을 붙이세요! 도성 곳곳에 금전 아끼지 않고 백탐을 구한다 하세요! 한시가 급하니 천금이 아까울 것이던가?"

대왕대비께서 송곳처럼 날카로운 고함을 지르신다. 진성대군과 효성군께서도 날벼락 같은 소식 듣잡고 입궐하신 참인데 급히 편전 나서시어 도성 곳곳에 백탐을 구하라 하는 방문 붙이시기 바쁘시다.

쯧쯧쯧. 어찌 이리 날씨까지 궂으냐? 추적추적 비가 연해 오는구나. 전하, 홀로이 중전마마 머리맡 지키고 앉아 계신다. 뭉클뭉클 쏟아지어 두툼한 금침을 적시는 하혈은 그치지 않았다. 이렇게 피를 흘리고 사람이 어찌 살 것이더냐? 싶을 정도였다. 왕은 벌겋게 젖은 눈을 들어 물끄러미 중전을 바라보았다.

'그대 목숨 하나 되살리지 못하는 왕 따윈, 이렇게 손 놓고 그대 스러지는 것을 보기만 해야 되는 보위 따윈 아깝지 않아요. 외롭고 쓸쓸한 그대, 홀로는 아니 보낼 것이야. 죽어서라도 짐이 같이 있을 것이야. 이렇게 그대 가면 평생 짐은 그대와 잃어버린 우리 아기씨 울음소리 듣고 살아야 할 것이니 견딜 수가 없어!'

왕은 작고 가녀린 손을 잡아 자신의 단단한 볼에 대이었다. 눈물이 볼을 지나 뚝뚝 떨어져 작은 손을 적시었다. 짐만 두고 가지 마오, 중전. 제발 짐만 두고 가지 마오. 차마 소리 낼 수 없는 애원이 입술 사이로 물려 흐느낌으로 새어 나왔다.

'어린 새같이 가엾고 여린 그대, 저승서 홀로 울고 있을 것이라 생각하면 짐은 억장이 무너져서 견딜 수가 없어. 짐은 홀로 이 세상을 살아가기 진력이 나오! 아바마마도, 어마마마도, 또 중전도 왜 짐만 놓고 가시오? 왜 짐 팔자는 항시 외로운 것이어야 하오? 싫소, 이젠 싫소이다! 만날 혼자 감당해야 하는 왕 노릇, 사람 노릇이 싫고 지긋지긋하오! 중전이라도 짐 곁에 있어주시오! 제발 짐을 버리고 가지 마오!'

아아, 야속한 세상 이치여.
밝음이 있으면 어둠이 있고, 빛이 있으면 그늘이 있음에랴. 중전 마마의 위급한 사정으로 탄식과 근심걱정으로 흐려진 도성의 하늘 아래 오직 즐거운 한 사람이 있었으니…….
월성궁 대문 안. 희란마마 붉은 입술 사이로 오랜만에 흐드러진 웃음소리가 피어났다. 늘상 찌푸려져서는 치켜 올라 있던 아미가 부드럽게 내려앉았다. 표독하던 그 얼굴이 화사하고 윤기가 돈다.
"홋호호. 내가 십 년 묵은 체증이 가시는 것 같구나. 중전 고년이 이날에서 천벌을 받은 것이로다."
밤서 후원을 돌다가 낙상하여 명이 경각이라 하니 어찌 아니 즐거울 것이더냐? 제가 나서서 일부러라도 해칠 참이었는데 그렇게 중전 고년이 재수가 나빠 그리 심하게 다쳤다 하니 실로 손도 아니 대고 코를 푸는 격이었다.

"흥, 당연한 일이지! 감히 지엄한 중궁전 차고앉아 이 희란을 능멸하고 꼴값을 떨더니 오늘날 드디어 그 벌을 받은 것이야. 고년, 고 얄미운 년. 이날서 피 토하고 콱 뒈져 버려라!"

무도하고 악독한 기원하고 있는 계집이다. 홋호호 웃음소리가 자지러진다. 아무리 감추려 해도 즐거운 빛을 감추지 못하는구나. 중궁에 심어둔 끄나풀로 인하여 누구보다 사건의 전말에 대하여 소상하게 꿰고 있었다. 이왕지사 중전 고년은 낙태를 하였고 전하께서 스스로 목을 매어 죽어라! 하고 극언을 할 정도이면 중전 고년에게 아무 정도 없으시다 이 말이다. 그러면 그렇지! 전하께서 이 희란 술책에 아니 넘어가실 분이더냐? 내가 슬슬슬 이간질하고 은근히 심기에 낸 독즙이 이날 비로소 효과가 난 것이야?

마냥 기분이 좋아진 희란마마는 무거운 엽전 꿰미를 서너 꿰미 탁 하고 교인당 앞에 내던졌다.

"자네는 당장에 나가서 신당에 제물 차려놓고 푸닥거리 장하게 한번 하게. 내가 말 아니 하여도 잘 알겠지? 아주 독한 살을 쏘아야 할 참이다! 중전 고년 이참에 콱 뒈져 버리게 정성 들여 잘하소."

이렇게 고약하고 악독한 짓거리가 월성궁 깊은 곳에서 벌어지는 줄을 아무도 모르는데 오호, 통재로다! 인과응보. 사필귀정. 반드시 이 간악한 무리들이 철퇴를 맞지 않을 것이더냐? 그럼 다시 눈을 돌려 교태전 형편은 어떠한지 알아볼 일이다.

시간이 흐르면 흐를수록 중전의 상태는 악화되었다. 누가 보아도 꺼지는 촛불처럼 생기가 서서히 가물거리고 스러지는 것이 보였다. 여전히 하혈은 끊이지 않고 미약한 맥이 간신히 뛰고 있는 그즈음, 아무래도 참담한 일을 각오하여야 하지 않나 중신들이 수군대는 그즈음, 새벽을 넘어 비 그치고 막 아침해가 구름 사이로 드러난 그 무렵이었다.

다다다 장 내관이 달려와 아뢰었다.

"대궐문 앞에 웬 각설이 한 놈이 달려왔는데 백탐을 가져왔다 합니다!"

홍준이 내달려가 각설이 놈 가져온 약재를 보니 실로 백탐이라! 아이고, 천행이로다. 인제 되었다! 약탕관에 넣고 다리어 대접에 받쳐 들고 들어가는구나. 그러나 중전께 탕약을 들어 입에 넣어드려도 정신을 잃고 계신 참에 힘이 없어 삼키지 못하시니 주르르 흘러내릴 뿐 도통 먹일 방도가 없다. 전의감들이 어찌할 바를 몰라 우왕좌왕하였다.

"비키라! 짐이 할 것이다! 전의라 하는 것들이 약 하나도 먹이지도 못하는 것이냐? 쯧쯧. 도통 쓸모도 없는 것들!"

왈칵 화를 내시는 옥음이 거칠었다. 답답하고 열불이 치밀어 올라 도무지 진정을 할 수가 없었다. 아랫것들을 밀치고 다가가 당신이 직접 목이 타듯이 쓰디쓴 탕약을 머금어 중전의 입에 넣어주었다. 그 약물 입에 머금어 넣어주시는 뜻은 간절한 기원이었다.

'돌아오시오. 제발 짐에게 다시 돌아오시오. 짐이 그대 위해 무엇이든 다 할 것이니 제발 돌아오시오!'

상감마마 간절하고 정성스런 마음이 닿았나 보다. 꾸르륵 하고 약물이 중전 목으로 슬그머니 넘어간다. 왕은 서너 번을 더 그렇게 하여 약대접을 전부 비웠다. 백탐이 실로 쓰기가 소태보다 더한 것인데 그 대접 가득한 약물 모다 머금어 중전 입에 넣어주셔도 쓰다 말 한마디 없으시다. 장 내관이 건네주는 냉수 대접만을 단숨에 비우실 뿐이다.

 "이것이 효과가 있기는 있는 것이냐? 이미 너무 많은 피를 흘린 것인데…… 아무리 특효약이라 하여도 때가 늦으면 소용이 없지를 않더냐?"

 면건으로 입가 훔치던 왕은 한마디 낮은 목청으로 홍준에게 확인을 하였다.

 "이제는 신도 더 이상 방도가 없음이니 그저 기다리는 일뿐이옵니다. 천지신명께서 도우시사 그저 중전마마 진정이 되기만을 바랄 뿐이나 제발 너무 늦은 것이 아니기 빌 뿐입니다, 전하."

 홍준이 식은땀을 흘리며 전하께 아뢰었다. 왕은 강렬한 괴로움을 가득히 담고서 고개 돌리어 백랍같이 창백한 중전의 얼굴을 바라본다. 왕의 미간 사이 찡그린 빛이 어쩐지 서슬 푸르렀다. 아무도 전하의 깊은 심사에서 소용돌이치고 있는 칼날같이 단호한 결심을 모른다. 왕은 지그시 이를 악물었다.

 '그대 죽으면 짐도 같이 죽을 것이야! 그러니 깨어나소! 그대가 이 나라 사직의 안주인이라면 그대는 이 나라 보위 후사 책임진 지엄한 지존이야. 그 의무 다하기 전에 죽으면 안 되어! 짐은 그대 이렇게 혼자 죽게 하고 살지는 않을 것이야. 그대 목숨 빼앗은 이가 짐인데…… 우리 아기씨 죽인 사람이 짐인데…… 짐은 짐 목숨으로 그 망극한 죄를 그대에게 씻을 거야!'

전하 이하 궐 안 모든 사람들이 숨을 죽이고 백탐의 효과 나타나기 기다리는데 아니나 다를까? 백탐이 그저 지혈에는 특효약이라. 간신히 중전마마 하혈이 서서히 그쳐 가던 것은 그 밤 이슥할 무렵이었다.

밤다이 흠뻑 내린 비가 마침내 그치고 아침 무지개가 떴다. 상서로운 징조라 그것도 쌍무지개였다. 백악산 줄기 희붐한 안개 사이로 화려한 칠색 홍예 그늘 아래. 성덕궁 교태전.

사흘 밤을 꼬박 혼절하여 온 궐을 들썩이게 만들었던 중전마마, 비로소 간신히 깨어나셨다. 아직은 몽롱한 눈빛. 가물가물 아무것도 아니 보이는 듯이 그저 희미한 신음만 흘리다가 하얗게 소금꽃 핀 입술로 무어라 달싹였다. 가장 가까이 앉은 상감마마. 귀에 대고 중전의 그 말을 헤아려 듣는데 아버님, 하는 말이었다. 사친인 김익현을 찾는 것이었다.

왕은 지금껏 그저 발을 친 윗목에 돌부처처럼 미동도 않고 앉아만 있는 부원군을 불러들였다.

"마마!"

억장이 무너지고 마디마디 창자가 끊어졌던 김익현이 부르르 달려들어 외마디 소리쳤다.

따님의 작은 손을 부여잡는데 너무 아프고 기막힌 늙은 아비. 그리고 더 이상은 아무 말도 못하였다. 야윈 옥수 잡아 주름살 가득한 얼굴에 대고만 있을 뿐인데 그 사이로 줄줄 눈물이 젖어들었다. 중전마마 그리운 사친 보아지니 그래도 반가워 가냘프게 웃었다. 핏기 하나 없이 투명한 입술을 달싹인다. 애절한 한마디였다.

"아버님, 소혜를…… 집에 데려가 줍시오…… 할머니 보고 잡소."

사무치는 그 말에 김익현 눈에 또다시 주르르 피눈물이 흘렀다.

"예, 마마. 모셔갈 것입니다! 모셔갈 것이오. 이 아비가 마마, 집에다 모셔갈 것이니 부대 기운 추스르이 빨리 일어납소서."

"할머니…… 보았어요, 아버님. 소혜가…… 때도 아닌데 어찌 오느냐 하셨나이다. 집에 가서…… 할머니 보고 싶어요, 아버님."

그러고서 중전마마, 따뜻한 사친 손에 얼굴을 대고 기운없으시니 다시 잠에 빠지었다. 그래도 밤사이 회복한 듯 한결 얼굴빛이 화사하였다.

한 식경 후에 다시 깨시니 조심조심 미음을 올려, 윤 상궁의 시중을 받으며 다 젓수셨다. 홍준이 받쳐 올린 탕제 또 하시고 깊이 잠이 드시니 아아, 다행이어라. 고마울세라. 무사히 위기를 넘기셨다.

"전하, 안색이 창백하십니다. 잠시 쉬옵소서. 예는 신이 지킬 참입니다. 용체를 보존하시어야 합니다."

사흘 밤낮을 잠시도 떨어지지 않고 중전 곁을 지키고만 있었다. 수염은 텁수룩하고 용안은 초췌하였다. 구겨진 파지 모양 후줄근한 모습이라, 피곤에 절 대로 절어 당당하고 아름다운 평상시 모습이 하나도 남아 있지 않았다. 진성대군이며 대왕대비마마께서 안타까워 쯧쯧 혀를 찼다. 전하를 우원전으로 뫼시어라 하였다.

싫다 하였으되 억지로 이끌려 왕은 우원전으로 건너왔다. 침전에 들자마자 그만 보료에 대자로 누워버렸다. 잠시만 누워 있다가 일어나 정신 차리고 조하 일부터 보아야지 생각하였다. 그러다가 그만 그대로 잠이 들어버렸다. 이내 코 고는 소리가 문밖으로 울려 퍼지기 시작하였다.

몽 상궁이 내관과 같이 살금살금 들어와 전하 용안과 손발 닦아 드리고 의대 풀어드리었다. 살며시 용체를 편안하게 금침 안에 모시어도 그 기척을 알아차리지 못할 만큼 깊은 잠에 빠졌다.

하룻밤하고도 그 이튿날 오정 늦게까지 뉘가 들어와도 모를 만큼 깊이 주무시던 전하, 갑자기 헉! 소스라치게 놀라 금침에서 튀어올랐다.

희빈 어마마마께서 돌아가신 꿈을 꾼 것이다. 헌데 관속에 누운 이가 희빈마마가 아니라 어느새 중전으로 변하였다. 조용히 눈을 감고 관속에 누운 지어미 얼굴이 너무도 생생하니 전하, 까무러칠 정도로 놀라 제발 깨어나시오! 짐만 두고 가지 마시오, 중전, 애타게 소리치다 벌떡 일어나고 말았다. 용안에 땀이 송알송알 맺혔다. 답답하고 무안한 김에 고함을 버럭 질렀다.

"웬만하면 깨우지 어찌 이리 하냥 자게 내버려 둔 것이더냐? 해가 서쪽을 넘었다! 그보다 중전 용태는 어떠하냐? 혹여 다시 나빠진

낙루(落淚) 39

것은 없느냐?"

"고정하옵소서, 마마. 아무 일도 없나이다. 중전마마께서는 방금 전 탕약 한 번 더 드시고 깊이 잠이 드셨다 합니다."

자리끼 대접 받쳐 올리며 장 내관이 왕을 살살 달랬다. 꿈은 반대라 하더니 중전이 아무 탈 없이 그저 깊이 잠들었다 하니 안심이었다. 왕은 겨우 진정하고 금침에서 벗어났다. 소세 후 의대 새로이 정제하신 다음 수라상을 받았다. 배행한 엄 상궁을 바라보았다. 울적한 표정이었다. 가장 두렵고도 시급한 물음을 던졌다.

"엄 상궁, 아기씨 일을 중전이 아시느냐?"

"안즉은 모르고 계신 줄 아옵니다. 대왕대비마마께서 그 이야기 들으시면 병인이 다시 한 번 충격이 크실 게다. 어지간하게 옥체 환후 좋아지시면은 말씀 올려라 하교하셨다 합니다."

"잘하였다. 암, 그래야지! 작은 충격에도 다시 혼절할 사람인데 그 기함할 이야기 들으면 다시 그이 숨이 넘어갈 것이다! 휴우, 간신히 고비는 넘겼으되 앞날을 생각하자니 짐이 첩첩하구나. 나가서 홍준을 불러라. 짐이 중전 환후 이야기를 들을 참이다."

홍준이 부름받자와 고두하고 무릎걸음으로 들어와 편전 윗목에 엎드렸다. 심란한 우수가 가득 담긴 용안을 들어 왕은 시무룩이 홍준을 바라보았다.

"중전이 무사한 것은 모다 그대 덕이로다. 이제 와서 생각하면 무엇을 할 것이냐만 태중 아이가 공주였을까, 원자였을까? 짐이 겨우 하나 얻을 뻔한 후사였는데……."

망극하여 홍준은 다만 고개만 조아렸다. 짧은 말속에 든 참담함과 괴로움은 상상한 것 이상으로 깊고 진하였기 때문이다.

"휴우, 헌데 짐이 궁금한 것이 하나가 있어서 말이야. 중전께서 옥체 많이 상하신 터로 나중서 회임하시기 지장은 없겠니?"

"천행이온 줄 아옵니다. 낙태하신 후에 하혈이 장하셨으니 그것이 오히려 전화위복이라 이리합니다. 옥체 속에 있어서는 아니 될 나쁜 것들이 모다 다 밖으로 나온 터이기에 깨끗하여지신 것입니다. 후에 옥체 회복되시어 다시 승은 입으시면은 금세 회임하실 수 있을 것입니다."

왕은 홍준의 말에 그나마 안도의 한숨을 내쉬었다. 만약에 중전이 이 일로 다시 회임을 못한다 하면 정말 중전 앞에 들 낯이 없다 싶었기 때문이다.

"그보다 그 백탐을 서소문 통 각설이패 꼭지딴이 들고 왔다지? 그래, 그놈에게 상급은 내렸더냐?"

"망극하옵니다. 그놈이 무슨 심사인지 도통 대가를 받으려 하지 않나이다. 국모이신 중전마마를 위하는 일인데 백성이 어찌 그 은혜를 입고 대가를 바라오리까 하였답니다."

"호오, 기특한 놈이로고. 허나 중전의 목숨을 살린 은인 아니니? 짐이 알현하련다."

천하디천한 꼭지딴 놈이 어디서 감히 궐문 넘을 것이며 하물며 전하 용안을 어찌 감히 친견할 것이더냐? 양편으로 내관 상궁 안내 받아 문을 들어서는데 사시나무인 양 덜덜 떨며 고개도 감히 들지 못하였다. 땟국물 줄줄 흐르는 남루한 의대 입고서 벌벌 기며 들어오는구나. 눈알만 데굴데굴 거의 제정신이 아니다. 편전 앞 석단에 오체복지, 용상에 앉은 전하께 절을 하였다.

그나마 이놈 덕분으로 중전이 살았다 싶으니 왕은 말태 부드러이 치하하시었다.

"오냐, 짐이 네놈 은덕을 입었다. 헌데 너는 그 귀한 백탐을 어찌 구할 수 있었니?"

"쇠, 쇤네가…… 지, 지난번 개천가에서 자, 잡았던 것입니다요. 흰 족제비가 지, 지나가기에 신기하여서 이놈이 돌을 던져 잡은 것인데 그냥 쓸 일이 있을까 하여 그놈 살은 끓여먹고 쓴 쓸개는 그냥 간지 작대에 걸쳐 두었는뎁쇼. 그것이 귀한 약인 줄은 비로소 알았습니다요."

"헌데 네놈은 그 백탐 가져온 대가를 굳이 받지 않으련다 하였다면서? 천금을 주겠다 하였다. 헌데 너는 그 많은 재물을 싫다 한 이유가 무엇이냐?"

꼭지딴 놈, 땟국물 주르르 흐르는 얼굴이되 그 눈빛이 몹시 순박하였다. 하문하시는 말씀에 깊이 고개를 조아렸다. 천부당만부당하다 아뢰었다.

"중전마마께서 주신 은혜 갚음이옵니다. 애당초 대가 바라고 한 일이 아니옵니다."

"은혜라니? 중전께서 네놈에게 무슨 은혜를 그리 장하게 주었던 고?"

구중심처 궐에만 지내시고 바깥이라 한 번도 아니 나가신 중전이 이 각설이 놈을 어찌 알아 은혜를 주었다 하는가? 의아하여 물으시는 전하의 말씀에 그놈이 덜덜 떨며 말을 아뢰었다.

"항시 아비가 중전마마께서 지으신 의대 귀이 여겨 얻어 입었는데 지난해 죽었나이다. 중전마마께서 새 옷을 작년서도 주시어 그 옷 입히어 묻었기로 실로 중전마마께서 이놈 아비 수의를 해주신 참입니다. 그 은혜 백골난망이올시다."

"네놈 아비 의대를 중전이 주었다고? 이것이 무슨 말인가? 호조좌랑을 불러라! 중궁전을 드나든 이가 그이뿐이니 이 일을 잘 알 것이다. 짐이 자세히 이 일을 알아볼 참이다."

하용지가 당장에 전하 하명받잡고 불려 들어왔다. 다짜고짜 묻자오신 말이 중전마마 가난한 이 의대하는 일이라. 그가 비로소 입을 열어 지난 몇 해 중전마마께서 하신 어진 처분을 고변하였다.

중전마마께서 궐에 들어오시던 그때서부터 무명필 사들여 손수 철마다 의대 지어서 서소문 다리 밑 가난한 노인들에게 한 벌씩 입힌 일이며, 중궁전 내탕금 아끼고 아끼어 규모있게 쓰시고 철마다 혜민국이며 제약원에 보내시어 가난한 이들 위해 쓰라 하셨다는 이야기며 사사로이 쓰시는 금전이 남았다 하시면은 모다 백성 세금인데, 하시며 다시 돌려주셨다 하는 말이며 심지어 비 맞아 못쓴 곡식 이용하여 풀죽 쑤어 내다 팔아 필암정 부서진 돌다리 하라 내어주셨다는 이야기까지 낱낱이 다 아뢰었다.

왕과 삼정승, 육조관속들이 하나같이 입을 쩍 벌리고 어린 중전마마 선행에 귀를 기울였다. 다들 탄복하여 한숨을 푹 내쉬었다.

"중전의 지난 행적은 실로 내전 여인의 귀감이로다! 도승지는 오늘의 이 일을 반드시 일기에 기록하여 청사에 남기도록 하라! 허고 백탐 가져온 이놈 마음씀이 심히 기특하니 속량하여 양민 만들어주고 살 만하게 전답을 내릴 것이다. 장 내관 너는 짐의 의대 한 벌 가져오너라. 짐의 어처(御妻)요, 이 나라 국모의 목숨을 살려준 은인이다. 짐이 입던 의대 하사하여 그 덕을 널리 알리리라."

서소문 다리 아래서 집도 없이 걸식하던 각설이 놈, 졸지에 속량되어 몇십 마지기 전답까지 얻어 팔자 고친 참에 지엄하신 상감마마 의대까정 한 벌 하사받았다. 너무 엄청난 광영이니 차마 감당하지 못할세라. 싱글벙글, 히죽해죽. 비단 의대 안고 좋아라 하며 궐문을 뛰어나가는구나.

이리하여 마른하늘에 날벼락 같았던 중전마마 자진 소동이 끝났다.

왕은 이 며칠 위급한 일들 중에 고생한 이들 가려 상급 내려주시고 옥체 보살피지 못한 죄인들, 벌주면 중전께 좋지 않으리라 하여 너그러이 가벼운 처분을 내리었다. 중전마마께서 모다 신첩 잘못이니 아랫사람들은 죄주지 마십시오 부탁하신 덕분이었다.

까딱하였으면 잃어버릴 뻔한 지어미. 모든 게 짠하고 가엾고 미안하고 애련하였다. 다 짐의 심술맞음 때문이 아니냐. 쓸데없는 투기심에 궂은 억지 때문에 생긴 일이야. 왕은 뼈골에 새기듯이 깊이 반성하였다.

 간신히 중전의 목숨 살려놓고 보니 인제는 슬슬 그녀의 눈치만 보게 되었다. 그동안 지은 죄가 어디 한두 가지여야지. 중전의 자진 소동 이후 왕은 풀이 팍 죽었다. 꼭 벌을 받는 어린애처럼, 무엇 마려운 강아지처럼 중전 곁을 빙빙 돌며 안절부절못하였다.

 행여나 이 사람이 짐을 영영 보아주지 않으면 어찌하지? 실상 이런 일을 벌임은 죽어서라도 도망치고 싶어하심이라, 그만큼 짐을 미워하고 꺼려함이 아닌가. 이리 살려는 놓았으되 마구잡이로 저를 괴롭힌 짐을 영영 옳은 사람으로 아니 보고 밀쳐 내며 어찌하지. 그 생각만 하면 기운이 없고 밥맛이 없다. 대근심에 하루 종일 대전에 나가서도 한숨이 장하였다.

 어찌하면 중전의 마음을 돌려볼까? 환심을 사볼까? 평생 구애라고는 해보지 않은 터로 서투르기 이를 데 없는 상감마마. 그가 선택한 것은 결국 사정하는 것이었다. 솔직히 무릎 꿇고 빌어보자 하는 것이었다.

 바스라기 솜털 하나 무게도 나가지 않을 듯이 섬약해진 팔목을 잡고 내려놓지 못하였다. 하룻밤 내내 짐이 잘못하였거든. 짐이 잘못하였어, 실성한 사람처럼 중얼거리기만 하였다. 중전이 대답하거나 말거나, 듣거나 말거나 다짐 또 다짐하였다.

 "다시는 마음 아프지 않게 잘하여보게. 맹세하오. 앞으로는 다 잘할 것이야. 허니 짐이 하였던 모진 말 다 용서해 주구려. 인제부텀은 참말로 중전 말만 들을 것이야. 언놈이 무슨 말을 하여도 중전

말만 믿을 참이야. 응?"
 어미에게 아양 떠는 어린애인 양 지절지절 떠들기도 잘하였다. 날이면 날마다 무작정 고운 패물을 잔뜩 가져와서랑은 싫다는 사람 앞에 부득부득 놓아주었다.
 "인제 옥체 회복하시면은 비취로 만든 요것, 비녀 찌르시오. 참 고울 것이야. 이것만인가? 윤 상궁도 용서하였거든. 이내 중전 곁으로 돌아올 것이야. 사가로 피접도 보내 드릴 것이야. 연지(蓮池)에다가 중전이 좋아하시는 백련도 잔뜩 구하여 심어라 하였소이다. 우리 같이 시도 짓고 산보도 하고 그러면 얼마나 좋겠소?"
 용안에 뻘뻘 땀을 흘리면서 중전 비위 맞추기에 여념이 없다. 이렇듯이 죄 많은 상감마마, 이 며칠 상관으로 완전히 전세 역전이로구나. 중전을 대함에 있어 솜털처럼 보드라이, 보옥처럼 귀이 보살피신다. 바라보는 눈길 하나, 다가서는 손길 하나하나가 다정하고 애절하고 흠뻑 정이 묻었는데 문제는 중전마마였다.
 암흑의 심연에서 깨어나 돌아온 이후 중전마마 영명한 눈빛에는 빛이 꺼졌다. 홀라당 생기를 잃고 도통 반응이 없다. 바람이 불면 부는 대로, 비가 오면 오는 대로 옆에서 무어라 하든 나는 상관없소, 이런 무심한 옥안이다. 몸은 있되 혼백은 다른 곳에 가 있으니 왕의 옆에 누워 있는 사람은 말만 중전이지, 걸어다니는 껍질에 불과한 것이라. 그렇지 않아도 말없는 이가 더 말이 없어지고 고개를 돌리지도 않으니 홀로 속 끓는 상감마마 얼마나 답답할 것이더냐?
 그러나저러나 여하튼 간신히 커다란 고비를 넘긴 중전마마, 그

속마음이야 알 수 없지만은 겉으로는 지극정성인 상감마마 비호 안에서 제법 기운을 차리셨다. 닷새 만에 제대로 된 수라상을 받고 인제는 좋아지시리라 모두 기대하였는데…….

　아이고, 아이고. 다시 일이 터졌구나. 그러니까 깨어나신 지 열흘째 되던 날이었다. 중전마마께서 회임한 아기씨를 잃어버렸다는 망극한 사실을 알게 되고 말았으니 어쩌랴? 물론 이는 희란마마 간특한 사주를 받은 방정맞은 선이 년의 계획적인 입질 때문이었다.

제2장 단장(斷腸)

거뭇한 땅그늘과 함께 정적만이 가득한 중궁전. 밤이 내려 문이 닫힌 내전에 인적이 있을 리 없다. 얄미운 고양이 걸음을 한 선이 년이 살금살금 걸어 들어와 둘레둘레 조용한 뜨락을 살폈다. 이년이 또 무슨 짓을 하려고 이렇게 인기척을 살피며 간교한 눈을 빛내는 것이냐? 서온돌 누루 기둥 그늘에 숨어 눈만 빼꼼하였다.

고년 머리 위 회랑을 지나가며 궁녀 둘이 소곤소곤 걱정하는 목소리가 흘러내렸다. 발 아래 쫑긋 귀 세운 살쾡이가 있는 줄도 모르고 중전마마 안위를 근심하는 목소리였다.

"오늘도 아니 듭시었니?"

"음. 물 한 모금 겨우 드시었단다."

"참말 대근심이다. 옥체 상하시면 어찌하시려고 그렇게 저분질을 딱 끊으신 게야?"

"아기씨 일 때문에 상심하시어 그러하지. 화봉이 년하고 선이 년 요것들이 여하튼 경망스러워. 엄히 단속하시기를 아기씨 일에 대하여서는 입 봉하라 분부하시었는데 하필이면 왜 중전마마 듣는 데서 수다질을 한 것이야? 고년들, 매질당해도 싼 게다."

어둠 안에서 선이 년 이를 빠드득 갈았다. 조 목소리는 영소 년 목소리겠다? 뭐라? 내가 매질당한 게 당연하다고? 다른 목소리가 편을 들었다.

"둘 다 어디 일부러 들으시라 한 말이겠니? 옥체 걱정하다가 우연히 나온 말이지 무어야. 화봉이도, 선이도 중전마마에게 얼마나 충심이니, 얘. 그는 부인하지 못하리라."

"허기는 선이도, 화봉이도 중전마마에 대하여 참말 충심이 깊기는 하지. 어찌하다가 그리 실수를 하여 매질을 당하였을까? 그나저나 내일은 좀 듭시어야 하는데⋯⋯ 지밀마마님께서 내일은 타락죽을 준비하랍신다. 소주간에 기별하고 가야 해."

목소리들이 모퉁이를 돌아 멀어져 갔다. 기둥 아래 선이 년, 샐끗 미소 지으며 치마를 들어 주머니를 꺼냈다. 재빠른 동작으로 기둥 아래 파묻었다. 희란마마가 교인당 시켜 악한 방술하여 만들어낸 요망한 부적이다. 건네주며 몇 번이고 다짐하였다.

"요것을 중궁 기둥 아래 파묻어라. 중전 고년이 피 콱 토하고 죽어 진단다. 들키지 않게 잘하여야 한다. 만약 발각이 되면 나까정도 단칼에 목이 날아가."

선이 년 돌아서며 빙그레 살기 어린 미소를 물었다. 불이 켜져 있되 꼭 무덤처럼 조용하기만 한 서온돌을 가만히 노려보았다.
'흥. 중전 고년 명줄은 금세 끊어질 터이거든. 망가진 몸을 하고 곡기를 끊으면 달포도 아니 되어 죽어 나자빠질 게야. 게다가 월성궁에서 큰마마와 교인당 마님이 날마다 뒈져라 저주 방술을 하고 있음이야. 홋호호. 여하튼 내가 머리는 잘 썼지. 죄는 흠빡 화봉이 년이 뒤집어썼지 무어야?'
눈치 보아 중전마마 빗질하는 창가 아래 모른 척 천연덕스럽게 세답거리 챙겨 나가며 같이 일하는 다른 나인 아이를 충동질하였다. 송알송알 말로는 걱정하는 척하면서 중전마마가 회임한 아기씨를 잃어 어쩔 것이냐, 참말 가엾어서 어쩔거나, 눈물난다 미주알고주알 하지 말라는 말만 골라 납죽납죽 읊어댄 것이다.
창문 안의 중전마마, 아무것도 모르고 따스한 볕에 해바라기 하며 머리 손질하시다가 나인 년들 수다를 고스란히 듣고 말았다. 무서운 충격을 받아 그만 그 자리에서 까무라쳤다.
제년 둘은 경망한 입 잘못 놀렸다 하여 상정에게 호되게 회초리질당하였지만, 중전마마 심신을 해친 것으로 치자면야 새 발의 피다.

간신히 눈을 뜬 중전마마 하염없이 울고만 계신다. 사직의 대통을 이어갈 귀한 아기씨 태중에 담은 몸을 하고, 어리석어 하여서는 아니 될 모질고 경망스런 짓을 하였다. 금쪽 같은 아기씨를 잃게 되었으니 어찌하니. 내가 참말 큰 죄인이니라. 주상전하 귀한 핏줄 이은 아기를 죽게 한 어미가 살기를 바라는 것이 민망한 일인 게지 하며 그때부터 곡기를 끊어버리신 것이다.
　　온 궐이 난리가 나고 주상께서조차 안절부절 어찌할 바를 모르는데, 오직 간특한 짓 저지른 선이 이년만 혼자 즐거워하고 있구나. 사람 여럿 상하게 하고, 지엄하신 국모마마 명줄을 간당간당하게 만든 악독한 짓 저질러 놓고도 모질기 한량없어라. 선이 이년, 뒷배 보아주는 희란마마에게 묵직한 황금 주머니까지 받았으니 참으로 희희낙락하고 있구나.
　　'이러저러하다가 중전 미음 그릇에 비상이라도 타버리면 누가 알 것이냐? 제년 몸 약하여 죽은 줄 알지. 그렇게만 된다면 다시 이 나라는 큰마마 치마폭 아래다. 흥.'
　　살그머니 선이 년이 사라지고, 텅 빈 중궁전 하늘 위 불길한 까마귀가 캬르르 캬옥캬옥 울부짖으며 날아간다.

　　그로부터 사흘이 더 지났다.
　　여전히 중전마마께서 곡기를 끊으시기 계속이다. 죽기를 자청하며 고집을 부리시니 온 궐에 또다시 대난리가 벌어졌다.
　　중전마마 충격받으시니 가까이 가지 말라 하였지만 궁금하고 근심되어서 미칠 지경이라. 왕은 그날 낮에도 정사 보다가 눈치 보아 슬며시 중궁에 듭시었다. 대왕대비마마와 부원군, 그리고 대군댁 국대부인마님이며 명온공주 마마까지 모다 입궐하여 제발 한 저분이라도 듭시오, 간청하는 것을 가만히 문 바깥에 서서 귀 기울여 들었다. 그러나 대답이 없다. 아마 중전은 아침처럼 고집스럽게 등을 돌리고 석상처럼 누워 있기만 할 뿐인 모양이다.

서온돌에 한 발을 들이밀던 전하, 가슴이 철러덩 내려앉았다. 아침에 본 사람인데 이 몇 시진 상관으로 한결 더 야위고 초췌하여진 듯하였기 때문이다. 겨울 마른나뭇가지처럼 야위어 기운이라고는 하나도 없이 금세 죽어질 사자(死者)의 형국으로 누워 있었다. 그만 딱 속이 뒤집혀졌다. 대왕대비전하께서도 병인(病人)을 근심하사 이 며칠 내내 좌불안석. 수라상을 제대로 받지 못하신다는 망극 고변마저 들었다. 이러니 당신 심중에 부르르 불뚝 성질이 아니 날 수가 없었다. 살살 달래는 것도 하루 이틀이지. 이대로 놓아두면 참말 중전을 다시 잃어버릴 참이라. 격하고 급한 왕의 성질머리에 대면 참기도 참 많이 참았다.

"어른들께서는 다들 나가십시오. 중전께서 이렇게 곡기를 끊고 고집을 부리는 것은 바로 짐에 대한 원망이라. 이는 짐이 해결할 문제인 듯합니다."

마치 싸움이라도 걸 듯이 모다 몰아냈다. 중전 머리맡에 좌정하였다. 그러나 기운이 없으니 중전은 전하께서 듭시었다 하여도 미동도 없이 그저 등을 보인 채 누워 있기만 하였다. 왕은 주먹을 움켜쥐고 버럭 고함질렀다.

"당장 일어나시오!"

상감께서 분기탱천하여 고함을 꽥 지르니 마지못해 중전은 일어나 앉으려 한다. 윤 상궁이 왕비의 가녀린 몸을 부액하여 앉혀 드리었다. 팔걸이를 곁에 놓아드리자 간신히 몸을 가누어 앉는 시늉을 하였다. 기운이라고는 하나도 없이 초췌한 얼굴이다. 만지면 바스락바스락 소리가 날 것같이 온몸에 온기며 물기 하나도 없다. 왜 이리 신첩을 귀찮게 하십니까? 고개를 숙인 채 바닥만 응시하는 중전의 눈빛은 원망을 담고 있는 듯 보였다. 그러나 왕은 가련한 모습에 아랑곳하지 않고 무작정 미음상을 들여라 버럭 고함을 쳤다.

소주방 나인이 달달 떨며 미음상을 가져다 놓았다. 왕은 수저를 들어 중전의 손에 쥐어드리는 윤 상궁더러도 나가라 하였다.

"짐이 드시게 할 것이다. 나가라!"

윤 상궁마저 나가 버리고 이제는 방 안에 두 사람뿐이다. 왕은 중전의 손에서 홱 수저를 낚아챘다. 미음을 듬뿍 떠서는 고집스럽게 고개를 돌리고 외면하고 있는 그녀의 입 앞에 들이밀었다.

"드시오. 어서 드시오! 안 드시면 짐이 상을 엎어버릴 게다!"

정색을 하고 호령질을 하였다. 한 번 한다 하면 기어코 하고야 마는 버릇을 누구보다 잘 아는 중전인지라 하는 수 없이 입을 벌렸다. 한 입. 또 한 입. 그것도 두어 저분이 한계라 더 이상 못하옵니다, 하고 왕비는 사정을 하였다. 그러나 왕은 막무가내 미음을 듬뿍 뜬 숟가락을 또다시 들이밀었다.

단장(斷腸)

"싫어도 드시오. 드셔야 살 것이 아니오? 죽을 결심이 아닌 다음에야 젓수셔야 한다 이 말이오. 뉘를 피 말려 죽일 일이 있소? 대체 그대가 무어관대 온 궐 사람들을 다 동동거리게 하는 것이오? 할마마마께서 무슨 죄가 있다고 날이면 날마다 수라도 못하시게 이러는 것이오? 드시오, 더 드시오! 이 그릇을 다 비울 때까지 다 드시라 이 말이오!"

억지도 어느 정도이다. 지금껏 물도 제대로 마시지 않은 사람에게 아무리 미음이라 한들 한꺼번에 밀어 넣으니 욕지기가 아니 날 수가 없었다. 진저리를 치며 억지로 받아먹다가 마침내 입을 막으며 고개를 살래살래 저었다.

더 이상은 힘들리라. 먹어라 끝까지 강요할 수 없었기에 왕은 미음 숟가락을 내렸다.

야윈 얼굴에 눈만 퀭하고 검은 그늘이 서린 볼에 눈물이 기어코 한줄기 흘렀다. 허리를 꺾고 괴로워하다가 그대로 치맛자락 위에 삼켰던 미음을 다 토해내고야 만다. 허리를 접고 각혈하듯이 괴로워 몸부림치는 가련한 모습에 가슴이 얼마나 찢어지는지는 오직 천하에서 왕 자신만이 알 뿐이다.

그러나 왕은 구역질하는 왕비의 모습에 동정을 표현하기는커녕 버럭 노화를 내며 들고 있던 수저를 내동댕이쳐 버렸다. 아무리 간청하고 권유하여도 마음대로 되지 않는 그녀의 독한 고집에 질려 버렸다. 도무지 방법이 없다 싶었다. 지금 이 순간 자신이 너무 무력하다 느낀다. 하물며 왕비가 이렇게 쇠약해져 사지를 넘나드는 원인이 자신에게 있음을 너무나 잘 알고 있다. 그 죄책감과 미안함이 더욱 큰 노여움과 짜증으로 변하고 있었다.

"좋소! 그렇게 죽기가 소원인 사람, 마음대로 하셔야지요! 비가 드시든 아니 드시든 짐은 인제 상관도 아니 할 테요. 그러니 마음대로 하오!"

흥분하여 울그락불그락하는 용안을 중전의 큰 눈이 괴로움의 눈물을 가득히 담고 지그시 올려다보았다. 제발 신첩을 그냥 놓아두십시오. 더 이상 신첩을 몰아붙이지 마십시오, 사정하는 표정. 야위고 창백한 모습에 이미 억장이 반은 뒤집혀진 터로 그 눈물에 가슴이 더 미어터진다. 왕은 한 무릎 더 다가앉아 마른 풀꽃처럼 스러져가기만 하는 어린 몸을 끌어안고야 말았다.

왕은 생기라고는 하나 없고 꼬챙이처럼 마른 왕비의 몸을 차마 꼭 안을 수조차 없다 여긴다. 자신이 좀 더 강하게 죄면 그대로 부서져 내릴 것만 같아 무서웠다. 그렇게 작고 가엾은 사람. 아아, 짐이 어찌하여야만 이 사람이 기운을 되찾고 삶의 의욕을 다시 찾을 수가 있을까?

"제발 이러지 마오, 중전. 잊어버립시다. 그대와 짐이 아무리 애통해하고 바란다 한들 이미 잃어버린 아기씨를 어찌하겠소? 빨리 옥체를 회복하여 다시금 아기를 잉태할 생각을 하셔야지. 응? 인제는 그만 하오, 중전. 응? 제발 곡기를 입에 대어보시오. 드셔야 옥체가 회복되시고 아기씨도 다시 가질 것이 아니오? 제발 무엇이든 좀 드셔보시오!"

"……들자 하여도…… 목이 꽉 막히고, 칼날을 삼키는 듯 쓰라리어…… 넘어가지를 않사옵니다. 신첩도…… 노력하지만…… 넘어가지를 않는 것이니 어찌하리요. 마마, 제발 더 이상 소첩을 재촉하지 말아주소서. 괴로워서…… 더 아니 넘어갑니다."

힘없는 중전의 대답은 그러하였다. 이렇게 잠시 앉아 있는 것도 힘든 것인지 야윈 이마 위로 송알송알 진땀이 맺히고 있었다. 지그시 이를 악물며 곧 스러질 듯한 야윈 얼굴을 내려다보다가 왕은 더 모질게 엄한 화를 내었다.

"허나 조금이라도 드실 엄두는 내셔야 하는 것이 아니오? 도통 그렇게 딱 곡기를 끊으시니 어찌 속이 받아들일 것인가? 이날서 짐이 말하건대, 부부지간은 일심동체라 하였소이다. 중전이 이렇게 식음을 전폐하고 아니 드시면 짐도 따라서 굶을 것이오! 그대가 자책하며 괴로워하는 것은 결국 짐을 원망함이라. 짐은 이 노릇이 짐더러 따져 묻는 시위(示威)라 보여지오. 그래요, 짐 또한 그대에게 지은 죄가 많으니 따라 굶어 죽어서 이 망극한 죄를 씻겠소이다. 마음대로 하오! 짐은 이제 더 이상 사정하지 않을 것이오."

"저, 전하, 어이 그런 망극한 말씀을 하옵시는지요? 제발 무서운 말씀은 거두어주옵소서. 주상께서 어찌 못난 이 몸으로 인하여 곡기를 끊으실 것입니까? 신…… 첩이 도모지…… 미음도 넘기지 못하는 것은, 쓸데없는 고집 때문에 그런 것도 아니옵고…… 하물며 전하에 대한 원망 때문도 아니옵니다…… 그저 넘어…… 가지 않는 것입니다. 신첩도…… 사직의 정궁이라, 그 지엄한 책무를 다하여야 함을 잘 알고 있나이다. 허나 노력하여도 넘길 수가 없음이라…… 제발 더 이상…… 신첩을 궁지에 몰아넣지 말아주소서."

끊어질 듯 이어질 듯, 큰 눈에 가득히 눈물을 담고 간신히 말을 잇는 중전에게 왕은 다시금 벌컥 골을 부렸다.

"그대가 더 이상 삶에 애착이 없으니 그렇게 되는 것이 아니오? 그대가 어미로 아기씨를 잃은 것이 애통하듯이 짐도 그 아이의 아비거늘! 핏줄을 잃은 마음이야 똑같으니 짐 역시 분하고 참담하거늘! 허니 글로 쓸데없이 고집 피우지 마소! 중전은 일어나야 하겠다는 강한 뜻이 없으니 이러는 것이오."

쌀쌀맞게 내뱉는 말이 사실은 창자가 끊어지는 쓰디쓴 아픔이요, 슬픔이었다. 왕의 눈꼬리가 위로 사정없이 치켜 올라갔다.

"마음대로 하되, 한 가지만 알아두오! 중전이 죽어지면 짐이 어떤 짓을 할지 몰라. 사직의 어미로서 책무도 다하지 못하고 스스로 죽어진다 함은 도저히 있을 수 없는 괘씸한 일이라. 그대를 기른 사친을 불충으로 목을 벨 것이며 또한 중궁전 아랫것들 역시 비의 옥체를 잘 보필하지 못한 터라 전부 참할 것이오! 이미 그대의 몸을 잘 살피지 못한 죄목으로 박 상궁과 중궁전 전의들이 모다 옥에 들어가 있으니, 그대가 만약 잘못되면 그 인간들 모다 능지처참에 삼족을 멸하여 버릴 것이다."

중전의 하얀 얼굴이 너무도 잔인하고 섬뜩한 말에 새파랗게 변하였다. 왕은 한 손을 들어 중전의 얼굴을 어루만진다. 손길은 부드럽되 눈빛은 싸늘하고 더없이 냉혹하였다.

단장(斷腸) 57

"명심하소, 비(妃)의 이 한 목숨에 수십의 목숨이 왔다 갔다 하고 있음을! 그리 못할 줄 아오? 짐은 이미 광인(狂人)이오! 짐 때문에 그대와 우리 아기씨 목숨이 경각이라는 것을 알고부터 이미 맨정신이길 포기하였소! 오직 그대가 살아야 이 미친 피바람을 잠재울 수 있음이라. 그대가 만약 짐 곁에서 떠난다 할 것이면 짐은……."

그의 억센 손이 아래로 내려와 중전의 여린 목줄을 지그시 눌렀다. 정색을 한 무서운 눈빛이었다. 절대로 농담이 아니라는 뜻이었다.

"짐 안전의 모든 인간들 목줄을 이렇게 눌러 버릴 것이야!"

서온돌을 박차고 나오는 왕의 미간에는 퍼런 심줄이 서 있었다. 가엾을 손, 중궁이 또 한 번 난리가 났다. 상감마마께서 무슨 말을 어찌하였기에 이러하신 것인가? 중전마마께서 혼절하여 쓰러져 계시는구나. 아무것도 모르는 윤 상궁은 끌끌 혀를 차며 그저 원망스럽게 상감마마의 등을 바라보며 눈만 흘기고 있다.

그날 저녁. 우원전.
대전마마 앞에 밤수라가 올랐는데 일별도 아니 하시었다. 단 한마디, 물려라! 하셨다.

처음에는 다들 예사로 생각하였다. 중전마마께서 계속 곡기를 끊으시사 쇠약해지시니 몹시 심기가 상하시어 상감마마께서도 한 끼 내치나 보다 이렇게만 생각하였다. 그런데 이것이 웬일인가? 그 다음날 조수라도 역시 손도 아니 대신다. 그 일이 하루를 넘어가자 아연동동 온 궐 안팎이 다 뒤집혀지고 말았다.

　세상 만고에 없는 변란이 일어났다! 주상께서 수라상을 내치다니. 옥체의 안위를 어찌 다스리시려고 저리하시나. 아이고, 아이고. 이 일을 대체 어쩌나.

　상감께서 수라를 아니 하시는데 아랫것들이 감히 밥술을 뜰 수가 없다. 곤혹스러운 삼정승 육조판서 죄다 베옷 차림을 하고 대전 앞에 엎드려 곤욕을 치르는 소동까지 일어나고야 말았다. 제발 수라를 받기를 간청하였으나 도통 묵묵부답. 일별도 아니 하시고 교서 두루마리만 넘기신다.

　그 일이 사흘로 접어들자, 인제는 참으로 궐내 분위기가 흉흉망극해지고 말았다. 기함할 기별을 받으신 대왕대비전하와 진성대군, 효성군께서 내달아 대전으로 듭시었다. 대전께 수라상을 받기를 간청하였다. 허나 소용없었다. 어려운 분들의 간청에도 불구하고 내내 하답이 없으시다.

　진성대군 속상하고 노하여 아이고, 인제 이 숙부도 모르겠소. 상감마마 맘대로 하시오, 하고 위목에 휙 돌아앉았다. 대왕대비전하 역시 불안하고 불편하여 눈물만 뚝뚝 흘리신다. 구구절절 속 아픈 넋두리를 하시었다.

　"안팎으로 이 노인 속을 아주 뒤집으시오? 부창부수, 답답하고 고집 세기가 어찌 그리 똑같으시오? 아이고. 사직에 드디어 망조가 들었구랴. 방탕하여 국고 탕진한 임금은 여럿 보았으되 쌀알 아까워 굶어 홍서한다는 임금을 인제 드디어 보겠소이다. 이 늙은이가

단장(斷腸) 59

무엇 좋은 꼴 보려고 이리 오래 살아 상감이 저분질 끊는 망극한 꼴까정 보고 살아야 하노. 흑흑흑."

대전의 이런 소동이 중전마마 귀에 들어간 것은 그날 오후였다. 놀라 몸을 일으키는 작은 얼굴이 덮고 있는 이불깃처럼 새하얗다. 참말이오? 하고 묻는 목소리가 두려움에 떨렸다.

왕이 그런 말을 하였을 때 중전은 솔직히 설마 그러시려구 하였다. 심기 몹시 상하시어 한번 해본 헛된 말에 불과하다 무심코 넘겼다. 믿지 못하였다. 헌데 정말 상감마마께서 사흘 내내 수라상에 손 하나 아니 대시었다 하니 이럴 수가 없다. 화들짝 놀라 모깃소리만 하게 윤 상궁에게 확인하였다.

"대체 대전께서…… 왜 수라상을 내치신다는 게야? 아랫것들이 어찌 모시기에 그러하시오?"

"쇤네가 어찌 아옵니까? 그러하시니 그런 줄 아옵지요. 중전마마께서 곡기 입에 아니 대시면 따라서 굶는다 하셨다면서요? 그래서 그런가 봅니다."

속도 상하고 두렵고 안타까웠다. 대전께서 저분질을 아니 하시니 지금 내쳐 아랫것들도 전부 따라 굶는 참이라, 궐 안 사람들 형편이 말이 아니었다. 이 소동의 끝은 오직 중전마마 처분에 달렸나이다. 무언(無言)으로 아뢰는 윤 상궁의 눈빛을 외면하며 중전은 가만히 고개를 떨어뜨렸다. 옳고 그름을 가리지 않은 채 일단 한다면 하고야 마는 못된 그 성질머리가 기어코 터진 모양이다.

그날의 용안. 불꽃 튀는 왕의 눈빛을 가만히 떠올렸다. 억지가 반인 노여움의 껍질 속에 담긴 슬픔. 좌절감과 도무지 어찌할 수 없는 무력한 울분이 가득 스미어 있었다. 중전이 스스로를 자해하고 아기를 잃었다는 그 대목에서 이미 자신은 옳은 사람 되기를 포기하였다고, 짐도 이제 이판사판으로 가겠다 자포자기하는 목청이었지.

그대가 어미로 아기를 잃었듯이 짐도 아비거늘! 핏줄을 잃어버린 슬픔은 그대와 짐도 똑같거니! 고함을 치던 그 마음. 아마도 사실임에랴. 스스로의 모진 죄로 그리되었다 자책하는 그 마음은 나보다 수천 배 더 애끓고 단장(斷腸)의 참담함이시겠지.

중전은 창백하게 질린 얼굴을 들어 말없이 간청하는 윤 상궁 이하 중궁의 아랫사람들을 힘없이 바라보았다. 아침에 듭신 대왕대비 마마께서도 근심걱정으로 수라상을 내쳐 받지 않으셨다 하였지. 부원군이신 사친 역시 따님이 곡기를 잇기 전에는 물 한 모금 아니 하신다 고집부리신다는 전갈도 들었다. 내가 어찌해야 하나? 이 일을 어이하나.

참으로 기분 같아서는 아무것도 입에 대고 싶지 않았다. 딱 이대로 죽고 싶었지만, 그렇다고 지존을 굶게 하는 불충은 저지를 수 없었다. 대왕대비전하와 사친을 따라 굶겨 죽일 수는 없는 노릇이 아닌가. 슬픈 얼굴로 마지못하여 중전은 미약한 목청으로 속삭였다.

"어떻게 지존께서 곡기를 끊으신단 말인가? 윤 상궁, 내 먹을 것일세. 먹어볼 것이니 자네는 당장 대전에 나가 수라상을 올리게."

"제 눈앞에서 드십시오. 감히 상감마마께서 거짓을 고할 수는 없지 않습니까?"

강단있는 상감마마께서 이렇게 중전마마 고집을 마침내 꺾으시누나. 속으로 좋아라하면서도 윤 상궁이 엄포를 놓았다. 냉큼 나인이 미음상을 들어 중전마마 앞에 놓았다. 윤 상궁의 재촉에 중전마마, 마지못하여 은저분 들어 미음 몇 술을 입에 흘려 넣었다. 그리고 다시 윤 상궁을 재촉하였다.

"중궁에서…… 수라상 장만하여 모시게. 자네가 가서…… 전하께서 젓수시는 것을 반드시 보고 오게. 꼭 다 젓수시는지 확인하여야 하네."

중전의 하명에 인제 되었다 웃음기를 머금은 윤 상궁이 편전으로 나아갔다. 붉은 궁보 씌운 상을 머리에 인 나인 내관 거느리고 삼정승 육조관속 다 엎드린 사이를 조심조심 지나쳐 석계로 올랐다.

"상감마마, 중궁전 상궁 들었나이다."

"무엇이냐?"

"전하, 대전께서 수라상을 내친다는 날벼락 같은 소식 듣잡고 중전마마께서 아연 놀라시어 상을 보내셨나이다."

문안에서는 하답이 없으시다. 윤 상궁은 왕이 다음 말을 기다리고 있다는 것을 직감하였다. 목청을 더 높여 실긋 웃음기마저 머금고 큰 소리로 아뢰었다.

"기뻐해 주십시오. 금일 중전마마께서 미음을 젓수셨나이다. 소인이 그릇을 다 비우시는 것을 확인하고 나왔습니다."

"오오, 그것이 참이냐? 들라!"

반가운 옥음이 새어 나왔다.

"참말이니? 비가 수라하시었니?"

윗목의 진성대군 효성군 마마, 대왕대비전하께서도 반가워 바라보고 계시다. 전하께서 즐겁고 들뜬 목청으로 묻자오시었다. 윤 상궁은 절하고 아뢰었다.

"예. 어전(御前)에 어찌 감히 거짓을 아뢰리까? 미음 젓수시고 전의가 올리는 탕제도 다 비우셨나이다. 인제부팀은 강잉하게 수라를 하리라 하셨습니다. 대전의 소식을 듣자와 대경(大驚)하시었습니다. 제발 수라를 합시오, 간곡히 부탁하셨나이다."

왕이 벙싯 웃었다. 득의양양. 그럼 그렇지! 너가 이기니 내가 이기니? 짐의 고집에 감히 견주려고? 짐의 계교가 참으로 기발하였거든? 다시 한 번 씩 웃으신다. 안심하였다는 용안이시다.

"어, 그럼그럼. 짐도 수라하거니. 너는 당장 중궁 들어가서 보내신 상을 짐이 다 하였다고 아뢰어라. 전하기를, 짐이 밤서 들어갈 것이니 짐 앞에서 수라합시는 아름다운 모습 보여주시오 전하여라."

"아뢰겠나이다."

"다시 한 번 말하거니, 저가 굶으면 짐도 따라 상을 내칠 것이야. 짐을 편안케 하려면 저 먼저 기운 내어 수라 드시고 옥체를 보존하시어야 할 것이야. 반드시 알려 드리거라."

너무 쉽게, 너무 순순히 지금껏 동동거리고 마음 졸인 사람들이 화가 날 정도로 고집을 버리셨다. 온 궐을 뒤집은 상감마마 단식이 끝났다, 중전마마 미음 듭시었다는 그 한마디에.

단장(斷腸) 63

돌아서는 모든 사람들, 참으로 원망스럽기도 하고 어이없기도 하여 한숨을 푹푹 내쉬었다. 인제 보니 상감마마께서 수라상을 내친 이유가 오직 식음전폐하신 중전마마 마음을 돌리기 위한 수단이었던 게다. 그만큼 중전마마는 왕의 마음에 귀한 꽃이라. 지존이신 당신의 체면과 위엄마저도 버려가며 보살피고 사모하는 뜻이 뜨거운 터였다.

　이를 어쩌누? 천근만근, 돌아서는 중신들 눈앞이 캄캄하다. 감히 중전마마와 상감마마 사이 음해한 놈들. 중전이 죽어지면 내 딸을 중전 올리랴 미리 김칫국 마신 인간들. 월성궁 계집의 끈줄 따라 정조에 구설난 중궁, 폐비시켜라, 쫓아내라 난리치던 인간들. 눈앞에 희뜩한 망나니 칼날이 오락가락. 피보라가 치고 목이 댕겅 떨어지는 착각에 오금이 저리고 다리가 절로 풀린다.

　중전마마께서 옥체 회복하시기 전까지는 짐이 참으나 어디 한번 두고 보렴? 우리 둘의 정분 음해하고 깨뜨리려 하며 이간질한 놈들 다 가만두지 않을 것이다. 버럭버럭 호령질하는 상감마마 부릅뜬 눈이 허공에서 떠돌았다.

　초헌 타고 집으로 돌아가는 좌의정 정안로. 뒷어깨가 천근만근. 앞으로 방자한 제 딸년과 저의 앞에 닥칠 피보라에 다만 정신이 산란하고 눈앞이 어지럽다. 첩첩하여질 앞날이 있을지 몰라 역심 품고 방비하여 묻어둔 사병(私兵)은 다 잃었다. 그 비밀을 혹여 아는 자 발설하랴 가슴 졸이며 뒤처리에 바쁜 와중이다. 제 딸년 성총이나 잃지 않았다면 훗날을 기약하여 보겠지만 너무 허무하게 사라진 봄날의 꿈이여. 대대손손 광영이여.
 어수선한 일들이 정리되고 난 후 상감께서 이번 사단을 두고 치죄 닦달하시면 그 뒷감당을 어찌할까?

 청사에 단 한 번도 없던 상감마마 단식 소동이 끝난 그 며칠 후.
 조하 일을 물리기 무섭게 왕은 다다다 중궁으로 달려들어 왔다. 이즈음 내내 그런 것처럼 중전마마 상 받는 옆에 철썩 붙어 앉았다.
 "어이, 거참 보기 좋소이다. 모처럼 곤전께서 그릇을 비우는 모습을 보니 짐이 참으로 흥그럽구려."
 왕 당신이 마치 기미 보는 상궁이라도 되는 양 요것조것 자셔보시오 권하였다. 물 같은 미음 대신 그나마 든든한 죽이 올라온 밤. 상을 물리자 냉큼 물대접 건네주며 만족하여 웃었다. 연하여 오른 탕제 대접 비우자 입가심하라 꿀에 졸인 대추 한 조각까지 젓가락으로 들고 기다리고 있다. 중전이 쓴 약에 진저리를 치자 안타까운 빛은 왕이 더하였다.
 "쓰지? 응? 암만, 많이 쓸 것이야. 하지만 몸에 좋은 약이 쓰다 하였잖어. 이것 자시오. 입가심하오."
 중전이 자신을 보든 보지 않든 일단 이 사람이 무사하다 싶으니 그저 좋다. 살그머니 눈 돌려 하얀 이마 훔쳐보았다. 그사이 몇 끼를 제대로 듭시었다고 살포시 살쩍 오른 얼굴을 바라보는데 두근두근, 쿵닥쿵닥 그저 좋고 흐뭇하고 행복하였다.
 "중전 곤하시다. 자리로 뫼시어라."

김 상궁이 중전마마 옥체를 부축하여 다시 금침 자리로 모시었다. 인제 쉬셔야 합니다. 나가십시오, 눈짓을 하였다. 헌데 이분 보시오? 끝까지 아니 나가신다. 떡 버티고 앉아 중전마마 눈을 감고 금세 주무시는 양을 홀린 듯이 바라보고만 있다. 이윽고 왕은 대전 몽 상궁을 돌아보았다.

"짐이 중전 곁에서 침수하리라. 예다 금침 배설하여라."

동온돌에서 자리옷 갈고 돌아온 왕은 사람들이 다 나가자 자신을 위하여 마련한 이부자리 놓아두고 슬그머니 중전이 잠든 금침 곁으로 설레설레 한 발을 들이었다. 모르는 척 천장만 바라보며 발가락으로 슬쩍 중전 몸을 건드렸다.

"잠이 든 것이니?"

"……."

"무정타! 쳇. 고새 깊은 잠이 든 것이야?"

그래도 왕비는 말이 없다. 가냘픈 숨소리만 들렸다. 홍준이 올리는 약대접에는 노상 잠이 들게 하는 약초가 들어 있었다. 곤히 주무시고 많이 젓수셔야 옥체가 빨리 회복되심이라. 그를 뻔히 알고 있음에도 왕비가 일부러 저를 외면한 양 섭섭하여 풀이 죽는 왕이다.

"그대도 참 무정타. 어찌 그리 모질어서 짐을 한 번도 아니 보아 주는 것이니? 짐도 할 만치 하였다 무어?"

사람 욕심 끝이 없어 중전이 사경을 헤맬 적에는 살아만 주오 하던 마음이 인제는 슬며시 앙앙불락. 잘못한 놈이 할 말 없음에랴. 짐이 다 참고 저자세이고 하잡는 대로 다 하게 하던 속내가 슬슬 솟구치며 은근히 원망과 야속함이 모락모락 김처럼 피어오르는 것이다. 슬슬 버릇인 양 억지 심술이 솟아나기 시작하는 것이었다.

"쳇, 하릴없도다. 여하튼 고집이 여간해야지? 한 번만 더 용서하여 주면 어디 덧나나? 짐이 정말 잘못한 것도 알고 있구먼. 음음음, 지금껏 뉘우쳤으며 별의별 일을 다 하였는데……. 평생 동안 짐은 그대 등만 바라보며 바깥에서 빙빙 돌란 말이니?"

대답이 있을 리 없다. 작은 새가 깃을 접고 안식의 잠을 자듯이 동그랗게 돌아누운 좁다란 어깨는 나지막한 숨소리만 토해낼 뿐.

왕은 갈등 어린 눈으로 언제나 애달프기만 한 어린 안해를 바라보았다. 천장을 올려다보며 슬쩍 한 다리를 중전이 잠든 요 위로 올려놓았다. 이윽고 허리를 비틀비틀 움직여 어깨까지 중전이 잠든 이부자리로 쪼작쪼작 파고들었다.

턱 밑에 잠긴 왕비의 작은 몸. 동백기름에 젖어 새파란 윤기가 철철 흐르는 머리타래에서는 그녀에게서만 맡을 수 있는 애련한 향기가 가득하였다. 왕은 서러운 얼굴을 그 머리결에 조심조심 비볐다. 한편으로는 안심되고 또 한편으로는 염치없고, 그러면서도 마냥 좋고…… 이내 미안하고 괴롭지만 또 한편으로는 이 사람을 잃지 않았다. 이렇듯이 내 곁에 계시는데 무얼, 하고 스스로를 위로하는 속이 미어터졌다. 거칠한 돌바닥을 맨발로 걸어가듯 조심스레 속삭였다.

"짐을 너무 미워만 마소. 짐도 많이 괴로운걸."

"……."

시냇물이 무심히 바윗돌 곁을 흐르듯이, 바람이 마른가지를 흔들고 스쳐 가듯이 야윈 안해의 어깨선만 바라보며 왕은 심연보다 더 깊은 마음의 바닥을 서리서리 펼쳐 보였다.

"짐도 무척 힘이 든다고. 생각만 하면 눈앞이 아뜩하고 마음이 갈기갈기 찢어지는 듯해. 다 짐의 죄인걸. 짐이 잘못하여 일어난 일인걸. 누구에게 입 벌려 말도 못하지. 아픈 척도 못하고 슬픈 티는 더더구나 염치없어 내지 못함이라. 짐이 잘못하여 그대 심신을 괴롭혀 이렇게 쇠약하게 만들고, 그것도 모자라서 우리 아기씨까정 잃고…… 다 짐의 허물이니 누구에게 하소연을 하겠소? 천번만번 후회하고 또 후회한들 무엇할까? 어리석은 이 사람이 벌써 못난 일을 또 저지르고 만걸."

왕은 두 팔로 따뜻하고 여린 몸을 꼭 안았다. 깊은 잠에 빠져 들지 못하는 귀에다가 마디마디 맺힌 속을 참깨 털 듯 풀어냈다.

"하지만 인제 짐도 철이 든 것이야. 응? 잘하여 볼 것이다 날마다 맹세하오. 참말 좋은 임금, 참된 지아비 되리라 결심하오. 노력하고 있소이다. 허니 중전이 짐을 딱 한 번만 더 용서하고 받아주소. 응?"

침묵이 대답일까? 만지는 것조차 안타까운 여린 손가락 사이로 자신의 손가락 하나하나를 얽으며 왕은 더운 입김을 살며시 불어냈다. 오직 하나의 죄는 더없이 사모하는 그 마음. 그래서 왕비도 왕을 사모하여 주고 받아주기를 바란 욕심. 허나 그동안 지은 죄가 많다 싶은 자격지심으로 괜스레 투정 부린 것. 누구든 그 사람 미소를 훔쳐 가는 것이 밉고 투기나고 심술났다.
 고귀하게 태어나 도도하고 오만하여 깊이 그 누구도 들이지 못했던 냉심(冷心)에 한 사람을 담아버린 탓. 원한 것은 아니었는데 그렇게 되어버렸다. 운명처럼, 폭우처럼, 전쟁처럼 심장에 박혀 버린 그 사람을 향한 사모지정은 너무 뜨겁고 깊었다. 이글거리는 불꽃이 붉게 타오르다가 이내 파랗게 변하고 종국에는 보이지 않는 투명한 열기가 된다. 은애하는 마음은 뜨거운 잉걸처럼 타고, 타고 또 타서 그를 재로 만들어 버렸다. 불길 같은 외사랑. 지옥 같은 그리움. 그래서 상처 주고 모질어지고 굳게 투정하고…….
 '하지만 그 모든 게 그대를 사모한 탓. 이런 마음을 그대는 언제쯤 알아줄까?'
 세월이 흐르고 시간이 더 지나면, 깊은 상처도 아물고 새살이 차오른다. 망가진 심사도 그러하거니. 짐이 잘하면 중전도 마음을 풀어줄 것이고, 이러저러하여 정분 다시 회복되고 옥체 강건해지시면 아기씨도 다시 잉태할 것이고…… 그러면 짐과 그대 사이도 다시 봄날이 돌아올 터이니. 가난한 희망을 품고 왕은 눈을 감았다. 간절한 소원을 드러냈다.
 "마음은 오직 하나인걸. 짐도 어쩌지 못하는 하나인걸. 이 마음의 주인은 평생 그대이거니 짐의 간절한 이 마음을 더 이상 짓밟지 말아주오, 중전."
 허나 왕은 몰랐다. 깊은 잠에 빠졌다 여긴 중전이 잠시 깨어났던 것을. 말짱하게 귀가 열려 푸념인 양, 하소연인 양 주절대는 왕의 말을 다 듣고 있었다. 손을 대면 찢어질 듯한 얇고 아스라한 밤의 정적을 안고 왕비는 지아비 왕의 속내를 들었다. 사람을 앞에 두고는 정작 말하지 못하는 수줍은 그 사내의 서투른 사죄를 들었다.

  소리없이 눈물방울이 볼을 따라 흘려내려 귀밑을 적시고 원앙새 수놓은 베개를 어느새 흠뻑 적셨다. 가슴 사이로 걸쳐진 커다란 손이 이제는 조금도 두근거리지 않고 설레지도 않는데 어쩌란 말이냐.

  '성상께서 그러하듯이 신첩 또한 이 마음을 내 마음대로 움직이지 못하나이다. 어찌하리오.'

  가만히 중전의 입술이 움직였다. 소리 내지 못하는 항변. 서러운 대답이었다.

  사모하던 그분, 지아비 왕께서 달라지면 무엇 해? 지극정성. 애면글면, 동당거리며 서툰 구애(求愛)에다 비위 맞추고 얼싸안아 주면 무엇 해? 중전 자신의 마음이 얼어붙어 도무지 움직이지 않는데.

  죽을 결심을 할 정도로 밉고 원망스러웠다. 허나 간사한 것이 사람 마음이다. 깨어난 후 물벼락처럼 쏟아지는 정성. 중전 자신에게 쏟는 지극한 지아비의 사랑과 배려가 어찌 보이지 않으랴. 느껴지지 않으랴. 중전 자신이 상심하여 식음전폐한다고 따라 수라상을 내치던 그 마음이 어찌 감격스럽지 않으랴.

  그러나 그것이 전부였다. 고맙기는 하지만 단지 그것뿐이다. 인제는 끝내리라. 독하게 목을 매던 그 순간, 어린 소혜 아씨 단 하나 맹목의 은애지정이니 지아비 전하께서 무엇을 어찌하셔도 그저 좋고 사모하여 가슴 두근거리던 그 소녀는 이미 죽어버린 터인데.

지금 교태전에 누워 중전마마 소리를 듣는 사람은 그림자요, 껍데기에 불과하였다. 해바라기인 양 무정하고 야속한 지아비를 사모하다 지쳐, 붉은 단심(丹心) 부인당하고 그 설움에 사무쳐서 가슴을 베이고 몸이 상하고 그녀와 태중 아기까지 해친 잔인한 야차에 불과한 것을.

'내가 고약한 계집이다. 누가 보아도 날더러 고약하고 무정한 계집이라 할 것이야.'

중전은 살며시 돌아누웠다. 섬약한 몸을 휘감아 숨을 막히게 하는 무거운 팔을 제자리에 돌려놓았다. 몸을 일으켜 어둠 속에 잠긴 사모했던 그분을 가만히 내려다보았다. 볼 아래로 투명한 눈물은 그치지 않고 똑똑 떨어지고 있었다.

'전하께서 한결같은 지극정성인 것은 이미 알고 있도다. 한데 왜 내 마음은 이리 차갑게 얼어붙어 움직이지 않을까? 하냥 바라보며 사모하여 그분의 어떤 행동이든지 그저 가납하고 참으며 삭이던 어리석은 사람은 이미 죽어 없어졌거늘. 나의 태중에서 아기씨 얻어질 것이다 하시었지. 내가 귀한 아기를 가졌다가 잃어버린 참이니 그것이 미안하고 놀라워서 이리 정성 쏟아주시는 모양이되, 그를 감사하고 그저 황감하게 받아들여야 한다고 믿는 것이겠지만…… 허나 나는 아니야!'

중전은 피가 나도록 입술을 꼭 깨물며 흔들리는 가슴을 두 손으로 부여잡고 도리질을 쳤다. 그런 허수아비는 이제 싫다. 그리는 살고 싶지 않아. 소리없는 절규가 터졌다.

'내키는 대로 이리저리 날아다니며 마음대로 사시는 그분 바라보며 이 목숨 사모지정 모다 내어드리지는 않을 것이야. 지금 무작정 잘하시는데 속아서 마음 다시 주었다가 변덕 심한 분이 다시 나를 버리시면은 어찌하나. 나는 못살 것이다. 싫어! 인제는 사모하지 않아! 내 마음 다 주었다가 피 흘리지는 않을 것이야.'

마음 닫은 왕비를 바라보며 바깥에서만 빙빙 도는 처지가 괴롭다 왕은 토로하였다. 하지만 입 열어 말하지 않았다 뿐이지 중전 역시 가슴 아프고 힘들기는 마찬가지였다. 이미 중전 마음속에 아무런 즐거움도, 희망도 없어진 때문이었다. 오히려 천배만배 더 시고 썼다.

자신도 모르게 중전의 두 손이 아랫배를 살며시 감싸고 있었다. 이미 잃어버린 태중의 아기를 그리워하고 아파하고 미안하여 흐르는 눈물이다. 후회하고 그리워해도, 안타까이 슬퍼해도 소용이 없음을 어찌 모르랴. 훌훌 털어버리고 왕의 말대로 새로이 잉태하여 책무를 다해야 함을 알고 있다. 하지만 머리로 알고 있으면 무엇해? 마음이 도통 받아들이지 못하는 것을.

아무리 하여도 잊을 수 없고 사무치기만 해서 견딜 도리가 없었다.

'미안하구나, 아가. 그저 미안하구나. 어미로서 몸조심을 하지 못하고 너를 죽인 터라 나는 어미로도, 지어미로서도 도통 자격이 없는 계집이다. 아가, 이런 내가 어찌 국모로서의 위엄을 다하고 사직의 어미 노릇을 할 것이냐. 나는 이미 살 자격이 없는 게다. 다만 너를 따라 죽고 싶을 뿐……. 아가.'

평생 동안 잊지 못하고, 수시로 아프게 할 일이다.

내 몸이 은근히 이상하도다 혼자 생각하였다. 허나 너무 괴로워 스스로 목줄 끊어버릴 것이다 작정을 한 그때, 내가 살아서 아기씨 낳아져도 그 아기씨 나와 더불어 하냥 조롱거리, 구박과 악독한 계집 호가호위하는 중신들 틈에서 마음고생하며 살면은 무엇을 할 것이더냐? 우리 같이 죽어지자꾸나 하는 독한 마음으로 목을 맨 터다. 그 충격으로 낙태를 한 참이니, 아기를 죽인 이가 바로 중전 자신이 아니냐.

별일없이 태어나서 만약 왕자였다면 원자라. 이 나라 사직 감당할 귀한 분을 어리석은 결심으로 그렇게 잃어버린 참이다. 중전은 실로 자신이 왕의 말대로 도통 국모로서도, 사직의 안주인으로서도, 왕의 지어미로서도 자격이 없다 스스로 깊이 반성하였다. 그만큼 죄책감도 크고 갈기갈기 찢어진 속도 말할 나위 없는 것이고.

중전은 살며시 일어나 창을 열었다. 우르르 우르르 먼 하늘에서 뇌성벽력이 치는 소리가 은은하게 난다. 비가 오려나. 아니나 다를까, 투다다닥 달려온 밤 빗줄기가 후드득 후드득 바닥에 내리꽂히기 시작하였다. 중전은 멍한 눈으로 어둠을, 찬비를, 끝이 보이지 않는 슬픔과 죄책감만이 진창처럼 뭉개진 자신의 심사를 본다.

'차라리 아가, 그때 너와 더불어 나는 죽어버렸어야 했다.'

중전은 흐느낌이 터져 나오는 입을 두 손으로 막았다. 어둠이 이 눈물을 감추어줄 수 있다면, 이 빗소리가 내 입에서 흘러나오는 오열을 감추어줄 수 있다면, 천둥벼락이 내 몸을 후려쳐서 부끄럽고 참담한 내 몸을 부서뜨려 버렸으면…….

지워질 수 없는 자책감, 상처는 크고 깊어 아무도 아물게 해줄 수가 없다. 밤마다 중전마마, 하염없이 그저 울고 계신 것을 아무도 모른다. 말 못하는 괴로움. 보일 수 없는 슬픔과 고통이 여린 속을 헤집어 깊은 속병이 들었음에랴. 그것은 사람들이 생각한 것보다 훨씬 더 무섭고 끔찍한 중병(重病)이었다.

이럭저럭 두어 달포가 훌쩍 지났다.

더디나 꾸준히 회복된다 하였다. 홍준이 입시하여 중전마마 맥을 잡고는, 옥체가 많이 조섭되었나이다 아뢴 날이다. 태상대왕 광종마마의 기일이라, 왕은 영천 땅까지 거동하여 능에 참배하고 며칠 만에 돌아왔다. 그날 밤이다.

왕과 왕비는 동온돌 침전에서 나란히 누워 잠이 들었다. 깊이 잠들었던 왕은 돌아누우며 본능적으로 손을 휘저었다. 한 번 잃어버릴 뻔한 이후로, 잠시잠깐 의식이 드는 순간마저도 근심되어 옆에 누운 안해를 더듬어야 안심되는 버릇이었다. 엉? 왕의 눈이 번쩍 뜨였다. 아무것도 잡히는 것이 없었다. 등골에 소름이 쫙 끼치었다. 왕은 벌떡 일어나 주위를 두리번거렸다.

"중전! 중……."

두려워 소리쳐 부르던 목소리가 잦아들었다. 곁방문을 열었다가 닫고, 또 다른 문을 열어보고 닫고…… 자리옷 차림의 왕비가 넋이 빠진 얼굴로 사방으로 난 사이문을 열고 닫고…… 흐느적거리는 걸음으로 이리저리 돌아다니며 똑같은 일을 되풀이하고 있었다.

"어찌 이러하오? 무엇이오?"

왕은 가냘픈 두 팔을 잡고 재우쳐 물었다. 빛이 꺼진 쓸쓸한 눈빛이 그를 향하였다. 들을락 말락 작은 목소리가 우물거렸다.

"……들려서…… 자꾸 울어서……."

왕은 잠시 귀를 기울였다. 허나 삼경 넘어 조용한 밤. 지존이 침수하시는 방 앞에서 소란이 일어날 리는 만무하다. 적막한 침묵뿐이었다.

"누가 운다는 말이오? 무슨 소리가 들린다는 말이오?"

"……아기가…… 우는 소리가 들려서. 자꾸 신첩을 자꾸 불러서……."

탁 소리를 내며 심장이 떨어졌다. 잡혀 있는 작은 손이 바들바들 떨리고 있었다. 중전의 커다란 눈이 왕을 올려다보았다. 흐르지 못한 눈물이 검게 굳어 젖어 있었다.

"마마께서도 들리시지요? 참 이상하여요, 우리 아기씨가 우는데, 찾아도 찾아도 아니 보이니……."

"안 들려. 짐의 귀에는 들리지 않소."

왕은 세차게 고개를 저었다. 잡은 손에 힘을 꾹 주었다. 도리질을 치는 중전의 얼굴을 잡아 무섭게 윽박질렀다.

"정신 차리오. 그대가 꿈을 꾼 게요. 마음에 사무쳐서 헛된 꿈을 꾼 것이야. 마음을 강잉히 가지시오!"

"아니어요! 신첩을 부르고 있습니다. 보내주시어요! 신첩이 가야 합니다. 가서 안아줄 것입니다."

작은 몸이 품 안에서 요동을 쳤다. 왕은 바동대는 왕비를 잡은 팔에 힘을 주었다. 차마 소리 내어 울지는 못하고 짙은 눈물만 뚝뚝 떨어지는 얼굴을 안아 가슴에 깊이 파묻었다. 위로하여 중얼거리는 말은 중전에게 하는 것이 아니라 무너져 버린 자신의 마음에게 하는 말이었다.

"아니오. 아니야. 그대가 꿈을 꾼 게야. 가슴에 사무쳐서 몹쓸 귓병이 난 게지. 누가 운다고? 예는 우리 둘뿐이오. 누가 그대를 찾는다고…… 이미 잃어버린 아기씨가 어디 있다고 그대를 찾아 운다는 말인가."

"여기는…… 이곳에서는…… 못살 것이오. 신첩을 보내주십시오! 우리 아기 울음소리가 들리지 않는 곳으로 멀리 보내주셔요, 마마. 가슴이…… 답답해서…… 눈앞이 아뜩해서…… 마마. 마마, 신첩을 이곳에서 벗어나게 하여 주십시오!"

울음이 반, 토막토막 뱉어내는 말의 부스러기들. 피 배인 슬픔과 절망이 점점이 스며 있다. 차마 토해내지 못한 소원. 하여 지금껏 가슴속에 담아만 두어 마침내 병이 되어버린 간청. 원하는 바가 있으면 엉뚱한 사람 말고 지아비인 그에게 하여달라 고함질렀다. 그런데 혼인한 지 꼬박 세 해. 왕비가 마침내 한 소청이라는 것은 결국 그의 곁을 떠나게 해달라는 말이었다. 높은 궐 담을 넘어가게 해

달라는 것이다.

"눈을 감아도 헛것이 보이고, 입에 넣어도 달지 않사옵니다. 눈물이 나지 않아요, 마마. 차라리 통곡이라도 하고 싶은데 마마, 여기가, 여기가……."

중전이 왕의 손을 가져다 자신의 가슴골 사이로 대었다. 슬픈 심장이 퍼들거리고 있는 바로 거기. 울지 못해 병이 된 터, 흐느끼며 속삭였다. 나지막한 간청이 뼈아프고 애절하였다.

"아프옵니다. 찢어진 듯 아프옵니다. 눈앞이 먹먹하여 앞이 보이지 않습니다. 눈물이 나지 않아요. 울고 싶은데, 참말 신첩도 울고 싶은데…… 마마, 눈물이 나지 않습니다. 이대로 살다가는…… 신첩이 죽을 것 같습니다. 사무쳐서, 가슴이 아파서…… 죽을 것 같습니다."

왕비의 말 한 마디 한 마디가 날카로운 죽창(竹槍)인 양 왕의 심장을 쿡쿡 찔렀다.

말없이 아랫것들이 시키는 대로 먹고, 입고, 약대접 들이킨다. 비단 당의 아래 다소곳이 스란치마 여미고 앉아 대용잠 찌른 어진 얼굴로 교태전에 머무르신다. 비단 보료에 앉아만 희미한 미소 지으며 조용히 먼 산만 바라보았지. 왕이 손을 잡으면 가만히 잡히고 있다. 우스개를 하면 말가니 미소 짓는다. 팔을 내밀어 안아보면 폭신하니 안겨드는 몸에 온기가 따듯하였다. 회복되어 가시는구나. 아물어가시는구나, 너무 쉬이 생각하였다.

그러나 속으로 곪아가고 있었던 것. 드러나지 않고 표현할 수 없었던 고통과 아픔이 썩어서는 이렇듯이 피고름 철철 흐르고 있었던 것. 도려내지 못한 슬픔이 넘쳐 결국은 이 사람을 죽이는 독이 되었던 것.

바들바들 떨다가 기어코 바닥에 무너져서는 왕비는 서럽디서럽게 울었다. 소리 내어 울면 아니 된다는 중전마마 체통에 대한 강박관념이 골수에 맺혀, 끅끅 두 손으로 입을 막고 흐느꼈다. 어쩔 줄 몰라 하며 왕은 하염없이 울고 있는 왕비 옆에 쪼그려 앉았다.

"울지 마소. 응?"

서툴게 애원하는 목청이 떨렸다. 도무지 어쩌지 못하는 무력한 물기가 이윽고 왕의 눈 아래에도 맺혔다. 울고 싶어도 차마 울지 못한다는 지어미를 앞에 두고 위로조차도 제대로 하지 못하는 못난 스스로에 대한 곤혹스러움, 그 슬픔. 아무리 하여도 이 사람 곁에 나는 고통과 눈물만 주는 사람인가 싶어 울컥 두려웠다. 연신 축축하게 젖은 볼을, 떨리는 어깨를 안아주고 쓰다듬어 주면서 왕은 슬프게 속삭였다.

"응, 응. 하여주께. 중전이 하잡는 대로 다 하여주께. 허니 우지 마소. 응? 제발 울지 말란 말이오. 그대가 이러면 짐더러 어찌하라고? 가엾고 미안해서 짐이 어찌하라고? 중전, 진정하오. 짐도 울고 싶소이다. 응? 우지 마소."

"집에, 마마, 집에 보내주시어요. 네? 네? 신첩은 집에 가고 싶어요."

중전이 원하는 대로, 하여달라는 대로 다 하여주마. 집으로 보내주마. 무작정 고개를 끄덕이면서도 왕은 속상하였다. 풀 죽어 홀로 입안에서만 웅얼거렸다.

"하지만 여기가 집인데, 어이하여 집으로 간다 하오? 중전 집은 여기인걸."

먹물보다 더 진한 어둠이 깔린 허공을 노려보는 왕의 눈빛은 그 어둠만큼 암울했다. 짐 곁이 그대의 집이거늘. 천지신명이 정해준 마음결이라 그대의 집은 지아비인 짐이거늘. 그대가 진정 집이라 여기는 곳은 대체 어디인가?

다음날 아침이다. 우원전에 불려온 윤 상궁이 왕 앞에 부복하였다. 왕은 한동안 바닥만 바라보다 고개를 들었다. 더없이 침중하고 울적한 용안이었다. 나지막이 캐물었다.

"아지는 바른대로 말하여라. 짐이 이 아침에 상선에게 들었거니 중전께서 실성하였다는 해괴한 소문이 궐 안에서 도는구나."

"마, 망극하옵니다. 소인도 들었나이다."

"짐이 모르는 바가 아니다. 어젯밤 같이 침수하실 적에 하신 행동이며 말씀이 참으로 이상타 싶었거든. 상심이 극에 달하고 애통함이 골수에 사무쳐 그런 게지. 그이도 그러하고 싶어 그러하였겠니? 휴우, 윤 상궁 너가 보기도 중전이 많이 고달파 보이더냐?"

"지존의 깊은 속내야 한갓 어리석은 저희가 다 헤아리겠습니까. 허나 중전마마 마음병이 깊으신 것은 사실인 줄 아뢰옵니다."

"중전이 옥체 미령하시어 병중이신 것은 다 아는 사실이되 갑자기 그이가 실성하였단 소문은 왜 난 것이니?"

윤 상궁이 잠시 말을 잇지 못하였다. 숙인 고개를 들었을 때 늙은 상궁 눈에는 눈물이 그렁그렁하였다.

"중전마마의 옥체를 제대로 보필하지 못하는 소인을 죽여주십시오, 마마. 망극하옵니다. 이 며칠 계속하여 밤만 되면 침수를 못 이루시며 후원을 헤매이셨는데…… 갑자기 바람 소리를 듣잡고는 아기씨 울음소리가 난다 이리하시면서 내달리시니니, 배행한 저희가 참말 혼절할 정도로 놀랐나이다. 허고 사흘 전인데, 파루를 치는 야심한 시각에 장옷을 꺼내라 하시었나이다. 어찌 그러하십니까 여쭈었나이다. 하니 대답하시기를……."

"집에 간다 하더냐?"

듣지 않아도 그 대답이 어떨지 알고 있다. 윤 상궁이 고개를 조아렸다.

"예, 전하. 쇤네가 아무리 만류하여도 집으로 가야 한다 하시며 기어코 자리옷 차림에 장옷만 두르시고 숙장문으로 나가셨나이다. 저하고 김 상궁이 대경하여 억지로 뫼시고 들어온 터로 아마 망극한 소문이 그렇게 퍼진 줄 아옵니다."

"중전께서 많이, 많이…… 우시더냐?"

늙은 상궁의 주름진 볼로 마침내 눈물방울이 뚝뚝 굴러 내렸다. 참혹하고 가엾은 마음에 마냥 흐느끼며 윤 상궁이 더듬더듬 아뢰었다.

"우, 울지 못하셨나이다."

으으흠. 신음 같은, 절망 같은, 오열 같은 한마디 침음성이 왕의 입술 사이로 물렸다. 멍하니 허공만 바라보는 눈이 설핏 붉었다. 팔걸이 위에 놓인 주먹이 꾹 움켜쥐어졌다. 손등에 퍼런 심줄이 아프게 돋아났다.

"차라리 우시면은 무엇을 걱정하리오. 말씀없이 하라는 대로 이리저리 지존의 위엄을 간직하시고 의젓하게 처신하시기에 쉰네는 차차 회복되어 가시는가 보다 이리만 생각하고 안심하였사옵니다. 허나 무섭고도 처절하니, 드러내지 못하고 말 못하는 속병어 깊으셨나이다. 밤 내내 가슴만 주먹으로 동동 치시면서 안절부절. 방 안을 빙빙 돌다가 주저앉으시더이다. 소인을 바라보시면서 힘없이 웃으시는데, 그 미소가 바로 혈루(血淚)였나이다."

왕이 허탈하게 웃음 지었다. 나지막이 속삭였다. 사모하는 그 사람이 겪는 고통에 더 아리고 문드러진 심장을 피처럼 내뱉었다.

"짐이, 짐이 울지 말라 하였기에…… 제발 짐 앞에서 우지 말라 마냥 고함질렀기에 가엾은 그 사람이…… 그만 우지 못하는 병에 걸렸구나. 어이할거나. 아아, 가엾고 애잔하여 어이하면 좋을 거나."

제3장 애별(愛別)

　　　　　장옷에 깊이 고개를 묻고 행여 눈에 뜨일세라 그늘만 골라 밟고 간다. 둘레둘레 주변을 살피던 신형이 족제비처럼 재빠르게 높은 담벼락 작은 쪽문을 넘어갔다.
　월성궁 요운당.
　장옷을 벗어 살그머니 접어 든 사람은 중궁 나인 선이 년이었다. 연못가 정자에 앉아 가야금을 둥당거리던 희란마마가 반색하며 맞이하였다.
　유유자적. 궐 안의 참담하고 해괴한 중전의 사정을 꿰뚫고 있는 참이니 어이 아니 좋을시고! 눈 깜빡할 사이 잘하면 다시 내 세상이 되려니, 이 근래 희란마마 사정이라 밥맛은 절로 나고 콧노래가 흐른다.

"여기 들어오는 것을 뉘가 눈치챈 것은 아닐 테지?"

"암만요. 저가 이래 뵈도 눈치가 있습니다. 월성궁 근처가 의국(醫局)이 아닙니까? 소인의 어미가 아프다 핑계 대고 나온답니다. 모다 저가 의원을 찾아가는 줄 아옵니다."

"신통방통이라. 잘하였구나. 너가 나의 심복이라는 것이 눈치채이면 절대로 아니 된다."

"큰마마 은덕을 입고 사는 처지. 눈치껏 보탬이 되면 이년 여한이 없습니다요."

선이 년, 떡 벌어진 소반과 받으며 생긋생긋 아첨을 떨었다. 희란마마 한 무릎 다가앉아 캐물었다.

"중전 고년 아기씨 잃고 상심하여 실성하였다고 소문이 자자하단다. 궐내 풍문이 어떠하냐?"

희란마마 성질대로라면 다시 한 번 중신들 떼로 일으켜 실성한 중전 년 당장 폐하고 새 중전 맞으소서 하고 싶다. 또한 그런 말이 선이 입에서 나와주기를 기대하였다. 허나 선이 년, 고개를 잘래잘래 흔들었다.

"그런 소문이 흉흉하옵니다만은, 아무도 입을 벌리지는 못하는 듯하옵니다. 상감마마께서 중전마마에 대한 해괴한 소문을 발설하는 자 가만두지 않으리라 대노(大怒) 일갈하시었다 합니다."

"흥, 참으로 민망하고 망신이로다. 그분은 대체 무슨 생각을 하고 사시는 분이냐? 명색이 국모이며 상감마마 어처(御妻)라. 그야말로 고귀한 지존이 아니더냐? 그런 자리에 제정신이 아닌 계집이 앉아 있는데 내치지는 못할망정 마냥 비호하시어? 쯧쯧쯧, 기가 막히구나."

제 기대가 어그러진 터라, 희란마마 콧방귀를 뀌었다. 못난 상감이구나 쫑알쫑알 비난하였다. 심기 불편하고 서슬 푸른 상감마마, 모든 일의 원흉이라. 중전을 해친 진정한 배후로 자신을 염두에 두고 괘씸타 이를 갈고 있음을 안즉 모르는 희란마마, 오만불손 눈꼬리가 빳빳이 섰다.

"그러나저러나 내가 너더러 나오라 기별한 이유는 딴 데 있음이다. 어제 아버님께 들었거니 중전을 온천이 있는 송양 행궁으로 피접 내보낸다 하였는데 참이더냐?"

"참입니다, 큰마마. 오늘 정식으로 중궁에 하명이 내렸나이다. 보름 남짓 후에 중전마마께서 출궁하실 것입니다. 옥체 여간하니 회복하시는 대로 바로 나가신답니다."

"하! 기가 막혀서. 실성을 한 데다 태중 아기까정 잃어버리고 중궁의 책무를 다하지 못한 계집이 무엇 그리 고와서 온천에다 피접까정 보내신다더냐?"

"어떤 사람은 그렇게 말하더군입쇼. 그렇게 중전마마를 멀리 떼놓고 있으시다 난중에 잠잠해지면 폐하시려고 그리하신다고요. 그럴 뜻이 없으면 내전의 여인을 그리 멀리 보내겠어요?"

희란마마 눈빛에 반짝 빛이 돌았다. 반색하여 부르짖었다.

"아이고, 반가운 소리로고. 그리되면 얼마나 좋으니? 얌전한 양

가 계집 다시 천거하여 중궁전 올리고 우리 혁이 일 좀 펴보았으면. 교태전에 저 못난 계집이 앉은 이후로 내 일이 제대로 된 것이 없단다? 흥. 천적(天敵)이라 하지만은, 참말 중전 고년이 나를 망치고 멸하려 드는 악한 천적인 게다."

간악한 빛이 담긴 눈으로 희란마마, 곁의 자개함에서 턱 하니 비단 주머니를 집어 내어 선이 년 앞에 내던졌다. 묵직한 소리가 황금 냥깨나 든 듯하였다.

"물론 중전이 출궁할 시 너도 따라가겠다?"

"그럼요. 저가 신임도 깊거니와 중전마마 침수 시중에다 이부자리 담당이라 반드시 따라갑니다요."

"병약한 그 계집. 골골거리며 먼 데 나갔다가 어찌 잘못 먹고 불편하여 피 토하고 죽어 뒈질 수도 있는 게지. 몸 상하고 낙태하고 정신도 온전치 않음이라. 죽어 나자빠져야 그게 옳은 일. 홋호호. 선이 너 지난번에 내가 준 그 약주머니 가지고 있으렷다?"

선이 년 대답 대신 실긋이 미소 지었다. 살기마저 감도는 은밀하고 간악한 웃음이 두 여인 입가에 맴돌다가 허공에서 맞부딪쳤다.

"기회를 보아 그년 국그릇에다라도 그것을 털어 넣어버리려무나. 행궁으로 피접 나간 터로 경비도 허술할 것이며 매사가 다 불편하고 곤란할 터, 병들고 죽어 자빠져도 아무도 의심치 않을 게다."

"그 다음은 다시 단국의 하늘이 홈빡 큰마마 세상이 되는 겝지요? 홋호호."

천인공노할 음모가 아주 쉽게 성사되었다. 희란마마 써늘하게 미소 지었다.

설사 상감의 성총을 회복하지 못한다 할지라도 상관없다. 삐뚤어진 질투와 원독의 칼날은 그녀를 버린 왕에게가 아니라 중전에게로 향하여진 지 오래였다. 자신이 그동안 한 방자하고 악독한 일은 하나도 생각지 않는다. 자신이 이날 이렇게 몰락한 모든 원인을 중전에게 두고 원망이 극심하였다. 상감에게로 가야 할 원한까지도 전부 다 싸그리 중전에게로 돌려 앙살스럽게 독한 복수를 해주고 싶었다.

제 정인의 마음을 홀라당 빼앗아가고 당당하던 저의 권세 훔쳐 간 도둑년이었다. 반드시 중전만은 음해하고 해치고야 말리라. 설사 그 일을 자신의 명줄을 끊는 일이라 해도 끝장을 보고야 말겠다 다시 한 번 희란마마는 이를 악물었다.

버선발로 정자 기둥 옆에 섰다. 멀리 바라보이는 성덕궁의 검은 지붕을 노려보았다. 뚝뚝 떨어지는 저주와 원독의 미소가 붉은 꽃잎처럼 나풀나풀 내려앉았다.

'주신 대로 갚아드립니다, 주상. 이 몸을 건드리며 짐의 마음 변함없다 맹세, 또 맹세하시었지요? 장부일언중천금(丈夫一言重千金)이라구요? 그래 놓고 이러십니까? 십여 년도 못 가 못난 중전 고년에게 홀려 나를 버리시고 핏줄까정 외면하시며 우리 모자의 운명을 나락으로 빠뜨리셔요? 네에, 두고 보셔요. 갚아드릴 것입니다. 여인의 원독은 여름에도 서리를 내린다 하였습니다. 저에게 주신 수모, 이 몸의 사무친 원한 다 그대로 받으실 겝니다. 좋습니다. 어디 한번 애틋한 정인(情人)을 잃어보셔요. 그 슬픔 그 원한 그 수모가 어떠한지 고대로 당해보셔요!'

의기양양, 복수심에 불타는 희란마마 눈에 비상을 먹은 중전이 피를 토하고 쓰러지는 장면이 선연하였다. 당장에 꺼꾸러져 죽어버린다면 얼마나 좋아! 하늘님은 대체 무엇 하시나, 그 고약하고 미운 계집이나 잡아가시지 않고!

선이 년을 시켜 중전마마를 기어코 살해할 야심이라. 희란마마 그 악독한 흉중은 대체 얼마나 첩첩하고 까마득한가? 그러나 반드시 사필귀정(事必歸正). 하늘은 악인을 내내 돕지 않는 법. 남을 해치고 상하게 하는 그 손을 함부로 휘두르게 내버려 두지는 않는 법이다.

"큰마마, 지금 대감마님께서 사랑채에서 좀 보잔다 하십니다요."

마당쇠 놈이 정자 아래에서 읍하고 아뢰었다. 무슨 일이냐. 중전이 실성하였다 소문이 장한 터로 고년 폐하라 중론 일으키려 하시나? 김칫국부터 날름 마시었다. 고개를 갸웃하며 희란마마 치맛자락 부여잡고 호작호작 씨암탉 걸음으로 사랑채에 나갔다. 정안로 앞에는 정경부인도 앉아 있었다.

"무슨 일이 있나이까? 어찌 저를 보잔다 하시었어요?"

"큰마마, 이 아비가 사흘 후에 새벽 송양 행궁으로 내려갑니다. 가솔들 단속이며 집을 비우는 터라 뵙고 떠나야 할 것 같아서요."

뜻밖이다. 아비의 말에 희란마마 숨이 넘어갔다.

"아니, 정승이신 아버님이 어이하여 송양 행궁으로 내려가십니까? 설마 실성한 중전 고년 시중들랴 하는 것은 아닐 터이고요."

"그 일이랍니다. 휴우, 상감마마께서 이 아비를 지목하여 중전이 내려가시기 전 미리 가서 송양 행궁을 말끔히 치우고 거처하시는 데 불편함이 없도록 수리하고 차비하랍십니다. 오직 짐이 외숙을 믿소이다 이러는데 저가 무엇 더 할 말이 있으리오."

선이 년더러 중전 밥그릇에 비상 털어 넣어 죽여 버려라 밀명을 해놓았다. 이것이 설마 발각되어 아비를 송양 행궁으로 내려보내는 것은 아닌가 가슴이 섬뜩하였다. 희란마마 눈을 치뜨며 캐물었다.

"허면은 중전이 행궁으로 피접 내려간 후에는 아버님이 상경하십니까?"

"그리는 아니 될 듯합니다. 중전마마께서 그곳에 계시는 내내 이 아비더러 송양 행궁 바깥 부중에 거처하랍니다. 내전의 지존께서 거처하심이라, 경비가 걱정되시는 고로 누군가 한 명이 머물러야 함이 아닌가 하시는군요."

선이 년에게 거금을 주고 시킨 일이 시작하기도 전에 허사로 돌아간 셈이다. 울컥 갑갑하고 짜증스러웠다. 희란마마 혀를 쯧쯧 찼다.

"아무리 그러하여도 그렇지요. 상감께서 젊은 나이에 노망이 나신 건 아닙니까? 실성하였다 소문장하며 잘못하면 폐하여진다 하는 중전 고년 시중들랴 정승을 배행시키다니요. 내참! 기가 막혀서."

"그래서 하는 말입니다. 이 아비가 그저 눈앞이 첩첩합니다."

정안로가 장죽을 탁탁 털며 방바닥이 꺼져라 한숨을 내쉬었다. 터무니없는 억지를 벅벅 부리는 상감 앞에서 말도 못하고 나온 분함이 지금에서야 새록새록 복받치는 모양이었다. 허나 신하 된 도리로 순명하여 받들어야지 어찌해.

"상감마마께서 이 아비를 따로 불러 단언하시었습니다. 만약 중전마마 옥체에 털끝만 한 위해가 있거나 병환이 더 깊어질사, 아비 목숨을 내놓으라고 말입니다. 오직 그대를 믿고 중전을 배행하여 보내노니, 만에 하나 중전마마의 옥체에 변고가 생길 시……."

희란마마는 아비의 입만 바라보았다. 정안로가 말을 잇지 못하였다. 더 처연하고 근심 어린 한숨을 털어냈다. 담배만 뻐끔뻐끔 빨았다.

"말씀을 하십시오. 상감께서 무어라 하셨기에 이토록 근심 어린 얼굴을 하고 그러셔요, 아버님?"

"……정씨 일가의 삼족(三族)을 멸해 버리겠답니다."

"헉!"

정경부인도, 희란마마도 아연 놀라 신음을 삼켰다. 아무리 그러하여도 그렇지 상감께서 그토록 독한 확언을 하실 줄이야. 멸해 버린다는 정씨 일가에는 정경부인의 목숨도, 희란마마와 아들 혁이의 목숨도 다 포함되어 있는 것이 아니냐. 중전의 머리털 하나에 그들 일가의 명줄이 달려 있게 된 셈이었다. 그러니 어찌 정안로의 심기가 편안하랴.

중전마마께서 끝내 옥체 회복하지 못하시고 이대로 돌아가시었다면, 그들의 운명은 어떠했을까?

"짐과 비(妃) 사이를 음해하고 터무니없는 구설을 내뱉은 자들 전부 다 죽여 버릴 테다!"

중전마마 자리 곁에 지키고 앉아 내내 그 말만 중얼거리셨단다. 그 말이 누구를 향한 것인가? 결국은 정안로 저에게요, 그 뒤에 선 희란마마를 겨냥한 것이 아니던가. 정안로가 결연한 얼굴로 앞에 앉은 두 여인을 바라보았다.

"달리 돌이켜 생각하여 보니 이것이 기회입니다. 상감마마께 이 아비의 충심을 보여 드릴 수 있는 기회가 다시 온 것이에요. 멸사봉공(滅私奉公), 성심을 다하여 중전마마를 보필할 작정입니다. 허니 도성서도 그리 알고 근신하사 도와주시오."

"여부가 있겠습니까, 대감? 그래도 상감께서 믿으시사 중전마마 안위를 대감께 맡긴 것이지요."

정경부인이 대답하는 말을 들으며 희란마마 아이고, 골치야! 저절로 얼굴이 찡그려졌다. 중전을 해칠 절호의 기회를 이대로 허무하게 놓쳐야 한단 말인가. 아랫배가 살살 아파왔다. 그러나 어쩔 수 없다. 마지못해 고개를 끄덕이는 희란마마, 정안로의 말이 제대로 들릴 리가 만무하다.

"이 아비가 금세 내려가거니와 집 안에서도 각별히 주의하여 중전마마 옥체에 좋은 약제며 진상할 먹거리들을 알아보시오, 부인. 오늘날 중전마마 숨날 하나에 이 아비뿐 아니라 우리 정가(鄭家)의 운명이 걸려 있게 된 셈이오. 이 몸은 신명을 다하여 상감마마 하명에 따를 생각입니다. 큰마마께서도 명심하시어 중전마마 옥체 회복을 비는 불공이라도 들여주시구려."

생살을 씹어 먹어도 시원찮을 연적(戀敵)이자 원수를 위하여 불공을 들이란다. 이 희란의 팔자가 이렇게 첩첩해졌단 말이더냐? 별당으로 돌아가는 얼굴에 독기가 철철 넘쳐흘렀다.

'불공? 흥, 들여주지! 중전 고년 피 토하고 콱 저절로 뒈져 버리는 푸닥거리 한판 하여주면 될 것 아니던고?'

희란마마 북쪽을 향하여 가래침을 캬악캬악 내뱉었다. 중전 그년 면상에 이렇게 가래침을 뱉어줄 수 있다면 무엇이든 못할까? 아이고, 배야! 배 아파 나 죽겠네! 그날 밤 희란마마 밤새도록 아랫배 잡고 방바닥에서 대굴대굴 구른다.

금원의 서경당.
작은 연못에 기둥을 담근 효람정. 중전은 멍하니 두터운 얼음으로 덮인 연못을 바라보고 있었다. 교태전에서는 답답하여 내내 있지 못하리라 속 아픈 절규를 하고 난 다음날이다. 왕은 중전더러 서경당에 잠시 나가 계실 것이오? 하고 물었다. 대궐 안에서라지만 그녀가 가장 편안해하고 좋아하는 곳에서 거처하시오, 하고 배려를 해준 것이다.

노을이 내리는 그 무렵. 함께 밤수라를 하고지고 하면서 왕이 중전을 찾아 들어왔다. 안방에 아니 계시니 굳이 찾아 게까지 나오셨다. 연못에 빠져 옥체를 상한 터라 혹여나 싶어 겹겹이 옹위하였다. 윤 상궁, 박 상궁, 김 상궁까지 주변에 시립하고 있는 가운데 중전은 인형인 양 미동없이 앉아 있기만 하다.

"수라합시오. 안즉 바깥에 나가시면 아니 된다 하였는데, 이리한 데서 계시오? 찬바람 오래 쏘이면은 옥체 또 나빠지리라. 들어갑시다."

"방 안에만 있으니 영 답답하여서……."

귀 기울여 듣지 않으면은 알아들을 수도 없는 작은 목소리였다. 그래도 중전이 모처럼 대답을 하여주었다는 것에 왕은 행복하였다.

"답답하여도 참으셔야지요. 인제 새해 되시면은 송양 행궁으로 피접 나가시지 않소? 바깥바람 실컷 쏘이실 터이오. 자자, 들어갑시다. 어서요. 짐은 중전이 고뿔 들까 저어하오. 어서."

부드러이 재촉하였다. 안아 들다시피 하여 서경당 안방으로 모시었다. 밤수라를 마치고 사랑채에서 석강을 하고 난 후, 몽 상궁이 문 바깥에서 아뢰었다.

"전하, 야심하옵니다. 우원전으로 모실 것입니다."

왕이 혀를 차는 소리가 들렸다, 삐죽 원망하는 목소리가 새어 나왔다.

"몽 상궁 너도 참 무정타. 중전께서 피접 나가실 참이라 오래도록 뵙지 못할 참인데 지금부터 떨어져 지내란 말이니? 중전 곁에 기수 배설하여라. 허고 상선 있느냐?"

"예, 전하."

"공조에 나가서 중전마마 타고 가실 수레가 제대로 차비 끝났는지 알아보렴. 불편함이 조금이라도 있으면 아니 될 것이야. 옥체 섬약하신 분이다. 매사 조심함이라. 너 다시 나가서 확인하여라."

박 상궁이 중전의 머리를 내려 곱게 빗어주었다. 양치와 소세를 끝낸 구정물이 나인에 들려 나가고, 금침 펴는 선이가 들어왔다. 중전은 고개를 들었다.

"전하께서는?"

"중전마마 곁에다가 기수 배설하라 하명하시었습니다."

"지존께서 좁은 곳에 어찌 주무신다고······."

그 말이 끝나기도 전에 왕이 문을 손수 열고 들어왔다. 중궁 아랫것들이 서둘러 금침을 배설하고 황황히 뒷발길로 문을 나갔다. 마지막으로 김 상궁이 문 앞에 병풍을 치고 물러났.

"곤치 않소? 오늘은 수라를 잘하시었다는 이야기를 들었거니 짐이 반갑고 고맙구려."

"석수라를 잘하셨는지요. 중궁의 소주방이 그럭저럭 그만합니다."

"아, 짐은 중궁의 맛을 좋아하오이다. 비가 인제 피접 나가시면 짐이 이 맛을 오래도록 못 볼 참이니 섭섭하구려."

먼저 왕이 금침 자락을 걷었다. 주무시기를 재촉하였다.

"몸조심하오. 주무십시다. 산보 오래하셨다 하니 곤하실 것이오."

"……명일 참례있으신 터로 우원전에서 침수하시지. 예서 일찌감치 나가시려면은 힘드실 것입니다. 게다가 이 방은 협소하여 마마가 편치 않을까 저어합니다."

한 무릎 돌아앉아 옷깃의 주름을 펴며 중전이 자그마한 소리로 속삭였다.

"어차피 교자 타고 가는 길인걸. 한 식경 더 빨리 짐을 깨워라 하명하였소이다. 좁기는? 짐에게는 만장(萬丈)같이 넓은 방이야. 불편하지 않소. 중전과 함께인걸. 짐은 중전 옆이면은 칼잠을 자도 좋더라. 어디든지 그대 곁이 짐의 자리야. 짐은 그리 알고 사오."

그녀 곁이 왕 자신의 자리라. 중전의 입가에 스르르 아픈 미소가 그려지다 말았다. 조금만 더 일찍 그런 말씀을 말해주시지 그러셨어요, 그랬다면 무정한 마마의 마음을 바라 신첩이 내내 아파하지는 않았을 것을. 알콩달콩 정분이어 행복하였을 것을. 우리 아기도 잃지 않았을 것을.

후회는 아무리 빨리 하여도 늦다 하였던가. 중전의 침묵이 마음에 쓰인 듯 왕이 약간은 초조한 음성으로 덧붙였다.

"참말 짐은 그리 생각하고 사오. 응? 중전께서 어데를 가시든지 그대 곁이 짐의 마음자리야. 허니 중전도 짐을 그리 믿어주오. 짐이 그대의 집이니. 피접 나가시지만은 이내 돌아오시오? 응? 짐이 중전 옥체 생각하여 송양 행궁으로 보내 드리되 꼭 돌아오시오? 응?"

왕의 눈빛이 간절하다 못해 아프기까지 하였다. 왕비의 두 손을 겹쳐 잡아 자신의 가슴 쪽, 심장이 두근거리는 바로 그 자리에 가져다 대었다. 중전의 시선이 방바닥으로 적막하게 떨어졌다. 도망치듯이 그의 시선을 외면하는 왕비를 바라보는 왕의 표정, 강렬한 괴로움이요, 자책만이 그늘처럼 깔렸다.

"짐의 마음 몰라주는 그대를 원망하지는 않아. 허긴 입이 있어도 할 말이 없거니. 자업자득, 짐은 스스로를 미워할 뿐이야. 귀하고 소중하며 고운 그대, 하찮게 대하고 아낄 줄 모르고 능멸한 이가 바로 짐이므로, 짐은 평생 이런 벌을 받아야 하겠지?"

내내 대답이 없다. 다만 두려워하고 슬픈 눈빛을 하고 펄럭이는 촛불만 바라보고 있을 뿐. 왕은 왕비의 쓸쓸한 옆얼굴만 바라보고 있고.

"허긴 짐은 벌을 받아야 해. 당연한걸."

왕은 항상 그에게 무정하고 멀기만 한 어린 왕비를 바라다보며 자조하듯이 나직하게 중얼거렸다. 평상시 왕답지 않은 목소리가 한없이 처연하고 쓸쓸하였다.

"곱고 어진 그대. 지금껏 능멸하고 가슴 아프게 한 죄를 받아야해. 짐을 그저 싫다 하는 이, 희망도 없이 홀로 사모하는 벌이라. 대체 언제야 짐은 이 유형(流刑)에서 벗어날 수 있을까?"

애초부터 물어볼 생각조차 하지 않고 체념부터 하는 왕의 말에 중전의 눈에서 문득 주르르 눈물이 흘렀다. 촛불 아래 희디흰 목덜미가 서럽도록 가녀리다. 주저주저 고개를 든 중전이 가만히 속삭였다.

"오직 하나 마음대로 되지 못하는 것이 신첩의 마음일진대 마마를 원망하는 것이 아니라 부덕한 신첩을 탓함입니다. 이 자리에 앉아 있는 천첩은 대역무도한 죄인이옵니다. 다만 허수아비이며 전하의 우세만 되는 어리석은 계집일 것인데 이 못난 것을 어찌 전하께서는 귀하다 하시며 지극하게 보아주십니까? 하해 같은 성은 입자와 중궁전에 앉은 터이나 도통 신첩이 전하께 즐거움도, 보람도 드리지 못한 터이옵니다. 헌데 모자라고 못나기만 한 신첩을 두고 전하께서 이리 망극한 말씀을 하시니 어찌 감사하지 않으리요? 허나 이미 신첩의 마음이 얼어붙어 도무지 움직이지 않으니 어찌할 것입니까?"

침묵한 채 중전의 말을 듣고만 있는 왕의 얼굴이 일그러졌다. 오열이 반인 중전의 말이 그의 귀에는 단호한 거절로 느껴졌다. 신첩은 마마를 이미 버린 것이니 저를 놓아주옵소. 평생 가야 당신을 돌아보지 않을 것이오! 그리도 저를 아프게 하고 모멸하신 분이 새삼스레 어찌 이리하시는고? 하는 원망으로 들리었다. 중전의 그 눈물 속에는 한번 기회가 닿으면 신첩은 다시 목을 맬 것이오! 하는 그런 뜻이 들어 있다 여기었다. 가슴이 서늘하게 식어내리었다.

"싫어!"

왕은 세차게 소리 지르며 품 안의 여인을 힘 주어 꽉 끌어안았다. 억센 팔이 덜덜 떨리고 있었다. 당장에라도 품 안의 사람이 스르르 안개처럼 사라질 것만 같은 절박함 앞에서 눈앞이 캄캄해지고 있었다.

"제발 짐에게 그리 차가운 말일랑 하지 마오. 다 줄 것이야. 소원일랑 다 이루어주께. 응? 허니 이러지 마오! 짐은 절대로 그대를 잃지 않을 것이야."

어느새 자존심 같은 것은 다 버렸다. 누구에게도 무릎을 꿇어보지 않았던 왕이 지금 어린 지어미에게 자신을 버리지 말라 애원을 하고 있는 참이었다. 참자 하였다. 덤덤하게 말하고자 하였다. 그러나 말을 하다 보니 저절로 격앙되었다. 왕은 통곡처럼 소리쳤다.

"신물이 나! 짐 곁에 계시던 사모하던 분들이 모다 짐을 버리고 떠나 버리는 것이 이젠 정말 싫소이다! 슬프고 힘들어. 짐 역시도 죽도록 외롭고 쓸쓸하다구요! 중전은 어찌 그것을 몰라주시오? 짐 곁엔 아무도 없소. 오직 그대뿐이라 믿었거늘! 어찌 그대는 이리도 무정하여 하냥 기다리고 바라는 짐의 마음을 외면하는가?"

새어 들어오는 달빛 아래 하얗게 빛나는 눈물이 왕의 볼을 비 되어 적시고 있었다.

자신도 모르게 중전은 떨리는 손으로 왕의 굵은 눈물을 닦아주고 있었다. 그녀를 마냥 아프게 하고 스스로 목을 매게까지 만든 분인데, 가엾은 태중 아기씨를 잃게 만들고 갈기갈기 속정을 찢어지게 만든 분인데…… 더없이 미운데, 원망하는데 왜 그녀의 가슴이 베이도록 아플까? 저절로 눈물이 날까? 이런 자신이 어린 왕비는 이상하다.

하지만 손길과 마음은 따로 노는 것. 몇 번이고 몇 번이고 중전은 지금껏 보지 못하였던 지아비 사무친 외로움과 괴로움을, 아뜩한 고독을 지워주고 있었다.

 아무리 강한 힘으로 밀려 하여도 열리지 않던 문이 단 한 번의 부드러운 손길로 열리기도 한다. 그처럼 오직 진실뿐인 왕의 고백이, 깊은 진심이 꽁꽁 얼어붙어 움직이지 않는 중전의 차가운 빙심(氷心)을, 두터운 문을 열고 말았다. 망극한 용루(龍淚)의 힘이었다.

 왕이 중전의 손을 잡아 당신의 젖은 볼에 가져다 댔다. 바라보는 눈빛이 더없이 간절하고 진정이었다.

 "짐이 전에 그대에게 한 말은 다 거짓이고 억지였어. 짐은 속에 있는 말을 잘 못해. 해보지 않아서 말을 못해. 짐이 겉으로 그대를 모질게 구박 주고 퉁명스레 억지 부린 것은, 그것은…… 비뚤어진 투기거니 사모할 자격도 없는 지아비지만은 어어어, 그, 그러나 어진 그대가 한 번 고개 들어 짐을 보아주고 사모하여 주기 바란 억지였거늘. 짐의 이 마음도 모르고, 보아주지도 않고…… 허구한 날 궐 밖으로 나간다는 말만 하고……. 고개 들어 한 번도 짐을 보아주지 않던 그대가 이 무너진 속을 어찌 알 것인가?"

 실로 처음이다. 전하께서 비로소 깊은 속내와 진심을 드러내시었는데 놀랍고도 가슴 아팠다. 중전에게 하신 당신의 그 모진 구박, 조롱이며 심술 전부가 다 자존심 강한 전하의 삐뚤어진 고백이었다니!

 어느새 후드득 굵은 눈물이 용안을 적시고 목을 타고 흘렀다. 목이 메어 차마 말을 제대로 잇지 못하면서도 왕은 수줍고 미안하여 꼭꼭 숨겨두었던 속을 마침내 솔직하게 드러내고야 말았다.

"짐은 중전, 이렇게 옆에 있어도 그대가 그리워. 사무치게 그리워. 짐을 외면하는 그대를 보고 있으면 쓸쓸하나, 잠시라도 보지 않으면은 가슴이 에일 정도로 보고 잡아 마음을 가눌 수 없어. 병이지, 골수까지 침입한 병. 언제면 짐은 이 병에서 벗어날 수 있을까? 백약이 무효라. 그대는 짐의 이런 심사를 조금도 모르겠지?"

아아, 망극하여라. 단 한 번도 굽혀지지 않았던 왕의 무릎이 난생 처음 굽혀졌다. 왕은 엄숙하게 간절하게 어린 왕비에게 약조하였다. 두 손을 잡고 간청하였다.

"이렇게 무릎 꿇고 부탁하께. 웃지 않아도 좋으니 우지만 말고, 응? 세월이 흘러가면 이내 옥체도 편안하여 지실 터이고 아기씨도 다시 생길 게야. 그러면 우리도 이렁저렁 부부지간답게 살 수 있을 게야. 짐이 잘하여보께. 열심히 하여 성군 되려고 노력해 보께. 고이고이 소중하게 아낄 터이니 비(妃)가 어진 마음으로 한 번만 짐을 더 용서하고 보아주소. 인제부텀 짐이 참말 잘할 참이야. 응?"

물기 젖어 축축한 그늘. 그럼에도 진실로 빛나는 눈동자가 중전을 응시하고 있었다. 한 마디 한 마디가 낱낱이 진심이었다. 사모한다 간절한 고백이었다. 거짓없는 단심이었다.

왕이 살며시 중전의 손을 잡아 뜨거운 입술을 비볐다. 처음이자 마지막으로 도도한 껍질 속에 깊이 감춘 바닥의 진실을 말짱하게 드러냈다. 얼마나 왕비를 소중하게 사모하고 은애하는지 마침내 가림없이 고백하였다.

"그대가 짐의 유일한 마음곁이거든. 심장의 주인이거든. 인제야

애별(愛別)

말을 할 참이니…… 그대는 짐에게 어마마마 대신이야. 지어미이고, 어린 누이이고, 벗이고, 또 오직 한 분 사모하는 여인이야. 짐의 이 마음을 부대 외면하지 마오, 중전. 짐은 늘 이 자리에 서서 그대를 기대리니, 그대의 돌아올 집은 짐이야. 그것만은 잊지 말아주오."

제4장 심연(心緣)

도성서 사흘 거리 떨어진 송양 행궁(行宮).

빗줄기 아래 몸이 젖는 초목의 푸른 향기는 더 진하고 함초롬이 피어난 온갖 기화요초는 물방울을 여린 잎에 맺히며 서로 다투어 아름다운 용색을 뽐내고 있다. 우중 안개가 저 멀리 산허리를 둘러 지나치고 우장을 뒤집어쓴 농부들이 논에 나가 물꼬를 터주기 바쁘다. 강가에 우뚝 선 월탄정이 내려다보이는 강가에서는 한가하게 낚싯대를 드리운 노인들이 두서넛, 그야말로 그림처럼 한가하고 적요한 날이다.

"참으로 고마운 비가 오십니다. 곡식이 무럭무럭 자라나는 비라 할 것이니 감로(甘露)라. 훗호호. 이런 날은 애호박에 풋고추나 종종

썰어 넣고 밀전병이나 하여 드시는 것이 딱 맞춤이 아니겠는지요?"

찻상을 들고 윤 상궁이 벙싯 웃으며 정자를 올라온다. 중전은 수선스런 말에 설풋 미소를 지으시며 고개를 돌렸다.

"비가 오니 이곳 풍경이 더 운치가 있구먼. 그렇지 아니하여도 은덕이가 입이 심심하다 종알거리는 것을 들었다네."

정자 기둥 아래서 조잘조잘 수다를 떨어대는 어린 나인들. 빙긋 웃는 웃음 한마디로 흘리며 중전은 향기로운 차를 마신다.

"비가 오니 날은 한적하고 이런 날 마시는 차의 맛이 유난히 향기롭구먼. 전하께서도 풍류를 아시는 분이니 필시 비 오는 이런 날에는 먼저 차 한 잔 주어 청하실 것이다. 보잘것없는 솜씨이되 정성껏 받쳐 드리면 참 좋다 하시며 음미하실 것인데."

문득 혼잣말 같은 중전의 말에 윤 상궁이 후덕하게 미소 지으며 고두하였다.

"아마 전하께서도 중전마마 생각을 하시면서 지금쯤 차 한잔을 드시고 계실 것입니다, 마마. 하물며 이 차 단지도 전하께서 직접 봉(封)을 하시어 보내주신 것이 아닙니까? 돌 단지에 들어 있는 차를 우려내니 얼마나 향기로운지 말입니다. 저 십 리 바깥에서 이불을 개다가 선이 년도 뛰어와 차를 끓이십니까요, 묻더라니까요?"

"성상의 은덕이 스며 있어 차 맛이 각별하구먼. 이곳의 물이 좋은 덕분일 게야. 전하의 은혜를 무상으로 입고 사는 내가 내전의 도리를 다하지 못하고 이곳에 와 있는 것이 부끄럽기 그지없네."

왕비는 자신도 모르게 남들 앞에서 왕에 대한 마음을 드러낸 것이 되어 다소는 얼굴을 붉힌다. 점잖게 얼버무리는 말이 법도에 맞되 그 속에 들어 있는 것은 여인으로서 지아비 전하를 그리워하는 연모의 정임에야.

왕비가 송양 행궁으로 내려온 지 벌써 오랜 시간이 지났다. 정월 스무 날 깨에 내려온 것이니 단오가 지난 지금까지 치자면 꽉 채운 넉 달이다.

심신 모두가 괴롭고 쇠약해진 지어미를 멀리 떼어보내 놓고는 주상 당신의 그 마음이 얼마나 불안하고 허전하였을까? 중전이 행궁에 내려온 이래로 왕은 사흘이 멀다 하고 먼 길을 아랑곳 않고서 전령을 내려보내었다. 핑계는 중전마마께 하사하시는 공물을 가져오는 것이되 직접 너가 가서 중전의 옥체가 얼마나 회복이 되었는지 보고 오라 채근하는 뜻이었다.

내려보내는 공물이래야 거창한 것은 아니었다. 향기로운 차 단지, 혹은 중전마마께서 수놓으실 적에 써라 하듯이 고운 색실들이거나 잠자리 날개처럼 삽상한 모시필 같은 것이다. 때때로 서책도 보내셨다. 당신의 서재에서 직접 고르신 듯 욱제라 하는 주상의 자(字)가 적혀진 책이 대부분이다. 한 번은 명국 사신들 편에 들어온 것이라 하며 좋은 향도 한 근 보내셨다. 지난달에는 오뉴월 삼복더위가 오는 고로 비단 부채도 보내주셨다. 당신이 그린 난초 그림 아래 어제시가 그려진 귀한 부채이다.

작지만 귀한 것들이었다. 모다 중전마마께서 좋아하시고 필요로

하는 것들이다. 당신의 체취가 담긴 정다운 물건들이었다. 하시때때 이렇게 그대를 생각하오 하는 뜻이 담긴 따뜻한 선물이었다.
 차를 보내신 그때에는 차(茶) 단지 외에도 어찰까지 보내셨다. 당신의 활달한 기상이 그대로 드러난 듯 예기가 가득 찬 필체로 친히 쓰신 서찰이었다.

 곤전께서 궐을 떠난 지 이미 녁 달이라. 밤마다 전전반측. 교태전이 너무 넓소이다. 부데 옥체를 보전하사 훗날 다시 뵈올 그날을 기다리오. 짐도 비를 생각하여 차를 마실 것입니다.

 짤막한 글이되 그 뜻은 깊었다. 무뚝뚝하고 도도하신 분이니 대놓고 보고 싶다 그 말씀은 차마 쓰지 못하셨다. 그러나 전전반측하신다는 그 한마디로 당신의 심중을 슬며시 드러내시었다. 그대를 그리워하며 보내는 이 밤이 너무 적막하고 외롭소이다. 참으로 그립구려 하는 속내였다.
 교태전 침전이 너무 넓다는 그 구절 또한 무슨 뜻이랴? 그대가 아니 계시니 너무 허전하고 쓸쓸하오, 깊이 감춘 심중의 외로움을 나타내시는 것이 아니고 무엇이랴? 중전은 왕이 보내준 연록빛 향기로운 차의 향기를 음미하며 그 향기만큼 진한 그리움과 행복감으로 가슴이 사무친다.
 '아아, 그분은 나를 사모하신다. 진정으로 나를 사모하신다.'

"신첩을 사모하시는지요?"

그는 무엇이라 말하였던가? 원망이 가득 찬 눈빛으로 그녀를 바라보던 왕이다.

"아직도 몰랐소?"

너무 사모하여서, 자신을 잃어버릴 만큼 그렇게 깊이깊이 사모하여서, 여린 몸에 상처를 내고 이로 물어뜯어 자국을 남기던 그 마음을 아직도 몰라주오. 이렇게라도 하면 그대는 짐을 미워할 것이되 기억하기는 할 것이다 여기던 그 마음을 아직도 몰라주오? 그런 얼굴.

사랑받지 못하는 소박데기라는 자격지심은 길고 질겼다. 하여 그분이 허구한 날 보내는 마음의 소리를 듣지 못하였다. 오직 전하께서는 나를 못마땅하게 여기어 능욕을 하시는구나. 혹은 오직 하나 원자를 얻기 위한 도구로써 이 몸을 거두시는구나 싶은 절망이었다. 그리하여 그에게 깊은 진정을 줄 수가 없었다. 차디찬 육신만으로. 시신마냥 누워 그의 손길을 견뎌냈을 뿐이다. 그런 그녀 앞에서 왕 또한 얼마나 더 참혹하고 절망스러웠을까?

그대만은 짐을 버리지 마오, 제발 짐을 버리지 마오, 하고 애원하던 모습에서 비로소 알게 된 지아비의 진심이었다.

해일처럼 밀려들던 기쁨과 슬픔. 혹은 안타까움과 행복함. 도도

하고 자존심이 강한 터이며 또한 짐은 왕이다 하는 자의식이 남달리 강한 분이시다. 주는 것보다는 그저 받는 것에만 익숙하였던 분이다. 교태 부리며 유혹하는 계집들이 흩뿌리는 방향 앞에서 방탕한 욕정을 드러내기는 하였으되 당신 먼저 누구를 진심으로 사랑한 적이 없으시다. 월성궁 계집이 먼저 내비추어 유혹한 육락의 애욕 앞에 무너져서 미혹한 채 한 시절을 보내시기는 하였지만 진심을 준 사랑 앞에서만은 서투르고 섬약한 분이셨다. 그 진실한 마음을 전부 중전에게 주었으니 언제나 그녀 앞에서 왕은 격렬하고 뜨거웠던 것이다. 외사랑에 빠진 사람은 늘 서투르고 수줍어지는 법. 짐이 중전에게 말하였다 거절당하면 어쩌지 하는 앞선 두려움과 부끄러움으로 당신의 그 마음을 차마 털어놓지 못하였던 것이었다.

사친의 병환 때문에 몰래 사가로 나갔다가 들킨 그날 밤의 일을 떠올리면 중전은 원망보다 더 큰 죄책감과 가슴 아림으로 숨을 쉴 수가 없어졌다. 어리석은 자신에 대한 사무친 부끄러움 때문이다.

"무엇이든 짐더러 하여달라는 말 한마디 아니 하더니 학사더러는 하여서는 안 되는 부탁까정 하는군."

어째서 그대는 짐이 아니라 다른 사내놈에게 의지하고 의논하느냐고 억지를 부리던 그 마음은 얼마나 쓸쓸하고 좌절감이 넘쳤을까?

"짐을 보아주어. 오직 그대를 바라보며 곁에서 빙빙 돌고 있는 짐을 바라보아 주어. 이렇게 그대를 사모하고 그저 기다리고 있는 짐의 이 마음을 제발 읽어주어."

진정 말하고 싶은 것은 차마 말 못하고 버럭버럭 억지 노화를 내는 것으로 표현하던 그분. 자존심 강한 사내의 삐뚤어진 그 표현을 어린 그녀는 내내 몰랐다.

'짐은 항시 그대 앞에서는 마음을 가리지 못해. 언제나 있는 그대로 드러내게 돼. 하시던 그 한마디를 내가 찬찬히 생각하였더라면 우리가 이렇게나 멀어질 일도 없었을 텐데, 지금까지의 모든 불화는 주상께서 만든 일이거니와 실상 어리석은 이 몸 또한 자초한 것이라 할 것이다. 모다 어리석은 나의 잘못이야.'

중전이 송양 행궁으로 내려오기 바로 전날 밤이다.

두 분이 나란히 서온돌에서 같이 누우셨는데 한밤 내내 왕도 중전도 잠을 이루지 못하였다. 그런 새벽이었다. 갑자기 왕이 벌떡 일어나더니 더듬더듬 말하였다.

"음, 음. 짐이, 짐이 다 줄 것이야! 꽃도 주고, 새도 주고, 가락지도 다시 줄 것이야! 금원에 아름다운 별궁도 지어줄 것이며 고운 비단이랑, 보패 떨잠이랑 다 줄 것이야. 금세 옥체 회복되시고 우리가 노력하면 아기씨도 다시 잉태될 것이고……. 여하튼 중전께서 달라 하는 대로 다 줄 것이야. 그러니까, 그러니까……."

가지 마오, 짐을 떠나지 마오 하는 그 말은 끝내 하지 못하였다.

심연(心緣) 107

다만 무엇이든 다 주겠다 그리하셨다. 지금껏 어떤 여인네든지 당신이 무엇을 주면 방긋 웃던 터인지라 도도하나 사랑에는 서투른 그가 차마 떼놓을 수 없다 여긴 사모하는 어린 지어미에게 마지막 수단으로 뇌물을 주려 한 것인지도 모른다.

그러나 아무 말 없이 그녀가 고개를 젓자 그는 더 이상 말을 잇지 못하였다.

"제발 떠나지 마오. 짐이랑 같이 있읍시다. 짐 곁에 있으시오. 그대를 정말 보내기 싫소!"

그저 원망 서린 눈빛으로, 안타까운 시선만 가득하였다.
그런 왕에게 자신은 무엇이라 말했던가? 돌아올 것이라고, 회복된 다음에 웃음을 지으며 전하 곁에 다시 돌아올 것이라 말하였던가? 왕은 다짐하듯이 내내 중얼거렸다.

"오래도록 아니 오시면, 짐이 갈 것이야. 짐이 찾아갈 것이야! 설사 그대가 새가 되어 날아간다 하여도 짐 또한 새가 되어 천 리 만 리라도 날아가서 모셔올 것이야."

"이 강토가 마마의 것이니 신첩이 어디를 간들 마마의 품에서 벗어날 것입니까? 제발 웃으시며 신첩을 보내주소서. 반드시 회복하여 마마께 돌아올 것입니다."

"반드시 돌아올 것이라 약조하오, 응? 돌아올 적에는 옥체 회복하사 어여쁜 옛적 모습 다시 찾아오실 것이라 약조하오. 절대로 어리석은 짓은 아니 할 것이라 약조하오!"
 차마 그 손을 놓을 수가 없다는 듯, 다시 만날 때까지 그 얼굴을 자신의 기억 속에 각인시키기라도 하듯이 왕은 어린 지어미의 그 야윈 손을, 얼굴을 쓰다듬고 또 쓰다듬는다.
 "허기는 옥체 회복하시러 나가시는 길이니 짐이 기쁘다 하여야지 무어."
 스스로를 위로하듯이 중얼거리는 그 말이 쓸쓸하였다. 인제는 더 이상 설득할 수 없다 느낀 것일까? 왕은 날이 밝도록 중전의 작은 몸을 당신의 그 품에 꼭 안은 채 싫어, 싫어! 그렇게만 중얼거리셨다.

 "짐의 곁에서 그대를 떠나보내는 것은 싫어. 이렇게 야위고 힘든 그대를 멀리 떼놓는 것이 싫고 무서워. 그대가 가시면 다시는 아니 돌아오실까 봐 두려워하며 그저 기대리는 것은 정말 싫어."

 "아니 나갈 것이야! 그대가 가든 말든 짐은 아니 내다볼 것이야!"
 동창이 밝아오를 즈음에 왕은 겨우 그 말만 했다. 원망이 가득한 눈빛이었다. 그리고 정말 왕비가 탄 수레가 교태전을 나설 때까지 나오지 않았다. 그러나 한참 후에 전령으로 내려온 장 내관이 전하기를 왕은 수레가 보이지 않을 때까지 후원 언덕에 올라 하염없이 바라보며 서 있었다고 했다. 그 밤 내내 한잠도 주무시지 않고 매화 가리개를 어루만지며 '아아, 비(妃)가 갔다' 몇 번이고 혼잣말을 하셨단다.

 중전은 항시 곁에 두는 부채를 들어 잠시간 어루만졌다. 그분의 손길인 양 서늘한 바람 사이로 그리운 향기가 밀려오는 듯하였다.
 '안녕은 하신지, 곤치는 않으신지…… 주상께서 하실 일이 만기라 하는데, 얼마나 분주하고 힘들까? 내전에 이 몸이 없으니 아무리 아랫것들이 있다 하여도 모자라고 힘들 것도 있을 것인데 어떻게 지내시는지 궁금하구나.'
 무연하게 아뜩한 허공을 응시하는 중전마마 눈시울에 연연한 그리움이 안개로 어렸다.

 장마 틈새 잠시잠깐 맑은 날. 모처럼 해사한 햇살이 대궐 뜨락에도 가득하다. 시퍼런 신록을 자랑하는 고목에서 맴맴 매암매암 매미 소리가 요란하였다.
 눅고 습한 날이라 편전의 사방 문은 시원하게 걸쇠로 떠걸려져 허공에 붙어 있다. 내관 두엇이 곁에 붙어 연신 부채질. 그래도 마주 앉은 두 사내 이마에는 땀이 번져 나고 있었다.
 "그리하여 내년부터는 삼남지방 모두에서 그렇게 모내기를 하여서 농사를 짓는다 하는 것입니다, 전하. 전하?"
 도승지 황이는 조심스럽게 주의를 환기시켰다. 아까부터 왕은 그가 고변하는 말을 듣지도 않고 우두커니 창밖만 바라보고 있었다.
 "어찌 그리 용안에 심회가 그득하시옵니까? 심중에 무슨 심란한 일이라도 있으시옵니까?"

한참 동안 깊은 생각에 잠겨 있어 대답이 없으시다. 왕은 어느 순간 마치 꿈에서 깨어난 듯이 아아, 하는 눈빛으로 돌아보았다. 그가 아뢰는 말을 하나도 듣지 않았던 듯 용안은 다소 당황하고 미안스러운 것이었다.

"짐이 그대 말을 놓쳤군. 미안하오. 잠시 딴생각을 하였어."

"망극하옵니다. 곤하시면 그만 하올 것입니까? 이미 시각이 늦어질 사 신도 퇴청을 하기는 해야 하옵니다만은."

"계속하오, 이미 이야기는 다 끝나가는 터인데. 그러니까 이앙법을 써서 추수를 한 터로 이는 그냥 논에 볍씨를 뿌린 것보다는 적어도 한 마지기에 예닐곱 말가웃은 더 늘어났다 이 말이 아니오? 이는 상당히 고무적인 일이오. 반드시 확대를 해야 할 농법이라 생각하오."

눈은 딴 데 가 있었지만은 귀는 열어놓고 계시었나 보다. 시원시원 교지를 내리신다. 글을 쓰리라 하시더니 굳이 당신이 먹을 간다 하시었다. 연적에 물 몇 방울 떨어뜨려 묵묵히 먹을 가시던 분이 문득 번쩍 고개를 들었다.

"핫하. 도승지 그대가 제일 사사로워 말을 하는데, 아까 짐이 헛된 생각을 잠시 한 참이라오. 벌써 단오라 하니 세월이 참 여류하지 무어야. 문득 떠오르기 부용지 물가에 백련이 피었을까, 중전께서 궐에 계셨으면 짐더러 보라 하여 은가위로 가득 잘라 수반에 담아 보내주셨을 것인데 그이가 아니 계시니 짐의 서재에 도통 꽃이 없어. 핫하하. 그런 일 저런 일을 생각하다 보니 짐이 잠시 울적하였어."

이내 열없는 웃음으로 얼버무리시되 상감마마의 용안에 순간 스치던 것은 그리움이다. 고통 같은, 혹은 상처 같은. 말씀으로야 꽃 생각이다 하였지만 실상 송양 행궁으로 떠나보내신 중전마마 생각을 하시었구나. 황이는 직감하였다. 말없이 미소 지으며 읍을 하였다.

자신의 속마음을 드러낸 것이 무안하였나 보다. 왕은 훌쩍 일어나 반쯤 열린 지창 앞으로 다가갔다. 뒷짐을 진 채 아무 말도 없이 잠시간 뒷모습을 보인 채 서 있기만 했다.

'지금 중전마마 생각을 하신 게야. 그립다 싶어도 지존이시니 말씀도 못하시고 저리 홀로 서 계시기만 하는구나. 쯧쯧쯧.'

황이가 올려다보는 왕의 그 실팍한 어깨는 축 처져 있었다. 중전마마를 송양 행궁으로 출궁시킨 지 벌써 넉 달, 그때부터 지금까지 왕의 용안에는 웃음기 한 번 머금어진 적이 없다. 늘 외로운 빛이었다. 마치 십여 년 전 그때, 선대왕마마를 졸지에 잃고 또한 그 이태 후에 생모마마까지 잃어버린 후에 그랬던 것처럼.

가장 가까이서 매일같이 뫼시는 입장인지라 황이만은 상감마마 애타는 그 속을 읽었다. 이날처럼 스스로는 의식하지 못하되 상감마마께서는 무심코 왕비에 대한 당신의 마음을 종종 드러냈다. 아주 사소한 것에서도 문득문득 떠올려지는 그 사람의 흔적, 기억들.

중전이 떠난 후 왕은 절대로 차를 드시지 않으신다는 것에서부터 그러하였다. 언젠가 장 내관이 어찌 그러하십니까? 되물음하였더니 왕은 다소 쑥스럽게 웃으며 차는 비(妃)가 끓여야 제 맛이 난다 그러하셨다 하였다. 언제도 한 번은 취운정을 황이 저와 지나가는데 그곳에 걸린 현판과 주련을 흘깃 바라보시더니 발길을 멈추었다.
"저 글씨가 참 좋지 않소?"
"힘차고 웅혼하옵니다."
"그렇지? 그래서 중전이 저이 원사의 글을 좋다 하여 글씨 연습을 할 적에 늘 여기 와서 하였소이다."

교서 내려 돌아오라 하시면 그날로 다시 환궁을 하실 분이었다. 그런데 중전마마께서 도통 궐 안에 계시는 것이 편안하지 못하다 느끼심이라, 멀리 소원대로 피접을 보내주시고는 정작 당신은 홀로 그리워 속을 끓이시는 것이 분명하시다.

다시 돌아온 왕이 서안 앞에 좌정하였다. 삼남지방의 상소문 두루마리를 주르르 넘기며 그에게 손짓을 하였다.

"역시 만서(박제용의 호)의 학문은 실용적이거든? 명국 가서 죽은 글만 배운 것이 아니라 이렇게 백성 필요한 것을 익혀오니 얼마나 좋소? 내년에는 규장각 서관들 너덧을 더 명국으로 보내야겠소이다. 이앙법. 하, 거 얼마나 좋아? 일없이 말 많은 노인네들 다 싸그리 굴비 두름 하여서 실학 공부 좀 하라 성균관으로 보낼까 보다."

명국에서 새로운 농법을 배워온 학자들의 주장으로 영상도 땅에서 처음 시작하였다. 이태째 큰 성과를 거둔 터로 내년부터는 삼남지방 전부에 이앙법을 확대하여 실시하여라 하는 결론이 난 것이다. 또한 보수적인 농군들이 새로운 농사법이어서 꺼려할지도 모르니 시험적인 결과와 구체적인 농사법을 알기 쉽게 그림까지 곁들여 언해본으로 편찬하여라 하는 명민한 하교말씀까지 덧붙이셨다. 일이 끝난 터로 잠시 후 찻상이 올려졌다.

　얼음을 동동 띄운 앵두 수단이 올라왔다. 작고 하얀 쟁반에 색이 곱고 앙증맞은 앵두 과편까지 곁들어진 고운 상은 궐 안이 아니면 구경하기도 힘든 치레라 할 것이다. 왕은 먼저 수단 그릇을 입에 가져가 맛을 보더니 황이에게 손짓을 하였다.

　"음, 시원하군. 경도 자셔보시오. 사직에 천신을 할 적에 앵두를 보고 이날이 처음이오. 열매가 잘고 씨앗 뱉기가 귀찮아서 짐은 앵두를 좋아하지 않는데 비가 이를 좋아하오. 핫하, 실상 궐 안 앵두나무는 중궁전 화계에 제일 많이 심어져 있소이다. 그러니 짐이 앵두를 싫어한다 함은 저를 싫어한다는 뜻을 잘못 알아들은 모양이야. 그 사람도 참!"

　또다시 왕은 저도 모르게 중전에 대한 자신의 마음을 드러낸다. 왕은 우수에 찬 용안으로 망연히 앵두 과편을 내려다본다.

　"중궁전 화계에 앵두나무가 많은 뜻은 아마 곤전과 짐 사이에 자손이 많이 맺어져라 하는 모양인 듯한데…… 과인이 덕이 없어 그곳의 사람과 마음으로 맺어지지 못하고 정이 없었음인지라. 여적 그곳에서 아기 울음소리 한 번 들리지 않은 터이니 어찌 앵두나무를 바라보기 편안할 것인가? 하물며 짐이 몹시도 어리석은 터로 고약하고 쌀쌀맞아 어진 사람의 태중 아기를 잃어버리게까지 한지라 시간이 흘러도 도무지 잊을 수가 없고, 그저 날이 갈수록 더 괴롭기만 하고…… 하물며 그 사람이 그 일로 충격이 크신지라 이렇게 궐을 두고 멀리 행궁에 나가 계시기까지 하니 짐이 요즈음 도통 마음이 편안치 않소."

왕은 은저분으로 앵두 과편을 집어 마치 쓰디쓴 약처럼 삼킨다. 이렇게 울적해하고 심란함이 용안에 그득한 분 앞에서 무엇을 더 응대할 수 있을 것인가? 황이 또한 입을 봉하고 그저 달고 시큼한 앵두 수단을 마실 뿐이다.

"전하, 헌데 신이 아뢰옵기 언젠가 중수영에서 불랑기포를 비밀리에 제작케 하고 있다 하시지를 않으셨나이까? 그 일이 시작된 지 벌써 한 해이온데, 신은 몹시도 궁금합니다. 그 일이 성공하셨습니까?"

묵묵히 더운 바람이 부는 창밖을 내다보며 오미자 물을 마시던 왕은 갑작스런 도승지의 물음에 고개를 돌렸다. 용안에는 의아한 빛이 가득했다.

"미수가 그 기술이 정교하고 빼어나 고치지 못할 것이 없고 만들지는 못하는 것이 없다 하거니, 아마 대강은 성공한 듯하오. 헌데 갑자기 경은 어째서 불랑기포 일이 궁금한 것이오? 그 일은 특히 함구하라 명을 하지 않았소?"

명국의 북도 어림군에게 황금 수백 근을 주고 불랑기포를 빼내었다 하는 일은 군사기밀이라, 그 일을 아는 사람은 극히 적었다. 도승지야 항시 전하 곁에서 배행을 하는 이인지라 자연스레 그 일을 알게 되었지만 실로 그 일에 대하여서 절대로 입 밖에 내어서는 아니 되는 것이라고 은연중에 묵계가 되어 있었다. 그런데 갑자기 도승지가 먼저 나서서 그 일을 묻자 왕은 대답은 하면서도 의아하기도 하고 좀 놀라기도 하였다.

 "어제 신이 병판 대감을 잠시 뵈었습니다. 이 불랑기포라 하는 물건이 우리 강병의 손에 들어온 것은 성상의 탁월한 지략에 의해 성공한 천우신조의 일이며 또한 그로 그친 것이 아니라 미수가 각골분투하여 그를 그대로 제작까지 하게 되었으니 이는 실로 경사 중의 경사라 할 것입니다, 전하. 불랑기포 그 일이 성공하였다 하시니 드리는 말씀이온데, 이 근래로 하여서 친히 중수영에 친림하사 그 포의 위력도 보옵시고 지금껏 고생을 한 미수 대감의 노고도 위로하여 주심이 어떠한지요?"

 "흠, 짐더러 중수영에 친림을 하여 불랑기포의 위용을 안팎으로 드러내라고?"

 왕은 도승지의 말에 잠시 침묵을 하고 허공을 올려다보았다. 명민하신 분이라, 도승지 한마디 말에 자신의 그 행보가 어떤 득실이 있을까 따지는 것이 분명하였다. 턱을 어루만지며 깊은 생각에 잠기었다. 비밀스럽게 진행하던 일이 성공하였으니 이제 명국 눈치를 보지 말고 당당히 드러냅시다 하는 주장에 젊은 호기이며 강골이시니 미리 생각지는 못하였되 구미에 당긴 것이 분명한 표정이다.

 왕이 새삼스레 정좌하였다. 황이를 바라보며 빙그레 웃었다.

 "아국이 비록 불랑기포 수십 문을 가지게 된 것은 사실이되 또한 명국의 눈치를 보지 않을 수 없음도 사실이오. 경이나 병판이 주장하기로 게로 짐이 반드시 친림을 하여야 한다면 그래야 할 이유가 있을 것이 아니오? 짐이 게로 친림을 할 것이면 어떤 득실이 있을지를 경의 생각을 좀 들어봅시다."

"하문하시니 감히 말씀드리옵니다. 우선 아국이 불랑기포를 제작할 기술을 가지게 되었다는 것을 명국이 알게 될 것이면 분명 곱지는 않아 보일 것이되 또한 그만큼 아국을 무시하는 일도 줄어들 것이라 사료되옵니다. 또한 주상전하께서 언젯적부터 무구를 개량하고 군마를 조련하옵시며 강병을 키우시니 항시 그 기색이 비굴하고 쪼잔하여 그저 대국에 붙어서는 아국의 사정을 무시하고 저들 영달만을 위하여 스스로 아국을 제후국이라 자칭하며 주상의 부국강병론을 헛된 일이다 지금껏 반대를 한 궐 안팎의 일부 중신들에게 전하의 꿋꿋한 의기를 보여줄 수 있는 절호의 기회라 보여집니다. 그렇게 한 번 전하께서 강력한 위엄을 보이실 것이면 맹랑하게 성상의 위엄에 빌붙어 조정을 어지럽히는 무리들에게 상당한 경계가 되지 않겠는지요?"

왕이 문득 눈을 치뜨며 정색하여 노려보았다. 역시나 명민하신 분이니 황이의 말에 첩첩히 감싸인 속뜻을 재빨리도 읽어내신 것이다. 입가에 씩 걸리는 웃음이 서늘하였다.

"경의 말이 실로 묘하군. 지금 경은 짐더러 군사들을 앞에 세우고 이렇듯이 짐의 힘이 강력하니 까불지 말라 하고 위협을 한번 하라 하는 것 같소? 그 말을 다시 생각하여 보면 짐이 그렇게 하여서라도 위엄을 세워야 한다 그런 뜻이며 그것을 다시 뒤집어보면 심히 모욕이라! 경은 짐이 지금껏 중신들 앞에서 위엄이 없었다 그렇게 말을 하고 싶은 것이오? 어쩐지 짐더러 진정한 지존으로서의 위엄을 보이시오 하는 뜻으로 느껴지오."

"신의 말을 잘 헤아려 들으시니 할 말이 더 없나이다. 마마, 인제는 진정 친정(親政)을 하셔야 할 때이옵지요!"

왕은 당돌하고 노골적인 도승지의 말에 그다지 노여운 빛을 보이지 않았다. 오히려 싱긋 웃기까지 하였다.

"짐이 이미 팔 년 전에 〈명일옥사〉를 일으켜 짐의 눈과 귀를 막고 가리던 이를 모다 몰아내었지. 수렴청정을 하시던 할마마마를 내전으로 물러앉힌 후에 친정을 시작한 것인데 어찌 경은 짐더러 다시 친정을 하라 하는가? 지금껏 짐이 대전에 앉아 하였던 일은 분명 정사를 보던 일이었을 것인데 어째서 다시 친정을 하라 하느냐 이 말이야? 재미가 있소. 더 말하여 보시오."

왕은 팔걸이에 어깨를 기대고 비스듬히 앉았다. 편안하게 그의 고언(苦言)을 듣겠다는 것이다. 그리고는 장 내관을 소리쳐 불렀다.

"짐이 도승지를 독대하리라! 재관이더러 어떤 인간이든지 이 방에서 오십 보 이상을 접근하는 자는 목을 베어도 좋다 일러라! 너도 나가라!"

독대를 하신다는 것은 심히 비밀스런 말씀을 나눔이니 절대로 외인을 근접케 말라 하는 뜻이다. 이것은 황이더러 어떤 말을 하여도 짐은 들을 것이니 말을 하라 그 뜻이다. 마침내 황이는 용기를 얻었다. 배에다 힘을 주고 마침내 자신의 명줄을 깎을지도 모르는 엄청난 말을 입 밖으로 내고야 말았다.

"통촉하시옵소서. 신의 목을 베신다 해도 말씀은 드릴지니 그때의 일은 전하의 친정을 위함이 아니라 좌상 대감 천하를 만드는 일이 아니었는지요? 세월이 십여 년을 헤아릴 참이니 보십시오! 조정의 태반이 저들이라, 오만방자하여 주상의 위엄을 가로막고 눈과 귀를 가리여 그저 주상께 향락만을 권하며 무작정 저들이 하고 싶은 대로 나아가는 것이 실로 정도에서 벗어나도 한참 벗어났습니다. 작년의 그 가뭄 때 일을 떠올려 보옵소서. 그때도 그러하지만 이번의 얼토당토않은 중전마마의 일은 또 어떠하였나이까? 말도 되지 않는 망신스런 거짓을 조하의 구설로 버젓이 올리어 기어코 어진 중전마마께 죽어도 잊지 못할 수모와 능멸을 주었나이다. 감히 저들이 무어관데 지존을 음해하여 그런 고약한 계교를 부린다는 것입니까? 이는 주상께옵서 그들 앞에서는 위엄스럽지 못하다 함이요, 저들이 떼로 몰아붙이면은 지존까지 기만할 수 있다 그런 자신감이 아니겠습니까? 이런 것이면 어찌 전하께서 지금껏 친정을 하셨다 할 수 있으리오?"

"갈(喝)! 허면은, 지금껏 이 나라가 짐의 천하가 아니라 정씨 놈의 천하였다 말하는 것인가?"

"아니다 말씀을 하여 보옵소서! 신의 목을 치소서!"

황이가 치받는 말에 왕은 소리 높여 핫하 웃었다. 어찌 들으면 어이없다 웃는 웃음이기도 하였고 또 어찌 들으면 그의 말을 대견해하는 웃음이기도 하였다. 그러나 등으로 식은땀을 흘리는 황이는 왕의 그 높은 웃음소리가 노염을 참지 못한 것으로 들렸다. 격한 성정을 터뜨리려는 시초로 느껴졌다.

이윽고 왕은 웃음을 그쳤다. 웃음기가 가신 차고 무표정한 표정, 왕이 그런 얼굴을 하고 자신을 건너다보았을 때, 문득 황이는 자신보다 한참 아래인 연치의 그가 이 세상에서 가장 무섭고 심기 깊으며 노회한 사람처럼 느껴졌다.

그의 지금 표정. 이것이 바로 〈왕〉의 〈용안〉이었다.

어떤 것으로도 훼손할 수 없고 어떤 사람도 거역할 수 없는 지고무상하며 절대적인 권위를 지닌 존재만이 가진 얼굴. 한 손으로 세상을 살릴 수도 있고, 죽일 수도 있는 힘을 나는 지녔다 하고 드러내는 여유만만함과 냉혹함이 동시에 드러난 그런 표정. 왕은 약간 입귀를 비틀며 엷게 미소를 지었다.

"도승지 그대가 어질고 유하며 속이 깊어서 신임할 만하다 믿었기로 이렇게 의기까지 충천하고 무모할 정도로 간담이 큰 사람인 줄은 짐이 처음 알았군. 핫하핫, 이런 말을 그대가 겁도 없이 짐의 귀에 대고 속살거린다는 것을 좌상이 알면 과연 어떤 얼굴을 할까? 아마 도승지 그대는 어느 날 쥐도 새도 모르게 목줄이 눌러질 게야. 핫하하. 그대의 말을 헤아리자 하면 짐이 지금껏 그러니까, 좌상의 허수아비였다 이런 말인데…… 음, 짐도 그리 생각하오."

이번에는 도승지 황이의 말문이 막혔다. 도도한 자존심으로 소문난 왕이 이토록 쉽게 허수아비라 맹비난한 말에 승복할 줄을 몰랐던 것이다. 왕은 장난처럼 서안 위에 놓인 옥새를 허공으로 던졌다. 손쉽게 한 손으로 받아들었다. 장난감처럼 뱅글뱅글 돌리며 내뱉었다.

"좌상이 찍어라 하면 무작정 이 옥새를 눌러주던 때가 생각나는군. 짐이 상소문을 읽는데 모르는 글씨가 나왔기에 이 글씨가 무엇이오 하고 물었더니, 그리 말하더군. 신이 이 뜻을 다 압니다. 허니 전하께서는 옳다 하시면 됩니다 하고 말이야. 핫하하, 맞소이다. 그게 짐이었어. 왜 저 이가 정승이 되어야 하지? 물었더니 훌륭하고 염직합니다 하기에 중용하였어. 훗날 알고 보니 보따리(뇌물)더군. 열한 살 어린 나이로 보위에 올라 용상에 앉은 뜻이 무엇인지도 모르고 그저 짐은 잘났다, 잘한다 소리만 들었더니 그만 눈에 보이는 것이 없어진 게야. 그러니 어찌 짐이 이 나라를 이렇게 말아먹지 않았겠어? 이봐, 짐이 알기로 짐의 곳간보다 번동 곳간이 더 장하다 하는데 사실이겠지?"

왕은 황이의 대답을 굳이 바라지 않는 듯했다. 그는 씩 웃으며 옥새를 다시 허공으로 던져 받았다.

"이 옥새만 없었다면 짐은 무엇이었을까?"

자조 어린 독백, 왕이 누구에랄 것도 없이 스스로 답하였다.

"아무것도, 아무것도 아니었겠지."

어린 나이로 아비를 잃은 사고무친한 불쌍한 고아였을 뿐!

"짐은 또한 후궁의 소생이었으니 서자라, 변변한 과거 한 번도 치르지 못하는 불쌍한 신세였을 것이며 천성이 격하고 다스려지지 않는 성급한 성품이 못된 터라 아마 살기가 참 힘이 들었을 게야. 훗후. 그런데 말이야, 짐은 불행하게도 왕으로 태어났지. 흠. 문제는 바로 그것이구먼. 짐은 아무것도 아니지만 동시에 천하 그 자체인 것. 그래서 좌상은 못난 짐을 잘났다 안간힘을 다하여 칭찬하고 떠받들어 겁도 없이 이 천하를, 짐 자신을 망치게 하였지. 짐의 죄는 바로 그것이야. 그렇지 아니한가, 도승지?"

"망극하옵니다, 전하! 망극하옵니다! 경솔하고 미천한 신이 감히 성상의 깊은 심기를 헤아리지 못하고 망언하였으니 이 죄를 어찌 씻을 것입니까?"

황이가 엎드려 울먹이며 절규하여 대답하였다. 스스로를 비웃는 왕의 그 말에 황이는 지금껏 주상 당신의 가슴속에 잠긴 내밀한 뜻을 다 읽은 것이다. 너들이 보는 것처럼 짐은 어리석은 허수아비가 아니니라 이런 강력한 반발. 왕은 손을 들어 그의 말을 막았다.

"세상 자체가 거꾸로 돌아간다 할 것이면 망언이라 하는 것이 진실이겠지! 핫하하. 그대의 말은 맞아. 짐이 이미 약관을 넘은 지 오래라. 친정, 하여야지! 암, 하여야지. 허지만 경은 알까 몰라? 열한 살에 짐이 보위에 올라 지금껏 어느 누구에게도 빼앗기지 않고 가진 것이 있음이라. 처음부터 지금까지 병권(兵權)은 짐의 것이었어. 안 그런가?"

왕은 빙긋이 웃으며 옥새를 다시 제자리에 놓았다. 희미한 미소가 은밀하면서도 잔인하였고, 겸손하면서도 자신만만한 것이었다.

"말 등에 달라붙듯 억지로 올라타고 재성의 신위영을 처음 돌아보던 때가 생각나는군. 짐은 어째서 한인이 해마다 짐을 굳이 돌아가며 각처의 병영으로 친림을 하게 하였는지 몰랐어. 게다가 다른 데는 두어두고 재성의 신위영에는 해마다 나가서 무과도 치러주어야 했고 또한 항시 그렇게 뽑은 무장들만을 중용하고 곁에 두어야 했는지 몰랐어. 그런데 어느 순간 알 것 같더군. 그렇게 함으로써 짐은 어느새 짐의 말 한마디이면 죽고 사는 강병(强兵)들을 길렀던 게야. 벌써 십이 년인가? 지금 도성에서 가장 가까운 병영인 재성 신위영 무사들이 모다 칠팔만. 일당백인 궐 안의 무장들이 사오천. 기껏해야 사오백 오합지졸 사병(私兵)들쯤이야 언제고 짐의 말 한마디이면…… 핫하하, 재미있군. 그럼에도 불구하고 사람들은 짐더러 허수아비라 말을 한다?"

왕이 서안을 탁 쳤다. 당당하게 내뱉었다.

"좋아, 좋아! 그렇게 생각하라지! 그럴수록 오히려 짐은 편안하니 말이야. 옥석을 가리는 데는 어리석은 바보 흉내만큼 좋은 것이 없으며 속내의 말을 듣는 데는 귀머거리 흉내만큼 더 이상 가는 법이 없지. 타초경사(打草驚蛇). 섣불리 건드리면 뱀은 놀라 도망가는 법. 핫하하. 짐은 단번에 천 년 묵은 늙은 이무기까정 잡을 참이오. 짐이 아무리 멍청하여도 그래도 용(龍)은 용(龍). 핫하하. 경은 알 것이오!"

황이는 조복의 등이 진땀으로 축축함을 느낀다. 천하에서 이분을 진정 알고 있는 이가 몇 사람이나 될까? 방탕하고 격하며 마구잡이로 살아가는 것처럼 보이는 젊은 상감마마 당신이 실상은 너무도 치밀하고 잔인하며 심기가 깊으시니 모다 헤아리며 짚어가며 그저 때를 기다리시는 중이라니.

왕은 무엇이 그리 유쾌한지 한참 동안 빙긋이 웃으며 허공을 바라보고 있더니 고개를 끄덕끄덕하였다.

"생각하자니 경의 말이 적절해 보이는군. 그렇지 아니하여도 짐이 이 근래, 농번기가 끝이 나면 저 북도로 하여 송도며 재성, 아산의 중수영으로 하여 한번 주욱 군사들의 일이 되어가는 모양을 보고 싶었던 참이라. 효성 숙부도 유난히 궁금해하시는 고로 불랑기포를 자랑하여야겠소. 게다가 미수의 공이 실로 크니 상급도 내려야지. 짐은 그이를 공조참판으로 올릴까 하오. 중인이며 게다가 서자라, 미수가 공조참판으로 올라갈 것이면 아마 또 소인배들이 벌 떼같이 일어나 불가하다 난리를 치겠지? 하지만 일을 잘하여야 벼슬도 올라가는 것이지. 핫하하. 뱀 떼들 간담을 서늘하게 하여줍시다그려! 시각이 늦었소. 경도 퇴청하시오. 짐도 내전으로 들어가리다."

일어난 왕이 몇 걸음 걸어나가다 슬쩍 몸을 돌려 부복한 황이를 바라보았다. 젊은 왕의 입가에 짓궂은 미소가 걸려 있었다.

"경은 참말 충신이거든. 고언(苦言)하여 주기에 충신이 아니라, 짐 속내를 재빨리 읽어주지 않느냔 말이야. 짐 역시 이 며칠 새로 비(妃)를 뫼시러 송양 행궁으로 거동 나갈 핑계만 만들고 있었거늘, 도승지 그대가 역시 영리하거든. 척척 알아서 핑곗거리를 만들어주니 어이, 참말 그대가 충신이로고!"

제5장 재회(再會)

그날 중전은 사친께 여름치레로 보내 드릴 모시옷 마르기에 여념이 없었다. 오랜 바느질에 눈앞이 침침하여 잠시 쉬고지고 하며 바늘을 놓는데 고변이 들어왔다.

"중전마마, 아뢰옵기 황공하오나 대궐서 전령이 내려왔다 하옵니다."

"아니, 나흘 전에 내려왔다가 간 터로 갑자기 다시 전령이 오시다니 무슨 일이냐? 대궐에 무슨 사단이 생긴 것이냐? 당장 뫼시어라."

김 상궁이 바깥으로 난 창을 열었다. 몇 번 오간 터로 낯이 익은 전령이 땅바닥에 무릎을 꿇고 문안 인사를 들인다. 비단 보자기에 싼 함을 중전마마께 바쳤다.

"상감마마께서 중전마마께 올려라 하신 봉물이옵니다. 허고 성상께서 이르시기를, 내달 초에 중수영에 친림을 하는 고로 그 기회를 이용하여 할마마마를 뫼시고 행궁으로 행보할 참이라. 부대 그때에 아름다운 옥안이 회복되신 것을 뵈옵기 바라노라 하셨습니다."

즉 전하께서 대왕대비전과 더불어 유월 초 닷새 날 즈음에 송양 행궁으로 오신다 그 말이다. 뜻밖이나 참으로 반가운 기별이니 중전마마 동그란 눈이 반짝 빛났다.

"전하께서 중수영에 친림하사 이리로 내려오실 것이라고? 그것이 참이냐?"

"예, 마마. 중수영에서 불랑기포를 만들어 성공을 한지라 모든 조하 중신들을 이끌고 친림하사 그의 위력을 보옵시고 상급을 내리리라 들었습니다. 장한 행차이니 온 대궐이 난리법석입니다."

전령이 절하고 물러났다. 중전은 가슴을 두근거리며 상감께서 보내신 비단 보자기를 펼쳤다. 작은 자개함이 들어 있었다.

밤이 새도록 씨름하였거니 아무래도 이 이상은 어렵소이다. 허니 중전의 어진 마음으로 가납하오.

함에서 나온 것은 깨어졌던 희빈마마 옥지환이었다. 석광당에 갇힐 적에 분기탱천한 왕이 억지로 손가락에서 빼내선 풀섶 어디론가

획 던져 버렸지. 다시 돌아온 옥지환 앞에서 중전의 눈에 눈물이 글썽해졌다. 이것을 찾아내시느라 얼마나 고생하셨을까? 필시 서투른 손으로 직접 하신 것이렷다? 아무리 하여도 옥지환이 붙을 리가 있나, 덕지덕지 칠을 한 아교풀 때문에 간신히 붙었다. 그 위에 명주실로 친친 감아놓았으니 옥지환이 아니라 색실지환이 되어버렸다. 그렇게라도 하여서 깨어진 가락지를 이어주고 싶다는 뜻이라, 이렇게 우리도 다시 연분을 맺읍시다 그런 뜻이 아니더냐?

보스스 사랑스럽기도 하고 수줍기도 하고 또 한편으로는 싸한 미소가 중전의 입가에 걸렸다.

벌써 넉 달여. 심중의 상처는 많이 아물고 새살이 돋아난 터로 그 위를 채운 것은 아련한 사모지정과 그리움이라. 곧 뵙게 되겠거니. 중전의 고운 눈빛이 후원의 백일홍 꽃잎 사이를 맴돈다.

한편 복내당에서 물러난 전령은 송양부에서 임시로 거처하고 있는 정안로에게 들어갔다.

명색이 정승이되 귀양 오듯이 행궁으로 내려와 중전마마 번이나 서는 처지가 된 셈. 참으로 답답하고 괴로운 그였다. 그런 그에게 전령이 왕의 전교를 내밀었다. 내일 당장 환도를 하라 하는 분부였다. 이제야 노염이 풀리어 나를 용서하시고 다시 부르시나 보다 희희낙락. 그러나 상감마마께서 내달 초에 행궁으로 거동을 한다는 말에 얼굴빛까지 변하며 깜짝 놀랐다.

"여하튼 격하신 분이로고. 쯧쯧쯧. 아리수에 가교 놓자 하는 일이며 사람들 징발하는 일이 어찌 그리 쉽게 될 것이라고 보름 남짓

하여 당장 행차를 하신다 하는가?"

"그렇지 않아도 그런 문제가 있다 하여 오시는 길에는 수병(水兵) 되어지는 것까정 보신다 하시면서 바닷길을 이용한다 하셨나이다. 하여 지금 도성서는 배들을 수리하고 난리가 아니랍니다. 돌아오시는 길에만 가교를 이용하실지니 별다른 문제는 없다 합니다."

"대왕대비전하를 동행하시는 것이 사실인고?"

"당연하옵지요. 하교하시기를 휘강전 전하께서는 지난날 여군주로서 정사를 담당하셨고 짐의 뒷결으로 사직을 한동안 감당하신 공적이 있으신 분이라, 당연히 국가의 중요한 행사에 참석하실 자격이 있다고 천명하셨다 하옵니다. 두 분께서는 중수영의 군사 행사에 참석하신 다음에 행궁에 오시어 잠시 휴식하시고 중전마마를 모시고 가실 참이라 하셨나이다. 재성에 가시어서는 별시를 거행하고 무과 시험도 치른다 하셨나이다."

정안로는 쯧쯧 쓰디쓴 입맛을 다셨다. 처음부터 끝까지 마음에 거리끼고 섬뜩한 이야기뿐이었다. 조금 나아지리라 기대하였는데 오히려 더 얽혀가고 수렁에 빠져 가는 듯한 느낌. 솔직히 한참 척이 졌을 적에는 〈창희궁 늙은 것〉이라 막말까정 하며 뒤도 돌아보지 않던 대왕대비를 왕이 먼저 나서서 여군주라 칭하면서 모시고 행차를 한다는 것에 간이 덜컥 떨어진다.

"그런데 그런 대행차를 하실 양이면 여기서도 준비를 할 것이 많은데 어찌 나더러 다시 환도를 하라 하시는 것일까? 중책 맡을 사람이 예에도 있어야 하는 것이거늘…….”

"듣잡기로 내일이면 우의정 대감께서 도착하신다 합니다. 대감과 직무를 교체한다 하십니다."

정안로는 또다시 텁텁한 침을 삼켰다. 정작 왕이 행궁으로 오신다 하는데 저를 도성으로 올려 보내고 우의정을 내려보낸다? 인제 자신을 조하의 모든 일에서 배제시키려는 것일까? 절대 권력을 가진 왕의 측근에서 밀려난다 함은 곧바로 조하에서의 몰락이라, 캄캄한 나락만이 있는 듯하여 저절로 손이 떨렸다.

욕심이 과하면 반드시 화를 부른다 하였다. 자신과 제 가당찮은 욕심보가 결국은 이렇게 죽을 꼴을 부르고 화를 심었도다. 몰락만이 기다리고 있는 앞날이 두려워 정안로 삼복더위 안에서 몸이 오싹하다.

여하튼 날은 흐른다.

손꼽아 기다리는 사람에게 시간이란 더없이 지루한 것이지만, 또 한편으로는 쏜살처럼 달려가기도 하는 것이다. 바닷길로 내려오시는 상감마마 거동이 송양 근처 아포나루에 도착하였다는 기별이 저물녘에 행궁으로 달려왔다.

"내일 아침에 출발하시면은 아마도 정오 무렵에 도착되리라 하셨나이다."

두근두근하는 심장의 고동 소리를 진정할 수가 없다. 중전은 두 볼에 익은 복삿빛 홍조를 감추려 두 손으로 화끈화끈한 얼굴을 살

재회(再會) 129

며시 가렸다. 멀리 떨어져 있거니, 하였을 때는 차라리 괜찮았다. 허나 지척에 그분이 와 계시다는 소식을 들은 다음이다. 두근두근 파동치는 설렘이 여간해서는 가라앉지 않았다. 더 깊은 그리움으로 수줍은 마음이 함초롬이 젖어들었다.
 그 밤이다.
 어쩐지 늦다이 잠이 도통 오지 않았다. 근심이거나 걱정거리 하나도 없는데 묵직한 돌이 작은 가슴에 얹힌 듯, 명치 끝이 쓰라린 듯 안절부절. 참으로 이상한 심사였다. 결국 왕비는 자리에 일어나 문을 열고 뜨락으로 나서고야 말았다. 핑계라, 손톱에 물들일 봉숭아 꽃잎이 피었나 본다는 것이지만, 그런 일일랑은 밝은 날 하시지 뜬금없이 깊은 야밤에 왜 갑자기 그러시노?
 '내가 대체 왜 이러는 게지? 참으로 방정맞은 심사로다. 상감마마께서 지척에 와 계시다는 말을 듣는 순간부터 진정치 못함이라. 체통도, 위엄도 다 잊어버린 터로 마냥 용안이 그립고 보고 잡고 그러는 것이……. 휴우, 다정(多情)도 병(病)이라 하였는데, 아이고, 민망스러워라. 내가 이 밤에 고약한 상사병에 걸렸구나.'
 흔들리는 마음이 마음먹은 대로만 움직여 주면 무엇을 걱정해? 머리로는 내가 이러면 아니 되지 하였지만, 저절로 꽃신 신은 발이 자꾸만 문밖으로 향한다.
 복내당 중문을 기어코 넘고 말았다. 꽃잎이 벌어진 안뜰을 오락가락. 괜히 서성이다가 누루에 오르시는구나. 저쪽에서 말 타고 오실 것이거니…… 먼 데 보일 리도 없건만 저 멀리 어둠에 잠긴 길모퉁이쯤을 바라보다가 돌아서는 중전의 좁다란 어깨에 너울거리는 달빛이 바람에 쓸려 흐른다.

"인제 그만 침수합시오. 야심하옵니다."

"이것만 끝을 내려하지. 나가서 침수하오."

눈시울에 졸음기가 반이었다. 허기는 벌써 삼경이다. 중전은 윗목에 앉아 꾸벅꾸벅 조는 윤 상궁을 내보내고 다시 바느질 바구니를 끌어당겼다.

그때였다. 중전의 귀가 쫑긋 섰다. 님의 발길 기다리는 여인만이 가지는 본능적인 예감. 분명 말발굽 소리였다!

왈칵 반가워서 울음이 터질 것만 같다. 수줍지만 그만큼 차오르는 기쁨. 중전은 화급히 문을 열었다.

서로 다투어 향기를 벌리는 꽃잎들이 가득 핀 뜨락. 푸른 달빛을 등지고 선 그림자가 틀림없이 거기 있었다. 훌쩍하니 키가 크고 훤칠하였고 늠름하였다. 설레고 기쁨 그득한 눈빛이 마주 합쳐졌다. 왕이 활짝 웃으며 두 팔을 가득 벌렸다. 중전은 정신없이 버선발로 뛰어내려 가 그 품에 폭 잠겨 버렸다. 왕은 그만 향기처럼 스며든 작은 몸을 와락 끌어안아 버렸다.

"그냥 왔어. 말을 달렸는데, 아무 생각도 없었는데…… 이리로 와버리더군. 지척에 계신 것을 생각하니 참을 수가 없었어. 오지 않으려 하였는데, 그만 예더군. 중전 얼굴이 보이더군."

뜨거운 입김이 감격에 젖어 귓불에서 떨리고 있었다. 말하지 못한 것마저 다 들은 얼굴로 그저 세차게 고개만 끄덕이는 고운 이 사람. 왕은 중전의 머리타래에 깊이 얼굴을 묻었다. 그득하고 기꺼운 터로 세상이 다 환하였다. 늘 외롭고 공허하던 가슴에 따사롭고 온유한 해가 그득히 담기었다.

'아, 이제는 절대로 헤어지지 않을 테다. 소중한 이 사람을 곁에 떨어뜨리지 않을 것이다.'

오래도록 말을 달려온 왕의 몸에서는 땀 냄새가 진하게 났다. 허나 싫지 않았다. 그녀를 바라고 밤 내내 달려온 그분의 진심을 알았기에. 그 간절하고 사무친 마음을 읽었기에. 중전은 두 팔을 내밀어 그분을 함뿍 다시 안아드렸다. 촉촉한 목소리로 속삭였다.

"내일이면 뵈올 수 있는 것을······."

일각이 여삼추. 짧되 단호한 대답이 돌아왔다. 커다란 손으로 보드라운 볼을 어루만지며 왕이 격정으로, 성급하게 채근하였다.

"오래도록 뵙지 못한 터로 보고픔이 골수에 사무친 게지. 인제 다시는 떨어지지 않을 테야. 그리워서, 보고 잡아서 견딜 수가 없었어. 그대가 아니 오시기에 이리 짐이 왔어. 그대를 모시러 왔어."

침방의 문이 탁 닫혔다. 새어 나온 불빛 아래 검은 그림자. 하나로 엉킨 두 개의 몸이 스르르 바닥으로 쓰러졌다.

찌르르 찌르르 풀벌레 소리가 더없이 장하였다. 하늘에는 별들이 총총. 허공에는 바람이 선들. 곡절 많고 구구절절 사연 깊어, 그래도 내쳐 사모하고 은애하는 마음을 자르지 못한 두 사람이 마침내 다시 연분 이어 재회한 밤이다. 톡 하고 향기로운 꽃잎이 바람에 날려 떨어진다. 꽃이 진 그 자리에 어리고 귀여운 열매 하나가 맺혔다.

　오랜만에 만난 윤 상궁과 장 내관. 미소 지으며 돌아서서는 중문을 닫았다.

　대왕대비전과 상감마마의 거동이 송양 행궁에 도착하신 것은 낮 수라 즈음이었다.
　"중전을 보시면은 그저 말태 고이 하시고 부드러이 대하여주시오. 섬약한 사람이 아니오? 인제는 잘하여주시구려."
　도중에 어가를 잠시 세우고 *악차(幄次) 안에서 소반과 받으시었다. 괜한 근심이라, 대왕대비전하께서 당부하였다. 왕이 싱긋 웃었다. 당부하는 그 말에는 대답치 아니하고 할마마마 상의 주발 뚜껑을 손수 열고 음식을 권하였다.
　"더운 날에 찬품이 변하지 않았는지 소손이 근심하나이다. 짐이 직접 기미하겠습니다. 원로(遠路)에 힘이 드실 터라 행궁 도착하시면은 푹 쉬십시오."
　황공하여라, 상감께서 직접 대왕대비전하의 찬품을 기미하고는 인사를 마치고 장막을 나섰다. 노인이 고개를 갸웃하며 시립한 주변을 바라보았다.
　"기이한 일이야. 어제 보고 오늘 보되, 주상 기운이 하루 상관으로 몹시도 다르구나. 내내 오뉴월 장마 전 천공(天空)처럼 용안이 궂더니, 어찌 그리 말짱하게 개였을꼬?"
　이러는데 장막이 젖혀졌다. 뜻밖에도 중궁의 김 상궁이 나인을

───────────────
*악차(幄次): 임금이 거동할 때 세우는 장막

딸리고 벙싯 웃으며 악차로 들어왔다. 고두하여 절하였다. 얼음 둥 둥 뜬 수단, 오미자 물 고운 책면에다 부챗살 모양의 차수과, 파란 오이가 말간 피(皮) 밖으로 비치는 규아상 쟁반, 정성껏 장만한 음식을 붉은 상에 올려 바치었다.

"천세, 천세, 천세! 휘강전 전하의 어진 옥안을 알현하옵니다. 원로에 곤치 않으신지요?"

"그만 하느니. 김 상궁이 오랜만이로다. 헌데 예는 어찌 알고 온 것이냐?"

"지난밤에 상감마마께서 잠시 행궁으로 말 달려 오신 터로, 이맘쯤 거동 멈추시고 소반과 하신다는 말씀을 전해 들었나이다. 중전마마께서 냉차 준비하시어 마마께 상쾌한 기분 전하여라 하신고로 쇤네가 나왔나이다."

"뭐라? 주상이 어젯밤에 행궁에 갔더란 말이냐?"

"삼경 넘어 조촐하니 호위밀과 상선 영감만 딸리시고 잠시 말 달려 오셨나이다. 중전마마를 뵈옵고 두어 식경 머무르시다가 이내 돌아가신 줄 아옵니다."

대왕대비전하 어이없기도 하고 기가 막히기도 하고 대견하기도 하였다. 헛허 웃으시었다.

"내가 중전더러 잘하여주시오 부탁하였는데 그냥 웃기만 하더구나. 엇질이 성정이라, 또 고약허니 말을 아니 듣는다 하였기로, 무에야? 지난밤에 벌써 중전을 보고 온 것이야? 기가 막혀서…… 용안이 유난히 상쾌하고 늠름하시기로 어찌 그러나 하였기로 흠. 중전과 만나 정분을 이었나 보다. 허니 기운이 넘치는 게지."

"감축드리옵니다. 한 점의 저어함이거나 섭섭함없이 마냥 첩첩하고 진진한 정해라. 그저 이 아침에 중전마마 옥안도 온화하시고 즐거운 기운 그득하셨나이다."

"사람 든 자리는 몰라도 난 자리는 안다 하였다. 말 못하고 마음만 깊어 곁에서만 빙빙 돌던 그 이를 먼 데 두고 상감이 속앓이깨나 하였단다. 인제 다시 뵙고 그 마음이었으니 허기는……. 아이고, 날도 좋거니! 어젯밤 하여서 내쳐 중전께서 잉태나 하였으면 좋으련만."

"아이고, 어마마마. 급하시옵니다. 겨우 두어 시진, 몰래 낯만 보고 돌아온 분더러 벌써 아기씨 타령입니까?"

명온공주 마마 한마디에 와다그르, 여인네들이 모인 악차에서는 웃음꽃이 송알송알 한껏 맺혔다.

오정 지나 신시(申時) 무렵, 번잡하고 화려한 상감마마의 거동이 송양 행궁에 도착하였다.

온천이 유명한 터이니 행궁이 생긴 이래로 상감마마나 왕족의 왕래가 가끔 있어왔다. 허나 이토록 장렬하고 위엄 넘치는 큰 거동은 동네가 생긴 이래로 처음이었다.

송양뿐 아니라 인근 고을 부중이 다 난리가 났다. 구경하려 몰려든 사람들이 수풀같이 서서 목을 빼고 침을 삼켜가며 지존의 용안을 한 번이라도 멀리서나마 친견하려고 아우성이다. 지존의 행보에 방해가 될세라 병정들이 길 쪽으로 몰려드는 사람들을 창(槍)대로 밀어내며 안간힘을 다하는데 여간만 힘든 것이 아니다. 땡볕 아래 땀이 뚝뚝 떨어지는구나.

거동하시는 옷차림도 장하셔라. 옥봉황립이 달린 흑립 쓰고 청남빛 융복(戎服)에 광사대 매고 병부주머니에 환도(環刀)를 찬 상감마마. 늠름하고 아름다우시다. 칠 척의 훤칠한 키, 넓은 어깨가 씩씩하다. 검미 아래 빛나는 눈동자. 매섭고도 맑은 신광이 가득하시니 어찌 지존의 위엄이 아닐까. 사나운 검은 말 등에 올라타시어 행렬을 선도하시는구나. 십 리를 잇는 긴 행렬의 말미가 부중에 들 적에 이미 주상전하께서는 행궁에 진입하시었다.

군사들은 무장을 풀고 오 리 밖 강변에 막사 차일을 쳤다. 따라온 중신들은 송양 부중의 행각과 행궁의 외행각에 서열대로 짐을 풀고 상감께서는 대전인 유여택에 좌정하시었다. 대왕대비전하께서는 장락당에 내빈들과 듭시어 편안한 의대 하시고 노곤한 몸을 온천물에 누이셨다.

복내당의 중전마마. 그때쯤 하여 장락당으로 나오시어 대왕대비전하를 알현하였다.

출궁할 당시, 초췌하고 야위어 흡사 귀신의 형용이라고 하였던 중전마마 옥안이 너무 많이 변하였다. 거미줄같이 곱게 짜인 모시 의대로 성장하고 옥잠 찌르신 그 모습이 더없이 우아하고 정결하시다. 화사하게 피어나 막 붉어지는 꽃봉오리인 듯, 이슬 머금은 해당화인 양 복숭빛 볼이 통통하였고 환하게 피어났다.

대왕대비전하 이하 함께 온 여인들이 서로 다투어 중전마마께 인사하고 옥체 회복되심을 감축하고 치하하였다. 함께 온 내빈을 맞이하사 중전마마께서도 오랜만에 웃음이 잦으시다. 대왕대비전하께서 벙싯 웃으며 작은 손을 잡고 토닥이셨다.

"참으로 다행이오. 중전께서 이리 옥체 회복하사 고이 회복되시니 아아, 고마우셔라. 따로이 불편한 것은 없으시지요?"

"할마마마께서 걱정하여 주시니 신첩이 그만저만하옵니다. 다시는 어른께서 근심되지 않게 조섭을 잘할 것입니다."

"암만요, 암만요. 이 근래 내전이 텅 비어 있었음이라 상감께서 내내 울적해하였소이다. 인제 중전께서 환궁하시면은 그이가 다소간 웃으시려나. 중전, 솔직히 말하면은 그렇소이다. 그만하면 상감에게 벌을 많이 주었지 무어야. 그만 용서하고 어리석은 그이를 좀 받아주오."

윗전의 은근한 부탁 앞에서 중전마마 얼굴만 발갛게 붉히었다. 대답 대신 은저분 들어 음식을 권하는 것으로 민망함을 감추려 애를 쓴다.

밤에 왕은 고생한 관속들과 거동에 참여한 사람들. 함께 따라온 내빈들을 위하여 커다란 잔치를 베풀었다. 중전마마 역시 내전의 여인들과 바깥의 군사들을 위하여 소를 잡고 잔치 음식을 많이 차비하였다. 강변에서는 벌겋게 화롯불을 지펴 돗 통구이가 빙글빙글 돌고 놋쇠동이에 연신 술이 넘친다.

잔치를 바라보는 주렴 안의 중전마마. 늘 새침하고 차갑던 얼굴에 고운 홍조가 보스스 돌며 기생들 칼춤에, 광대패들 줄타기에 웃음기를 감추지 아니하신다. 방그레 미소 물고 있는 그 모습이 바로 성결한 연화(蓮花)라. 체면과 위엄에 가려 멀리 떨어진 두 분 지존마마. 주렴 사이에 두고 사람 머리 위로 은근슬쩍 오가는 눈빛이 아쉽고도 안타깝다.

밤이 이슥하여 한잔 술에 용안이 대춧빛으로 된 상감마마, 성큼 달을 등에 지고 복내당으로 들어서시었다.

눈치라 빠릅지요. 윤 상궁 짝짜꿍인 몽 상궁과 의논하여 침방 윗목에 잘 차린 주안상 하나 마련하였다. 향목 침상 위에는 까슬까슬한 모시요 펴고 긴 베개 하나 놓았다. 서둘러 아랫것들에게 나가라 눈짓을 하였다.

돌아선 윤 상궁, 벙싯 웃으며 상감께 밤인사를 하였다. 이 밤에 잘하여보십시오. 어찌하든지 중전마마를 유혹하여 보십시오, 눈빛으로 젊은 왕을 격려하였다.

"중전마마께서는 지금 온천에서 욕간하시옵니다. 편안하니 침수하옵소서."

"아지가 수고하였네."

삐걱 중문이 닫히는 소리가 들린다. 마루에 걸터앉아 기다리던 왕은 발소리 죽이어 뒤란으로 돌아갔다. 나무 문 바깥에서 수건 하나 들고 하냥 중전마마 부름을 기다리며 서 있던 나인이 왕이 나타나자 놀라 고두하였다. 왕은 입에 손가락을 대고 쉿! 하였다. 소리 죽여 분부하였다.

"나가거라. 짐만 있으면 될 것이니라."

피곤하여 죽을 참인데 이게 웬 떡이냐? 어린 나인 냉큼 달아나 버린다. 전하 빙긋이 웃으며 살그머니 욕간실 울타리 너머로 목을 빼 올렸다.

가장 깊숙한 내전인 복내당은 바깥의 다른 곳과는 달리 노천 온천을 가지고 있었다. 나지막한 울타리 안에 향나무로 만든 욕간 방, 한 켠으로 퐁퐁 따스한 물이 솟아났다. 정숙한 여인네가 거처하는 곳에 어찌하여 상궤에 없는 노천 온천? 하지만 그것에 이유가 있었다.

태상대왕 광종께서는 말년에 종기와 눈병이 잦으시사, 송양 행궁으로 요양차 자주 거동하시었다. 그때마다 사랑하는 따님 명온공주를 대동하시었는데, 〈별을 보며 욕간하렴〉 하시며 일부러 공주마마더러 꾸며주신 공간이다.

지아비 왕이 두근두근 아리동동. 몰래 훔쳐보는 것도 모르고 중전마마, 따스한 물에 잠겨 마냥 편안하고 느긋하다.

인어라 할지, 아니면은 달에 사는 항아가 지상에 내려온 것이라 할지 눈보신이 무진장 장한 터. 상감마마 눈앞이 화안하고 입안이 바싹 마른다.

물에 잠긴 중전마마 형용 좀 보시오. 찰싹 달라붙은 얇은 적삼 사이로 아름다운 젖무덤 반쯤 드러낸 채 긴 머리타래 옆으로 감아 내리고 앉아 있는 그 모습이 실로 곱고 요염하였다. 아무도 보는 이 없으니 수줍은 중전도 사뭇 대담하여졌다. 마음껏 온천욕 사치를 즐기었다. 지아비 전하가 훔쳐보는 것도 모르고 물에 젖은 얇은 속적삼 속고의 다 벗어 던졌다. 상감의 입에서 꿀꺽 다시 마른침이 넘어갔다.

마냥 사모하는 여인을 두고서도 손끝 하나 못 댄 지가 벌써 너덧 달이 넘었다. 한창 강건하시고 왕성하신 전하께서 어찌 불끈 치미는 열기가 없으랴? 헌데 요 맹랑하고 앙큼한 사람 좀 보시오. 그런 분 눈앞에서 한 번도 드러내 보여주지 않던 고운 나신을 그대로 드러냈으니 어찌 젊으나 젊은 상감마마. 욕정 어린 엉큼한 늑대가 되지 못하랴.

아무것도 모르고 요요한 알몸으로 동동 찰박찰박, 중전은 느긋하게 물장난을 하였다. 저절로 입가에 웃음이 꽃망울처럼 맺혔다. 휘영청 달은 밝고 꽃향기는 진한데 떨어질 듯이 크고 맑은 별들이 내려다보는 데서 하는 온천욕이라니! 굳었던 몸과 마음이 스스르 녹아내렸다. 중전마마 옥체가 회복된 것에는 이런 온천욕이 커다란 공을 세웠다.

흠흠 헛기침 소리가 났다. 무어라 답할 사이도 없이 나무 문이 불쑥 열렸다.

"에구머니!"

중전은 깜짝 놀라 외마디 비명을 질렀다. 내외가 엄격한 것이 궐 안팎 법도임에랴. 아무리 허물없는 부부지간이라 한들 전하께서 여인네 욕간하시는 데에 침입을 하신 것이라 어찌 부끄럽고 민망하지 않으랴? 어쩔 줄 몰라 중전은 두 팔로 젖가슴을 가리며 돌아앉았다. 수치심과 부끄러움으로 몸을 떨었다.

허나 왕에게는 그 모습이 더한 유혹이었다. 가녀린 팔로 반도 못 가린 무르녹은 수밀도는 그저 향기롭고 달빛 아래 하얗게 빛나는 여체는 신비하였다.

"아랫것들이 곤하여 모다 하품만 하고 있는 참이라 짐이 그대 시중을 든다 하였지. 욕간한 지 한참 되었다 하니 물에 부풀어 익어버리면 어찌해? 이제 그만 나오소. 응?"

뒤로 돌아앉아 사뭇 외면만 하는 왕비에게 왕은 짐짓 짓궂게 지분거렸다.

"마, 망극하옵니다, 전하! 소첩이 그만 할 것이니 먼저 나가시옵소서. 미, 민망하고 망극하와…… 딱 죽을 참입니다."

"참말로 무정타! 흥. 부부는 일심동체라 하는데 비는 어찌 이리 항시 가리고 내외하오? 짐은 비랑 같이 욕간할까 보다 생각하며 들어왔거늘 짐도 들어오라 하여보시오?"

차마 대답은 못하고 중전은 그만 두 손으로 얼굴을 가려 버렸다. 수줍고도 요염하고 유혹적인 그 자태에 움직이지 않으면 사내가 아니지? 참을 수 없을 만치 욕심이 불끈 치밀어 오른 상감마마. 훌훌 의대를 벗어 던진다. 말씀이야 점잖고 말짱하지만 눈빛은 엉큼하고 손길은 마음껏 거칠었다.

"짐이 등 밀어줄 것이야. 어, 짐도 곤하거니 요기가 우리 둘이 하냥 놀기에 딱 맞춤이다."

중전은 하도 기막히고 민망하여 눈을 꼭 감았다. 잠시 후 풍덩 소리가 들리더니 뜨거운 물이 넘쳐흘렀다. 염치없고 무례하고 징글맞은 이분이 욕간방에 뛰어든 것이다. 금세 중전은 넓고 든든한 지아비 가슴에 꽉 안기고 말았다. 피하여보겠노라고 몸을 웅크려 보지만 좁은 욕간방 안에서 어디 피해질 일이던가?

잡는다, 잡지 마라. 피한다, 피하지 못하리라. 앙탈하고 거절하고 내뻗기는 손길이 물방울을 튕겼다. 도망을 가려 하는 가냘픈 손목 부여잡고 덤벼드는 뜨거운 사내의 입김이 뿌옇게 피어오르는 훈김을 더 습하게 만들었다.

일렁이는 물어룽. 물안개 사이로 한 덩어리가 된 나신들. 단단하고 건장한 사내의 몸 안에 담긴 보드랍고 어여쁜 여인의 나신. 둘이면서 하나요, 어디 하나 일그러진 데 없이 들고나는 요철이 완벽하다.

"싫다 말하오, 짐은 물러날 것이니까. 중전이 싫다 하는 것은 아무것도 아니 할 것이야. 짐이 다시 나갈까요?"

귓전에 속삭이는 목청은 다정하고 믿음직스러웠다. 중전은 그것이 왕의 진심임을 깨달았다. 주저주저 왕비는 돌아앉았다. 말없이 하얀 팔을 내밀어 왕의 듬직한 목을 아듬었다. 말 대신 드리는 조용한 허락. 왕의 눈빛이 깊고 강렬했다.

주저주저 다가오는 얼굴. 중전은 숨이 막혀 차마 눈을 꼭 감아버렸다. 그러면서도 기쁘게 나붓하니 입술을 벌렸다.

이윽고 입맞춤.

난생처음인 것같이, 이승의 마지막인 것같이, 뜨겁고 격렬하고 갈증 어렸다. 혹은 꽃잎 같고 혹은 사탕가루 같고 혹은, 혹은 불길

같이 뜨겁고 붉고 달콤한 입술을 왕은 마음껏 원없이 먹어버렸다.

서로의 혼백을 나누는 듯하였다. 자신의 존재를 서로에게 모다 주는 것이었다. 한 번의 입맞춤이되 서로의 삶을 얽매는 낙인. 마치 이 세상에 두 분만 계시는 것처럼 호젓한 물속에 앉아 서로의 가슴에 몸을 얽고 하염없이 입술을, 마음을 나누었다. 고개를 든 왕이 조용하나 뜨겁게 어린 중전에게 맹세하였다.

"소중히 여길 것이오. 오직 그대를 사모하기 한결같을지니, 야속하였고 섭섭하였던 지난날은 다 잊어주오. 그대만을 은애해. 이 마음 받아주어 중전도 짐을 단 한 사람 지아비로 정인으로 믿어주고 사모하여 주오."

"……신첩은 전하의 계집이옵니다. 천지신명이 정하여 준 단 한 분 정인이올시다. 오직 전하만 바라보고 사는 소첩입니다."

피어오르는 꽃처럼 향기롭게, 그 다정하고 달콤한 꽃물을 터뜨린 어진 지어미를 안고 왕은 가슴이 벅차다. 수줍고 차갑기만 하던 새침한 입술에서 흘러나오는 숨결을 뜨거웠고 눈빛은 다정하였다. 향기로운 옥체에서 풍기는 방향(芳香)은 그저 진하고 물에 젖은 나신은 매끄러운 꿀이다. 그런 고운 여인을 안은 터이니 어찌 사내가 열정에 취하지 않을 것이더냐? 마음과 마음이 열려 말로 다 하지 못한 마음을 육신으로 표현하는 것은 이토록 아름다운 일이었던가? 보령 스물셋, 열아홉의 젊디젊은 나신이 뱀처럼 더운 물속에서 엉기었다.

달빛도 부끄러워 구름 속에 숨어버렸다. 진한 꽃향기 속에서 자욱한 온기 속에서 두 분 마마의 하나된 몸부림은 차라리 처절한 구도(求道)이다. 오래 돌아온 길, 그리도 많이 참고 기다리어 마침내 잡은 손이다. 사무친 그 마음을, 오래 익어 마침내 향기로 승화한 사랑을 갈구하는 손길과 입술은 그대로 밀어요, 언약이요, 영원을 약조하는 맹세이다.

자욱하니 이슬 서린 온천탕 안에서 중전은 처음으로 여인이 되었다. 아니, 짐승의 암컷이 되었다.

반쯤 벌어진 진홍빛 입술에서 고혹적인 단내가 훅훅 풍기어나고 사내의 정성스런 애무에 서서히 벌어지는 여인의 요염은 황홀하였다. 그대를 주오! 사나이는 사모하는 여인에게 재촉하였다. 그러할 것입니다. 여인은 깨끗한 허벅지 벌려 지아비의 강건한 용체를 기쁘게 받아들인다.

몇 번이던가? 서로에게 서로를 모다 주고 모다 받아낸 것은. 하물며 꽃이 핀 그 지어미 옥 같은 나신은 향기 무르녹고 마냥 달콤하였다.

강건한 용체를 머금은 보드라운 샘은 기이하게 요동치며 사내 혼백을 빼놓는 참이었다. 수천 마리 거머리가 붙은 것마냥, 혹은 저절로 움직이며 안에 잠긴 사내를 죄었다 풀었다 하며 요동치는 속몸의 매혹은 왕이 난생처음 경험하는 기막힌 것이다. 숱한 계집 상대한 주상으로서도 처음 맛보는 진미 중의 진미. 젊은 왕은 어린 지어미 몸 안에서 온몸이 꿀처럼 녹아나는 기막힌 경험을 한 참이라 중전이 이토록 보물 같은 옥체를 가진 여인이라는 것을 비로소 알게 되었다.

으헉! 마지막을 달리던 사내의 입에서 격한 숨날이 터졌다. 왕은 중전의 입술을 당신의 입술로 부비며 뜨겁게 중얼거린다. 마음까지 열린 중전의 몸에서 경험한 쾌락은 그토록 진하였고 아뜩하였으며 끔찍하게 달콤하였다. 뜨거운 꿈처럼 아뜩하고 환상적이었다.

"그대는 정말 기이한 사람이야. 짐은 미칠 것 같소이다."

그런 여인의 매혹에 지지 않을 만큼 사내는 씩씩하였고 강대하였으며 능숙하였다. 중전 또한 온몸이 산산조각이 날 만치 아득하고 황홀한 경험을 한 참이니 하아, 하아— 더운 숨을 내쉬며 별처럼 빛나는 눈빛으로 얼굴 맞댄 지아비의 눈을 들여다본다.

그녀더러 진정 아름답고 기이한 매혹을 지녔다 칭찬하였다. 수줍으나 짐짓 기뻐서 방긋 미소 지었다. 왕도 기쁨에 찬 용안으로 마주 빙그레 웃었다.

"그대를 사모해. 짐이 비로소 편안해. 그대를 만나기 위해, 은애하기 위해 이리도 짐이 오래 길을 돌아왔도다."

달콤한 숨결이 귓전으로 다가왔다. 다시 한 번 하나이고 싶어 세차게 다가오는 지아비 손길과 입술을 여인은 싫다 말하지 않는다. 오히려 더 뜨겁게 갈구하는 입술과 눈빛과 서투른 움직임으로 그를 환영하였다.

활짝 피어나 함뿍 사내를 받아들인 여인은 마침내 아스라이 마지막 별을 따고 황홀한 암흑으로 낙하한다. 그 여인을 남김없이 소유한 사내 또한 완벽한 충만함으로 깊이 풍요로운 가슴골에 얼굴을 묻고 재가 되어 스러진다. 혼절을 할 만치 격렬하였다. 육신과 혼백이 전부 불티가 된 듯, 무섭고도 황홀한 쾌락을 함께 나누었다.

"비가, 비가 오십니다, 마마."

이마에 떨어지는 차가운 빗방울을 느끼고 중전은 꿈결같이 중얼거린다. 어느새 하늘에서는 낙화 같은 이슬비가 내리고 있었다.

뜨거운 땀방울인지 물방울인지, 열기 어린 맨 살갗에 스쳐 흐르는 차가운 비는 아득한 절정의 열락에서 만난 서늘한 충일감과도 같이 상쾌하고 기쁘다. 따스한 온천물에 잠기어 차가운 비를 맞는 기이한 경험은 두 분 마마 생애 처음이자 마지막. 그 비 따라 온천탕을 둘러싼 화목(花木)의 꽃들이 후두두둑 떨어진다. 천지간 모든 것이 두 분 마마의 아름다운 화합을 축복이라도 하듯이. 눈앞의 모든 것은 그렇게 찬란한 아름다움, 맛깔스러운 환몽(幻夢)이다.

이튿날 아침. 왕은 중신들을 몰고 아포나루로 떠났다. 송양 원행을 하신 애초의 목적이, 중도 어림군 군기 되어가는 모습과 불랑기포 실험을 보시러 오신 것이니 예사로이 할 수 없는 노릇이다.

날이 채 밝기도 전에 전하, 군복 차림으로 길을 서두르신다. 토황색 *동달이에 가슴과 등에 용보(龍補)를 붙인 전복을 입고 광대와 전대를 띠고 검은 화를 신었다. 수구에 *팔찌, 중전마마께서 건네주신 공작 깃털 달린 전립을 쓰시고 *동개과 환도를 덧차고는 어수에는 등채를 잡으셨다.

---

*동달이:전복 속에 입는 포, 주홍색으로 붉은색의 좁은 소매, 깃은 직령
*팔찌:활을 쏘기 위하여 소매를 고정시키는 역할을 한다
*동개:활통

"내일도 밤이 이슥해야 환궁을 할 것이니 짐을 기다리지 말고 이내 주무시오. 중전께서는 옥체 허약하시니 지치시면은 아니 되오. 응?"

왕은 윤재관이 잡고 있는 설총마에 훌쩍 올라타고서는 마루 끝에 선 중전을 바라보며 힐쭉 웃었다.

"다녀오리다."

행렬 맨 앞에 군기(軍旗)를 앞세운 채 척후병들이 검광(劍光) 빛내며 앞장서고 호위무사 겹겹이 에워싼 터로 전하, 말을 타고 달려가시는구나. 그 뒤를 따라 붉은 융복 차림을 한 조하 중신이 말을 타고 따르고 창칼 비껴든 천여 명의 병사들이 줄줄이 좌우로 따라간다.

중전은 마루 끝에 서서 전하의 행렬이 꼬리 지어 멀리 모퉁이 돌아 사라지는 것을 바라보았다.

홀로 발그레 웃으며 입술에 손을 대고 있다. 떠나시기 전에 왕이 세차게 빨아 기어코 터질 정도로 부풀게 한 입술이다. 이 달콤한 맛을 내일 밤서 짐이 반드시 다시 볼 참이야! 짐짓 호령까정 하셨다. 중전은 저도 모르게 까치발을 한다. 멀리이되 아니 보일까 봐? 말을 타고 가시던 전하께서 분명 용체를 돌려 중전이 서 계신 이쪽을 한 번 바라보고 있다.

저만치 고갯마루의 전하 말 등에서 홀로 빙긋이 웃었다.

중전의 하얀 저고리가 기둥 뒤에 숨듯이 아물아물 눈에 접혔기 때문이다. 지아비 장도 가시는 길을 내다보지는 못하고 기둥 뒤에 숨어 지켜만 보는 수줍음이라니.

다녀올 것이오. 왕은 입안으로 중얼거렸다.

재회(再會)

잠시간 헤어지는 것조차도 괴로웠다. 겨우 한밤 떨어져 있을 참인데 왕은 벌써부터 중전이 그리웠다. 아예 도성과 송양으로 떨어져 있을 때는 단념이나 하였지. 이제 진정 한 몸 되고 정분이 더없이 깊어져 닿은 지금은 단 한시도 멀리 있고 싶지 않았다.
 그 마음인들 중전이야 다르랴. 또한 마찬가지이니 상감마마 아니 계신 그밤 내내 꼬박 앉아 버선만 마르신다. 두어 뼘이나 되는 커단 버선이라. 뉘 것일까? 짐짓 윤 상궁이 여쭈어도 내내 대답이 없다. 그저 방그레 볼 붉혀 미소만 지을 뿐.

 날이 밝았다. 중전마마 아침수라쯤서부터 벌써 전하를 기다리기 시작하였다.
 왕의 일행이 돌아오는 길이 제일 잘 보이는 별당 누루에 올라 자리 펴거라 하시었다. 골풀 꽃자리 위에 곱게 앉으시어 서책을 펴놓았는데 책장은 아니 넘어가고 시선은 마냥 허공을 떠돈다.
 아아, 아름다우셔라. 중전마마 그 자태가 바로 한 폭의 미인도(美人圖)가 아니냐?
 지아비 아니 계시고 격식 따지지 않은 행궁의 한가로움이다. 여염집 처자 모양 그저 쪽진 낭자머리 하시었다. 푸름 입힌 칠보 뒤꽂이에 진주 뒤꽂이 하나 더. 금박 물린 연분홍 댕기 단단히 잡아 돌려 봉황 새겨진 옥비녀 찌르시었다. 잠자리 날개 같은 연분홍 깨끼치마에 하얀 모시저고리 입으시었다. 말간 봉황 옥 노리개 걸고 나부시 앉아 계시니 수수하였던 중전마마 모습이 어찌 이리 곱고도 우아하시냐? 평범하다, 못났다 하던 모습이 사라지고 어쩐지 한결 어여쁨 더하여지니 비로소 내미지상의 아름다움이 서서히 꽃피는 참이다.

정인(情人)의 진정한 은애지정을 받으면 꽃잎이 터지듯이 절염한 미태가 드러난다 하였던가? 지아비의 진실한 사모지정 넘치도록 받으시는 터다. 중전 스스로도 전하를 마음 깊이 받아들였다. 오래도록 홀로 외사랑하던 수줍은 두 마음이 비로소 합쳐지고 응답을 받았다. 애틋한 감정은 세찬 물결이 되어 콸콸콸 정해로 쏟아지니, 그동안 왕의 차가운 소박이며 조롱에 의해 쌓여졌던 단단한 거부의 둑이 터졌다. 진실로 나눈 고운 은애지정이 꼭 오므린 미태의 꽃을 피게 한 참이다. 앞으로 중전마마 어여쁨이 얼마나 황홀할지 두고 봐야 할 참이로다.

전하께서 행궁으로 회궐하신 것은 이튿날 밤수라 대령할 무렵이다. 성큼성큼 복내당 들어오시는 등 뒤로 서녘 하늘 황금빛 햇살이 길게 그림자로 끌리고 있다.

수런수런 소리나는 터이니 왕께서 듭시었다 하는 것을 중전도 눈치챘다. 문을 열고 마루로 나오다가 막 섬돌 아래 신을 벗고 계신 전하와 눈이 마주친다. 살며시 미소 머금고 다녀오셨나이까? 하고 인사하는데 볼이 빨갛게 붉다. 왕도 잠시 헤어졌던 지아미가 더 애틋하고 그리웠던지라 반갑고 즐거워 싱긋 웃었다.

"응, 다녀왔소이다. 짐이 무척 더워. 서늘하게 욕간부터 할 테야.

중전이 등물 해줄 것이야?"

볼을 붉히면서도 중전은 고개를 끄덕였다. 사가의 여염집 부부마냥 중전은 전하의 전립 받아 들고 전포 동달이 벗기여 활대에 걸고는 방을 빠져나왔다. 뒤란의 우물가로 가서 찬물한 바가지를 손수 길었다.

"어이, 시원하거니. 좀 더 좍좍 퍼부어보소."

둘만 있는 공간이라 왕도 가릴 것 하나 없는 터다. 체면, 위엄 다 벗어던지고 아랫도리 속바지 하나만으로 가리고 등목을 나오신다. 엎드려 등을 들이미니 중전은 그 위로 찬물을 퍼부어 시원하게 씻어드렸다. 면건으로 용체 물기 훔쳐 드리고 정갈하게 말라 다려놓은 모시 의대 입혀 드리었다. 미리 채비하여 두었던 서늘한 수박화채 대접을 건넸다.

"보러 가신 일은 잘 끝나셨습니까?"

단숨에 시원한 화채 다 비우고 더위를 싹 물리친 용안이다. 잔뜩 상쾌하여지고 기분이 좋아진 왕은 보고 오신 불랑기포 위력을 손짓 발짓까지 섞어가며 침 튀기어 중전에게 자랑을 하였다.

"응, 그 불랑기포 실로 장하더군! 가물가물 보이지도 않는 배에서 쏘는데 뭍에 와서 펑 하고 터지는 것이야. 그런 것이 모다 백여 문이거든. 그것만 있으면 이제부터는 요란족의 도적이며 해적들을 모다 감당할 것이니 누가 와도 단번에 막아낼 수 있지. 실로 든든하다 이 말이야. 동래포 경라도, 영상도 좌우수영 부사들도 모다 와서 보고 간 터이기 게서도 이제 불랑기포를 제작하기 시작할 것이오.

미수가 그사이 공인들을 잘 훈련시켜 놓았더군. 헌데 이게 무어야? 버선 만들었구나? 뉘 것이야?"

상감마마 중전 치맛자락 옆에 놓인 바느질 바구니를 향하여 목을 뺐다. 눈 어림짐작으로 두어 뼘짜리라. 그리도 큰 발을 가진 분은 중전 옆에 오직 주상 당신뿐이니 요것은 짐의 것이로다. 김칫국 마시며 괜스레 흐뭇하다. 중전이 꼼질꼼질 손을 내밀어 상감마마 어수에 들린 버선을 빼앗았다. 치마폭 뒤로 숨겨 버렸다.

"마마 것 아니어요 무어."

"크흠. 이리 큰 버선이라, 중전 것은 아닐진대 짐 것도 아니라면 누구 주려 만들었니?"

당신 것이려니 기대하였다. 아니라 하니 좋아라 기쁜 마음이 피식 꺼졌다. 어린애 같은 투기이다. 입이 만발은 튀어나온 상감마마. 울컥 삐죽 골을 낸다. 중전이 살포시 눈을 흘겼다. 바느질 바구니 깊이 든 버선을 꺼내 어루만지며 옆눈하여 종알거렸다.

"마마 것은 안즉 덜 되었단 말여요. 벽사(辟邪)라, 호랑이 수까정 놓아 만들어 드리려고 하는 중이어요 뭐. 내일 신겨 드리께. 요건 아니어요."

만발 튀어나왔던 왕의 입술이 저절로 쑥 들어갔다. 당장 살아 움직일 듯, 호랑이 머리가 수놓아진 비단버선. 그저 마름질만 한 무명버선이 아니라 정성스럽고 더 정갈한 요것이 짐 것이라고? 훗훗 웃음소리를 내었다. 중전이 치맛자락 안에 숨겼던 버선을 다시 바구니 안에 넣었다.

"허면은 이건 뉘 것이야? 사내 몫이 분명하거늘."

대답 대신 중전이 고개를 돌렸다. 왕도 중전의 시선을 따라갔다. 하루 열두 시진 내내 주상을 호위하는 정일성과 윤재관 두 무장이 나지막한 담벼락 바깥 별채 마루에 돌아 앉아 있었다. 나가 쉬거라 하는 하명 없으니 땡볕에 벌거니 익은 얼굴을 하고 축 늘어져 있다.

"저이들 주려고?"

"항시 고생하여서요. 마마 뫼시고 허구한 날 땡볕에다 빗줄기에 눈보라 가리지 않고 성심이잖아요. 의대는 지어주지 못하나 버선이나마 한 켤레 말아주려고요. 그러면 저이들이 전하께 더 충심이 되겠지요?"

"여하튼 어여쁜 심덕이로고! 그대는 어찌 이리 남 사정도 잘 가려주고 차분차분 사정도 잘 보아주는 것이냐? 짐은 참말로 어진 어처(御妻)를 얻었거든."

"아이, 부끄러운데 자꾸 그런 말씀은 왜 하시어요?"

민망하고 수줍어하는 빛을 감추지 못하는 중전 얼굴을 바라보며 전하, 가슴이 뻐근하였다. 작디작은 하나마저도 어질고 고운 지어미가 마냥 고맙고도 어여쁘다. 실로 비단결같이 곱디고운 심성이며 부덕이 높은 사람이라. 짐이 그저 중전 한 사람은 기가 막힌 이로 골랐거든? 이러니 짐이 어찌 사모하고 아끼지 않을 것이더냐?

말없는 가운데 오가는 눈빛. 정해는 출렁이고 마음은 두근거린다. 미적미적 다가가는 왕의 손에 함뿍 잡힌 작은 손. 나누는 온기 따라 한 가지로 묶인 마음은 더욱더 깊어지고…… 나란히 마루 끝에 앉아 내려다보는 송양 부중의 정취는 그윽하기만 하다.

　번잡하고 급한 일은 대강 끝이 났다. 남은 이틀 동안은 왕실 식구들은 강물에 배를 띄우고 선유락도 하시고 물리도록 온천욕도 하시며 한가로이 보냈다. 그리고 행궁을 떠날 시간이 돌아왔다.
　아침 일찍 상감마마 일행은 환궁하기 위하여 차비를 서둘렀다. 대왕대비전하와 중전이 내전에서 나오기를 기다리며 왕은 대전인 유여택에서 마지막 순서로 지방 수령들의 하례를 받고자 좌정한 터였다. 긴 인사가 끝이 나고 송양 부윤이 전하를 알현하고자 끝물들이 들었다.
　지존께서 떠나시는 참이다. 일가친척 다 모여 마지막 하직 인사를 드리러 왔다. 서너 달포 중전을 뫼시고 소임을 다하였으며 청백리로 이름난 관리라, 상감마마 용안에 미소를 띠고 알현하사 좋이 큰 칭찬하시었다.
　"부윤 너가 일을 잘하고 염직하다 이미 칭찬이 잦았다. 짐이 보자 하니 부중의 살림이 윤택하고 기름지니 흡족하다. 다 부윤이 일을 규모게 처리한 덕분이겠지. 조만간 도성으로 올리리라. 짐의 이 뜻을 알고 견마지로 하라."
　"성은이 망극하나이다. 전하."
　부윤의 등 뒤에 부복한 늙은 아비, 그 옆에 두어돌박이 아들이 따라왔다. 앙증맞게 어른들 하는 모양대로 고개를 조아려 절을 하였다. 사규삼에 복건 쓰고 엉덩이를 한껏 하늘로 치켜든 채 고사리 손

모으고 절하는 고 모양새가 심히 귀여운지라. 왕은 너털웃음을 지으며 팔을 벌렸다.

"어, 고놈! 귀엽기도 하구나. 이리 오너라 한번 안아보자꾸나."

아이고, 망극하여라. 어른들 같으면 사양하고 뒤 물러설 것이나, 철없는 어린애인지라 팔을 벌려 웃어주는 어른을 향하여 아장아장 걸어왔다. 황공하셔라. 왕은 아이를 번쩍 안아 허공중으로 한 번 던져 받아주었다.

"호, 요놈. 통집 한번 장하도다. 요것도 인연이라, 절 값 주련다. 금돈 한 푼 주어야겠다."

상감마마, 모처럼 아기의 귀여움에 흠뻑 젖었다. 줌치 끌러 아기 손에 번쩍번쩍 빛나는 금돈 한 푼 쥐어주시었다. 몇 번이고 방긋방긋 웃으며 절하는 아기 볼에 다시 한 번 용안을 대이시고 얼러주시었다.

허나 이러지 말으셔야 하였거늘!

안즉은 표가 나지 않되 그 아기 어젯밤서부터 마진에 걸려 골골한 터였다. 마진은 한번 걸리면 평생 아니 걸리되 안즉 아니 하신 분은 반드시 옮아서 앓게 되는 것이다.

보령 스물셋, 늠름하고 장성한 사내이신 상감마마. 문제는 어린 날 한 번도 앓지를 않았다. 어린 아기들이 한 번은 다 하는 그 마진조차 아니 하신 터이다. 이것 심히 걱정이구나.

제6장 병마(病魔)

　　　　　지존들께서 도성으로 환도를 하신 것은 유월 열이레 날이었다.

　도중에 재성 들러 무과 시험 보시었고, 중전마마 특별한 청으로 전하의 생모 희빈마마 유택인 제헌원에도 들렀다. 그런고로 예정보다 사흘이 늦어 성덕궁 듭시었다.

　근 너덧 달 만에 돌아오신 교태전. 허나 알뜰한 주인 닮아 바지런하고 착한 중궁전 나인들이 얼마나 쓸고 닦고 가꾸었는지 반들반들. 반짝반짝. 그동안 비웠던 티가 하나도 나지 않았다.

　중전마마 손때 묻은 기물세간 일일이 쓰다듬어 보시고 말없이 중궁을 지킨 충직한 사람들에게 일일이 미소 지으며 치하하였다. 중전도 그러하나, 교태전에 중전이 돌아와 내전을 채우시거니 싶으니 우원전의 왕 역시 마음이 그득하고 그저 좋기만 하였다.

창희궁의 대왕대비마마 역시 즐거우시다. 환궁하신 인사를 드리러 입궐한 진성대군과 효성군 앞에 앉히고 만족하여 말씀하셨다.

"주상이 온천행을 한 보람이 있나니. 송양서 단 한시도 떨어져 있지를 않는 것이야. 글쎄, 뱃놀이를 하는데 한시도 손을 잡고 놓지를 못하시더군! 허허허. 이제 주상과 중전은 절대로 멀어질 일이 없을 것이네."

밤에 중전마마, 오랜만에 보아지는 사친과 함께 내전서 수라를 받으시었다. 앞에 앉은 김익현 또한 마냥 기쁘고 행복하다.

가례 이후 처음 뵙는 모습이었다. 그늘 한 점 없이 즐겁고도 행복한 중전마마 옥안 앞에서 늙은 아비는 가슴이 그득하였다. 말씀하지 않으면 모를 것이더냐? 마침내 주상전하와 더불어 아름다운 정해를 회복하시어 정분이 첩첩하여진 증명이로다. 이제 내가 죽어도 여한이 없고 근심이 없다 홀로 생각하여 벙긋이 미소 짓는다. 그런 사친의 모습을 보아하며 중전 역시 웃음빛이고.

본격적인 더위가 시작된 것이라 두 분 마마, 후원 서경당으로 피서를 나가셨다. 옥류천 시원한 계곡에 내려가서 세족도 하시고 담가놓은 수박도 쪼개어 드시는구나.

누루에서는 중전마마와 상감마마 정분 진진하고, 기둥 아래서는 번을 서는 내금위 젊은 무장들과 생각시, 나인들의 오가는 웃음, 눈짓이 장하고…… 여하튼둥 좋구나!

이슬처럼 청량한 밤이 내렸다. 서경당 누마루에 앉아 부채를 부치면서 아랫것들이 피운 모깃불을 바라보고 있는데, 저 먼 하늘에서도 별똥별이 하얀 선을 그으며 떨어지는 것이 보였다.

여름 치레이니 중전은 지아비 전하께 정갈한 모시 의대 한 벌을 곱게 말라 드리었다. 귀한 의대 선물을 받은 전하께서는 답례로 사람 키만 한 얼음 인형을 보내주시었다. 궐에 들어와 이런 호사는 처음이다. 삼복더위에 한 조각 먹기도 힘든 얼음덩이로 만든 인형을 선사받은 것이니 고맙기도 하지만은 너무 과분하였다. 한동안 바라보고만 있으시다 갑자기 서두르신다.

"이것을 쪼개어 수박을 썰고 사탕 넣어 화채를 만들어라. 전하께서 보내주신 것이지만 얼음은 녹는 것이니 빨리 치워야 쓸모가 있을 게야. 궐 안팎 지키는 내외금부 군졸들에게 한 바가지씩 나누어 줄 것이야! 더운 철에 궐 안 방비하느라 얼마나 고생이 많을 터이니?"

서둘러 그 얼음 인형을 깨어 화채를 만들라 하시었다. 동이동이 그득하게 담아 외청으로 내어갔다.

상감마마, 중전마마 덕분에 군졸들이 시원하게 호사를 하였다 하는 말씀을 전하여 들었다. 여하튼 알뜰하고 남 생각을 먼저 하는 사람이거든 싶었지만 또 한편으로는 섭섭하다. 짐짓 짐이 준 선물을 냉큼 먹어버렸어야? 하고 화를 내시는 척하였다.

유두절 즈음하여 더위가 장하니 그날은 조하 중신들에게 골고루

병마(病魔) 157

빙고(氷庫)의 얼음표를 나누어 주고 시절 과일들과 부채 하나씩, 그리고 노신들에게는 제호탕이며 경고환 같은 약제 한 첩씩 하사하신 터이다. 도성 사대문 앞에는 큰 국솥을 수십 걸어놓고 황구(黃狗) 수백여 마리를 잡아 국을 끓였다. 도성 안 노인들과 기민들에게 보신탕 한 그릇씩을 대접하라 하명하셨다. 전국 각도(各道)마다 하교가 내려간 일이다. 실로 어질고 따스하신 처분이었다.

"짐이 반성하노라. 작년 대가뭄 중에 철없이 연락(宴樂)을 즐기고 물놀이 다녀온 과실이 있거니, 이날서는 그러한 부끄러움을 다소 씻기 위함이다. 더운 철에 든든히 방비하여 앞으로 있을 혹서를 대비함과 동시에 이어질 농사일을 대비하여 체력을 비축케 함이니 신민들은 짐의 뜻을 헤아려 주기를 바라노라!"

이런 망극하고도 황감한 교서를 내리시었으며, 또한 그 비용을 전부 다 내수사에서 따로 내려보내시었다. 참으로 만백성의 어버이시라! 전하께서 백성 사정 가리시고 헤아리심이 이토록 어지시도다.
좌의정 정안로 이하 벽파 신료들이 보기좋게 한 방 먹은 셈이다.
주상 당신이 물놀이 다녀온 일을 스스로 과실이라 하시니 그 잔치 먼저 나서서 가옵사이다 한 저들의 꼴이 무엇이 되랴? 정안로, 솔선수범하는 척 개장국 끓이는 도성 문 앞에 나가 지켜보는 시늉을 하여 보지만은 마음은 천근만근이다.

'아무래도 내가 운이 다한 듯하니 미리 물러나 근신하며 훗날을 도모하여야 하는 것은 아닐까.'

정안로, 주상전하 만만세를 외치며 뜨건 국그릇 안고 가는 노인들을 멀거니 바라보며 그런 생각을 하였다.

이제 주상전하, 말 그래도 보령 스물셋. 보위에 오른 지도 어느덧 열두 해이다. 장성한 사내가 되셨고 십여 년 주상 자리 감당하며 보고 들으신 것이 한두 가지가 아니니 이제는 신료들이 어떤 문제를 올려 바쳐도 당신 혼자 감당하고 판단하시며 하명하시는 것이 사리에 맞고 당당하셨다.

방탕한 양 싶어도 학문에는 열심이었다. 깐깐한 시강학사들만 찾으시는 것이 아니라 새로운 학문을 익히는 데도 적극적이었다.

산림에 묻혀 실학인지 사학인지 기우뚱, 새로운 기풍을 연구하는 정호 이익이니 수홍 남은이니 하는 학자들까지 불러들여라 하셨다. 정안로 이하 벽파들 일이라면 쌍수 짚고 나서서 반대부터 하는 그 반골(叛骨)들을 턱 하니 성균관 진감으로 앉혀놓고 스승이라 이리 칭하며 불러들여 학문을 배우신다.

망극하여라. 적서차별 지엄한데 지존께서 먼저 나서 불한당 서얼 출신, 허랑방탕 이 나라 저 나라 싸돌아다니며 해괴한 학문을 배우고 기묘한 물건에나 손대기 좋아하는 젊은 거사들까지 불러들인다. 명목은 상감마마 개인 서재인 선왕재의 서관으로 쓴다 하지만은 그런 이들이 슬금슬금 조하에 발을 들이다니.

저가 무어라 한마디 하자마자 힐끗 노려보고는 숨돌릴 틈도 없이

병마(病魔) 159

딱 부러지게 무안을 주었다.

"정호 선생이나 수홍 선생이 연구하시는 학문을 일러 실학이라 이리합디다. 국태민안(國泰民安) 하자하는 실용적인 학문이니 이것 참 좋은 것 아니오? 만날 책상다리하고 앉아 성(誠)이 무엇이요, 경(警)이 무엇이요, 하고 공리공론 좌충우돌하고 있으면 배가 부릅니까? 그들이 주장하는 바대로 당장에 백성들 입에 들어가는 곡식을 키우는 법이나 튼튼한 수레를 만드는 법이나 단단한 성곽을 쌓는 법을 배워야 한다고 생각하오. 군주가 앞장서서 나라를 부강하게 하고 튼튼하게 하는 학문을 익히지 않고 외면한다면은 뉘가 나서서 그 일을 할 것이오? 좌상도 이제 그 실학이라 하는 것을 좀 배워보시오?"

정안로, 원망스런 눈초리로 거뭇거뭇 솟아오른 성덕궁 기와지붕을 바라보았다. 중전마마 뫼시고 내려가 성심으로 보살펴 드린 것은 어찌 인정 안 하여주시나. 풀리기는커녕 더 꼬여만 가는 상감마마 트집질을 도무지 견뎌낼 재간이 없었다. 멀거니 차일 아래 앉아 멍하니 한숨을 쉬고 또 쉬고 있다. 성총 딱 떨어진 이후 월성궁 희란마마 사정이야 더할 것이고.

그렇게 심란한 사람도 있는가 하면은 그저 정답고 행복한 분도 있다. 알콩달콩 아리달금. 한참 정분 돋아 좋아죽는 두 분 지존마마. 주변의 공기까지 무덥고 향기롭다.

화문석 깔린 서경당 누마루에 목침 베고 누우시어 별이 떨어지던 것을 보고 계시던 전하, 부채질하여 드리는 중전마마 손을 붙잡고 다정하게 말씀하시었다.

"낼모레로 며칠, 사가로 피접 나갔다 오실 테야? 얼음표 나누어 주는 날이니 문득 부원군이 생각나더군."

야리한 속살 비치는 생모시 속적삼에 속치마 입으신 중전마마, 지아비께 부채질을 하여주고 있었다. 아이고, 고마우셔라. 전하께서 갑자기 하시는 말씀이 참말 즐거운 분부였다. 얌전하고 조용하던 중전도 저절로 흥분이 되었다.

"마마, 마마! 그 말씀이 참이십니까? 불감청이언정 고소원이라 실로 신첩이 바라옵기 오직 그것 하나였으니 너무 즐거워서 말이 아니 나올 지경입니다!"

"아, 보내 드린다니까요! 짐이 어찌 비에게 허언(虛言)하리오? 윤허할 것이니 나가시어 사친 뫼시고 몇 날 지내다 오시구려. 하지만 약조하오? 짐이 오시오 하는 날에 금세 환궁하셔야 합니다?"

"암만요! 여부가 있겠나이까? 신첩이 어디를 가리오. 도망간다 하여도 마마의 천하 안이옵니다. 신첩은 전하의 안곁이거늘, 딱 달라붙어 평생 살 것이라 작정하였나이다."

"흥, 누가 도망가게 내버려 둔다나? 요 방정맞은 입이 벌을 받아야 할 것이다."

껄껄 웃으시며 상감마마, 중전의 팔을 잡아당겨 가슴 안에 눌렀다. 짐짓 입술을 물어뜯어 놓겠다 협박하였다. 웃음기 반, 열정이 반. 서로를 들여다보며 별 같은 눈동자 속에 담긴 뜨거운 사모지정을 다시 한 번 맹세하는데 초롱한 하늘 위로 별 하나가 길게 선을 그으며 또다시 멀리 떨어진다.

무엇을 어찌하고 계신지는 모르나 두 분 마마, 그 다음날 아침 해가 돋았는데도 침전 문을 아니 여신다.

속닥속닥 무어라 말씀하시는 소리며 깔깔대는 웃음소리가 새어 나오기는 하는데 아랫것들을 찾지 않으시니 들어갈 수가 있나 말이다. 몇 번이고 지밀상궁이 발을 동동 굴렀다. 무리죽을 올립니다, 탕약 올립니다, 하여도 그만두어라 하시었다. 몇 번째나 고변하자 겨우 방문이 반쯤 열리었다. 장 내관을 찾으시는 전하, 날이 그토록 밝은데 아직도 여전히 날가슴 그대로이시다.

"상궁 불러 비의 몸단장 준비를 하여라. 허고 짐도 욕간을 할 것이니 차비하여라. 상선 너는 도승지를 불러오렴. 짐이 하명할 것이 있느니라. 금일 짐이 다소 몸이 미령하다. 조참 아니 할 것이다. 대전에 그리 알려라."

달달달 당신 하고 잡은 말씀만 하시고는 다시 문을 탁 닫았다. 장 내관, 고개를 설레설레 저으며 중문을 나섰다. 말씀으로야 용체 미령하다 하시지만 그것이 핑계임을 누가 모를까? 중전마마 곁에서 떨어지기 싫으니 저리 돌려치어 아픈 몸 핑계를 대시는 것이지.

전갈을 받은 도승지 황이가 서경당으로 나왔다.

옥체 미령하시어 조하를 작파한다 하였다. 도승지, 감히 용안을 우러르니 이날 참으로 창백하신 것 같아 근심되었다. 고두하고 아뢰었다.

"전하, 옥체가 많이 편찮으시면은 탕제를 올릴 것입니다. 많이 편찮으십니까?"

"이미 마셨소. 복중 더위라 의대를 다소간 소홀히 하였기로 고뿔이 가볍게 든 듯하오. 지금서는 훨씬 나으니 별것 아니오. 명일에는 조하에 예전대로 나갈 것이니 너무 근심하지 마오."

사이문 하나 두고 곁방에 앉으신 중전마마. 은근히 혼자 볼을 붉히었다. 주상께서 복중 고뿔이 드셨다 함은 거짓이 아니었다.

밤 내내 두 분 마마. 하나 가림 없는 알몸으로 별의별 치태, 온갖 희롱 다 부린 끝에 날가슴 그대로 지쳐 엉켜 잠이 들었다. 이른 아침 서늘함에 눈을 뜨신 주상전하 새벽에 다소간 쌀쌀하니 이마에 열이 오른다, 탈이 약간 났다 하였다. 허나 품속에 향기롭고 아리따운 여체가 담쑥 안겨 있으니 새삼 불끈 돋는 욕정이라.

짐이 아니 참을 것이야! 기어코 동트는 새벽참에 아랫것들이 수런거리거나 말거나 중전마마 고 귀여운 옥체 다시 타고 오르시는구나. 욱일하는 기세가 성난 맹수를 비할 건가. 약간은 앙탈하다가 중전도 차마 달려드는 지아비를 밀어내지 못한 것이다. 다시 한 번 부끄럼도 잊고 늠름하고 강건하며 기막히게 능하신 지아비 품에서 꿀물을 실컷 맛보았다. 물리도록 즐기시고 파정한 연후에 무척 곤하다. 중전마마 안고 땀 밴 용체 그대로 다시 잠이 드신 터다. 그러더니 다시 깨신 이 아침에 재채기를 몇 번 하였다.

곤전 때문에 짐이 탈이 났다 하시며 강건하신 분이 딱 드러누워 엄살을 피우기 시작하였다. 기가 막힐 정도였다. 오늘서는 조하 아니 나갈 것이야, 깡고집이다. 중전과 함께 게으름 피우련다 하시더니 심지어 조수라 상 앞에서는 중전 때문에 짐이 약해진 것이니 입에 넣어주어, 요런 민망한 어리광까지 조르시었다.

'예전에 할마마마께서 말씀하시기를, 전하께서는 덩치만 컸지 만날 어린애라 하더니 그 말이 딱 맞도다. 아이고, 우세스러워라. 도승지가 얼마나 우스울까? 분명 전하께서 꾀병인 것을 눈치챘을 터인데.'

도승지가 물러났다. 왕비는 뒤란에서 다려온 약물 대접을 왕에게 올리었다. 황설탕 녹인 약수에 생강, 계피, 율금이며 황기가 들어간 찻물이다. 방금까지 중전께서 직접 부채질하여 정성껏 달인 약차이다. 괜히 아픈 척 이마에 손을 대보는 지아비에게 살짝 눈흘겼다.

"실로 신첩이 창피하여요. 이 복중에 고뿔이라니 도승지께서 어찌 생각 하였을까? 애고, 아무렇지도 않은데 또 이리하신다?"

"정말 아퍼! 꾀병 아니야. 짐 말을 어찌 못 믿는 것이야? 허고 짐이 도승지한테 무엇을 어찌하였다고 옆구리를 비틀어 꼬집는 것이니? 괜히 이런다? 흥, 그보다 이 뜨거운 복중에 짐더러 펄펄 끓는 이것을 마시라고? 아예 짐을 튀여 죽이소, 응?"

전하, 달콤한 약차 대접을 마치 소태라도 되는 듯이 불퉁하게 노려보며 팅얼거렸다. 격하고 급한 성정이니 왕은 뜨거운 것을 도통 잘 젓숩지 못하는 버릇이 있었다. 중전은 살살 달래었다.

"이열치열이라 하였나이다. 쓴 탕제보다 달콤한 약차가 더 나을 것이니 남기지 마시고 다 드시옵소서. 퇴란서 신첩이 팔이 빠져라 달인 것을 잘 아시면서?"

사모하는 지어미가 정성껏 만든 차라 하니 거절도 못하고 울며 겨자 먹기. 마지못해 왕은 대접을 들고 후후 불며 억지로 뜨거운 약차를 다 마셨다. 그렇게 하루 잘 즐기시고 두 분 마마, 다시 교태전으로 돌아오시었다.

헌데 그 밤에 상감마마, 은근히 옥체에 돋은 미열이 가라앉지 않음을 느끼었다. 묵지근한 뒷골도 아침보다 더 땅기는 듯하였고 가라앉는 듯하던 오한이 밤 되니 다시 돋았다. 유난히 입이 마르고 선뜻한 기운이 골수에 침입한 듯하였다.

허나 섣부르게 말을 하였다가 온 아랫것들이며 중전까지 놀라 난리가 날 것이다 싶어 왕은 자신만 알고 입을 봉하였다.

지존의 귀한 옥체라 골치 아프다 한마디만 하여도 온 궐이 뒤집어지는 것이 귀찮았다. 하물며 내일로 하거를 할 것이다 부풀어 들떠 있는 중전의 얼굴을 보며 차마 말을 못하리라 싶었다. 다소간 미령하오, 하면은 안사람이 어찌 아픈 지아비를 두고 나갈 것이냐? 제가 먼저 아니 나갈 것입니다, 할 사람인 줄 알고 있으니 모처럼 즐거워하는 고운 사람을 실망시키고 싶지 않았던 것이다.

기침 한번 잘못하여도 전의감들이 약 대접 들고 왔다 갔다. 진맥한답시고 난리를 피우던 터가 하도 번잡스러우니 왕은 금세 가라앉겠지 하며 덮어버리었다. 워낙 강건하신 분이니 중전을 내보낸 그 다음날은 무관들과 함께 격구를 하시고 냉수욕까지 하였다.

그러나 아직 아무도 모르는 일이지만 그 미열이 전하께서 맞이하신 마진의 이른 기미였다. 마진은 원래 두 이레에서 한 달여 숨어 있다가 비로소 발작을 시작하는 터다. 송양 부윤의 어린 아들을 안으시며 그 고약한 병증이 왕의 용체에 옮아온 것이다. 그저 짐이 여름 고뿔이 단단히 들었구먼 이리만 생각하고 무심코 넘기시는데, 아! 앞일이 걱정이구나.

그렇게 날벼락이 떨어졌다.
중전마마께서 하거하여 나가신 지 나흘 만의 일이다. 주상전하께서 석강을 마치고 대전에서 나오시다가 그만 자리에 쓰러져 혼절을 하시고 만 것이다!
며칠 동안 계속 미열이 가라앉지 않고 기침이 간간이 나시며 다소간 어지럽다 하시었다. 허나 당신이 무심하게 넘기어서 전의감들도 다만 전하께서 여름 고뿔이 드셨다 이리만 알았다. 헌데 그것이 큰 잘못이었다. 무서운 마진이 마침내 발작을 시작한 것이다. 삽시간에 펄펄 열이 끓어오르고 온 용체며 용안에 붉은 반점이 돋기 시작하였다. 눈에도 진물이 흘러 굳어 눈을 못 뜨시고 마냥 정신이 혼미하여 앞에 앉은 사람 얼굴도 못 알아보실 정도가 되고 말았다.
그 밤으로 하여 손도 못 댈 만큼 환후가 악화되었다. 입술이 꺼멓게 타오르며 열에 들떠 수족마저 덜덜 가누지 못하였다. 정신이 오락가락, 깨었다 잠들었다, 열에 들떠 헛소리를 하시고 헛것을 보시는 듯 신음이 장하시다.
똥줄이 탄 전의감들이 별별 처방을 다 하여도 용체의 열은 가라앉지 않고, 밝은 정신이 돌아오지 않으니 이를 어찌하란 말인가?

"비를…… 비를 불러라."

오직 그 한마디를 되풀이하시었다. 헛소리인 양 내내 신음 소리 사이로 중전만 찾았다. 창희궁의 대왕대비마마, 주상전하께서 쓰러지셨다 하는 급한 기별에 급히 성덕궁으로 달려오시었다. 왕을 우원전 침전에 모시고 그 머리맡에 지켜 앉으셨다.

듭시자마자 분부하시기를 당장에 대궐문 단단히 닫아라 하시었다. 병조판서 남준과 금부도사를 불러 궐을 철통같이 에워싸되 번을 발동하게 하며 아무도 도성을 들며 나지 못하게 하라 엄히 하명하셨다.

"허고 당장에 중전을 모셔오너라! 진성은 군사들을 방비하여 궐 안팎을 철통같이 에워싸서 잡스러운 것은 아무것도 들고나지 않도록 하라."

그리고 대왕대비마마, 제일 중요한 옥새함을 당장에 도승지로부터 거둬 받으시었다. 당신 치맛자락 안에 품고 앉아버리었다. 주상께서 위급한 상태이니 옥새함은 궐의 제일 웃어른이신 대왕대비전하께서 챙기시는 것이 당연한 이치라. 나중에 달려들어 온 좌의정, 속으로 아차, 한발 늦었다. 침만 삼켰지만 무어라 더 이상 치받아 할 말이란 없다.

아무것도 모르고 사가에서 곤히 잠들었던 중전마마, 새벽에 바람같이 달려온 윤재관에게서 전갈 듣잡고 대경(大驚)하였다. 가슴이 후들후들 떨리고 눈앞이 캄캄하였다. 비녀를 찌르는데 파들파들 손이 떨리었다. 몇 번이고 땀에 젖은 손가락에 힘이 빠져 옥비녀가 쟁그랑 소리를 내며 바닥에 떨어졌다.

의대도 제대로 챙겨 입는 둥 마는 둥, 급히 날랜 말이 끄는 수레를 타고 궐로 달려가시었다. 광희문 안으로 듭시는데 이미 군사들 수천 명이 궐 안팎을 철통같이 에워싸고 있었다. 심상치 않음이라, 아무도 들고나지 못하게 단단히 방비하는 중이다.

급히 수레에서 내려 우원전 침전으로 달려들어 갔다. 지아비 상감마마의 궂고 끔찍한 모습 앞에서 너무 충격을 받은 터로 중전마마, 그만 철퍼덕 주저앉고 말았다.

"아이고, 천지신명님!"

사정은 그녀가 생각한 것보다 더 기막히었다. 주상전하, 이미 그 환후가 걷잡을 수 없을 지경으로 심하여져 있었다. 앞에 와 앉는 사람의 얼굴도 못 알아볼 정도였다.

애타게 중전이 울음 섞인 목청으로 전하를 부르자 안 떠지는 눈으로 손만 더듬으신다. 간신히 정신을 추스르는 듯 한마디 그대가 왔소? 속삭이셨다. 그러다가 다시 정신을 잃으셨다. 이마에 손을 대어보니 열이 펄펄 끓어오르는 터로 보통이 아니었다.

"으으, 더워…… 덥소이다! 더워서 미칠 것 같구려. 짐이 무더워서…… 죽을 것 같소이다……."

헛소리인 양 신음 사이로 상감마마, 계속하여 중얼거리는 말씀이 그러하였다. 신열이 끓어오르고 눈을 뜨지 못하시니 정신이 들다 말다 거의 혼수 상태인데 그러면서도 조금 깬다 싶으면 더워 미칠 것 같다고 울화통이 짜증이었다. 계속 중얼거리시기 덥다 하는 것은 용체에 끓어오르는 신열이 잡히지 않기 때문이었다.

중전이 궐에 달려들어 온 이래 단 한 번도 전하 곁을 떠나지 않고 얼음물 수건으로 용체 닦아드려도, 부채질 팔 아프게 하였다. 허나 왕의 열은 떨어지지 않는다. 무조건 덥다 소리치시니 어찌할 것이더냐? 붉은 반점처럼 피어오른 열꽃이 온 옥체와 용안에 모두 돋아난 터이며 눈에는 진물이 흐르고 입술은 꺼멓게 탄 터이니 그 잘나고 훤칠하신 모습은 온데간데없고 실로 흉측한 괴물이 하나 누워 있는 형국이었다.

'한 번도 앓으신 적이 없는 분이었거늘…… 그동안 쌓인 곤고함이 일거에 터져 이리 힘드신 게야. 대체 내가 어찌하면 좋을까?'

헉헉 거친 숨소리를 내면서 혼수에 빠진 왕을 바라보며 중전의 눈이 깊은 슬픔으로 젖어든다.

'제발 신첩을 홀로 두고 가지 마옵시오, 전하.'

어린 왕비는 가슴속으로 오열을 꾹꾹 눌러 삼키었다. 약하고 의지할 데 없는 신첩이옵니다. 오직 전하만을 믿고 살아가옵니다. 아시지요? 간청컨대 제발 신첩을 홀로 두고 가지 마옵소서. 강잉히 이겨내어 주시옵소서.

돌고 돌아 간신히 잡은 손. 하나임을 약조한 두 마음. 천지간 외롭고 고적한 우리가 서로에 의지하여 평생 살아가자 맹세하였습니다. 그 약조, 그 맹서 달포도 지나지 않았는데 마마께서는 신첩만 홀로 두고 떠나시려 합니까. 진정되지 않는 눈물이 뚝뚝 떨어져 비단 치맛자락에 자꾸만 짙은 얼룩을 만들었다. 옷고름 들어 눈 아래 눈물방울을 훔치는데, 사이문 뒤로 윗방에서 쨍하니 고함 소리가 터졌다.
"무어라? 어찌하여? 다시 말하여라!"
대왕대비전하께서 역정 내시는 소리였다. 중전은 깜짝 놀라 귀를 기울였다. 주상께서 환후 위급하여 쓰러지신 지 닷새째 되는 날이었다.

전하의 환후가 몹시 나빠지시어 회복이 도통 아니 되신다. 이도 큰 근심이지만은 만약 일어나서는 아니 되는 망극한 일이 일어난다면 어쩌지? 당장에 후사의 문제가 심각하구나.
처음서는 중신들, 다들 입 봉하고 마음속으로만 견주어보았다. 헌데 전하의 환후가 시간이 갈수록 더 위급하여지고 깊어진다 하는 전갈이 속속 들어오니 하나둘, 한두 마디 후사를 어찌할 것인가 그 방비를 하여야 할 것이 아니오? 하는 말이 나오는 것은 당연한 수순이다.
막중한 보위였다. 한시도 비워질 수가 없다. 헌데 금상께서 아직 혈손 하나 두지 못한 터에 이렇게 갑자기 훙서(薨逝)하시기라도 하면은 보위대통 잇는 일을 어찌하란 말이더냐?
누가 주상의 뒤를 이을 것이냐. 종실서 양자라도 들인다 하지만은 진성대군의 유일한 소생은 이제 겨우 한돌바기 늦둥이요, 효성군 댁에 장성한 아드님이 두 분 있기는 하지만은 그 두 아드님 다 측실 소생이었다. 남은 방법은 유일한 적통이라, 진성대군께서 조카의 보위를 이으시는 것이 되겠지만 이미 대(代)가 넘어간 터로 그는 법도에 어긋난다 예조에서 반대였다.

하늘에서 떨어진 천복이로다! 이 근래 살길 찾자, 목줄 숨여 전전 긍긍하던 정안로 이하 벽파 일당의 생로(生路)가 뚫린 셈이었다. 천우신조라! 얼씨구나 좋다 하며 떼거리로 몰려들어 목에 힘을 주었다. 탕탕 큰소리를 쳤다.

"아, 무에를 걱정하십니까? 월성궁 마마 소생으로 왕자마마 분명할 사, 혁이 도령이 있지 않습니까? 대왕대비전께서 전교 내려 지금이라도 왕자로 인정하고 모셔오면 이 말 저 말 필요없습지요."

갈수록 심각해지는 주상의 환후가 이 밤 하여 고비를 못 넘기시면은 거의 절망적이다 하는 전의감의 고변이 있던 날 아침이었다. 대전에서 턱 하니 그런 무엄한 말이 마침내 공론화되었다.

대왕대비전하, 전하여 듣잡고 참으로 기가 막히었다. 억장이 뒤집혀 서안을 손으로 내려치며 일갈하시었다. 죄인인 양 진성대군과 효성군, 부원군인 김익현 세 어른이 고개 숙여 한숨만 몰아쉬었다.

"하, 실로 기가 막히고 어이가 없도다. 감히 지금 뉘가 그 어린놈을 보위대통 올리라 주장하느냐? 무에가 부족하여 그 근본도 모를 것을 주상 소생이라 하느냐? 주상께서 환후 위급한 차이니 회복을 기원하며 근신하여야 함이거늘! 무엇이 그리 급하다고 공론 서둘기 나서서 그놈을 왕자로 인정하라 벌 떼처럼 일어나? 진성 너는 대체 그런 공론을 어찌 막지 않고 무엄하기 극에 달한 말을 여기까정 가져온 것이냐?"

병마(病魔) 171

"소자 입장이 참으로 난처합니다, 어마마마. 관례가 그러하니 이미 대를 넘긴 보위가 후사없다고 숙부인 저가 이을 수는 없는 노릇이 아닙니까? 허니 저가 게서 대놓고 반대를 할 수 없었나이다. 하면 소자가 보위에 욕심이 난 터이니 왕자일사 분명한 아이를 젖히려 한다 얽어매기 딱 좋을 참이지요. 소자가 딴죽을 걸면 마치 역심을 가진 것처럼 몰아붙일 기색인데 어찌하겠습니까?"

입장이 난처한 진성대군의 말에 대왕대비마마 이를 으드득 갈았다. 시퍼런 신광 돋은 눈빛으로 노여워하시었다.

"실로 무엄하고 불측하다. 간특한 제 딸년 호가호위하여 한 시절 권세를 잘 부린 뒤끝이니 조하대세가 저들이다 이 말이렷다? 주상 환후 위급하니 당장에 제 살길 궁리하여 그 권세 천만대 누릴 계교를 어찌 아니 짤 것이니? 번동 대감 간교함은 이미 알려진 바인데…… 허나, 그리는 아니 되지! 내가 그는 절대로 허락지 못한다. 중전을 보아서라도 그 일은 절대로 일어나서는 아니 되는 일인 게야! 중전께서 월성궁 요녀 때문에 피눈물을 흘린 것이 얼마인데, 주상께서 만에 하나 홍서하신 이후에 다시 그 소생으로 보위대통 이어 그 계집에 의해 수모를 당하게 하라고? 그리는 안 된다! 그리는 못해! 중전은 밤낮으로 잠 한숨도 못 자고 저리 주상 간호한다 정성이건만 고 고약한 년은 코빼기도 보이지 않고 그런 무엄한 공론이나 조종하고 있다니, 천벌을 받아 죽을 것 같으니라고!"

대왕대비전의 고함 소리에 중전은 비로소 바깥에서 일이 되어가는 추이를 짐작하였다. 저도 모르게 왕비는 두 손으로 덜덜 떨리는 가슴을 끌어안았다. 하도 기가 막히고 참담하여 울컥 솟느니 서러운 눈물이었다. 아아, 하늘님, 맙소사!

'간악한 그 계집이 다시 권세를 쥘 터이니 이 나라가 흠뻑 그 계집의 것이 되는 것이라. 아, 안 돼! 그리는 못한다. 이 사직이 뉘의 것인데, 어찌 이어진 종통인데 천하고 간악한 계집의 태 빌어 태어난 어린놈으로 보위를 잇는단 말이냐?'

눈앞이 아뜩하였다 그리되면 앞으로 벌어질 일들이 눈앞에 불 보듯이 뻔하였다. 내 팔자는 대체 왜 이리 구구절절한가? 중전은 다시 무력한 눈물만 뚝뚝 흘렸다.

별의별 우여곡절 다 겪고 환란을 돌고 돌아왔다. 천행으로 주상전하 성총 회복하여 잠시 행복하였다 싶으니 이렇게 환후 위급하신 일을 당하여 이대로 내 팔자의 행복이 끝이 나야만 하는 것일까?

'주상전하 훙서하시고 고놈이 보위 오르면 나는 그저 창희궁에 내동댕이쳐져서 죽은 듯이 살아야 하는 허울뿐인 대비전이 되는 게야. 간악한 그 계집이 오도방정 떨며 정사를 농단하는 것을 보면서도 말 한마디 못하고 일생을 마치게 될 것인데 그 수모, 그 수치를 어떻게 견디란 말이더냐? 나는 죽었으면 죽었지 그렇게는 못 산다!'

중전마마, 달달 떨리는 손으로 주상전하 어수를 잡아 가슴 사이에 꼭 안았다. 마음속으로 간절하게 애원하였다.

"전하, 제발 강잉히 이겨내시어 신첩을 지켜주십시오! 신첩이 천한 그 계집에게 그런 수모를 당하지 않게 힘이 되어주십시오. 신첩을 위하여 일어나 주십시오, 마마."

이분이 만에 하나 천붕의 변을 당하다면 나도 따라가리라. 중전은 입술을 깨물었다. 살아도 같이 살고 죽어도 같이 죽자 약속하였다. 살아생전 내내 홀홀단신 외로운 이분을 홀로 보내지는 않을 것이다.

'살아 그 계집에 의하여 수모당하느니 차라리 죽고 말지. 절대로 상감마마를 외로이 보내지는 않을 것이야!'

문이 열렸다. 전의감 홍준이 허리 굽히고 들어왔다. 새로 달인 약물을 입에 넣어드리나 왕은 짜증만 내며 울컥 다 뱉어버리었다. 귀찮다, 고함이나 이미 기력이 많이 떨어진 터라 목소리가 미약하고 힘이 스러져 있었다.

"더워, 뉘가 나를 좀 시원하게 하여다오! 짐이 더워서 미칠 것이다!"

헛소리인 양 계속하시는 말씀이 오직 그것 하나이다. 홍준이 전하 어수를 감히 잡고 진맥한 다음, 중전마마께 돌아앉아 고두하였다. 중전마마, 너무 큰 충격으로 하얗게 질린 얼굴을 하고 멍하니 그를 바라보았다.

"무슨 방법이 없소? 저리 무작정 덥다 소리치시니, 대체 어찌하면은 좋겠소?"

"통촉하옵소서, 중전마마. 어찌하였든 이 신열이 가라앉아야 환후가 회복되시는 것이니 잠시도 눈을 떼지 마시고 용체를 서늘하게 하여주십시오. 신은 다시 약제 처방을 하여 볼 것입니다."

중전마마, 가없는 슬픔과 절망이 담긴 눈으로 열에 들뜬 지아비의 참혹한 용태를 돌아보았다.

'신첩이 전하를 위해 이토록 아무것도 할 것이 없습니다.'

또다시 중전의 커단 눈에서 눈물이 주르르 흘렀다. 안타깝고 답답하여 어쩔 줄을 몰라 하며 그저 입술만 깨물고 오열하고 있을 뿐이다. 아아, 이 몸이 얼음덩어리라면 좋으련만. 그러면 내 몸으로 끓어오르는 이 신열을 식혀 드리련만…….

중전마마, 갑자기 바로 앉았다. 눈물에 젖었으되 영리한 눈동자가 반짝거렸다. 그래, 어쩌면 그럴 수 있을지도 몰라, 나지막이 중얼거렸다. 옆에 앉은 나인들에게 화급히 분부하셨다.

"너는 당장에 빙고에 가서 얼음을 있는 대로 다 꺼내어오너라. 허고 너는 나가서 욕간통에 찬물을 반만 담아오너라. 어서 서두르거라! 내가 전하 열을 녹일 방도가 생각났느니!"

중전마마께서 재촉하시니 나인들이 서둘러 빙고로 달려가 얼음덩어리들을 함지박에 담아왔다. 큰 욕간통에 담은 냉수를 대령하였다. 중전마마, 준비가 끝나자 주변의 아랫것들을 모두 나가라 하셨다. 상선과 윤 상궁만 곁에 두고 문 앞을 지켜라 하였다. 엄히 하명하시었다.

"절대로 뉘든 예에 접근하지 못하도록 하여라! 오직 전하와 나만 있게 하여다오."

둘만 된 침전. 중전은 전의감들이 왕에게 입혀놓고 덮어놓은 땀에 절은 의대며 홑이불이며를 훌러덩 다 벗겨 버렸다. 온몸에 얼룩

덜룩한 붉은 반점투성이로 변한 왕의 나신이 그대로 드러난다. 그렇게 왕을 알몸으로 만들어놓고 중전 역시도 속의대까지 훌훌 벗어 버렸다. 망설이지 않고 미리 얼음덩이를 집어넣은 냉수통에 풍덩 들어가 앉았다.

뼛골까지 얼어붙는 듯한 지독한 한기(寒氣). 입술 한번 열어 차다 비명 한번 지르지 않는다. 한참 동안 냉수통에 앉아 계시다가 나오는데 왕비의 입술은 새파랗고 온몸이 얼음덩이가 되었다. 달달 떨며 왕비는 그런 차가운 알몸으로 덥고 짜증나서 소리 지르는 왕의 알몸을 꼭 끌어안아 주었다.

덥고 기운없어 축 늘어졌다. 열에 들떠 정신이 혼미하사 짜증만 나고 그저 오락가락 혼수상태이던 전하, 차갑고도 서늘한 것이 품에 들어오자 순간적으로 정신이 번쩍 들었다.

간신히 정신을 더듬어보니 중전의 차가운 나신이 서늘한 촉감으로 품 안에 들어와 있었다. 간신히 혼수에서 깬 터이니 어찌 된 영문인지도 모르고 여하튼 기분은 좋기만 하여 더듬어 끌어안았다. 중전의 손을 잡아 볼에 대며 시원하오, 중얼거렸다.

열에 젖고 진물 굳어 안 떠지는 붉은 눈을 간신히 뜨시려 한다. 억지로 빙그레 웃었다. 힘 끄트머리도 남아 있지 않은 어수를 억지로 들어 아니 갈 것이야, 눈물 주르르 흐르는 중전마마 등을 쓰다듬고 토닥여 주었다.

"우지 마오. 우지…… 마오. 다시는, 그대를 울리지 않겠다고…… 천지신명에게 맹세하였어. 일어날…… 것…… 이야. 반드시 일어날 것이오. 그러니 걱정 마…… 오. 어린 새처럼 쓸쓸한…… 그대…… 두고, 짐은 가지 못해. 저승서도 그대 가엾은 울음소리가 들릴 것이야……. 그래서 짐은 눈을 떠야 해. 아, 시원하오. 한결 시원해. 아, 이제 잠을 좀 잘 것 같아."

상감마마, 이윽고 스르르 편안한 잠이 빠졌다. 거칠고 격하던 숨소리가 한결 가라앉았다. 얼음 덩어리 같은 중전마마 나신을 품고 상감마마, 숨소리도 서늘하게 깊이 잠이 드시었는데 환후 위급하여 지신 지 닷새 만에 처음 주무시는 깊은 잠이다.

그 이후 사흘 동안, 중전은 몇 번이고 그렇게 차가운 얼음물에 들어가 스스로를 얼려 왕의 들끓는 신열을 온몸으로 식혀주었다. 이성적으로 생각할 형편이 되지 못한 상감마마. 중전의 여린 몸이 얼마나 망가지는 줄도 모르고 다만 짜증스러운 신열을 식혀주는 차갑고도 향기로운 몸을 끌어안고 깊이깊이 주무시었다. 왕비의 서늘한 나신에서 풍기는 기이한 향기를 맡으면 정신이 상쾌하고 새로운 기운이 차오르는 기분이라, 하루에도 몇 번씩 제 목숨 베어주는 중전의 품 안에서 편안한 잠을 주무신다.

차츰차츰 그리도 펄펄 끓던 용체의 신열이 서서히 가라앉았다. 용체에 가득 돋은 열꽃도 제풀에 죽어 사라지고 숨결이 정상으로 돌아오며 진물 흐르던 눈도 한결 뜨기가 편안하여졌다. 그렇게 되니, 싫다 내뱉으시던 탕제도 시키는 대로 잘 드시고 몇 숟갈 뜨지도 못하던 죽도 반 대접은 비우시게 되었다. 기력이 돌아오시니 견뎌내는 힘도 그만큼 강해지는 것이다.

약물 드시고 편안하게 잠에 빠지시니 드디어 가망없다는 말까지 나올 만큼 위급하던 병세가 차도를 보이기 시작하였다. 주상전하 가장 위급한 고비가 마침내 넘어간 것이다.

사흘 후, 왕의 팔목에 묶인 무명실이 방문을 넘어왔다. 바깥에서 기다리고 있던 전의태감 홍준이 두근거리며 진맥을 하여보았다. 펄떡이던 신열기는 이미 사라지고 맥이 정상으로 뛰고 있었다.

중전마마께서 잠시 침전 문을 열었다. 금침 위에 누우신 전하, 용체의 열꽃도 많이 가라앉았고 눈을 뜨고 계시다. 중신들을 바라보시는 눈빛이 깜짝 놀랄 만큼 맑고 힘찼다. 안절부절, 대걱정, 큰 근심이던 대왕대비마마 이하 종친들과 삼정승이 문 바깥에서 전하의 그 고비 넘기시어 회복 중인 모습을 뵈었다. 이구동성 홍복입니다, 감축하오, 하는 소리가 절로 터졌다.

헌데 이것 참말 기이하고나. 진정 이상하여라.

병환 나아지시니 안심은 하였지만 이것이 진정 불가사의다. 가망없다 전의들도 포기했던 주상전하 환후를 대체 어떤 방법으로 중전마마께서는 가라앉힌 것인가? 전의감을 비롯해서 바깥에 있는 모든 사람들은 궁금해서 죽을 참이었다. 호기심을 참다 참다 못하여 제조상궁인 엄 상궁이 대왕대비전 윤허를 받아 무엄함을 무릅쓰고 열지 말라 엄명하신 침전 문에 구멍을 뚫고 몰래 살펴보았는데……

"뭐라? 참말이냐? 진정 중전께서 그리하셨더란 말이냐?"

너무 놀라시었다. 대왕대비마마, 경악의 소리를 지르시며 펄쩍 뛰어올랐다. 엄 상궁이 눈물을 줄줄 흘리며 고두하였다.

"예, 마마. 차가운 얼음물에 들어가 퍼렇게 옥체가 얼어붙을 지경이 되도록까정 앉아 계시다가 나오시어 주상전하를 안아주시었나이다. 전하께서는 편안하게 주무시나 중전마마 옥체는 망가지기 일보 직전이라. 덜덜 떨면서도 비명 한 번 지르시는 바가 없었나이다. 목숨 모다 내어놓고 주는 정성이 아닐지면은 그리는 못하실 것이라. 실로 중전마마께서 당신의 생명을 나누어 주상전하께 드린 것이니…… 마마, 마마. 흑흑, 쇤네가 중전마마 가엾고 눈이 괴로워 말을 이을 수가 없사옵니다."

엄 상궁, 어린 중전마마 하시는 일이 너무 가엾고 기가 막혀 대성통곡을 하였다. 대왕대비마마께 아뢰는 일이 그리 참담한 정성일지니! 대왕대비전하의 노안(老眼)에도 벌건 물기가 어렸다.

"아아, 감사하여라. 감사하고 감사하도다. 참으로 중전은 하늘이 내린 열녀인 게야! 상감이 환후 위급하다 하니 제 몸 돌보지도 않고 한결같은 지극정성, 밤낮을 가리지 않고 간병하여 이렇게 살려낸 것 좀 보아라. 진성이 말하기를 중전을 맞아 주상이 그저 탄탄대로 명운(命運)까지 바뀔 것이라 이리하더니 그 말이 하나 틀린 것이 없도다. 중전의 저 지극한 정성이며 어진 덕이 하늘을 감동시킨 것이야!"

죽기를 각오하고 중전이 열꽃 잡아 뜯으려는 왕의 손을 용안에 대지 못하게 막아냈다. 비록 꽃딱지가 흉하게 남았으되 떨어지면

병마(病魔) 179

그뿐이니 훤칠한 용안 하나 상하지 않고 말짱하시었다. 전하께서 환후를 무사히 넘기신 것은 오직 중전마마 덕분이라 할 것인데, 딱 하나 입술 끝에 열꽃 흔적이 남았다. 이는 짐의 복점(福點)이야 농하실 만큼 회복이 되시었구나. 도성 하늘을 떠돌던 검은 구름이 간신히 걷히었다. 이는 지극정성 중전마마 마음이 하늘마저 감동시킨 것이 아니랴.

  몇 날 며칠 꼼짝도 하지 못하고 대전에 모여 비상시를 대비하던 조하 중신들, 비로소 한숨을 돌렸다.

  "급한 불은 꺼졌으니 인제는 퇴궐을 하여도 좋을 것 같소이다."

  영의정의 말에 막 일어나는데 차지내궁이 들어와 아무도 나가지 말고 편전에 모다 그냥 계시라는 전갈을 하였다.

  "중전마마께서 백관 여러분께 전하의 하교 말씀을 전하시겠다는 분부이십니다."

  얼마 후, 상궁의 인도로 아랫것들을 딸린 중전마마께서 옆문으로 들어오시었다. 용상 옆, 주렴이 쳐진 자리에 좌정하시니 일어나 기다리던 백관들이 일어나 절을 하였다. 잠시 후 모다 앉으시오 하는 분부가 있으셨다.

  "주상전하께서 이날로 환후를 잘 넘기시어 고비를 넘기신 터입니다. 전의태감이 말하시기 이제 한 보름만 조섭을 잘하시면은 아무 탈도 없이 정사를 보암직하다 하십니다. 허니 너무 근심 말라 하교하셨나이다."

  "만세, 만세, 만만세. 실로 성덕의 다행입니다. 아국의 천운이며 왕실의 천복이옵니다."

중신들이 입을 모아 하례를 올렸다. 잠시간의 시각이 지난 후, 중전이 나직하게 한숨을 쉬었다. 다시 시작하는 옥음에는 하얀 눈처럼 냉기가 풀풀 날렸다.

"실로 망극하고 가슴 떨리는 일이라. 이 중전이 경들에게 금일, 감히 한마디 경고를 하고자 합니다!"

갑자기 공활한 공간에 물 끼얹은 듯한 침묵이 서렸다. 숨소리 하나 나지 않았다. 중신들 칼날같이 뻣뻣이 긴장하여 중전의 입만 바라보았다. 늘 조용하시고 조하의 일에 일말의 간섭은커녕 눈길도 아니 돌리시던 중전마마께서 대전에 듭신 것만도 놀랄 일이다. 게다가 〈경고〉의 하교를 내린다고 하였다. 대체 왜 저리하시노. 무슨 말씀을 하시려고 저리 서슬이 시푸르신가.

"주상께서 환후 위급하신 그동안 그대 중신들이 이곳에서 무슨 일을 의논하고 있었는지 이 중전이 들었습니다. 사직의 대통이 이어져야 하고 한시도 그 보위 비워질 수 없음이니 경들의 답답하고 망극한 심사를 짐작은 하나, 이 중전이 섭섭하고 분하였소! 전하께서 강건하시고 힘이 넘치시던 분이니 필시 환후 위급하셔도 차고 일어나실 것이다 이리 믿으셔야 도리가 아닙니까? 전하께서 병환 중에 그리 힘들고 고통스러워 신음하시는 중인데도 중신이라 하는 이들이 그 회복 기원하며 정성을 기원하여도 모자랄 판에 그대 경들의 처신은 어떠하였소이까? 월성궁 여인 소생 아이를 동궁으로 세우자 먼저 나섰습니까? 그런 망측하고 무도한 요구가 어디 있소?

전하께서 월성궁 그 여인, 홀몸 되어 돌아온 청결한 정조 깨뜨렸다 자책하시고 성총 주어 귀애하신 것은 아나 그 아이, 그 여인이 주상전하 용체 모시기 전에 이미 잉태하여 탄생한 아이입니다. 전하 승은 입기 전에 이미 다른 사내 알아 그 몸 더럽히고 방탕하게 노는 계집 씨앗을 두고 사직의 대통을 잇자고요? 그토록 방자하고 고약한 논의를 어떻게 할 수 있습니까? 전하께서 아직 강건하시고 이 중전 아직 연소한데 그 몇 년도 못 기다려 줍니까? 실로 섭섭하고 통분하구려!"

좌의정 이하 벽파들의 얼굴이 삽시간에 흙빛이 되었다. 정안로 고두하고 그저 앉아만 있는데 두렵기도 할뿐더러 분하고 부끄러운 마음이 넘치어 무릎이 덜덜 떨리었다.

혁을 소생 인정하여 동궁 삼아라 한 것은 이 나라 사직을 바꾸려는 역모로다. 대놓고 쏘아붙이지만, 고개 들고 감히 부당하옵니다 소리치지 못하였다.

당당한 중전마마 말씀이 하나 사리에 그른 것이 없고, 낱낱이 법도에 맞으시니 무어라 항변할 수도 없었다. 전하께서 위급하실 동안 지극정성으로 간호하여 정신 차리게 하신 분이시다. 하물며 당신 스스로 죽을 각오하고 얼음물에 들어가 전하의 신열을 내렸다 하는 공적이라. 부덕(婦德)의 절정이며 여인의 귀감이라 칭송받으신다. 감히 뉘가 부인하고 반발할 것이던가?

전하의 성총은 이미 오래전에 이왕지사 중전마마에게 고정된 참이었다. 하물며 이번은 중전마마 생명 던져 주상전하를 구하신 공적이라, 대체 어떤 사람이 감히 중전마마 향해 희란마마의 처지 가리며 변명하여 줄 것이냐?

간신히 정신 차린 전하께서 오늘 아침, 진성대군께 혁이 놈 소문을 듣자오셨다. 그놈을 양자 삼아 보위 잇자는 논의가 대청서 있었다는 말에 냅다 노염을 벌컥 터뜨리신다. 심히 괘씸하고 불쾌하시다. 짐이 그 이야기 다시 꺼내면은 역모로 다스린다 하였거늘 아직 그런 무리가 또 있단 말이오? 하고 울컥울컥 노염질이다. 옆에 계신 중전마마께 그대가 나가서 엄히 경고하오 하명하시었다.

중전마마, 새파랗게 날이 선 눈초리로 딱하고 힘차게 서안을 내려쳤다. 정안로 귀에는 너 이놈, 정녕 네가 죽고 잡으냐? 호령하는 일갈로 들리었다.

"이제 전하께서 회복하시니 정사는 걱정 마시고 일들이나 잘하시오. 쓸데없는 논의로 성상의 심기 어지럽히지 마시고요. 이런 논의 다시 있으면 훗날 필시 피바람 장할 것이다! 안즉 주상께서 연소하시고 정궁인 이 중전 어려 회임할 시일 많은데, 감히 어디서 근본도 모르는 아이 올려 보위대통 잇자 주장하는가? 지금 역모하시오들? 그 주장 낸 입들 부대 목들 조심하오!"

다부지게 일갈하시었다. 그 말씀을 끝으로 중전마마께서 자리차고 나가 버리시었다. 대전에 좌정한 조하 중신들 모다 한동안 꿀 먹은 벙어리들이었다.

어질다, 부드럽다, 여리다 소문난 분이었다. 헌데 오늘 보자 하니 실은 발톱 감춘 암호랑이가 따로 없다. 중전마마 그 발톱 처음으로 슬며시 드러내신 터인데 여간만 매섭고 날카로운 것이 아니었다. 좌의정, 저절로 켕겨 뒷목을 만져 보는 참이었다. 영리하다 소문난 저분이 만약 독한 마음 품고 작정하여 제 딸년 상대로 칼을 빼 드신다 하면은…….

그는 그저 다가올 앞날이 두렵고 무섭다. 눈앞으로 시퍼런 칼날이 왔다 갔다 하는 것 같고 아리수 위에 핏물이 벌겋게 흐르는 것 같아 눈을 꾹 감아버리고만 만다.

대전을 나오신 중전마마, 회랑을 거쳐 우원전으로 돌아가며 홀로 빙긋이 웃고 있다. 십 년 묵은 체증이 쑤욱 내려가는 시원한 기분이었다. 쌓이고 쌓인 한이 드디어 풀렸다. 어찌 속이 뻥 뚫려지지 않으랴.

'이렇게 한번 돌려치고 강하게 눌러두면 되는 게지. 앞으로는 감히 그 저들 마음대로 예전마냥 정사 농단은 못할 것이며 방자하고 간악한 계집을 대어놓고 비호하지는 못할 것이야.'

중전마마 슬며시 고개 돌려 돌아보는 쪽이 월성궁이 있는 동남쪽이었다.

'내가 받은 그대로 십 배 백배 네게 돌려줄 것이니라. 전하는 이미 이 중전의 사내이시다. 간교한 그물에 걸린 것을 부끄러워하고 수치스러워하시는 분인 줄 아는데, 네가 아무리 수단 부린다고 하여도 전하 성총 다시 회복될 줄 아느냐? 내가 우는 것이 가엾고 싫어서 저승에 가지 못한다 하신 분이시다. 평생 이 몸만의 사내가 되시었다. 너 같은 천한 것에게 귀한 그분을 다시 빼앗길 줄 아느냐?'

마치 월성궁 계집이 눈앞에 있듯이 속으로 치열하게 퍼붓는 말씀이 야무지고 당당하였다. 지그시 입술을 깨무는 중전마마, 이제 희란마마를 완전히 잘라 버리고야 말겠다고 단단히 결심하였다. 정궁으로서도 여인으로서도 왕비가 가진 도도한 자존심이었다.

'이제 절대로 놓지 않으리라. 일편단심 사모하고 은애하는 그분을 너 같은 천한 잉첩 따위에게 뺏기지 않을 테다.'

겉보기에는 조용하고 여린 중전마마, 실은 속으로 타오르는 불이다. 전하께 바치는 그 순결한 사모지정만큼이나 지아비 전하에 대한 독점욕이 무섭도록 자라가고 있었다.

왕의 병환이 위급하실 적에 갖은 정성 다 쏟아 간호하면서 중전은 그에 대한 정이 더 깊어지고 살뜰하여졌다.

평상시 강건하고 당당하시던 때와는 달리 매사 허약하여지고 심약하여져 있었다. 몸만 컸지 세 살 먹은 어린애라. 아니나 다를까? 심지어 죽 드시는 것조차 입만 아— 벌리고 능청맞게 누워 계신다. 수저질까지 하여 입에 넣어드려야만 하였다. 병환 중이시니 마음까지 약하여지신 것이라 중전이 잠시라도 눈앞에 없으면 참지 못하였다. 어디 갔느냐고, 짐을 혼자 두지 말라 골을 내며 항시 찾아 보채시었다. 어린애가 어미에게 하듯이 매사 어리광 피우고 보채는 것이 웃음이 나올 정도이니 실로 전하께 중전만이 그리도 의지가 되고 귀하다 하는 뜻이 아니랴?

그 언젠가 간곡하게 고백하신 것처럼, 중전은 왕에게 사랑하는 지어미이요, 어린 누이요, 전부 다 내어주는 벗이요, 잃어버린 생모마마 대신이라. 전하를 혼몽한 병마의 무의식에서 이끌고 나온 것은 중전마마 지극한 정성이었다.

진정 그리하여 왕은 그녀만의 사내. 그녀만의 정인이 되시었다. 이 세상 그 누구도 침범하지 못하게 단단히 마음이 묶이었다. 중전은 인제 그 누구에게도 사모하는 그분을 양보하지 않을 작정이었다.

비단 치맛자락 살며시 여미고 우원전 마루에 올랐다. 중전마마, 영민한 눈을 반짝이며 고개를 돌렸다. 여전히 시선은 동남쪽이었다.

'그 계집 단속은 이만하면 되었으니, 인제 그 어린놈을 어찌할까? 두고두고 우환이라. 상감마마 보위 위협하는 적수(敵讎)가 아닌가?'

무엇을 생각하는지 모르되 중전마마 입술이 야무지게 앙다물어졌다.

제7장 일광(日光)

　　　　　상감마마 병증 이기느라 궐 안 사람들 전부 술렁술렁 둥당거리는 사이, 길고 긴 복중 더위가 가시었다. 칠월 칠석 지나 슬슬 선들바람이 아침저녁으로 불기 시작하였다.
　중전마마의 지극정성으로 무사히 혹독한 마진귀신과의 싸움에서 이기신 전하, 고비 이후 조섭 잘하시고 좋은 약제를 정성껏 써서 환후 계속 다스리었다. 한 열흘이 지나가자 용안이며 용체에 앉은 꽃 딱지도 아물어 다 떨어지고 기력도 한결 회복되시었다.
　하여 왕은 그날부터 금침에 기대어 임시방편으로 그동안 손 놓고 있었던 조하 일을 보시기 시작하였다.
　주상 당신이 아파 드러누웠다 하여도 일들이 없어진 것도 아니니 첩첩히 쌓인 조하 일들이 만 가지. 너무 무리하신다 전의들이 만류하였으나 왕은 단호하게 뿌리쳤다.

"짐이 해야 할 일을 짐이 아니면 뉘가 대신하여 줄 것이냐? 되었다. 급한 것만 처리할 참이다."

깨어나신 후에 완전히 사람이 달라지신 것같이 조하 일에 열심이시다. 전하의 그 모습 모아지며 삼정승 이하 모든 중신들이 고두하여 실로 전하께서 이토록 나랏일에 성심으로 임하시고 열정이시니 이 나라 홍복입니다. 한 목청으로 칭송하는구나. 마지막으로 왕은 두 숙부와 빙장이신 김익현을 알현하사 인사를 받고 사람들을 물렸다.

아직도 완전히 회복되신 것이 아니어서 몇 사람 만나고 두루마리 몇 장 넘기시는 그 일도 힘에 겨웠다. 왕은 잠시 어수를 이마에 대고 용안을 찡그렸다.

때맞추어 죽상이 들었다. 또 올라온 죽 대접에 왕은 이맛살을 찌푸렸다. 기미상궁이 드옵사이다 몇 번이고 권하니 마지못해 수저를 드시었다. 허나 맛나게 쑨 전복죽도 두어 수저, 이내 숟가락을 탁 놓아버렸다.

"어지간히 회복이 되었는데 여전히 이리 희멀건한 죽물만 준다더냐? 잘 먹어야 회복이 빠르다 하는데 이깟 죽물 한 대접에 무슨 기운이 날 것이냐? 아니 먹을란다."

전의가 이르기를 안즉은 용체 회복이 덜 되었을 것이니 아무래도 죽이 나으리라 하였다 시키는 대로 소주방에서 죽을 올리었는데 인제 상감께서 못마땅하다 치받았다. 아침만 하더라도 아무 말씀 없이 잘 드시더니 왜 이러시노? 익숙한 심술기며 괜한 트집질에 배행한 엄 상궁, 슬슬 주상께서 기운이 나시는고나 짐작하였다. 허긴 자리보전하신 지 근 보름인데 날마다 죽만 드셨으니 웬만한 사람도 어지간히 싫증이 날 듯하였다.

"허면은 밤서는 옳은 수라상 올릴 것입니다."

"그리하라. 잘 먹어야 기운을 차리고 짐이 조하 일을 볼 것이 아니. 그보다 비께서는 어떠하니? 인제 좀 나아지셨더냐?"

"예, 전하. 많이 기운 차리셨나이다. 워낙 심한 몸살이라 회복이 더디신 것이라 하옵니다만은 그래도 벌써 자리보전하신 것이 나흘째이니 이날서는 어느 정도 정신을 차리신 듯하옵니다."

전하께서 정신을 차리자마자 이제 쓰러지신 분이 중전마마이시다. 제대로 수라상도 아니 받으시고 밤낮으로 왕을 간병한 터였다. 하물며 차가운 얼음물에 수시로 들어가 몸을 얼려 전하를 안아드리었으니 여린 옥체가 망가지지 않으면은 그것이 이상한 일이지. 왕의 위급한 고비가 넘어가자 인제 왕비가 심한 몸살에 자리보전을 하고 말았다.

한없이 약하여진 상감께 고뿔이라도 옮기면은 아니 된다 하여 전의들이 중전마마를 들어오지 못하게 막았다. 막지 아니하였다 하여도 이 며칠 중전마마 많이 쇠약해진 터로 헛소리를 하시며 열이 펄펄 끓어 넘쳐 전하를 뵈러올 힘도 없었다. 그런 사정을 다 전하여 들으신 왕의 마음이야말로 찢어질 정도로 아프고 근심되고 심란하였다. 왕은 엄 상궁을 바라보며 울적하게 말씀하시었다.

"중전께서 그렇게 된 것은 오직 짐 탓이로다. 아무리 짐의 신열을 식혀준다 하여도 저가 그리 몸을 망가뜨리면은 어찌하라고? 너는 교태전 건너가서 짐을 뵈올 수 있는지 여쭈어보아라. 곤전의 옥안을 뵙지 못한 지가 벌써 여러 날이니 짐이 무척 그립구나."

엄 상궁이 뒷발걸음으로 나가고 왕은 장 내관을 손짓하였다.

"너 지금 월성궁 나가서 혁이 놈 궐로 안고 오너라."

"네에?"

뜻밖의 분부 말씀에 장 내관의 눈이 휘둥그레졌다. 상감께서 병마에 시달릴 때 왕자이니, 다음 보위를 잇게 하라 공론하였던 아이를 안고 궐로 들어오라니. 이것 정말 후사를 걱정하시게 된 상감께서 혁을 왕자로 인정하실 참인가? 늙은 내관, 순간적으로 간이 철퍼덕 내려앉았다.

왕의 입꼬리가 힐쭉 심술맞게 휘말려 올라갔다.

"짐이 정신이 오락가락한 사이 고놈 시켜 보위대통 이어라 난리가 났다면서? 아니 그러하니?"

"······불측한 일이 그리 일어났나이다."

"짐이 다 들었단다? 흠, 왕자라? 나가서 고놈 끌고 오너라. 어디 한번 짐도 고놈이 참말 짐의 생자(生子)인지 살펴볼란다? 고놈 하는 꼴이 진짜 그들 주장대로 왕자의 재목인지 살펴보아야 할 것이 아니니."

꼬여진 말태가 심히 거칠었다. 아이를 두고 곱다 하는 게 아니라

깐죽깐죽 씹어가며 불쾌하다는 뜻을 역력하게 드러내시었다.

"중전은 어질어서 그 아이 놈 데려다가 교육 제대로 시키어서 쓸 만하게 만들자 하였다만, 짐이야 그놈 두고 떼거리로 결집하여 보위 문제 들먹이는 것이 귀찮타! 어디 한번 그놈 꼬라지나 제대로 보아보자. 그리되면 꼴같잖은 인간들 흉중이 말짱하게 드러나겠지."

방정맞게 나서서는 혁이 놈 왕자 올려라 하였던 월성궁 일파들! 아이쿠, 일났다!

상감마마 병환 중에 또다시 혁이 놈 올려 보위대통 잇자는 논의가 나왔다는 기별 이후, 인제 왕에게 혁이는 단순히 누이가 낳은 어린놈이 아니다. 주상 당신의 보위를 위협하는 대적(大賊)이 된 셈. 궐 담 안에 데려다 놓고 애시당초 싹수 자를 핑계를 찾아보겠다는 뜻이다. 결국은 궐 담 안에 볼모로 잡아두고 희란마마 일파들 동정을 살펴 어찌하든 역모로 얽어맬 핑계를 잡겠단 뜻이 아닌가? 아아, 잔인하심이여. 왕 된 자의 심기여.

한편 중궁전.

오래도록 자리보전하시던 중전마마. 그날 간신히 어느 정도 정신이 듭시었다. 그리운 지아비께서 보잔다 하시니 억지로 자리에서 일어나고 있었다. 박 상궁더러 욕간 준비하여라 분부하셨다.

"이런 꼴로는 전하를 못 뵈올 것이다. 머리라도 감아야지. 그보다 오늘이 며칠이더냐? 자리보전하고 누운 지가 오래이니 날짜가 가는 것도 모른 터이야."

일광(日光)

"칠월 초아흐레가 아닙니까? 병환 중이라 칠석 날을 그냥 지나치셨으니 어찌합니까요?"

"칠석이 별스러운 날인가? 해마다 돌아오는 명절인걸. 헌데 전하께서는 어떠하신고? 기운이 다소 나신다 하오?"

"한결 힘이 나시어 금일부터는 중신들을 배알하시고 도승지가 가져온 장궤 두루마리도 펴신 줄 아옵니다. 낮서는 죽사발을 다 비우시고 주반과 받으시어, 오랜만에 즐기시는 별잡탕 한 그릇도 다 드셨다 하였습니다."

"실로 감사하고 고마운 일이야. 전하께서 강건하심은 이 나라 사직이 바로 서는 것이 아니겠나. 오래 앓으시고 기운이 없으신 터인데 그리 자꾸 듭시고 힘을 내셔야지. 하지만 제발 무리는 마셔야 할 것인데. 앓고 난 뒤끝이라 잘못하면 다시 탈이 나실 것이다."

차비를 마친 박 상궁이 부액하여 중전마마 욕간을 모시었다. 형편없이 초췌하신 터이나 어느새 볼이 도홧빛으로 물이 들고 온몸에서 향기가 피어오르기 시작하였다. 박 상궁이 중전마마 고운 옥체를 정성껏 씻겨 드린 다음서 머리타래 조근조근 빗기어 어여머리 떨잠으로 단장하고 새 의대로 갈아입혀 드리었다.

연지분 단장하시고 고운 의대 갖추어 입으시고 살며시 방문 나서는 중전마마 모습이여. 박색이라 하여 하냥 전하께 능멸당하고 아랫것들에게 비웃음 산 분이 이토록 고운 용색을 그 수수한 껍질에 숨기고 있을 줄이야 뉘가 알았을 것인가? 나날이 피어나기 고우신 염태로다! 황홀한 내미지상 감추어진 아름다움이 드디어 꽃잎을 벌렸다. 여인네들인 저들이 보아도 참으로 어여쁜 자태로구나.

우원전의 상감마마. 가슴 설레며 이제나저제나 고운 지어미 들어오기 기다리시누나.

어서 오시오! 함박웃음이시다. 남 눈 가리지 않고 두 팔을 활짝 벌리었다. 중전 역시 그리운 지아비를 모처럼 뵈온 것이니 배싯 웃음 지었다. 수줍음도 지엄한 체면도 다 잊고 작은 새처럼 포르르 날아가 든든한 님의 품에 담쑥 안겨 버렸다.

서로간 너무 좋아 어쩔 줄 모르는 눈빛이 하나 되어 얽히었다. 배행한 아랫것들 눈치가 있으니 더 이상은 못하되 앙앙불락. 저것들은 눈치도 없나? 어서 빨리 안 나가노? 마냥 급하고 안타까운 왕은 얄미워서 미움 부리는 상궁, 나인들을 째려보았다. 눈치를 챈 몽 상궁 이하 아랫것들이 슬며시 미소 지으며 방을 나가자마자 기어코 덤벼들어 어여쁜 지어미 고운 입술 맛을 물리도록 보고야 마는 것이다.

"짐 때문에 고뿔이 든 것이니 이번서는 짐이 그대 병간호를 해야 할 참이야. 얼음물에 들어가서 열을 식혀줄까?"

곱고 투명한 얼굴이 심한 몸살 뒤끝이라 초췌하고 창백하였다. 그러나 생각보다는 나아 보여 다소간 안심이다. 싱긋 웃으며 중전마마 단아한 이마에 어수를 대고 열이 있나 없나 그것부터 확인하였다. 그리고서 짓궂은 농담이다. 큼큼 웃으시며 귓속말을 하였다.

"아니야, 오한이 들어 덜덜 떨었다 하니 짐이 아랫목서 데굴데굴 굴러 열을 좀 낸 다음 그대를 덥게 해주어야 할 것이다. 그저 고뿔

엔 땀 빼는 것이 최고인데, 기가 막힌 비방이 하나 있어. 그리하여 줄까?"

은근히 놀림하시는 말씀이다. 중전마마, 왕의 단단한 용안을 감히 쓰다듬으면서 그리웠던 정을 잠시 나누었다. 함초롬이 눈을 흘겼다.

"신첩이 고뿔로 고생하였거늘, 보자마자 놀리시기부터 하시고? 못살 것이다. 무슨 기막힌 처방이 있다고 이러하실까요?"

"응, 그대 처방하고 똑같은 게야. 이번서는 짐이 알몸으로 안아주면 되는 것이야. 교접하여 실컷 땀을 빼면은 웬만한 고뿔은 온데간데없이 사라진다 하니 우리가 한번 실험하여 보십시다?"

천연덕스럽게 용안 하나 변치 않으시고 방탕한 말씀을 잘도 하신다. 중전은 그만 에구머니 비명을 지르고 말았다.

피식 웃으며 왕이 두 손으로 빨개진 중전의 얼굴을 감싸 안았다. 머루알처럼 까만 눈동자를 들여다보았다. 눈빛에 출렁이는 정해가 마냥 달금하고, 함뿍 붉은 물로 드는 그리움이 겹겹이다. 서로의 입술 사이로 넘어가는 타액을 향기로운 감로인 양 삼키며 젊은 지존 두 분 마마 그동안 첩첩하게 쌓인 갈증을 풀었다. 아무리 어루만지고 입술 나누고 눈빛을 들여다보아도 그저 미진하고 아쉬운 이 마음이여!

윤 상궁더러 들은 우스개라, 왕이 죽만 준다고 트집 잡았다지. 중전은 소반과 상에 올라온 약차를 입에 대어드리며 화사하게 지아비를 놀림하였다.

"어린아이신가? 음식상 앞에 놓고 투정을 하시다니요! 주상 된 위엄이라 하나 없으시다 아랫것들이 흉을 봅니다."

"짐이 이 강토 주인이거늘, 먹새 하나 마음에 드는 것을 받지 못한단 말이야? 듣기 싫여, 잔말 말고 복숭아나 주어."

순진한 중전. 생긋 미소 지으며 상 위의 천도 하나를 집어 들었다. 허나 엉큼한 손이 냅다 저고리 사이로 불쑥 들어왔다.

"흥, 뉘가 그 복숭아 달라 하였니? 무르녹은 수밀도라 바로 요것이지. 이것 주어."

"아이고, 전하! 제발 마옵시오. 아직 용체 회복이 덜 되시었는데 어찌 신첩 가까이 오시려 하시옵니까? 절대로 아니 되니 제발 마옵소서!"

민망하여 숨죽인 비명을 지르는 도톰한 입술이 막혀 버렸다. 가슴 위에 얹힌 묵직한 힘을 토닥토닥 두들기고 가녀린 팔로 밀어내어 보지만은 굶주린 맹수같이 덤벼드는 지아비 그 힘을 어디 이길 수 있다더냐? 기어코 비단 저고리 고름이 풀리고 말았는데…….

"그 복숭아 실로 장히 맛나다! 흠흠흠, 변함없이 향그럽고 달콤하거든. 응?"

말간 양지옥 같은 안해의 속살 위에서 마침내 왕이 고개를 들었다. 꿀단지 차고앉아 내쳐 냠냠거린 곰처럼 배불러 트림이라도 하고픈 용안이다. 적이 만족한 표정으로 허공 바라보며 실쭉 웃었다. 소반 위 복숭아는 손 하나 대지 않았는데, 거참 기이하구나! 장히 맛나다 하신 수밀도는 대체 무엇인고? 크흠.

단물 뚝뚝 떨어지는 수밀도는 상감마마 몫이라 쳐도, 앵돌아앉은 중전마마는 매운 불고추만 드시었나? 괜스레 고쳐 맨 옷고름만 만지작거리는 옥안이 마냥 화끈거린다.

밤수라 올라올 적까지 두 분 마마, 방 안에서 무엇을 어찌하는지는 모르되 끈끈달콤 열풍이라. 장지문 바깥까지 무덥고 뜨겁다. 대왕대비전하께서 우원전에 듭신 것은 그때였다. 주상께서 이제 죽상을 물리고 바른 수라상을 받으신다 하는 반가운 소식에 그분 젓수시는 것을 볼 것이면 용체가 어떠한지 알 것이다 하시면서 확인하러 오신 터였다.

"아이고, 반가워라! 주상께서 회복이 다 되시어 이리 수라를 하시는구먼요. 예, 젓숩고 기운을 차리셔야 합니다. 강건하셔야지요! 그래야 이 나라 사직이 바로 서고 만백성이 편안하게 되는 것입니다. 주상, 부대 옥체를 보중하셔야 합니다."

"소손이 불민하와 할마마마께 괜한 심려를 끼쳐 드리었나이다. 마진은 한 번 겪어내면 평생 아니 오는 것이라 하였으니 인제는 근심을 마옵소서. 소손이 기운을 차렸으니 다시는 할마마마 근심을 끼쳐 드리지는 않을 것입니다."

대왕대비마마, 다정하신 전하의 말씀에 눈물을 글썽이었다. 성큼 전하의 어수를 잡아 토닥였다.

"암요, 그러하셔야지요. 그러하셔야 합니다. 주상께서 환후 심하실 적에 이 할미 가슴이 꺼멓게 녹아버렸소이다. 인제 다시는 이 할미에게 근심 끼치지 마시오, 주상?"

대왕대비전하께서는 중전마마 작은 손도 잡아 올리었다. 전하의 어수에 꼭 겹쳐 주신 후, 함께 어루만지며 당부하시었다.

"인제 내가 주상을 오직 중전에게 부탁합니다. 두 분의 연분은 하늘이 맺어준 것이에요. 뉘도 갈라놓을 수가 없는 것입니다. 우리 중전이 만고의 열녀라, 제 몸 아끼지 않고 우리 주상 위하여 그리 지극정성을 바친 것이라 어찌 환후가 순조롭지 않을 것인가? 이 할미는 두 분께서 다정하사 화기애애한 이 모습을 보니 여한이 없소이다. 정말 감사하오, 주상. 그리고 중전."

대왕대비전하의 어진 노안에 망극하게 눈물이 설풋 어리었다. 상감께서 후사도 두지 못하고 아무 방비도 없이 사지(死地)를 넘나든 터라 노인의 속이 얼마나 상하고 대경하신 것이냐? 언제나 엄하고 단정하신 할마마마께서 눈물을 보이시니 울컥 짠하였다.

"좋은 날 어찌 옥루를 보이십니까? 고정하옵소서, 인제 소손이 자리에서 일어나면 할마마마께서 항시 가르침 주신대로 성군이 될 것이며 아바마마 유훈을 명심하여 국태민안(國泰民安)할 것입니다. 지켜보아 주시옵소서."

아름다워라, 성군의 기상이여! 믿음직하여라, 씩씩한 장부의 호연지기여! 대왕대비전하, 흐뭇한 눈물을 닦으며 좋은 웃음을 지으셨다.

"예, 그리하셔야지요. 반드시 성군이 되셔야지요. 그리하여야 이 할미가 훗날 저승 가서 선대왕을 뵈올 면목이 있는 것입니다. 이제 이 할미가 당장 눈을 감아도 여한이 없는 것이에요."

"당장에 눈을 감으신다니요. 어찌 그리 망극한 말씀을 하십니까? 오래오래 만수무강하시어 짐과 비가 화락하게 지내는 모습도 보셔야 하구요. 또 곤전이 금세 원자 아기를 낳아드릴 것이니 품에 안으시고 어진 가르침을 주셔야지요. 오직 한 분, 짐에게 남은 혈육이시니 마마께서 아니 계시면 짐은 쓸쓸하여 견딜 수가 없나이다."

왕은 몸가짐을 단정히 하여 낭랑한 목청으로 할마마마께 약조하였다.

"엄하고 단정한 가르침은 오직 소손을 성군으로 만들자 하는 깊은 사랑이었나이다. 짐이 비로소 눈을 뜬 것입니다. 할마마마께 소손이 잘못한 일이 얼마나 많은지 아옵니다. 짐이 일어나서 조하에 나갈 것이면 그 잘못된 모든 것을 바로잡을 것입니다. 허니 소손의 지난날 과실을 용서하여 주십시오. 할마마마 가르침 따라 반드시 만백성이 우러러보는 성군이 될 것입니다. 소손이 지금껏 그저 주시기만 한 할마마마 은혜를 갚아야지요."

하염없이 대왕대비전하의 옥안에 눈물이 흘렀다. 긴 세월 척이져 꽉 박혀 있던 얼음 기둥이 마침내 녹아 빠졌다.

전하께서 완전히 회복하시어 대전에 조하를 보시러 나가신 것은 팔월부터였다. 오일(五日) 참례 시 만조백관의 하례를 받으시는데 편안하게 잘 쉬시고 조섭을 잘하신 후라 오히려 앓으시기 전보다 더 힘이 나시는 용안이다.

그동안 전하께서 조하 일을 거의 못 보신 것이니 쌓인 일이 첩첩이다. 그날서부터 삼경까지 도통 일에서 벗어나지 못하신다. 헌데 왕께서 확연히 달라지시었다. 그전서는 웬만하면 정승들 말이라면 그대로 처분하시고, 조하 의견이 그러하다면은 당신의 심기에 딱 맞지는 않아도 들여다보시지도 않고 옥새 눌러주시던 분이 아니냐.

돌아오신 지금은 그때와는 달리 무척이나 깐깐하였다. 두세 번이나 설명하라 이러시고 조금이라도 의문이 나시면은 그냥 돌려보내신다. 조목조목 따지고 들다가 어리바리 시원찮게 구는 것들이 있으면 냅다 그 얼굴 위로 두루마리든 붓이든 연적이든 집어 던져 버리었다. 늘 하던 대로, 구태의연하게 방만하니 일들고 그저 떼거리 모아 입만 맞추던 인간들은 실로 미칠 노릇이었다. 들며 나며 내리시는 교서가 한 짐인데 일에 치인 도승지도 죽어난다.

깊이 들으시고 생각에 잠기시어 무엇인가 판단하시는데, 아침이면 백에 구십은 그 사안 다시 불러 이것이 잘못되었다 저것이 잘못되었다 호령이시다.

생전 듣고 보지도 못한 까마득한 후기지수들을 등용하사 슬금슬금 당상을 채웠다. 홍문관 교리며 *문형 아래 검서관이며 성균관에서 들어온 이들, 서얼이라 과거를 보아 올라도 앞길이 막히었던 인재들이 하나둘씩 상의 부름을 받아 올라앉았다. 보이게도, 보이지 않게도 성근 그물을 조정에 슬슬 드리우는 것이라. 날카로운 칼이 달린 그물에 걸릴 자 그 누구인가.

전하께서 갑자기 도승지를 교태전으로 부른 것은 밤 깊어였다.

*문형:문을 저울질한다는 뜻으로 보통 대제학을 가리킨다

숙장문 앞으로 황이가 나아가니 장 내관이 등불을 들고 기다리고 있었다. 동온돌에 좌정하신 전하. 중치막 차림으로 자리옷을 옆에 두고 있었다. 침수 듭실 참인 듯하였다.

"부름받자와 신 황이 등대하였나이다."

"경은 지금 은밀히 나가서 지난 봄 알성과 급제한 명단을 가져오시오."

"갑자기 알성과 명단을 보자 하시니 어인 하명이시옵니까, 전하?"

"나중서 말을 할 것이니 가져오시오. 단, 뉘든 알지 못하게 하오. 짐이 급하오."

윗전이 하명을 하시니 어찌하나. 황이는 고개를 갸웃하면서도 대청으로 나갔다. 이미 늦은 시각이라 숙직번을 서는 이조 관리도 꾸벅꾸벅 졸고 있었다. 서고를 살며시 거닐며 다른 자료를 찾는 척하다가 냅다 급제자 명단을 품속에 넣고 시침을 뚝 땠다. 보란 듯이 다른 서책 두어 권을 보따리에 싸서 일지에 적고는 부랴부랴 교태전으로 다시 돌아갔다.

받쳐 올리는 명단을 받아 든 왕은 도승지더러 곁방에 나가서 기대려라 하시었다. 밤 내내 문 하나 사이 두고 왕이 앉은 동온돌 불이 꺼지지 않는다. 새벽 무렵 문이 열리고 황이가 빼온 서첩이 다시 돌아왔다.

"들고 가서 다시 돌려놓으시오. 짐과 도승지 그대만 아는 일이오. 짐은 아무것도 보지 않았소."

"망극하옵니다. 분부 봉행하옵니다."

황이 다시 그 서첩을 품에 품고 그늘만 밟고 이조 행각으로 돌아갔다. 슬쩍 눈치 보며 알성과 명단첩을 다시 제자리로 돌려놓았다.

그 사흘 후 왕은 다시 도승지를 불렀다. 그에게 밀어놓은 것이 예닐곱 명 이름이 적힌 두루마리였다.

"팔도에 어사를 보낼 것이다. 이리저리 하문하여 강직하고 꼿꼿한 이들을 고른다 하였거늘, 그대가 다시 보고 불가하다 싶은 이는 젖혀라. 아무래도 안즉 조하의 물을 덜 먹은 이가 좋을 것이다 싶어 이번서 급제한 이들을 보자 하였던 것이다. 며칠 전에 미행(微行)을 잠시 나갔기로 짐이 궁궐에만 앉아 있으니 백성 사정을 너무 모르고 있다 싶어서 이리하다. 경만 알고 있어야 할 것이다. 짐 안전에서 빨리 점을 치라!"

상의 분부가 엄하시니 도승지 황이, 장 내관이 펴드리는 서안 앞에 앉아 분주하게 글씨를 쓰는데 긴장하여 손이 덜덜 떨렸다.

'이제 조하에 피바람이 몰아칠 참이로다. 아아, 대체 얼마나 곡성이 높을 것인가?'

좌의정 일파가 권세 잡고 전하를 허수아비를 만들어놓은 채 정사를 농단한 것이 근 십 년. 그동안 백성들의 고혈 짜는 일은 얼마였으며 저들 사리사욕을 채우느라 저지른 고약한 일은 얼마일까? 매관매직이 예사이며 권세 이용하여 재물 쌓고 전횡한 일들이 한두 가지가 아닐 것인데 이제서 낱낱이 그 일들이 가려질 참이었다. 이 일이 전하께 명명백백 알려지면은 조하 안팎이 완전히 뒤집혀지고 하늘과 땅이 뒤바뀌는 것이라.

'전하께서 장성하시며 차츰차츰 영명하고 어진 눈을 뜨심이니, 인제 오롯이 밝아지심이 아니냐. 한 번 하신다 하면 돌아봄 없이 냅다 앞으로만 나아가는 결단이 엄하신 분이다. 아무리 가린다 하여도 좌의정 일파의 몰락이 불에 본 듯 뻔하다. 어찌 사직의 홍복이 아닐까.'

어사를 팔도에 내려보내는 그날이 전하께서 조하에 뿌리박은 간신배들을 뿌리 뽑겠다 결심하신 일의 시작이라. 바로 〈을사의 화(禍)〉가 시작된 날이라 할 것이다.

한더위도 풀 죽어 물러가고 서늘한 이슬이 맑은 달빛처럼 맺혔다. 천공의 달이 나날이 둥두렷이 둥글게 여물어가고 있었다. 참으로 좋을시고! 풍년이로다. 넓은 들판에 오곡이 무르익어 황금빛 바람으로 흔들리고 온갖 과일이 제 빛으로 익어가며 풍성한 향기를 흩날렸다.

한가위 날이다. 한은 〈크다〉의 뜻이오, 가위란 〈가배(嘉俳)〉로서 〈가운데〉란 의미이니, 가장 큰 가운데 날이란 뜻이다. 명절을 앞에 두고 온 도성이 번잡하고 즐겁게 웅성거리었다.

조하도 역시 휴무이다. 며칠 전 명절치레라 하여 백미에다 육고기, 어물, 실과들까지 중신들 입으로 몇 점씩이나마 궐에서 내려간 참이구나. 명절이라 하여 능에 거동하고 돌아오신 상감마마 시립하여 도성 돌아온 정안로, 오후 나절에 번동 자택으로 교자를 타고 들어서는 한 인물이 있었다.

염소수염에 안색이 다소간 강퍅해 보이는 오십 중년인데 이조판서 이훈이다. 곧바로 외사랑으로 안내를 받아 주인과 독대하여 소곤소곤 밀담을 나눈다. 갑자기 정안로의 음성이 한음 높아졌다. 경악이 서려 있었다.

"참이렷다? 암행어사가 파견된 것이 분명한 것이야?"

"허면 도승지가 밤에 몰래 왜 알성과 급제자 명단을 가져갔을까요? 김 내관이 오늘 소곤거리기를 전하께서 그 명단을 밤 내내 보셨다 합니다. 그리고 이내 도승지만 불러 앉히시고 한참 동안 독대를 한 것인데 아무래도 제 예감이 틀림없을 것입니다."

정안로는 이훈의 말에 입맛을 쩟쩟 다셨다.

"이판께서 그러하다면 그러한 것이겠지. 보기좋게 주상께서 뒤통수를 치시는구먼. 허나 이미 화살은 시위를 떠난 것이니 이제 와서 어쩔 것이던가? 암행어사가 떴다고 팔도에 기별을 할 수도 없는 것이고, 기별을 한다 하여도 뉘가 어디로 나갔는지 어찌 알 것인가? 도승지를 움직여 보려 해도 금세 전하의 흉중을 살피는 역모로 낙인이 찍힐 것이니 이리도 못하고 저리도 못할 일일세."

"그렇다고 마냥 손 놓고 있다가 만약 어사들이 환도하여 지방 관속비리를 낱낱이 까발리어 우리들 일에 파토를 놓는다 할 것이면 어찌할 것입니까?"

이조판서 이훈이 초조하게 되물음하였다. 얼굴에 가득히 먹구름이 가시지 않았다. 이판 자리에 앉아 벼슬자리 팔아먹고 재물이라 불린 일이 어디 한두 번이어야지. 눈앞이 아뜩하고 살이 떨리어 마음이 도통 진정되지가 않으니 명절 인사 핑계 대고 좌상댁 문을 넘은 것이다.

길이 보이지 않는 것은 정안로 그도 마찬가지이다. 저의 딸년이 강팔지고 심성 교만하여 성총 떨어지고 난 후 도무지 비빌 언덕이 없어진 터다. 하물며 근 십 년 정사 농단하여 권세 부리며 온갖 전횡을 부린 것은 그가 더하니 전하께서 조하 뒤집자 마음먹은 것이 사실이라면 제일 먼저 쫓겨날 이가 바로 저라.

"너무 그렇게 지레짐작하여 호들갑 피우지 말고 일단 진정하시게. 만약 어사가 정말로 파견되었다면 그들이 환도하기까정은 서너 달은 족히 걸릴 것이라. 아직 시일이 있으니 천천히 같이 의논하여 방비할 수가 있어. 우리 쪽이 아직도 조하의 대세이며 뿌리가 넓고 깊으니 전하께서 홀로 일을 함부로 처리하지는 못하실 것이야. 나를 믿고 진정하여서 일을 가리시게나."

"대세라 함도 꼭 유리한 것은 아니옵니다. 애먼 허물 잡자 하면은 너희들이 무리를 모아 딴생각하고 있음이 분명하도다 얽어매기 딱 좋은 것 아닙니까?"

"……그렇기도 하구먼."

"하물며 영상으로 순암 대감이 입시하신 이후에 조하에 엉뚱한 인물들을 자꾸 올리지 않습니까? 대세라 하여 꼭 안심할 것만도 아니지요. 휴우~ 요즈막 그저 눈앞이 캄캄합니다. 그나마 혁이 도련님을 궐로 불러들이신 것만을 두고 보면 왕자로 인정하려 하시는 것은 아닌지? 그리만 되면 큰 희망이라 보옵니다만은."

"데려간 지 벌써 보름이 되 말씀이 없으시지를 않은가. 처분을 하시려면 벌써 하시었겠지. 중전마마께서 일단 아이를 아니 보신다 하니…… 그도 희망이 없네그려."

정안로도 한숨을 쉬었다. 갑자기 내관이 나와 아이를 궐로 데려간다 하였을 때 얼마나 난리가 났던지. 언제나 김칫국부터 마시는 희란마마, 드디어 왕자로 인정하여 주시나 보다 싶어 난리를 쳤다. 당장에 세자라도 된 양 의기양양하였다.

어른들이 난리랴. 철 모르는 어린놈 천지분간하지 못하고 마치 제가 당장 임금이라도 된 양 가슴 내밀고 나불나불 까불었다. 헤어지는 마당에 그래도 천륜이라 눈물짓는 어미더러 호언장담. 고사리 손으로 눈물 닦아준다.

"어머님, 울지 마셔요. 어머님 우시면 저도 슬퍼 눈물이 납니다그려. 저가 잘하여서 동궁 올라갈 것이어요. 소자를 찾으시면 상감마마더러 어머니를 다시 어여뻐해 주시어요, 소청할 것입니다."

이놈이 왕자로만 인정받았다면 내 팔자가 이리 몰락하지 않았다. 희란마마 무도한 성질머리에 결국 나오느니 악설인데 결국은 대왕대비전과 중전에 대한 원망과 증오였다. 어미의 말을 듣고 있던 어린 혁이 놈. 울며 맹세하기 독하고 모질었다.

"어머니, 제발 울지 마셔요! 저가 나중서 어머니 수모 준 그 인간들에게 다 원수를 갚아줄 것입니다. 아무 걱정도 마셔요. 저가 잘

합니다. 금세 어머님을 보러 전하께서 월성궁 다시 오실 것입니다.”

전하께서 예전에 내린 동개 짊어지고 제 어머니 찾는 주상 발길 가로막은 중전을 쏘아 죽일 것이라 대놓고 맹세하였다. 그 간악한 말도 위로라. 희란마마 어린 아들 머리통 쓰다듬으며 어이구, 내 새끼, 오직 너뿐이로다 치하하였다.

"천지간 이 어미 마음을 아는 사람은 오직 우리 혁이로구나. 그래, 아가 그 고약한 중전 년, 너가 반드시 죽여 버리거라! 이 어미 수모 준 계집이니 실로 생살을 씹어먹어도 시원찮을 것이다! 잘하고 주상전하 비위 잘 맞추어서 아바마마 한번 불러봐야지. 응? 아니 그러하니?"

희란마마 청승맞은 눈물에 한탄조 사설이 한없이 장하였는데 그 날, 제 어미 무도한 악설 들으며 어린놈이 제 활과 동개를 어루만지다가 업혀갔다. 어린놈 입가에 맺힌 웃음이 실로 야릇하고 잔인하였으니 무심코 한 한마디가 조만간 어떤 사단으로 변할지 아직 아무도 모르니 그나마 다행이라고나 할까.

각설하고! 여하튼 혁은 그렇게 그 밤에 궐로 들어갔다.

헌데 일 되어가는 양이 희란마마나 정안로 그의 셈속하고는 영 달랐다.

아니. 쑥떡! 염치없는 제 어미 소원대로 냉큼 동궁에 오르기는커녕, 성덕궁에도 들어가지 못하였다. 말만 궐 안이지 혁은 경덕궁의 정강헌에 거처하게 되었다. 그곳은 어린 왕자들이 잘못을 저지르거나 학업에 정진하지 않을 때 근신하는 곳으로 말만 궐 안이지 협소하고 답답하여 생감옥이라 해도 모자랄 곳이었다.

인제 겨우 일곱 살인 아이를 놓고 중궁과 대전에서 보낸 아지 둘. 글 스승 셋이 번갈아가며 차고앉아 대쪽같이 무섭고 엄하게 다스린다 하였다. 정강헌 주변으로는 무장들이 열두엇. 날밤을 바꾸어가며 호위라. 명목은 지킨다는 것이지만 실상은 아무도 들며 나며 하지 못하게 막은 셈이라. 혁은 졸지에 금고를 당한 셈이다. 상감마마 명 한마디에 죽고 살게 된 목숨이라, 월성궁 쪽의 움직임이 조금만 이상하여도 아이 목을 눌러 버리노라 이런 뜻이 아닐 것인가? 돌이켜 찬찬히 생각하니 혁이 궐로 들어간 것은 저들에게 가장 귀한 사람 하나를 인질로 고스란히 내어준 셈이었다.

아이를 그리 만들어놓고 주상께서는 대체 어떤 염두를 하고 계시는지.

주상을 움직일 수 있는 유일한 사람인 중전마마께서 그나마 어지시니, 혁이 도련님 처지가 다소간 편안합니다, 김 내관이 전하였다. 직접 알현은 아니 하시어도 정강헌으로 별찬도 보내시고 장난감도 보내주시고 의대도 지어주시었다 하였다. 학강 시간이 끝나면 아지를 시켜 궐 구경도 시켜주어라 하시었단다. 그것으로 아이 목숨은 안전하게 된 것인가?

허나 불안한 처지는 어차피 마찬가지인 것. 조만간 중전마마께서 원자라도 회임하시어 출산하시면은 정강헌의 혁은 대체 어떤 운명이 될까?

"도련님이 아니 계신 터로 큰마마께서 더욱더 심란하시겠습니다."

"말 아니 하면 모를 것인가? 지난번 주상 환후 편찮으실 때 궐문 닫혀 입궐치 못한 고로, 병중 간호를 하지 못한 것이 죄지 무에야? 하여 무정하고 고약하다 헛된 구설은 다 받았지. 섭섭하신 터로 상감께서는 내쳐 외면하시지. 이미 성총이야 중전마마께서 채어가신 터로…… 후우, 앞날이 아니 보이실 게야. 내가 이런 생각 저런 생각 하다 보면 잠이 오지를 않네."

사랑채에서 제 아비 정안로, 입맛을 다시 쩟쩟 다시지만 그 앞길 열어줄 방도가 보이지 않으니 어찌하리요? 그저 막막한 근심인데 희란마님 도사리고 앉은 별당도 그 사정이 별다르지 않다.

그저 적막한 별당. 눈물젖은 희란마마이다.

화원을 멍하니 바라보는 희란마님, 달덩이 같고 모란꽃 같던 얼굴이 어느새 초췌하고 말라비틀어진 수세미라 반쪽이었다. 가꾸지 않아 잡풀만 가득하고 시들어가는 꽃밭을 바라보는데 어찌 이리 내 신세와 똑같으냐. 희란마님 눈에 눈물만이 주르르 굴렀다. 처량맞기 이를 데 없는 노래 한가락이 애끓이 희란마마 입술 사이로 흘러나오고 있었다.

"팔월 보로만, 아으 가배나리마란. 니믈 뫼셔 녀곤, 오날날 가배 샷다. 아으 동동다리…… 구절 한번 절묘하도다, 누가 일러 이 희란의 심사라 하지 않겠나? 암만, 그렇지. 님을 뫼신 날이 진정 가뱃날이지."

 한창 전하의 성총 장할 적에는 참말 명절다운 명절이었다. 문턱 닳게 바리바리 귀한 봉물 짐 싸서 이고 지고 드나들던 아첨꾼들이며 뒷결 보아주던 벼슬아치들이라 모두 어디로 간 것이더냐? 사람 발길 딱 끊어지고 마치 귀신이라도 나올 듯이 을씨년스러운 풍경이다.

 떠오르기란 옛 생각이요, 그립기는 한량없음이다. 희란마마 볼에 다시금 눈물이 뚝뚝 떨어졌다.

 '고운 꽃 장하게 피어난 후원 꽃밭 앞에서 주안상 차려라 하시었지. 달빛 무르녹는 저 꽃밭에 앉아 손수 한 가지 고운 월계화 꺾어 귀 뒤에 꽂아주시며 이 꽃보다 누이가 더 곱소 하시었지.'

 그러고서는 파격이라, 한번 같이 질탕하게 놀아봅시다. 껄껄 웃으시며 맑은 연못에 제 손 잡아끌어 텀벙 들어가시더니 아이고, 진진하였지. 다정한 한 쌍의 금린어인 양 저를 안고 온갖 희롱을 하시며 그저 짐에게는 누이뿐이오! 하시던 맹세는 아직도 귓가에 쟁쟁한데 다정하신 그 님이 오늘날 어찌 이리 차갑게도 나를 외면하시느냐?

 혹여 마음 풀리시어 이 즈음서 전하께서 나를 용서해 주시려나, 한번 불러주시려나 아무리 기다려도 소식이 없구나.

 명절이라 유난히 그리운 님의 얼굴. 같은 하늘 아래 있어도 보지 못하는 아들 생각에, 떨어진 성총에 대한 분함에, 중전에 대한 악한 미움이 첩첩하니 희란마님, 눈물 대신 이번에는 이를 빠드득 갈았다. 탄식에 원망이라. 저 밉살맞은 달은 어찌 저리 하얗고 둥두렷하여 심란한 이 내 마음을 할퀴고 뒤집어놓는가.

'참말 야속하시오, 주상. 중전 고년이 어떤 수단 부리어도 전하와 나 사이 정분은 끊어질 것이 아니지 않습니까? 전하께서 내게 평생 책임지마 약조하심을 잊으신 것입니까? 흑흑흑.'

허나 월성궁의 희란마마, 궐 안의 전하께서 지금 공조와 호조관리를 불러 월성궁을 뜯어 경덕궁 서문당을 개축하는 데 쓰고 재성에 알맞은 기와집을 한 채 알아보아라 하명하고 계신 것을 어찌 알랴? 책임지마 한 약조 지키기는 하되, 재물 넉넉이 주고 아들 딸려 살게 해줄 터이니 게서 조용히 엎드려 살아라 대처분을 결심하심이라.

한하늘 아래 서로 다른 두 마음. 희란마마, 이날도 황금 수백 냥 들여서 중전 뒈져라 악살 쓰고, 상감 성총이여 돌아오라 비방 붙여도 소용없다.

여하간에 이렇게 저렇게 조용히 숨죽이고 살면 누가 무어라나. 일생을 안락하게 살게 해주마 나름대로 고심하시었다. 중전의 마음을 다소 상하게 한다 하여도 그이 평생을 짐이 책임져야 하오. 모자를 재성으로 내려보내 살게 하여줍시다 의논하는 상감마마. 그 얼마나 어질고 훌륭하시냔 말야.

지아비 뜻이라, 좋이 순응하옵고 직접 바늘 들어 혁이 놈 의대도 지어주시는 우리 중전마마. 또 얼마나 심덕 고우시냔 말이다.

복은 제가 스스로 짓는 것이며, 차지할 자격이 있는 인간만 누리는 것이라. 그렇게 희란마마와 혁이 놈. 평생 풍족하게 안온하게 살 팔자가 기대리는데……. 크흠! 강퍅지고 교만하며 악독한 꼴만 보아온 혁이 놈이 큰 사고를 치고 말았구나! 대복(大福)을 걷어차고 제 손으로 무덤을 파고 말았구나.

급하오, 님네들아. 재게재게 다음 장으로 넘어가시오.

제8장 자업자득(自業自得)

교태전. 경훈각.

중전마마. 월성궁에서 아침나절 들어온 서간 읽기를 마치고는 곱게 접어 다시 봉투에 넣었다. 김 상궁에게 내밀었다.

"사위스럽다. 갖고 나가 태우시오. 아이들 시켜 재는 갈무리하여 궐 밖으로 내다 버리고."

읽기는 읽으셨되 마음에 몹시 차지 않음이라. 정결한 그 성품에 같잖은 계집이 보낸 글줄 하나도 교태전 안에 놓아두기가 꺼려진다 그 말씀이다. 윤 상궁이 찻잔 받쳐 올리며 조심스럽게 여쭈었다.

"옥안에 노화가 어리셨나이다. 여전히 그 계집이 천지분간하지 못하고 같잖게 자불거리옵니까?"

"말로는 간청이되, 앙앙불락하는 뜻이 글줄에 스며 있음이라. 무도한 그 성정 하나 달라짐이 없음이야."

중전은 차를 한 모금 마시고 소반에 놓았다. 눈살을 찌푸리며 창밖을 바라보았다. 푸른 비단처럼 깨끗한 하늘에 하얀 구름이 둥둥. 그 아래로 검은 바늘땀인 양 규칙적으로 줄을 벌려 기러기 떼가 날아가고 있었다.

"제 사정이 나락이라, 어찌하든 빌붙어서 살길 찾아보자는 게지. 대궐 한번 들게 윤허하시어 회복하신 상감마마 용안을 한번 뵙기를 청하옵니다. 여인네 마음이라 다 똑같은 것임에랴. 정인의 안위를 걱정하옵니다 이렇게 써놓았네. 저도 주상의 계집이다 이 말인 게지. 알현하고 말고는 주상 마음이지, 왜 발톱 때같이 여기던 나더러 새삼스레 간청하는 것이야?"

"쿵, 염치없도다. 그 계집! 전하께서 밉살맞다 대로(大怒)하시어 정 딱 떨쳐 버리신 후, 발등에 불이 떨어졌나 보옵니다. 그런 계집을 왜 두고만 보고 계시는고? 아주 작살을 내시지요!"

"주상의 성체를 모시던 계집이니 아무리 내가 괘씸타 하여도 극형은 못할 것이야. 두어 달포 안으로 그 계집을 재성에 내려보내는 처분을 하신다 하니 두고 볼 일이지."

"소인은 그 계집이 하는 양을 볼작시면 독사(毒蛇)같이 악랄하고 간특하여서요. 곁에 두기 영 꺼려지는 인간이라 가능하면 아예 명줄을 끊어버리는 것이 화근을 제거하는 것일 겝니다."

윤 상궁의 말에 중전은 한참 동안 말이 없다 겨우 한마디를 하였다.

"은혜를 원수로 갚은 것도 안 될 일이지만, 또 궁지에 몰린 사람을 바락바락 밀어버리는 것도 못할 일이오. 선한 끝은 없어도 악한 끝은 있다 하니 꼭 그리할 것만 아니지."

중전마마 일어나시어 방문을 나서시었다. 꽃신 신겨라 월대 앞의 나인에게 발을 내밀었다.

"금원 나가련다. 금린어들이랑 복동이 여물 줄 시각이야. 상감께서 궐을 비우신 터이니 한결 한가하구먼. 나 금일은 서경당에서 침수할 것이니 차비하시오."

금원 짐승들에게 줄 여물을 든 동구리 맨 나인들을 앞장세워 중전은 후원으로 나갔다. 고개 넘어 부용정이라. 이맘이면 다다다 달려올 복동이가 아니 보인다. 오늘은 이놈이 어찌 아니 보이노? 잠이 들었나. 고개를 갸웃하며 중전마마 발길을 옮기시다가 갑자기 화들짝 놀라시었다.

따라오던 중궁전 상궁, 나인들도 전부 다 깜짝 놀라 얼어붙었다. 분명 땅바닥의 붉은 것이 핏자국이 아니냐? 갑자기 중전마마께서 외마디 비명을 지르셨다.

"아이고머니나, 복동아!"

중전마마 그대로 비명을 지르며 바닥에 주저앉았다. 어젯밤에만 하여도 멀쩡하던 복동이가, 상감마마 지어주신 제 집 앞에서 혀로 소금 핥으며 재롱 떨던 그놈이 화살을 맞고 몽둥이로 때려 맞아 저만치에 퍼들퍼들 경련하며 죽어 나빠져 있었다.

"아니 된다, 아니 된다! 복동아, 죽으면 아니 되어! 복동아—!"

고함치시며 중전은 달려갔다. 볼에 눈물이 줄줄, 꽃신이 벗겨져 맨발로 달려가는 것이 흡사 반 미친 모습이었다. 항시 단아하고 법도 어긋남 없던 중전마마께서 이리 아랫것들 앞에서 이성을 잃을 정도로 망극하게 슬퍼하심이라. 얼마나 이 미물을 아끼고 사랑하신 터인지.

피투성이가 된 사슴의 머리를 가슴에 안고 상처를 손으로 어루만져 주며 아무리 이름을 부르고 슬퍼하여도 소용없다. 기운없이 끄륵끄륵하다가 마침내 숨이 넘어갔다. 실성한 사람모양 중전이 애타게 죽은 복동이 이름을 부르고 낯을 비비며 살아나라 애원하여 보지만은 이미 죽은 미물이 어찌 대답을 할 것이며 어찌 뛰어놀 것이던가?

"전하께서 너를 내게 데려다 주셨느니라. 이 몸더러 사모한다 하신 정표였거니 너는 실로 내게 자식이었다, 복동아. 흑흑흑. 이 몸이 천제연서 죽기를 각오할 적에 너가 치맛자락 물어당겨 살리었으니 너는 이 중전 생명의 은인이다, 흑흑흑. 복동아. 복동아! 일어나거라. 죽으면 아니 된다. 제발 일어나 뛰어보거라, 복동아!"

지엄하신 중전마마의 망극한 모습을 차마 마주 바라보지 못함이라. 아랫것들 전부 다 눈물 흘리며 고개 돌린 채 옷소매로 눈물을 씻었다. 아연 노하여 윤 상궁이 시위 군졸들에게 바락바락 호령하였다. 당장 복동이 죽인 불한당 놈을 잡아 대령하라! 고함을 질렀다.

"이 사슴이 어떤 사슴인지 댁네들도 잘 알 것이 아니오? 전하께서 중전마마께 직접 잡아다 주시어 중전마마께서 애지중지 기르시던 미물이오. 흉적을 잡지 못하면은 이날 대궐에서 피바람 장할 것이다! 당장 잡아오시오!"

기막힌 기별을 받은 내금위 무장들이 우다다닥 달려왔다. 너무 기막힌 광경에 그만 바닥에 꿇어 엎드리어 죽어지옵니다! 하고 목을 내밀었다. 내, 외금부가 발칵 뒤집혀질 참이었다. 대궐의 경비를 어찌하였기에 대궐서도 가장 깊은 금원까정 사사로이 침입한 자를 막지 못했단 말인가?

작은 일로는 복동이가 죽은 일이되 큰일로는 전하의 안위에 구멍이 뚫린 참이다. 혼백이 반이나 나간 금부 군졸들이 아연 긴장하고 사방으로 흩어져 달려갔다.

"도령님이 막무가내 침입하시어 저지른 일입니다요! 저희들이 막았는데 그만 고집부리어 들어가신 것이오! 우리는 모르는 일입니다! 살려주시오."

두어 식경 후 겁에 질려 벌벌 떠는 둘 병정이 오랏줄에 묶여 끌려왔다. 그 뒤로 화살통 메고 피 묻은 몽둥이를 아직도 움켜잡고 있는 아이가 대롱대롱 끌려왔다. 혁이 놈이다.

어른들의 눈을 피하여 경덕궁으로 통해 있는 금원으로 무엄하게 침입하였는데 이놈 눈에 쪼르르 뛰노는 귀여운 사슴이 보인다. 제가 끌고 가서 탈 것으로 쓰려 하였는데 이놈이 도통 말을 듣지 않았다. 왈칵 불쾌하고 분노하여 활로 쏘고 몽둥이로 뚜드려 마음껏 분을 푼 것이다. 제 어미 닮아 똑같이 무도하고 잔혹하였다.
　비로소 진정하시는 기미가 보인 중전마마께 윤 상궁이 가만히 아뢰었다.
　"저 어린놈이 활을 쏘고 몽둥이로 복동이를 때려 죽였다 하옵니다. 꿇어 엎드린 두 놈은 저 어린것의 수하라 하옵고요."
　중전마마, 오랏줄 묶여 흙바닥에 꿇어앉혀진 수하 두 놈과 도령복을 맵시있게 차려입고 피 묻은 흉악한 것을 움켜쥐고 있는 어린것을 보려보았다. 허공에서 조금도 기죽지 않은 혁이 놈과 중전마마 시선이 부딪쳤다.
　성마르게 이맛살 찌푸린 혁이 놈, 거만하게 조그만 턱을 치켜들고 있다. 도무지 반성하는 빛도, 두려워하는 빛도 없다. 제 어미 성총 장하였으니 항시 주상전하를 손아귀에 넣고 주무르던 것을 보아왔고, 게다가 은근히 귀밑 속살거리기 잘만 하면은 훗날 너가 이 나라 임금이 될 수도 있을 것이다 교육받았다. 허니 눈에 보이는 것 없고 교만하기 이를 데가 없음이다. 고개를 조아리고 빌기는커녕 빳빳이 서서 감히 네깟것들이 나를 어쩔 것이냐? 이렇게 건방을 떨고 있다.
　중전마마 가만히 혀를 차며 중얼거렸다.
　"실로 방자하고 악독하기 말할 수가 없는 어린놈이구나. 감히 대궐에 사사로이 침입하여 저 가련한 미물을 죽인 것도 모자라서 반성하는 태 하나도 없음이라. 뉘 집 어린것이냐?"
　"망극하옵니다, 중전마마. 지금 경덕궁에 거처하고 있는 월성궁 여인 소생인 줄 아옵니다."

"뭐라? 월성궁 여인 소생이라? 기가 막히는구나. 그 어미 성정, 방자하고 기승스러워 주상전하 성총 빙자하여 별 고약한 짓거리 다 한다 소문 장하더니 그 소생까지 제 어미 닮아 이리 죄없는 미물 함부로 죽이고 대궁 후원 사사로이 침입하는 무도한 놈인 줄은 실로 몰랐도다! 도저히 용서할 수 없구나. 여봐라! 저 어린놈과 수하 모두 잡아 중궁전에 꿇어앉혀라! 이놈 핏줄이니 대청 가서 좌의정 모시고 들라. 이 중전이 그 눈앞에서 친히 문책할 것이다. 형틀 갖추어 등대하라! 어서—!"

어질고 순후하신 중전마마 목소리에서도 이제는 쇳소리가 났다.

참고, 참고, 또 참은 일이었다. 어찌하든 어질게 가납하리라, 어린날 주상의 실책이니 내가 가려 덮어드려야지. 성총 떨어졌다 하여 당장에 내치는 분보다 그래도 첫 맹세 책임지마. 중전 자신에게 미안해하면서도 그 여인 살길 찾아주려는 상감마마가 든든하고 믿음직스러웠다. 그래서 중전 역시도 순후하게 그 여인을 용서하고 어린놈도 품 안에 감싸 안고 살길을 찾아주려 하였더니 무엇이 어째?

사람이 이리도 독하고 방자하며 간악할 수는 없다. 중전의 온몸이 부들부들 떨려왔다. 저들 모자가 감히 은혜를 원수로 갚느냐? 싶으니 어찌 분노가 치밀지 않을 것이며 어찌 모진 마음이 들지 않을 것인가?

혁이란 놈, 중전의 하명에 더 당당하였다. 정승이신 외조부가 오면은 전하께 소박받는 저깐 중전쯤 한 방이라. 용용 죽겠지. 저를 달랑 안고 나가주실 것이다, 이리 싶으니 작은 가슴이 더 펴진다. 아아, 악하고 오만불손한 핏줄이여. 무도함이 극에 달하였도다.

그 다음날 오후. 뜻밖에 기별도 없이 희란마마에게로 아들 혁이 놈이 돌아왔다.

돌아오기는 돌아왔지만은 성한 꼴로 돌아온 것이 아니었기에 어미인 희란마마 눈이 회까닥 뒤집혀졌다.

하도 울어 작은 얼굴이 퉁퉁 붓고 종아리는 피가 터져 눈으로 보지 못할 지경이었다. 목에는 죄인의 표식인 묵(墨)표요, 옷은 거친 베옷이다. 다 죽는 꼴을 하고서 축 늘어져 어헝어헝 소리쳐 울며 나인 등에 업히어 돌아왔다.

금이야, 옥이야 금쪽보다 더 귀한 아들을 누가 이렇게 만들었노? 희란마마 아들 종아리 어루만지고 중궁전 향해 삿대질하고 죽일 년, 살릴 년 하며 온갖 패악을 다 부린다.

"네 이년, 소상히 아뢰어라! 주상 소생 분명할 사 이 아이도 왕자이거늘, 중전 저가 감히 무엇이관대 이 어린것을 이토록 무참히 매질하고 보낸 것이더냐? 우리 혁이 동궁 될 것 같으니까 샘이 나서 이러하였더냐? 아니면 병신을 만들어 쥐도 새도 모르게 죽이려고 이러하였더냐? 어진 중전이라 하더냐? 퉤퉤! 남의 귀한 아들을 무참히 매질하여 다 죽게 만든 년이 무슨 어진 중전이라 하더냐? 네 이년, 말하여라. 우리 아들이 무슨 죄를 그리 장하게 지었다고 그 못난 년이 이 어린것을 이토록 매질하였는지 들어나 보자, 이년!"

"큰마마님, 이번 일이 실로 크옵니다. 도련님께서 대궐 금원에 사사로이 침입하여 중전마마 아끼시는 사슴을 활로 쏘아 죽이었단 말입니다! 흑흑흑. 도련님 수종한 아랫것들은 모다 내금부 잡혀갔고 후원 지키던 군졸 수십 명도 궐 안팎 경비 소홀하였다 하여 온 궐이 발칵 뒤집혀져 난리가 났나이다! 이런 사정인데 어찌 큰마마께서는 중전마마께서 가혹하다 하시고 애먼 저만 핍박하십니까요? 흑흑흑."

희란마마, 순간적으로 가슴이 철렁 떨어졌다. 아들 종아리 쳤다 길길이 날뛰었지만, 나인의 말을 가만히 듣자 하니 이놈이 참으로 큰일을 저지른 것이 아니냐? 유모 품에 안겨 엉엉 울고 있는 혁을 돌아보았다.

"아가, 참으로 이년 말이 맞느냐? 네가 중전 사슴 쏘아 죽였더냐?"

"응, 어머니! 내가 그러하였소! 어어엉. 내 말을 안 듣고 도망가지 않소? 내가 분하여 기필코 죽이고자 하였소. 어어엉. 엉엉엉. 어머니, 중전 고년이 얼마나 아프게 나를 때렸는지 좀 보시오. 회초리가 열 개는 부러졌답니다. 엉엉엉. 어머니, 중전 고것 어머니가 혼을 내주소서. 전하더러 그년 쫓아내어 목을 베라 하시옵소서, 어머니!"

혁이 놈 서러워 서러워, 울며불며 무조건 제 편 들어주는 어미더러 하소연을 하였다. 어린놈은 중궁전에서 제 외조부가 저가 그리 회초리 맞는데도 꼼짝도 못하고 제 편 들어주지 않은 것이 서러움에 사무친 터였다. 이놈 목숨 살린다고 늙은 좌의정이 지금껏 꼬박 밤을 새며 중궁전 바닥에 엎드리어 석고대죄를 하는 줄도 모르는 모자지간. 죽이 척척 맞았다.

그깟 사슴 한 마리? 흥. 보잘것없는 미물 한 마리 때려죽였다 하여 금지옥엽 내 아들을 고년이 감히 이리 매질을 하여? 분함에 이미 이성을 잃은 희란마마 독기 가득한 눈을 들었다. 당돌하게 입을 열어 낱낱이 말대꾸를 하는 나인을 독 오른 눈으로 다시 흘겨보며 패악을 쳤다.

"닥쳐라, 이년! 방자하게 어디서 눈 치켜뜨고 말대꾸를 한단 말이냐? 억지 쓰지 말아라! 이 어린것이 그 큰 사슴을 어찌 활로 쏘아 죽일 것이며 그를 뉘가 보았다더냐? 괜스레 중전 고년이 우리 혁이를 죽이려 얽어매는 것이겠지!"

바로 그때이다.

마른하늘에 날벼락. 뜻밖에도 주상전하 납시오! 하는 장고성이 문밖에서 들려오지 않는가? 그동안 애 터지게 전하를 부른 터로, 기기묘묘한 비방 다 하고 푸닥거리 장하게 한 보람임에랴. 상감께서 예고도 없이 갑자기 월성궁에 들어오시었구나. 이것이 희란마마에게 화(禍)인가, 복(福)인가?

한가위 지나 조용한 날, 왕은 한적하니 이흥으로 *경행하시었다. 동절기 앞에 두고 능 주위의 수목도 돌아보시고, 또한 능에 진입하는 길을 새로 내서 다진 참이니 그 공사도 보시고 싶었다. 그러나

---
*경행:도성 안의 능묘에 왕이 행차하시는 일

한가위 때 중전까지 모시고 성묘를 오신 터인데 굳이 홀로 또 나온 것은 이유가 있었다. 선대왕 능 근처인 희빈 어마마마의 묘소인 제헌원에 들리고 싶었기 때문이다.

다음날 아침서 환궁하시는 길에 제일 목적이었던 제헌원에 들렀다. 향촉 사르고 술잔 뿌렸다. 그 자리에서 굳게 다짐하신 일이라 희란 누이를 정리할 것입니다, 말씀드렸다.

'누이와 소자가 연분을 계속 잇는 것은 어마마마를 참으로 욕되게 하는 일이라 하는 것을 비로소 깨달았습니다. 하물며 창빈 어마마마까정 누이 때문에 버린 소자이니 저가 실로 어마마마께 낯이 없나이다. 허나 이제는 소자가 모든 잘못된 것을 바로잡을 것입니다. 두고 보십시오. 후에 소자가 중전이랑 창빈 어마마마 다 뫼시고 다시 올 것입니다. 어마마마께 부끄러운 일은 다시는 하지 않겠나이다.'

이미 결심한 것을 망설이거나 시간 끌 필요가 없다 싶으셨다. 게다가 하루라도 빨리 정리를 하는 것이 헛된 꿈에 젖어 아직도 천지 분간 못하는 희란마마 정신을 차리게 하는 일이라 싶었다. 그리하여 궐에 들어오시기 전에 월성궁부터 들르리라 하셨다.

별당의 월동문 앞에서 말을 내리시어 문을 들어서시었다. 어쩐지 월성궁 돌아가는 느낌이 소란하고 어수선하다 느끼었다.

"어찌 이리 궐 안팎이 어수선한 것인가? 누이 얼굴도 말이 아니고……. 무슨 심기 불편한 일이 있었소?"

"하도 오랜만에 전하께서 납시시니 두서가 없사옵니다. 어서 오르시옵소서, 아름다우신 용안을 오랜만에 뵙자하니 이 누이가 그저 반갑고 행복하여 눈물만 납니다."

아연 날벼락이라. 나인을 주리돌림하던 마당의 형구(形具)를 급히 감추고 아무 일도 없다는 듯이 시침을 뚝 잡아뗐다. 그러나 방금 전까지 죽이네 살리네 그런 소동을 피웠으니 어찌 분위기가 진정될 것이더냐? 마루로 올라서며 희란마마를 돌아보는 왕의 의아해하는 눈길 앞에서 낯을 피며 억지로 미소를 짓는 척하였다.

안방 보료에 좌정하신 상감 앞에 희란마마, 치마귀 부여잡고 나비처럼 나부죽이 절을 하였다. 자태며 행동거지가 조신하기 이를 데 없고 그저 공손하고 순후하며 요염이 뚝뚝 떨어졌다. 예전에 날치게 기승 부리고 전하 용안에 손톱으로 상채기까지 내던 방자함은 씻은 듯이 사라진 터다. 저가 이렇게 달라졌나이다 전하께 내보이는 참이다. 정성을 다할 터이니 다시 그 성총을 주시옵소서 간청하는 유혹이다.

고개 숙인 희란마마, 속으로 간살스런 염두를 굴렸다.

'내 세 치 혀가 어디 보통이더냐? 예전부터 전하께서는 이 희란이 살살 달래고 이러저러 하였다 하면은 대부분 고개를 끄덕이셨다. 궐에 들어가기 전에 주상께서 이리부터 오신 것은 천지신명도 나를 도우심이니 내가 작정하고 전하께 하소연하여 혁이 일을 잘 가려 없던 일로 할 것이다.'

애잔한 미소를 억지로 길어올리며 전하 앞에 한 무릎 다가앉았다. 혁이 놈이 벌인 일을 가려 속살거리고자 하였다.

자업자득(自業自得) 223

"저어, 전하, 이 누이 말을 좀 들어보소서. 금일……."

문 바깥에서 어린놈이 앙앙거리는 소리가 요란히 스며들었다. 씻기고 약을 바르라 하였더니 혁이 몹시 쓰라려 우는 것이다. 문득 상감마마 눈꼬리가 힐끗 치켜 올라갔다. 이 집에 아기 울음소리가 들리어서는 아니 되는 것 아닌가? 이상타 하는 용안 안에는 노염도 서려 있었다.

"아니, 이것이 무슨 소리인가? 혁이 놈이 우는 것 아닌가? 정강헌에 있어야 할 아이가 예는 어찌 나온 것인가? 짐의 하명도 없었는데 뉘가 맘대로 아이를 데리고 나온 것인가?"

"아, 예. 마마, 중전마마께서……."

"중전이? 흠, 기이하군? 비는 짐의 하명 없이 함부로 일을 처리할 사람이 아닌데? 어진 사람이 명절 끝이라 어미 낯을 보라 내보낸 것인가?"

"아, 예. 그, 그것이……."

난처해진 터로 희란마마는 말꼬리를 얼버무렸다. 앙앙거리는 소리가 이내 가라앉았으면 좋으련만. 더 시끄러워진다. 무작정 제 편들어주고 어리광 부릴 수 있는 사람 천지라, 혁이 놈 모처럼 의기양양 더 아우성을 피는 것이다. 신경이 아니 쓰일 수가 없는 노릇이다.

"헌데 어찌 저리 요란하게 울고 있는고? 어려서부터 몸가짐이 진중해야 하거늘! 가서 데려오시오. 왜 그런지 짐이 알아볼 것이다."

데려오라 하니 어쩌랴? 입단속이라도 좀 하였을까? 부름받자와 혁이 유모와 함께 들어왔다. 아직도 징징거리며 제대로 걷지 못해 쩔뚝쩔뚝하며 들어온 아이의 종아리가 시뻘겋게 피가 터져 있으니 왕의 눈이 휘둥그레졌다.

"아니, 이게 무슨 일이냐? 누가 너를 이렇게 하였더냐? 이리 와 보아라! 거참! 누이, 심하오. 때릴 데가 어디 있다고 이리도 피나게 매질을 한 것인가?"

"엉엉엉. 어머니, 빨리 전하께 말씀하시오! 전하, 중전마마가 나를 이리 매질하였소. 엉엉엉, 아파 죽을 것이다. 회초리가 열 개나 부러졌소이다! 어머니, 빨리 중전 고년 목 베라 하시오! 내가 반드시 그년, 채찍으로 매우 쳐서 경을 칠 참이다!"

어린것이 당한 꼴이 그래도 안쓰러웠다. 인정상 혁이 놈을 한 팔로 안고서 그 피멍 든 종아리 안쓰럽게 어루만져 주던 왕이 갑자기 아이를 홱 밀어냈다. 어린놈 언사라고 볼 수 없을 정도로 말본새가 독하고 방자하기 이를 데 없음이라. 절로 노엽고 몸이 부르르 떨리었다. 왕은 혁을 향해 벽력같이 고함을 쳤다.

"네 이놈! 지금 무슨 무도한 막말을 하는 것이냐? 다시 말하여 보아라!"

"히힝, 전하. 중전 고년 내쫓아서 목 베시오! 나를 이리 매질한 것이 바로 중전이요."

"닥쳐라, 이놈!"

바로 그 순간, 전하의 어수가 바람 소리를 내며 혁의 볼따귀를 사정없이 후려갈겼다. 얼마나 노화가 나셨는지 온 힘을 다하여 내려

자업자득(自業自得) 225

친 손찌검이라. 아이가 그 한 주먹에 날아가 방구석에 처박혔다.

"전하―!"

이러다가 이놈을 죽이고 말겠다. 희란마마 정신이 번쩍 나서 달려들었다. 심지어 발을 들어 나동그라진 아이를 발길질하려 하시는 전하를 온몸으로 막았다.

"잘못하였습니다! 전하, 전하! 아이가 철없이 한 말입니다. 제발 용서하여 주십시오! 전하!"

"닥쳐라, 고약한 계집! 어미라 하는 것이 허구한 날 아이 끼고 무도한 막말을 하냥 하고 있었던 참이었으니 이따위 말을 어린것이 겁도 없이 함부로 하는 것이겠지. 네 이놈! 바른대로 말하여라! 중전이 네 종아리를 왜 때렸더냐? 어질고 사리분별 잘하는 그이가 네놈을 이리 매질한 것은 필시 네놈이 용서받지 못할 커단 죄를 지은 것이렷다. 썩 일어나 무릎을 꿇고 바른대로 말하지 못할까!"

혁이 놈이 너무 놀라 새파랗게 질린 얼굴을 하고 왕을 올려다본다. 어린 기억에 단 한 번도 전하께서 저를 때린 적도 없고 무서운 얼굴을 한 적도 없는데 이것이 무슨 날벼락인가? 어리바리. 꿈이냐, 생시냐 얼떨떨한 얼굴이다.

으아앙! 혁이 또 울음을 터뜨렸다. 도와주시오, 어머니! 하는 말이다. 허나 희란마마가 게서 어쩔 것이더냐?

"네 이놈! 울음 딱 그치고 꿇어앉지 못하겠느냐?"

다시 한 번 왕이 버럭 고함을 질렀다. 서리서리 노염이 담긴 왕의 호령이 무서워, 어린놈이 오들오들 떨며 꿇어앉았다.

"바른대로 말하라! 네놈이 무슨 짓을 저질렀더냐? 있는 그대로 말을 하여라! 어서!"

"저, 저가 훌쩍, 중전마마 사, 사슴을 활로 쏘아 죽였습니다."

"무, 무에야? 네가 지금 무슨 말을 하느냐? 설마 복동이를 죽인 것은 아니겠지?"

사색이 된 얼굴을 보면 그 대답을 모르랴. 하도 기가 막힌 터로 상감마마, 순간 할 말을 잃어버렸다. 입을 쩍 벌리고 그저 혁을 내려다보기만 하였다.

이런 무도하고 방자한 일은 전하 생전 처음 듣는 일이었다. 예전부터 월성궁 권속들이 성총 빙자한 희란마마 그늘 아래서 별별 무도한 일이며 같잖은 권세라 부린다 하더니 그 버릇이 이토록 낱낱이 드러난 것이다. 화급하고 격하신 성품에 당장에 불벼락이 떨어져야 맞는데 이상타! 상감마마 석상처럼 서서 물끄러미 아이와 그 옆에 꿇어앉아 달달 떨며 두 손 모아 빌고 있는 희란마마를 내려다보고만 있다.

눈치는 뻔하다. 푸른빛이 튀고 있는 왕의 눈빛 한번 흘깃 보는 것으로 희란마마, 이제 저희 모자(母子)는 딱 죽은 목숨임을 알아챘다. 예서 죽을 수는 없다. 사생결단하고 쓰러져 전하 발을 붙잡고 늘어졌다.

"모다 이년 잘못입니다, 전하! 죽을죄를 지었으되 한 번만 용서하시오! 옛정 생각하시고 제발 어린놈 철없이 저지른 일을 용서하여 주십시오! 전하, 제발, 전하!"

"닥쳐라! 해도 해도 너무하고, 보자 보자 하니 실로 상종 못할 인간들이라. 무에야? 사사로이 금원을 침입한 대죄로도 모자라서 짐이 중전에게 선사한 미물을 감히 활로 쏘아 죽이여? 어린놈이 무에 이리 무도하고 악한 것이냐? 참말 기가 막히니 차마 말도 나오지 않는다."

격하던 목청이 갈수록 낮아졌다. 왕은 푸르르 거칠게 내쉬던 숨을 천천히 내려앉히며 허탈하게 웃었다. 자조(自嘲)가 반인 혼잣말을 내뱉었다.

"허긴 뉘를 탓할 것인가? 이 모든 짓거리를 허락한 것이 바로 짐이거늘! 가당찮고 성정무도한 이 계집 하나 사춘기 풋정으로 잘못 건드리어, 이날서 이런 꼴을 보아야 하는구나. 가엾은 미물을 죽이고서도 반성할 줄 모르며 사직의 안주인을 감히 채찍으로 매우 쳐서 내쫓아 목을 벤다 헛소리를 하여? 핫, 기가 막혀서! 불측한 정해에 휘말리어 천지분간 못하고 왕 된 위엄을 깎인 탓이며 우세를 당할 짓을 한 탓을 오늘에서야 단단히 당하는구나."

왕이 푸른빛이 튀는 눈을 돌렸다. 행여 변을 당할세라 제 아들을 품에 꼭 안아 끼고 울고 있는 희란마마를 경멸의 눈빛으로 노려보았다. 웅크리어 바들바들 떨고만 있는 모자를 내려다보며 엷게 웃는데 실로 잔인하고 차가운 웃음이었다.

"이 모든 악행의 씨앗을 짐이 뿌린 것이니 짐이 거두어야겠지. 어리석은 짐이 또 한 번 어리석은 짓을 저지른들 무에 어떠랴? 이미 훼손된 위엄을 이 두 목숨을 베고 씻을 참이다!"

왕은 망설이지 않고 벽에 걸린 당신의 장검을 내려 빼어 들었다. 천둥벼락같이 소리쳤다.

"네 이놈! 잘난 네 어미 치맛자락 안에 숨지 말고 당장 나오렷다. 대궐에 함부로 침입하여 중전께서 키우던 미물을 제 맘대로 죽인 것도 실로 잔인하고 무도한 일이거늘, 하나 반성할 줄 모르고 감히 사직의 안주인을 일러 가로되 이년 저년이 예사이고 내쫓아 목을 베어? 무에 이런 악한 놈이 다 있는 것이더냐? 당장 목을 내밀지 못할까?"

혁이 놈, 너무 무섭고 두려워 바들바들 떨다가 입에 거품을 물고 그만 혼절을 하였다. 정신 잃은 제 자식 건사할 생각도 못하고 희란 마마는 그저 엎드려 울며 애원하였다.

"그저 철없는 어린것이 저지른 일이옵니다! 마마, 한 번만 용서하여 주십시오. 옛적 정을 생각하시어 제발 한 번만 용서하여 주십시오. 이 누이가 잘못 가르쳤습니다. 이 죄를 다 받을 것이니 제발 살려주십시오."

"닥치지 못할까? 여봐라, 당장에 고약한 두 인간을 끌어내라! 두 개의 목을 쳐서 짐의 수치를 씻을 것이다!"

버럭 고함지르는 지존의 격분 앞에서 사방이 숨을 죽였다. 그때 방 안에 죽기를 각오하고 뛰어든 이가 바로 정경부인이었다. 이러다간 딸년이며 손자 목숨이 간당간당하다 함을 직감하고는 체면이고 염치고 다 잊고 달려들어 온 것이다.

안노인은 왕이 칼까지 빼어 든 것을 보고는 하얗게 질리어서 벌벌 기며 고두하였다. 격한 왕의 성품으로 미루어 당장 그 칼날이 제 딸년이며 손자 목을 날릴 것 같다는 두려움에 제정신이 아니다. 왕의 격하고 극심한 노염이 끝까지 다다르기 전에 진정시키고자 늙은 노인은 그저 왕의 발목을 잡고 엎드려 통곡하며 하소연을 하기 시작하였다.

"전하! 한 번만 용서하여 주십시오. 늙은 이모의 낯을 보시어 딱 한 번만 더 용서하여 주십시오! 전하!"

"무엇을 하느냐? 이것들을 당장에 끌어내라 하였다!"

들은 척 만 척 왕은 지밀위사에게 호령하신다. 반백의 머리 조아리며 정경부인은 두 손 모아 왕에게 빌고 또 빌었다.

"마마, 마마! 통촉하여 주십시오! 으흑흑흑. 제발 어진 처분하여 주시옵소서."

노인이 이마를 바닥에 쾅쾅 찧으니 터져 피가 흘렀다. 그것에도 아랑곳하지 않고 자비를 애원하며 상감마마께 애처로이 매달렸다. 죽기를 각오하고 두 목숨 살려달라 빌고 또 빌었다.

"흑흑흑. 마마, 마마. 돌아가신 희빈마마 낯을 보시어, 이 이모를 두고 오직 전하의 어미 대신이라 하신 그 말씀을 되새기시어 한 번만 용서하여 주십시오. 제발 목숨만 살려주십시오!"

아무리 시퍼런 노염이 끝까지 치밀었다 하여도 한 분뿐인 이모님이시다. 말 그대로, 생모마마 돌아가신 다음 어마마마 대신으로 왕에게 살뜰하시고 다정하신 분이었다. 그 깊은 정을 어찌 끝까지 외면할 수 있다더냐? 노인이 반백의 머리 조아리며 무릎을 꿇고 파리처럼 두 손 모아 자비를 요청하며 애원하는 모습이 어디 왕에겐들 흔쾌하고 보기 좋을 것이더냐?

폭풍우 치는 하늘마냥 시시각각으로 용안이 변하였다. 흐느끼며 빌고 있는 정경부인과 겁에 질려 정신을 잃은 혁이 놈과 바들바들 떨며 반 넋이 나가 흐느끼고만 있는 희란마님을 번갈아 내려다보는 용안에 복잡하고 깊은 갈등이 스쳐 지나가고 있었다.

억겁 같은 찰나였다. 마침내 왕은 격하게 들이쉬던 숨을 천천히 진정하였다. 들고 있던 장검을 바닥에 내던져 버렸다. 쨍그랑 하며 칼이 방바닥에 떨어졌다. 왕은 싸늘한 시선을 정경부인에게 고정하였다.

"휴우, 짐이 실로 광증(狂症)이었소이다. 실덕(失德), 실덕. 짐의 마음은 참말 순정이었거니, 누이 여생 챙기어 내내 편안하게 살게 하여줄 것이다 했던 요량이 참으로 부끄럽소. 이런 고약한 인간들에게는 어진 덕이 필요없음이라."

전하, 차분하게 말씀하시는데 이미 노여움 모두 가라앉은 목청인 듯 나직하고 침착하였다. 그러나 그것이 더 무서운 말씀인지 뉘가 모르랴? 간신히 정신 차린 혁이 제 어미 품 안에서 살며시 고개 내밀었다. 울컥 대노염이라, 왕은 발을 구르며 다시 추상같이 호령하였다.

"네 이놈! 목 늘이고 기다리고 있으렷다. 당장에 목을 벨 것이되 짐이 어린놈 피를 손에 묻히기 싫어 당장은 참는 줄로 알아라."

혁이 놈 오들오들 떨며 다시 반정신을 잃었다. 방을 나선 왕은 마루 끝에 서서 버럭 고함을 질렀다.

"무엇 하느냐? 월성궁 편액을 당장에 끌어내려라!"

윤재관 이하 지밀위사들이 사다리 타고 올라 낑낑대며 월성궁 편액을 내렸다. 질질 끌고 마당으로 들어왔다. 섬돌 아래 내려서신 전하, 다짜고짜 흙발로 그 편액을 모질게 밟아버리셨다.

"방자하고 무도한 인간이 궁(宮)명 차고앉아 있으니 별별 기막히고 악독한 일을 다 벌이는 게야! 이날서 월성궁을 없애 버릴 것이다! 네 이놈! 도끼 들고 편액 내려치지 못할까? 당장에 짐 눈앞에서 산산조각 내어라! 짐이 이것을 중궁전 불쏘시개로 쓸 참이니라!"

서릿발처럼 차가운 전하의 분부에 윤재관이 도끼 들어 월성궁 편액을 모질게 내려쳤다.

팔 년 전, 전하께서 친필로 쓰신 편액이 산산조각나는 순간이다. 어린 주상, 제 몸뚱어리로 유혹하여 권세 휘어잡고 별의별 악독한 짓거리를 자행한 요녀(妖女) 희란마마 광영이며 재물이며 조하 권세며가 단번에 빠개진 순간이었다.

이것은 동시에 그토록 질겼던 상감마마의 어린 시절 철없고 불측한 정분이 단번에 끊겨 나간 소리이기도 했다. 방바닥에 쓰러져 흐느끼고 있던 희란마마, 바로 게서 그만 스르르 정신을 놓아버렸다.

"허고, 이 집의 계집과 어린놈. 당장에 도성서 쫓아낼 것이니 이 밤서 우마차 태워 처분하라! 재성 거처로 옮기되, 짐이 살아 있는 한은 다시는 보지 않을 것이다. 그 집 밖으로 한 발자국도 나올 수 없다. 사사로이 드나드는 놈이 있으면 그 집 산목숨은 다 죽을 것이다!"

실로 가혹하시다. 희란마마와 혁은 목이 잘리지 않았다 뿐이지 평생 죄인 신세로 집 바깥으로는 나오지도 못하게 된 셈이다. 전하 그러고서 훌쩍 말에 올라타시었다. 마지막으로 월성궁에 대한 처분을 내리신다.

"이미 궁명(宮名) 없어졌으니 이 집에 들어간 궐의 권속들 모다 물러라! 내탕금이며 전답 역시 모다 몰수할 것이다. 허고, 예에 아무도 드나들지 못하게 대문에 못질하렸다. 실로 고약하고 무도한 인간들 같으니라고!"

전하, 바람 소리 내며 월성궁을 나서시는구나. 단 한 번도 뒤돌아 보지 않으신다. 철들기 전서부터 왕을 친친 감았던 희란마마에 대한 연정이며 지난날 천지분간 못하고 얽매어 있던 첩첩한 애욕에 대한 미련 따위는 이제 하나도 남아 있지 않다는 뜻이리라.

희란마님, 넋을 잃은 듯이 그저 멍하니 앉아만 있다가 전하! 하고 목 놓아 몇 번 부르는데 대답이 있을 리가 없다. 당장에 죄인 되어 재성으로 쫓겨 나갈 참이라, 퍼들퍼들 사지를 떨다가 혼절을 하여 버리었다. 그녀가 그토록 붙잡고 싶어했던 화려한 욕망, 권세, 광영이 단번에 사라졌으니 어찌 참담하지 않으랴.

사필귀정. 이리하여 상감마마, 요녀의 덫에서 완전히 벗어나신 것이다.

제9장 꽃자리 영근 정해

시월상달. 하고도 초사흘.

소슬하니 맑은 바람이 총총히 별무리를 씻어 지나가고 새파란 밤하늘은 그저 높다. 영근 밤송이는 툭 하니 벌어지고 후원 뜨락에 피어난 국화꽃 향내가 그저 짙기만 하다.

교태전 서온돌.

닫힌 문 안에서 지금 한참 즐거웁다. 무슨 말씀들을 나누시노. 숨죽인 중전의 수줍은 웃음 사이로 젊은 왕의 호탕한 웃음소리가 뒤이었다. 숨죽여 웃던 중전마마. 간질거리는 상감마마 어수 피하여 도망치다 이내 맑은 종소리처럼 커다란 웃음을 또르르 또르르 터뜨렸다. 두 분 마마 즐거운 웃음소리 따라 창밖의 오동나무 잎이 푸르르 털썩 떨어지누나.

 지금 중전은 무릎 세워 앉은 채 손끝으로는 바늘로 수틀 찌르며 깔깔거리고 있는 참이다. 이미 자리옷 차림으로 금침 안에 엎드려 누운 전하, 목을 빼서 중전의 야무진 손끝을 바라보았다.

 "웬 용 그림이니? 이번서는 무에를 수놓을 참인고?"

 "마마 용보(龍補) 하여 드리려구요. 저가 침선상궁더러 문양을 배웠기로 이번서 새로 짓는 용포에 달아드릴 것이야요."

 "짐이 중전 덕분에 호사를 하는도다. 중전께서 직접 지은 의대를 입는 임금은 아마 짐뿐일 것이야?"

 "신첩이 전하께 해드릴 수 있는 일이 그것뿐인걸요. 마마, 자리옷 편안하시옵니까?"

 중전은 정다운 눈길로 지아비를 바라보며 수줍게 물었다. 왕은 흐뭇하게 고개를 끄덕였다. 지금 전하께서 입으신 자리옷을 중전께서 만들었다. 엷은 쪽물 들인 고운 하늘색 무명베 아주 정갈하게 씻고 벼려 부드럽게 한 다음 그렇게 힘없이 처진 천을 곱게 박음질하여 솔기 하나 도타운 데 없이 그저 정갈하고 편안하게 마른 의대이다. 땀땀이 정성뿐인 의대를 중전이 손수 입혀 드린 참이니 상감마마, 그저 얼띠고 좋아서 입이 함박만해졌다.

 "응, 아주 편안하여. 짐 몸에 이렇게 딱 맞는 의대는 처음이거든. 헌데 버선은 언제 또 하여줄 것인가?"

 "금세 하여드리께요. 성미도 급하셔라. 이보셔요, 용보는 실로 어려운 것이기에 저가 정신을 딴 데 팔면 실수를 한단 말이여요. 요

것을 다 끝내고 나서 버선 열 켤레 하여드리께. 이렇게 바늘 한 땀 놓을 적마다 마마 생각하는 것을 알까 몰라 무어."

새침하게 투정하듯 눈꼬리에 보드라운 미소 머금고 어리광 부리는 지어미 바라보며 상감마마, 그저 좋아서 실쭉실쭉 웃음이었다.

"짐도 편전에 나가 조하 일 볼 때도 중전 생각만 하는걸? 교태전만 바라보며 실없이 웃는 것을 대제학에게 들켜서 우세하였다 뭐! 침수합시다. 짐이 명일 바쁜 고로 일찍 기침하여야 해. 오정에 재포나루에 나갈 참이거든."

"재포나루에는 어찌 나가시는지요? 세물(稅物)걷이 보러 가시옵니까?"

중전은 바느질 바구니를 정리하였다. 돌아앉아 자리끼 대접 받쳐 올리며 다정하게 물었다.

"음. 호조에서 다 알아 하지만은 늘 문서로만 보아서 그 양을 짐작할 수가 없는 고로 짐이 직접 한번 보고 싶어서 말이야. 병이 낫고 난 다음에 오히려 일 욕심이 더 나는 것이니 실로 짐이 철이 들었다 이 말이야. 재포 갔다가 다시 평창 가서 미곡 쌓는 것까정 보고 올 참이오."

왕은 이 근래 금침에 드르누워서 중전을 상대로 조하 일 이야기하기를 좋아하였다. 딱딱하고 복잡한 이야기를 하여도 왕비가 영리한 터이니 다정하게 들어주기도 잘하였다. 한마디씩 문잡는 말에 정곡을 찔러 대답도 잘하여주니 어느 사이인가 마음 깊은 곳 의논 상대가 된 것이다.

조용하였으나 찬찬히 들어주는 것이 정성스러웠다. 격한 성미이시니 성정이 끓어오르면 전하, 두서없이 기분대로 벌컥 화를 냈다가 짜증을 내었다가 이리저리 엇길로 가다가 하시며 말씀하시는데 영리하지 않으면 말의 실마리를 놓치는 것이 예사라. 허나 중전은 차분하니 잘 가려서 듣기도 잘하였고 꼭 가려운 데를 알고 있는 사람인 양 왕의 어두운 곳을 꼭꼭 찔러주었다. 또한 찬찬히 다시 되물어 전하께서 다시 한 번 생각하실 여지를 남겨주니 당신 스스로 실수를 고칠 기회를 만들어주는 것이 아니더냐?

중전 상대로 이야기를 하다 보면 어느 사이 전하, 생각이 정리가 되고 일의 실마리가 풀리기도 하였다. 중전으로서는 그저 들어나 준다 하지만 전하께서는 둘도 없는 자문역이 생긴 셈이었다.

"갑자기 전하께서 친림하신다 하면은 호조에서 놀랄 것입니다."

"그래야 꾸미지 않고 평상시 일하는 모습을 볼 수 있지. 일들을 잘하고 있다면야 무에 두려워하겠소? 호판이 일을 잘한다 하였어. 보암직하여서 햇곡식이 넘친다 하면 평창에 있는 묵은 미곡을 싼값에 기민들이 살 수 있도록 내어놓아라 할 것인데 중전 생각은 어떠하오?"

"묵은 곡식을 눅은 값으로 내면야 없는 이들에게는 큰 덕이지요. 헌데 마마, 양 평창에 곡식을 쌓으면 모다 얼마나 쌓사옵니까?"

"글쎄, 문서로 보아지면은 두 평창에 근 이십만 석은 쌓는다 이리하오. 풍년이나 흉년이 들 적서 가감은 있을 것이되 항시 방비하여 쌓아두는 곡식은 그 정도라 하였어. 선대왕께서 항시 짐에게 당부하시기 도성 백성 모다 달포는 먹일 곡식은 반드시 쌓아두라 하시었지. 다행히 풍년이 든 고로 짐이 한숨 돌린 참이야. 아, 곤하도다. 어서 이리 안기시오. 중전 안고 침수할 것이다. 짐이 조금 더 한가해지면 중전 모시고 사냥터 가서 사슴 잡아다 주께."

"약조하시었어요."

"암만. 짐이 약조하여 아니 이루어준 것이 있었니?"

죽은 복동이 대신 고운 꽃사슴을 다시 데려다 준다 약조하시었다. 상심한 중전마마더러 월성궁 편액을 불쏘시개로 하였거니, 하며 살살 달래었다. 혁이 놈과 월성궁 계집의 운명이라, 평생 죄인 신분으로 재성에서 벗어나지 못하게 만들었다는 말에 중전마마 그나마 속이 풀리었다. 간신히 눈물 그치고 이 모든 일의 시작인 왕의 과실을 다시 한 번 용서해 주었던 것이다.

새삼 다짐하며 재촉하는 지아비 급한 마음 앞에, 중전은 생긋 웃었다. 망설이지 않고 촛불 훌훌 불어 끄고 금침 안으로 들어갔다. 난짝 품에 안겨드는 중전의 몸에는 언제나처럼 짙은 방향(芳香)이 흐른다. 냉큼 의대 벗겨 윗목에 던져 두고 덥석 다디단 구슬부터 집어 삼켰다. 한 가지에서 피어난 꽃처럼 얼려 뜨거운 정분을 나누시는구나.

죽고 못 사는 그 정이야 아니 보아도 알 것이지. 병풍 두른 방 안에서 벌어지는 그 일. 짝짝 달라붙고 달큰하기만 한 치태야 두 분만이 아실 일. 크흠!

얼씨구나. 좋다. 사냥터 일로 뒷장 넘어갑니다.

왕께서 사슴을 잡아다 줄 것이야 하시며 사냥 준비를 하라 명하신 것은 그 말씀을 하신 지 보름 후였다.

북문 밖 왕실 사냥터 효림.

두 분 마마의 사냥을 위하여 이미 산막이 지어져 있었다. 보기도 처음이지만 지내시기도 처음이라 중전에게는 모든 것이 신기하였다.

산막은 비가 새지 않도록 수지 칠을 한 가죽 천으로 만든 바깥의 큰 막사 안에 실제로 두 분 마마께서 주무시는 악차가 들어가 있는 이중의 구조로 되어 있었다. 왕은 막사를 세우려면 먼저 땅을 다져 짚더미로 바닥을 단단히 깔아 냉기와 습기를 방비한 다음, 그 위에 기름종이를 서너 겹 다시 채운 후에 막사의 진짜 바닥이 되는 얇은 판자를 까는 것이라고 가르쳐 주었다.

"요란족에게서 배워온 방법이니 이렇게 하면 아무리 추워도 장막 안은 봄날이라더군. 그들을 두고 야만적이라 하였지만 배울 점도 있는 법이거든. 그러니 사람들은 견문이 넓어야 한단 말이지."

바깥의 큰 막사와 침수하시는 막사 사이는 제법 넓었는데 두 분 마마 시중들 아랫것들이 잘 수 있도록 침상이 몇 개 있었고 탁자가 있어 두 분 마마 필요한 일용품들을 놓을 수 있게 되어 있었다.

침수하시는 막사는 방 서너 칸 정도 크기였다. 양털로 밖을 두르고 벽 노릇을 하는 속의 사방 휘장은 비단으로 만들어진 터라 겉으로는 소박하였으되 안은 호사스럽기 이를 데 없었다. 두 분 마마의 침상과 욕간통, 무구를 걸 수 있는 활대가 차비되어 있었다. 바닥에는 두툼한 대국의 양탄자가 깔려 있어 발목이 들어갈 정도로 폭신폭신하였다.

산막에서 보내시는 밤이라, 정숙한 교태전과는 색다른 정취였다. 은근히 야릇하고 실쭉하니 방탕하여졌다. 넘치는 것은 양기뿐이요, 가진 것은 혈기라. 냉큼 애욕의 놀음질을 시작하시었것다? 그 판 한 번 걸쭉하고 농밀하니 사랑, 사랑, 사랑타령이로구나!

들어간다, 들어간다. 사랑타령이 들어간다. 산막 정취는 장엄하고, 장막 속은 향기 그윽하니 야릇하고도 달큼하여라.

우리 상감마마, 잡으라는 사슴은 아니 잡으시고 중전만 잡으시는데, 일단 욕간통 안에서부터 시작하였다.

물방울 비산하고 훈김은 오르는데, 인어 한 마리 건져 올렸구나. 바둥이는 하얀 두 다리 허리에 걸쳐 두고 박자도 장하셔라. 좌삼삼(左三三) 우삼삼(右三三). 상하진퇴. 적진을 치고 들어가는 장군마냥 박력 있게 도리깨질을 하시었다. 눈처럼 하얀 살갗이 진분홍으로 익어버리었다. 중전마마 할딱이며 지아비 품에 매달려 혼백이 오락가락. 정욕이 주르르 뚝뚝.

침상도 필요없다. 모피 깔린 바닥에서 바둥이는 여체를 딱 눌러 두고 다시 한 번 입맛을 다셨다. 어헝어헝 굶주린 범이 야들탱탱 살찐 사슴 한 마리 잡아두고 밤새워 냠냠거리는 형국이라. 아름다운 안해를 타고 올라 요리 굴렸다가 조리 굴렸다가 당신 맘대로 희롱하신다. 물고, 빨고, 깨물고, 간질이고, 건드렸다, 꼬집었다, 핥았다가, 그도 양에 차지 않으니 찔렀다가, 박았다가 전진후퇴, 좌충우돌. 참말 씩씩하시지. 참말 늠름하시지. 하룻밤에 너덧 번도 가(可)하시다는 그 실력을 마침내 중전마마 상대로 펼쳤도다.

넝실넝실 굼실굼실. 출렁출렁 번쩍번쩍. 운우지락 끝이 없네. 밤하늘은 맑은데 장막 안은 천둥벼락. 비 내리고 바람 불어 폭풍우가 몰아친다. 더없이 강건한 지아비 아래서 축 늘어진 중전마마. 마침내 두 손 모아 인제 그만 하옵시오 싹싹 빌 정도였으니 혀에 짝짝 달라붙는 맛있는 고 꽃잠 일을 일러 무엇 하랴?

산막의 뜨거운 하룻밤이 지나고 그 이튿날 새벽에 사슴 사냥이 시작되었다.

함원도 땅서부터 장장 삼백여 리, 화록(꽃사슴) 떼를 몰아온 몰이군들이 인시경에 연기로 신호를 보내니 십여 리 앞에 왔다는 뜻이다. 횃불은 수십 개 타오르고 있고 병사들 요깃거리라 모닥불 위에 걸린 국밥 솥에 김이 허옇게 오르고 있었다.

"너희들은 잘 헤아려 고운 놈으로 상하지 않게 잘 몰아쳐야 할 것이다. 산 채로 너덧 마리만 잡으면 나머지는 필요없으니 너희 마음껏 한번 실력을 발휘하여 보아라! 제일 많이 쏘아 잡는 놈에게는 짐이 특별히 상급을 내릴 것이니라!"

전하를 위시하여 씩씩한 무장들이 여남은 명, 사령 포수를 위시하여 전문 사냥꾼들이 십여 명. 모두 이십여 명이 차비하고 사슴 떼가 몰려오기를 기다린다.

막 이른 동이 틀까 말까 하는 바로 그 시각에 어디선가 발굽 소리가 들리는가 하였더니 갑자기 북쪽에서부터 사슴 떼가 수백 마리 달려들기 시작하였다. 몇백여 리 쫓겨온 화록 떼들이 우왕좌왕하며 사냥터로 밀려들기 시작한 것이다.

말 등에 올라 기다리고 있던 상감마마, 앞장서서 말에 박차를 가하였다. 그것이 신호였다. 사냥꾼들이 사슴 떼에게 돌진했다.

산 채로 잡아야 하는 것이니 먼저 사령 포수가 가장 귀엽고 어여쁜 놈을 향해 그물을 확 펼쳤다. 그물에 걸린 사슴이 애처로운 소리를 내며 다리를 꺾은 채 버둥거렸다. 가까이 있던 두 명의 무사가 단번에 그놈의 두 발과 다리를 새끼줄로 꽁꽁 묶어버렸다. 그놈을 다른 사냥꾼이 짊어지고 미리 마련한 우리 속에 옮긴다. 이렇게 하여 산채로 꽃사슴 대여섯 마리를 잡은 것은 한 식경도 안 되는 짧은 순간이었다.

"되었다. 인제부텀은 사냥하라. 활을 쏴라!"

피비린내 나는 무차별한 살육의 시작이었다. 피비린내가 맑은 아침의 산을 진동하였다. 약육강식의 세상. 씩씩하고 잔혹하며 새삼 혈기 끓는 그런 냄새이다.

다른 무장들에게 질세라 팽팽하게 매겨진 왕의 활도 당당한 대왕 사슴의 목을 겨누어 핑 소리를 내며 튕겨졌다. 급소에 화살을 맞은 사슴이 단번에 털썩 쓰러지고 말았다. 왕은 말에서 뛰어내려 단도를 뽑아 들었다. 그대로 목을 푹 찌르니 분수처럼 선혈이 솟구쳤다. 다른 무사들이 다 그러하듯이 왕도 입을 대고 뜨거운 녹혈(鹿血)을 빨았다. 비릿하면서도 영기가 풍만한 피를 배부를 때까지 마셨다.

손등으로 입가를 훔치며 왕은 만족스럽게 일어섰다.

산의 아들이 된 기분. 굿굿하게 대지를 밟고 하늘을 향해 선 승리자의 쾌감이다. 완벽하게 천하를 정복했다는 일종의 도착된 희열. 자신의 핏속에 흘러내리고 있을 대왕 사슴의 영기가 그대로 옮겨온 듯이 왕은 이 순간 더없이 자유롭고 씩씩하고 잔인하였다.

바깥의 소동과는 달리 그저 조용한 장막 안. 밤새 시달린 터라 혼곤한 잠에 빠졌다가 아침 느지막이 일어난 중전마마, 인제 머리단장 중이었다.

"산막에 오시어 사슴은 아니 잡으시고 중전마마만 잡으셨남요? 옥체에 어이 이리 붉은 꽃이 많이 피셨습니까?"

두 나인이 잡고 있는 면경 안에서 중전의 눈이 새치름히 변하였다. 원망하는 듯 민망한 듯 윤 상궁을 노려보는데 늙은 상궁, 눈알만 대굴대굴 먼 산만 바라본다.

지은 죄가 있으니 말도 못하고 어린 중전마마, 면경 안의 자신의 모습으로 다시 시선을 옮겼다. 자리옷깃 사이로 번져 난 꽃물을 원망스럽게 노려보았다. 어젯밤 왕이 만들어놓은 선명한 장미화다. 중전은 작은 손을 들어 스스로 분통을 열었다. 박 상궁에게 사정하였다.

"여기 분을 더 발라보아. 응?"

"바르면 무엇 합니까? 금세 또 생길 터인데요?"

빙긋 웃으며 박 상궁도 한마디 놀림이다. 어젯밤의 치태며 광증 어린 사랑놀음질이 소문 다 난 것이라. 왕비는 발을 동동 구르며 울상이었다.

"참말 이렇게 다들 나를 놀릴 것이야?"

"어디 한두 군데라야 감추기라도 하지요. 옥체가 온통 붉어지셨는데 무엇을 어찌합니까? 가라앉으실 때까정 기대리셔야지요 무어."

이러는데 장막이 홱 젖혀지고 왕이 들어왔다. 피 얼룩이 진 사냥복 차림의 그에게서는 바람 냄새와 진한 피비린내가 났다. 면경 안에서 두 사람의 눈이 딱 마주쳤다. 이글거리는 야수의 눈빛. 아침 단장 중인 왕비를 바라보는 눈빛이 욕정으로 붉었다. 한 손으로 장막을 젖힌 채 나지막이 명하였다.

"모다 나가라. 비와 함께할 것이다."

황황히 아랫것들이 물러갔다. 성큼 다가온 왕이 뒤에서부터 꽉 끌어안았다.

"그대를 갖고 싶어. 지금 당장!"

딱 한 마디였다. 왕은 지금 손에 묻은 살육의 쾌감을 견딜 수가 없었다. 뜨거운 피를 마시며 차오르던 그 희열을, 그 흥분을 도저히 식힐 수가 없었다. 그는 지금 사나운 야수였고 잔인한 살육자였다. 그 무서운 흥분을, 절정의 쾌락을 꽃냄새 나는 이 여자를 가지면서 다시 한 번 발산하고 싶었다.

왕비는 자신의 등을 찌르는 사내의 거대한 일부를 느꼈다. 왕의 손이 다짜고짜 얇은 속치마를 걷어 올렸다. 남은 한 손으로 왕은 중전을 침상에 밀어 고정시키고 뒤에서부터 아스라이 드러난 여체의 꽃집 속으로 바로 진입했다.

　지금껏 두 사람이 한 번도 경험하지 못한 아주 잔인하고 동물적인 교접이었다. 의대도 다 벗지 못한 상태에서 말 한마디도 없이 그저 살과 살이 부딪치는 소리, 정복하는 자와 정복당하는 자만이 있는 그런 전쟁 같은 교접. 중전은 왕이 지금 이 순간 원하는 것이 무엇인지 본능적으로 느꼈다. 야수는 야수처럼 암컷을 다룬다. 그녀는 그에게 복종했다. 그가 원하면 무엇이든 할 각오가 되어 있었다. 마치 짐승처럼 사지를 바닥에 대고 엎드린 그녀의 몸 위로 다시 수컷이 된 왕이 발광처럼 타고 올랐다.

　얼마나 시간이 흐른 것일까? 왕비는 피비린내와 정액의 냄새가 진동하는 장막 바닥에 드러누워 천장을 바라본다. 눈앞이 캄캄했다. 동시에 후련하고 괴롭고 행복하고 만족스러웠다.

　왕은 그녀의 몸 위에 겹치듯이 엎드려 지금 깊은 잠에 빠져 있다. 젊은 두 몸에서 흘러내린 땀과 체액으로 끈적끈적했다. 두 사람의 몸은 아직도 하나였다. 손가락이 마주 얽히고 몸의 일부가 하나로 결합된 그대로 왕은 마치 침상에 누운 것처럼 안해의 몸 위에서 편안하게 코까지 골고 있었다.

　마치 해일에 휩싸였다 빠져나온 기분이었다. 아니, 폭풍을 온몸으로 견뎌낸 기분이었다. 이렇게 광기 같고 잔인하고 사나운 교접은 처음이었다. 왕은 그녀를 물어뜯어 어깨에 핏자국을 남겼고 두 번이나 그녀를 타고 올라 파정을 했다. 가늘게 고통의 신음을 지르는 그녀의 입술을 물어뜯어 찝찔한 피맛을 보며 황홀경에 빠지는 모습도 보여주었다. 왕은 맹수였다. 아주 사나운 광기에 젖은 야수였었다. 그러나 너무 사랑스러웠다.
　왕비는 왕이 비로소 행복하다는 것을 느끼며 홀로 미소 지었다.
　그가 꿈도 꾸지 않는 깊은 안식의 잠을 자고 있다는 것을 알고 있었다. 자신이 이 사내의 모든 것을 다 받아주고 진정시켜 주고 위로하여 주었다는 것을 알았기에. 그가 오직 그녀에게서만 그런 평화와 안식을 느낀다는 것을 알고 있기에. 이 사내 왕은 오직 중전만의 사내였다. 왕비의 하얀 두 팔이 왕의 미끈등한 등을 꼭 안았다.
　'신첩이 행복하옵니다. 신첩만이 오직 마마의 즐거움이 되고 위로가 되고 진정제가 될 수 있어서요. 놓지 않을 겁니다. 다시는 놓지 않을 겁니다. 신첩이 마마의 계집이듯이 마마도 신첩만의 사내가 되셨나이다. 하여 정말 행복하옵니다.'

　두 분 마마께서 산짐승을 피해 얼떨결에 찾아 들어간 곳은 벼랑 아래 작은 동굴이었다.
　잠에서 깨어난 왕이 낮수라를 마치고 환궁하기 전 잠시 중전을 말 태워주마 하고 나선 길. 그것이 탈이었다. 하필이면 호젓한 산길에서 피냄새를 맡고 사슴을 쫓아 나타난 굶주린 범을 만날 것이 무어란 말인가? 얼결에 활을 쏘았으되 빗나가고 말았다. 상처 입은 범을 상대로 하는 짓은 어리석은 자나 하는 것, 게다가 홀로도 아니고 말 뒤에는 중전도 타고 있다.
　이럴 때는 삼십육계가 최고. 왕은 바람처럼 날랜 말을 걷어차 범을 피하려 하였다. 중전도 명이 달린 일이라, 죽을힘을 다하여 왕의 등에 얼굴을 묻은 채 허리를 부여잡고 매달렸다. 급한 김에 왕과 중전이 탄 말은 이리저리 산을 넘고 계곡을 지나 마냥 달렸다. 정신을 차려보니 어느새 낯선 곳. 깊은 산속. 둘만 떨어진 터였다.

말을 동굴 입구 나무에 묶어놓고 왕은 예가 어디쯤인가 휘둘러보았다. 방향이 가늠되지 않았다. 일단 비단 수건을 찢어 근처의 나뭇가지에 매달아놓았다. 그리고 동굴 안에 숨어 덜덜 떨고 있는 중전을 찾아 돌아갔다.

난생처음 당한 위급한 일이다. 너무 놀랐던지라 중전은 아직도 달달 떨고 있었다. 게다가 날이 추우니 고운 얼굴이 이미 얼어 파르라니 변해갔다. 왕은 중전이 가여워 늠름한 팔로 그 여리고 작은 고운 어깨를 감싸 안아주시며 춥소? 하고 다정하게 물어보았다. 중전은 보스스 웃으며 고개를 흔들었다. 지아비 든든한 품 안에서 안심이 되는 것인가? 중전의 얼굴에 보시시 화색이 돌아왔다.

"잠시만 기다리오. 짐이 불을 피울 것이오."

"신첩은 괜찮나이다. 어수가 더러워질 것입니다. 금세 아랫것들이 찾아올 것이니 신첩이 조금 더 참겠습니다."

"하지만 그때가 언제일지를 모르겠소이다. 우리가 산짐승을 피해 돌연 길을 벗어난 고로, 아마 우리 종적을 찾을 때까지는 다소 시간이 걸릴 것이야. 잠시만 기다리오. 어렵지 않아요."

언제 험한 일을 하여보신 분이던가? 허나 전하 익숙하게 동굴 근처에 쌓인 낙엽이며 긁어 모은 나무 부스러기 위에 불을 만들었다.

사냥을 자주 다니시니 잘옷 줌치에 부싯깃이며 장도칼이며 이것 저것이 들어 있었다. 불길이 일어나자 왕은 바깥을 나가더니 힘들 다 하지 않고 예서제서 마른 나뭇가지를 모아 한 아름 안고 들어왔 다.

"연기가 흐르면 아랫것들이 우리를 찾을 수가 있을 것이오. 마음 느긋하니 먹고 기대립시다. 잠시 말을 태워준다 하였는데 일이 이렇게 어그러진 것이라. 짐이 괜한 짓을 하였나 보오."

"하지만 호젓하게 전하를 뫼시고 앉아 있으니 신첩은 오히려 좋습니다."

생긋 웃으며 대꾸하는 중전의 얼굴이 불길에 익어 발갛다. 왕은 벙싯 마주 웃어 보이며 당신의 잘옷을 벗어 중전의 어깨에 덮어주었다. 그러고서 두 분 마마 마치 한 몸인 양 끌어안고 앉아 나란히 불길을 바라보며 언 손을 녹였다. 그저 평안하고 따스하였다. 말하지 아니하여도 통하는 마음. 오가는 정해. 왕은 왕대로 중전은 중전대로 아랫것들이 조금 늦게 찾아주었으면, 도착하지 아니하였으면…… 이런 생각을 하고 있는 중이었다.

아랫것들이 찾아다닐 줄 뻔히 아는 터로 왕은 느긋이 기다렸다. 헌데 때가 지난 터이니 시장기가 돌았다.

무심코 잘옷 줌치에 손을 넣어 휘저으니 딱딱한 육포 몇 조각이 손에 잡혔다. 아침에 사슴 떼를 쫓을 때 혹여 시장하실까 봐 윤재관이 말 등에서 씹으시라 하여 넣어드린 육포 조각이다. 왕은 모닥불의 불기에 육포를 그슬려 한 조각을 왕비에게 건네주었다.

"시장하지요? 짐이 근처에다 기표를 해두었고 또 연기가 새어나가니 잠시만 더 기다리면 될 것이오. 여기 육포라 있는데 한 조각 자셔볼 것이오? 산중 별미라 이제 중전도 사냥꾼이 다 된 것이오. 핫하."

짐짓 명랑하게 말씀하시는 것이 중전마마 불안을 씻어주기 위한 왕의 배려였다. 곱게 전당 안에서만 오가던 이가 어디 이렇게 거칠고 한 데서 지내본 경험이 있을 것이던가? 우스갯소리라도 해주어야 하나. 잠시 궁리하였다.

"전하, 만약에요. 마마께서 궐이 아니라 시정서 태어나신 분이라 하면은 어떤 일을 하고 싶으셨습니까?"

왕이 건네준 육포 한 조각을 받으면서 중전이 물었다. 왕은 모닥불에 나뭇가지를 더 던져 넣으며 아득한 시선을 불길에 주었다.

"음, 글쎄요, 생각을 깊이 해보지 않아서 모르겠구려. 짐은 태어나기 오직 선대왕마마 한 분 혈손이라 오직 왕이 될 것이다 이리 알고 또 훈육을 받으며 자랐으니까. 하지만 만약 그랬다면은 짐은 아마 뱃사람이 되었을 것이야. 선대왕마마께서 수로 해운에 관심이 많으시사 각국에서 배들을 여러 척 들여다가 그를 주의 모방하여 새로운 배를 많이 만든 것이기에, 짐 역시 바다 일에 관심이 많다오. 항시 짐은 멀리 배 타고 나가 명국이며 야스다국, 그보다 더 먼 데까지 나가서 낯선 풍물이며 사람들을 보아지고 별별 희한한 경험을 다 해보고 싶었지."

왕은 싱긋 웃으며 중전을 바라보았다.

"역관들에게 들었는데 명국 너머 미앙국이란 곳에는 코끼리란 짐승이 산다 이리해. 수십 일을 말 타고 가도 모래언덕만 있는 곳도 있고요, 거 말도 아닌데 무쇠덩이로 만든 수레가 저절로 가는 곳도 있다 하더군. 짐의 침전에 놓아둔 소리나는 자명종도 그곳에서 만들었다지? 아아, 듣고만 있어도 가슴 설레지 않소? 그런데 중전은 사가에서 그대로 살았다면은 무슨 일을 하고 살고 있을까?"

"신첩이야 여인네이니 그저 어느 집안 며느리가 되어 여도를 걷고 있겠지요. 허나 기회가 닿는다 이리하면은 신첩은 명국의 명필 현호 선생을 찾아가 글씨를 배우고 싶다 생각하였습니다."

"그대 글씨도 명필이야! 야무지고 또 정갈하니 실로 귀한 글씨라 생각하오. 그러고 보면 비는 학문도 깊고 필체도 아름다우니 여군자라 할 것이다. 핫하하. 짐이 자를 내려야겠소이다."

중전의 볼이 빨갛게 달아올랐다. 수줍어하며 속삭였다.

"학문이라 하면은 전하께서 소문난 터가 아닙니까? 성호 선생께 사사를 받았다니 신첩은 무척 놀랐답니다. 그분은 새로운 학풍이 씩씩하고 실용적이라 하였어요. 그 영향으로 마마께서는 허례허식을 싫어하시고 조하 일을 보심에 쓸모있는 의견을 자주 하교하시는가 보옵니다."

"음, 음. 공리공론보다는 실제로 백성의 삶에 도움이 되는 학문을 배워야 한다고 선대왕 아바마마께서 짐을 그분에게 보내셨다오. 그이를 따르는 자들의 학풍을 일러 실학이라 하는데 짐이 정사를 보는데 다소간 도움을 받는 때가 많다오."

"실로 성군이시옵니다. 마마의 자를 성덕이라 올려야겠습니다. 훗호호, 지금은 무슨 자(字)를 쓰시옵니까?"

"욱제라 이리하오. 해 돋을 욱(旭) 건질 제(濟)를 쓰는 터요. 아침해처럼 빛나는 군주가 되어 만물을 비추고 그 해처럼 가난한 백성을 구제한다 이 말이니 아바마마께서 짐에게 그 이름을 주시면서 그리 살아라 하신 뜻이라."

"실로 전하의 위엄과 어진 것에 맞은 방명이옵니다."

"한번 그 이름으로 짐을 불러보시오?"

갑작스런 말에 중전이 눈을 동그랗게 떴다. 지엄하신 지존의 귀한 이름을 입에 담는다는 것은 불충이고 무도한 일이라 하였다.

"신첩은 못하옵니다! 어찌 마마의 함자를 사사로이 입에 담을 것입니까?"

"그 이름이 있되 한 번도 뉘가 부르지 않아서 짐에게 그 이름이 있는 줄도 잊고 사오. 핫하. 만약 우리가, 중전, 사가에서 만난 처녀총각이었다 할진대 서로를 무어라 불렀을까?"

중전이 배싯 웃었다. 사가에서 인연을 맺은 사이라 생각을 하니 재미있는 모양이었다.

"신첩 또한 마마를 남들이 하는 대로 이름 불러 욱제 도련님이라 이리하겠지요?"

"이것 봐! 짐이 사가의 총각일진대 겨우 그 이름을 써먹는군! 허면은 짐은 그대를 소혜 아씨라 부르겠지? 참 다정하게 들리지 않아? 저기 말이야, 중전. 우리가 사가에 살았다 하면은 지금처럼 부부의 인연이 닿아 만날 수 있었을까?"

"부부지연은 삼천 겁의 인연이 닿아야 맺어지는 것이며 그는 천지신명이 점지하사 이루어진 운명이니 어디에 어떤 모습으로 있든지 반드시 맺어지는 것이라 하였습니다. 마마와 신첩은 반드시 만났을 것입니다."

동굴 속 두 분 마마. 모닥불 피워놓고 한가하게 이런저런 속 이야기를 주고받고 있는 동안, 산 아래에서는 온통 난리가 났다.

잠시잠깐 중전에게 말을 태워줄 것이다 하여 산막을 나가신 전하께서 아무리 기다려도 아니 오시는구나! 심상찮다 싶어 운재관을 위시한 지밀위사 너덧이 장막 근처 주위를 말을 타고 아무리 돌아다니며 소리쳐 왕을 불러도 그 흔적을 찾지 못하였다.

아이쿠, 큰일 났도다. 새파랗게 질린 별운검 호위무사들이며 몰이꾼들이 입나팔을 하고 두 분 마마 부르면서 온 산을 다 뒤지는데 종적을 찾을 수가 없구나. 개코라 별명이 붙은 사령 몰이꾼이 문득 피 냄새를 맡았다. 점점 끊어지면서 이어진 선혈 자국이 몇 리를 이었다. 계곡 넘어 옆 봉우리 쪽으로 그 핏자국이 달아난다. 긴장하여 호위무사들이 다가가 보니 화살을 목에 맞은 어린 범 한 마리가 바위틈에 웅크리고 사나운 비명을 지르고 있었다. 별운검들과 몰이꾼들은 그놈 목에 박힌 화살이 왕이 쏜 것임을 재빨리도 알아차렸다.

"이 맹수가 마마 말을 덮친 것이면 혹여 용체에 변이 난 것 아닐까?"

"흑운(상감마마 말의 이름)의 다리가 바람같이 빠른 터이니 그렇지는 않았을 것이네. 게다가 이놈이 정통으로 화살을 맞았어. 사람 상하게 할 정도로 힘을 쓰지는 못하였겠거든. 아마 이 근처로 두 분 마마께서도 피해 계실 것이야. 영리하신 분이니 기표를 하시든지 무슨 신호를 보내실 게야. 이 근처로 자세히 돌아 살펴보세나."

이러는데 몰이꾼 하나가 달려왔다. 예에, 형겊이 달려 있사옵니다! 하고 소리쳤다. 그럼 그렇지. 두 호위무사는 싱긋 웃으며 눈빛을 주고받았다.

동굴 속.

그렇게 산 아래서는 난리가 난 줄 모르고 두 분 마마, 어깨를 맞댄 채 정답게 속삭이고 있었다. 중전이 말하기를 어디에 어떤 모습으로 있든지 부부지연은 반드시 맺어지는 것이라는 말에 왕은 한참 동안 생각에 잠긴 용안이었다. 문득 중전의 손을 잡고 청하였다.

"저어, 우리 말이야. 중전. 혼인을 다시 할까?"

동그랗게 뜬 중전의 눈을 바라보며 왕은 진심을 다하여 말을 이었다.

"어, 그러니까, 짐이 왕이 아니고 중전도 왕비가 아니라 생각하고 하는 이야기거든. 짐과 그대가 만나 부부지연을 맺을 것이면은 우리 둘의 마음이 얽히고 맺어져 하늘에 맹세하여 혼인을 하는 것이 옳은 것 아니야?"

"그건 그렇지요, 마마."

"네 해 전에 우리가 가례를 올린 것은 그저 형식이었어. 그대는 억지로 끌려 들어온 것이고 짐은 딴 여인 마음 두어 얼굴 한 번 바라보지도 않고 치른 혼인이니 그는 거짓인 게지. 인제 그대와 짐이 마음으로부터 은애하고 서로를 사모하니 비로소 하나가 되었지 않소? 이런 때에 우리가 혼인을 하는 것이 옳다 싶어. 저어, 소혜 낭자, 짐이랑 혼인하여 줄 것이오?"

아무 말 없이 왕의 말을 귀담아듣고 있던 중전이 방그레 웃었다. 욱제 도령 상감마마께서 청혼하는 그 말씀에 살며시 고개를 끄덕여 허락하였다.

"마마의 말씀이 진정이며 아름다우시니 이 몸 소혜는 그저 감읍하며 따를 것입니다."

아무도 보아주는 이 없이, 호화스런 예장도 없는 거친 동굴 안에서 두 마마, 마주 꿇어앉아 맞절을 하고 은애지정을 맹세하였다. 하나 거짓 없는 진정의 두 마음만 있는 참된 혼인식이었다.

"이날서 천지신명에게 맹세하기 이씨 가문 독자 규는 김씨 처자 소혜를 맞이하여 일편단심 사모하니 죽어서도 끊어지지 않는 부부지연을 맺자 합니다. 태어나기를 다른 날 다른 곳에서 태어났어도 부부지연 맺어 한 몸으로 살아가기 일심동체라. 평생 같이하고 같은 날 죽어지어 죽어서도 같은 유택에 누워 영면하기를 기원하니 이날서 우리 둘의 정은 뉘도 못 끊을 것이며 아무도 갈라놓지 못할 것입니다."

공손히 맞절하여 예를 드리고 나서 지아비는 지어미 머리 쪽의 금비녀를 찔러주고 지어미는 지아비의 상투를 다시 묶어주었다. 그러고서 장도칼 뽑아 무명지 찔러 피를 내니 두 분 마마의 피가 한데 엉기었다. 그 피로써 하늘과 땅의 신명에게 부부가 되었음을 고명하였다.

혼인을 치른 동굴의 토지신에게도 제물을 드려야 하니 중전은 손가락의 금지환을 뽑았고 왕은 줌치 안의 금돈을 꺼냈다. 깊은 바닥에 그 패물을 묻었다. 토지신이며 삼신할미에게까지 축복을 받은 것이다.

"고변하니 이날 욱제와 소혜가 천지신명 증인 삼아 혼인을 하였나이다. 이 제물 흠향하옵고 앞날을 밝혀주십시오. 허고 자식을 점지하사 이 혼인의 결실을 이루어주시기 비옵니다."

왕은 낙엽 위에 호피 잘옷을 깔았다. 그리고서 수줍어 얼굴 붉힌 지어미의 손을 잡아 그 위로 이끌었다. 신방이었다. 모닥불이 이글이글 타올라 타닥타닥 불티가 날리었다. 젊은 야생의 짐승처럼 뜨겁고도 싱싱한 두 분 지존의 옥체가 마침내 합하여졌다.

초야(初夜). 이토록 수줍고도 뜨거운 말이 어디 있을까?

소혜, 신음처럼 지아비 입에서 나오는 그 이름이 정겹고 향기로웠다. 마마, 여인은 나무를 얽은 넝쿨처럼 든든한 사내의 품에서 가녀린 새처럼 떨었다. 부드럽고 촉촉한 입술이 맞부딪쳐 하나가 되고 어느새 풀어지는 옷깃이 땅바닥에 흩어졌다.

듣는 이, 보는 이 하나 없는 이 차가운 맨바닥에 왕의 잘옷 하나 깔았을 뿐인 초라한 신방에 지금 열풍이 치고 있다.

구름같이 틀어 올린 왕비의 수발이 풀어져 삼단같이 바닥에 펼쳐졌다. 왕은 지금 그 위엄있는 입술을 들어 외씨같이 새하얗고 예쁜 발을 삼키어 잘근거리고 있다. 여인이 온몸을 뒤틀며 신음하였다. 가장 은밀하고 또 가장 숨기어온 그것을 사내가 탐하여 핥아 내리니 그것은 은밀한 샘을 자극하는 것보다 더한 쾌감이며 동시에 두려움이었던 것이다.

여인의 팔이 뱀처럼 사내의 목을 감는다. 달디단 숨소리가 격한 터이니 어느새 여인의 작은 손이 사내의 굳건한 철주(鐵柱)를 더듬어 갔다. 뜨겁고도 맥동치는 그것은 작은 여인의 두 손으로도 넘치는 괴물이다. 사내는 진저리를 쳤다. 격한 신음이 터지니 바로 범 울음이라. 포효하며 그 사내는 맹수처럼 여인의 몸 안으로 돌진했다. 뿌듯하게 사내가 여인의 몸에 채워진 바로 그 순간, 그 예민한 샘이 요동치며 진분홍빛으로 달아올라 침입한 일물을 감싸 안아 꿈틀거리기 시작한다.

젊디젊은 더운피가 격랑을 치는 보령 스물셋, 열아홉의 나신. 구슬처럼 흐르는 땀방울이 향기로 피어오르고 얽히는 눈빛, 하나 된 옥체가 바로 생의 열락이요, 환희이니 이제 두 사람은 더 이상 왕도 아니요, 왕비도 아니다. 단 한 사람, 이 든든한 사내를 믿고 바라보며 살아가리라 결심한 여인이며 그 여인만을 은애하며 평생 아끼고 사모할 것임을 맹세하는 사내일 뿐이다.

비바람 불고 천둥 벼락 치는 소리에 혼절하기 몇 번째. 학이 날 듯이, 혹은 나비가 날 듯이 또는 용틀임하듯이 서로에게 얽히어 영육 모다를 나누었다. 마침내 중전은 왕이 포효하며 깊은 샘에 생명을 나누어 주듯이 분출을 하였을 적에 자신이 그의 씨앗을 받아 회임하였음을 본능적으로 알았다.

어느새 모닥불이 재만 남아 꺼져 가고 있었다. 여인에게 세찬 비를 내려준 사내의 몸도 서서히 식어가고 있다.

비록 낙엽더미 위에 호피 잘옷을 깔았다 하나 험한 동굴바닥이었다. 그 위에서 마치 야생의 맹수와 같은 왕의 거칠고 무거운 몸을 받아들였던 중전이다. 등이 얼얼하고 아팠다. 그러나 왕비는 차마 등이 아프다 말을 하지 못하였다. 격하고 지친 호흡을 두 수밀도 사이에 묻고 고르고 있는 그를 잠시라도 더 편하게 하여주고 싶었던 것이다.

"그대는 짐의 보물이야! 세상서 제일가는 보물."

지칠 대로 지쳐 어느새 잠에 취한 왕이었다. 중전은 그가 짧고도 곤한 잠에서 깰 때까지 꼼짝도 않고 그렇게 가슴에 안고 누워만 있다.

두 분 마마 이런 파격은 유래도 없음이라, 두 지존의 달콤한 사랑 놀음질 때문에 깩 소리도 내지 못하고 바위 뒤에 숨어서 사람들을 몰아낸 윤재관도 꼼짝 못하기는 마찬가지이다. 왕도, 왕비도 얼마 후 동굴에 나타난 그가 너무 빨리 도착하여 두 분 마마 격렬한 교합을 훔쳐보고 말았다는 것은 꿈에도 모르신다.

제10장 회임

 섣달 강추위가 몰려든 날이다. 중전마마 생신날이 돌아왔다. 저녁 무렵 상감마마, 내전에 들어오셨는데 어수에 들고 있는 것이 하나도 없었다. 중전마마, 뾰로통한 얼굴로 짐짓 앵돌아졌다.
 "흥, 좋은 선물 잔뜩 하여주께 하시었거늘! 신첩이 오직 이날만 기다리며 전하의 말씀을 참으로 믿었사와요. 흥, 그런데 빈손이시라? 몰라요, 신첩이 섭섭하여 죽을 것이다!"
 욕심이란 도통 없고 소박한 성정인 줄 뉘보다 더 잘 아시었다. 허니 섭섭한 듯 부리는 중전마마 심술이 애교인 줄 모를 것이더냐? 왕이 싱긋 웃으며 보료에 좌정하였다.

"짐이 그대를 위해 준비한 것이 없을까 봐? 거참 성미도 급하지? 엉? 기대려 보시오. 엄 상궁은 들라."

상감께서 들라 하시자 엄 상궁이 붉은 보자기에 싼 것을 안고 들어왔다. 중전마마 앞에 벙긋 웃으며 놓아드리었다.

"천엽향매(千葉香梅)요. 엄동설한에 꽃망울을 틔웠기로 기이하여 짐에게 진상을 한 것인데 중전에게 드리려구요. 중전에게 드리는 짐의 생신 선물이요."

키가 서너 치밖에 안 되는 작은 나무인데 가지는 울퉁불퉁 풍상이 짙어 얽히고 비틀어지니 몇십 년은 묵은 희귀한 매화 분재(盆栽)였다. 동래포는 야스다국과 왕래가 잦은 곳이라 그곳의 풍습이 흘러 들어온 것이 많았다. 분재 기술도 그중 하나이다. 늙은 가지에 맺힌 분홍빛 섞인 하얀 꽃망울이 처녀아이 볼처럼 화사하게 툭툭 터지는 중이었다. 맑은 향기가 삽시간에 온 방을 채웠다. 매운 듯 청신한 매화 향기가 꼭 봄을 맞이한 듯하다. 바깥에서는 난분분난분분 한설(寒雪)이 내리는데 방 안은 봄빛이니 실로 기이하고 아름다운 것이었다.

귀한 보석 황금 패물보다 향기로운 화초를 더 귀하게 여기고 사랑하시는 중전마마이시다. 매화마냥 고운 미소 입가에 맺으며 반짝반짝 눈빛이 맑다. 어린아이처럼 손뼉까지 치며 좋아하시니 조용한 성품에도 이토록 귀하고 좋은 선물에 흥분을 하신 것이다.

"아, 이토록 신기하고 아름다운 것은 신첩이 본 바가 없습니다. 이렇게 곱고도 희귀한 것을 어찌 신첩에게 주십니까? 편전서 두시고 전하께서 완상하시지요?"

"편전보다 중궁전에 놓인 매화 분(盆)이 더 어울리는걸? 내전에 향기가 가득하니 짐의 발길이 어찌 예로 옮겨지지 않을 것인가? 언젠가 그대가 짐에게 매화꽃 수놓은 가리개를 주셨기로 짐은 이 꽃으로 화답합니다."

왕은 빙그레 웃으며 덕담을 하였다. 헌데 어쩐지 용안이 상기되어 있으시다. 개구쟁이 소년처럼 눈을 찡긋하였다.

"꽃 화분은 작년 턱으로 치십시다. 실상 짐이 준비한 선물이 따로 있지요. 올해 생신 선물이오. 아마 중전께서 가장 좋아하실 일일 게야?"

마음에 그득한 기쁨이라. 내가 더 바랄 것이 없도다 하였다. 헌데 좋아할 선물이 하나 더 있다 하니 의아하여 중전은 왕의 용안만 올려다본다. 빙긋이 웃으며 주상께서 문 쪽으로 고개 돌리시었다,.

"비(妃)가 보고 잡다 하신다. 그대는 들어오라!"

아랫문이 스르르 열리었다. 천천히 고두하여 들어오는 한 사내. 누비 도포 차림으로 조용한 미소를 머금고 있는 글 스승 강두수가 아닌가? 중전은 너무 놀랍고도 반가워 차마 말을 잇지를 못하였다. 항상 마음속으로는 간절히 바랐으되 감히 입 밖으로는 발설할 수 없었던 소원이 이루어졌다. 감격하여 어찌할 바를 모르는 중전마마 앞에서 강두수, 엎드려 깊이 절하였다.

"중전마마, 신이 전하의 하해와 같은 성총을 입자와 위리안치 풀리어 며칠 전서 환도하였나이다. 미거한 신에게 위로하시기 많은 고생을 시켰다 하시면서 금일 중궁전 들어와 마마의 어진 옥안 알현하라 윤허하신고로 신이 그저 가슴이 막히어 눈물만 떨어지옵니다. 마마, 그동안 강녕하셨는지요?"

"아아, 실로 기쁜 일이오! 스승께서 먼 곳서 고생하시는 생각을 할 적마다 이 중전이 속이 끊어지듯이 아팠기로, 이리 돌아오시어 강건하신 모습 뵙자 하니 그저 기쁘고 반갑나이다."

중전마마, 기쁘고 감사하여 고운 눈에 눈물까지 글썽하였다. 학사의 얼굴과 지아비 전하의 용안을 번갈아 바라보며 좋아 어쩔 줄을 모르신다. 그 형용이 반갑고도 고마워 두 사내 모다 벙긋이 웃었다.

"보아! 역시 이 일이 제일 기쁘리라 하였지? 학사는 알 것이야! 중전께서 스승인 그대를 이토록 귀하게 여기고 있다 함을 말이야. 핫하. 중전, 짐이며 학사에게 술 한잔 아니 줄 것이야? 잔칫집에 선물 장하게 안고 왔거늘 물 한 그릇도 아니 준다니 실로 인심도 야박한지고!"

전하 싱긋 웃으시며 농(弄)을 거시었다. 이제 중전마마 마음에 자신이 생긴 것이니, 학사와 중전 사이 오가는 친밀한 눈빛이 하나도 기분 나쁘지 않으시다. 지어미 좋아하는 모습에 그저 기쁘고 흐뭇할 뿐이다.

중전마마 급히 나인 재촉하여 정갈한 주안상 올려라 하여 손님을 접대하였다. 그리하여 강두수, 그 밤 내내 중궁전 모든 사람들에게서 장한 환대를 받고 중전마마께서 내린 주안상 받아 과분하게 두 분 마마와 맞상대를 하는 광영도 누리었다.

왕이 강두수에게 술잔 내리시었다. 솔직히 그동안 다소 미안한 처분이라, 이 술잔 받고 지난 일을 잊어버리오 당부하였다. 강두수 황공하게 왕이 따라주시는 어주(御酒)를 한잔 받아 마시었다.

강두수 눈에 비친 중전마마와 왕의 다정하신 그 모습이 더없이 아름다웠다. 실로 천생연분이로다. 늠름하니 훤칠하신 미장부이신 전하와 얌전하니 총명하고 순후하며 고우신 중전마마의 그 모습은 바로 그림이었다. 잠시도 손을 놓지 못하겠다는 듯이 굳이 중전마마 손을 잡고 계신 왕인데 그것은 보란 듯이 억지로 꾸민 것도 아니고 그저 무의식 중에 자연스럽게 잡은 것이었다. 하물며 그 수줍고 법도 어김없는 중전마마도 작은 손 빼지 않고 당연하다는 듯이 앉아 계시니 두 분 마마 사이가 비길 데 없이 다정하다 함의 증명이라.

밤이 이슥하여 강두수는 중전마마께서 고생하신 안해께 가져다주오, 하시는 고운 비단 필 품에 안고 중궁전 월동문 나서는구나. 담담한 미소가 어렸던 강두수의 얼굴이 안개 낀 듯 흐려진 것은 그때였다.

'이제 다시는 구중심처 이곳에 들어올 일도, 중전마마 뵈올 일도 없구나.'

명경지수같이 담담하고 맑던 그의 가슴에 슬픈 파랑이 일었다. 아무리 진정하려 해도 심란함의 물결은 가라앉지 않는구나. 더없이 섭섭하고 가슴이 아렸다.

언감생심, 감히 올려다보아서도 아니 되는 지엄한 분이되, 더없이 아름다우신 그분께 매혹당한 것은 강직한 선비인 그로서도 어쩔 수 없는 일이었다. 은밀하고 애틋한 사모지정은 퍼내도 끊임없이 솟아나는 샘물. 어진 사내 강두수의 깊은 속내에 담겨 있는 비밀은 깊고도 첩첩하였다.

'아마 이 무엄한 심사를 정녕 전하께서 아시면 나는 당장에 능지처참을 당할 것이야.'

그는 다시 한 번 돌아서서 아득한 중궁전 처마를 바라보았다. 그 낯빛은 애틋하고 쓸쓸한 것이었다.

'중전마마, 부대 행복하옵시오. 이 학사, 무엄하게 마마의 아름답고 어진 옥안 가슴에 담고 잠시간 헛된 꿈을 꾸었기로 뫼시고 강학하던 그때 일은 가장 즐거운 추억이라. 평생 가슴에 담고 살겠나이다. 인제 다시는 뵙지 못할 것이나 평생 흘리실 눈물은 이미 지나간 터이니 이제 행복만 남으셨습니다. 주상전하께서 이미 마마 깊이 사모하시고 은애하심이 한결같으니 그 사모지정은 평생 갈 것이라. 차마 그 아름다우신 옥안, 다른 이가 보는 것조차 아까워하실 참이니 그런 깊은 사랑은 오직 중전마마 한 분만이 받으시는 순정(純情)이옵니다. 부대 어진 국모되시어 평생 전하의 좋은 곁이 되시옵소서.'

강두수는 그렇게 중얼거리며 터벅터벅 궐문을 나서는구나. 평생 중전마마 고운 옥안을 다시는 뵙지 못할 것이다. 깊은 가슴에 은밀한 상처를 안고 돌아간다.

이리하여 중전마마를 사이에 두고 왕과 대적한 그 마음의 비밀은 끝났다. 천지간 그 누구도 학사 강수두의 진실한 마음은 모를 것이니, 순결한 사모지정 깨끗하게 자르고 돌아가는 사내의 등 뒤로 달빛이 맑고 차다.

허나 세월이 흘러 흘러 이십오 년 후. 강두수와 중전마마께서 사돈의 인연으로 다시 만날 줄은 아직 아무도 모르는 운명이다.

전하께서 침수하시다가 갑자기 깨신 것은 그날 밤이었다.
검고 깊은 숲 속이었다. 수하도 없이 사냥을 나가신 전하. 호랑이 한 마리를 딱 맞대면하였다. 이마에 왕(王) 자가 선명한 백호(白虎)였다. 퉁방울 같은 눈에 불을 담고 전하께 벌컥 덤비었다. 얼떨결에 맨손으로 그놈과 뒤엉켜 싸우다가 담박 그놈 발톱 아래 깔리고 말았다. 영물스런 백범이 허연 이를 들이대고 위협하는 순간, 왕은 헉! 소스라쳐 잠에서 깨었다. 얼마나 놀랐으면 이마에까정 진땀이 송송 돋아 있었다.

꿈이라 하여도 찍어낸 듯 더 이상 생생할 수 없었다. 다시 떠올리는 순간, 그 맹호가 이빨을 들이대고 으르렁거리는 모습이 떠올라 몸이 오싹하였다. 왕은 머리맡의 자리끼 대접을 들어 입술을 축이며 뇌리 속에 흔들리는 두려움을 간신히 씻어냈다.

'짐이 호랑이 꿈을 꾼 것은 처음이다. 이토록 생생한 것도 처음이거니, 혹여 이것 중전이 원자를 회임할 태몽은 아닐까? 용맹한 사내아이의 징조야. 짐을 능가하는 성군이 될 어린놈이 중전 태서 나

올 꿈인 게다.'

생각한 다음에야 해치우고 말지. 혼자 마음속에 넣어만 두고 미적거리면 욱할 욱 자(㞢) 욱제 임금이 아니지. 옆에서 곤히 잠자던 중전을 기어코 깨우고야 말았다. 다짜고짜 회임하였소? 하고 캐물었다.

아닌 밤중에 홍두깨지. 잠이 반은 물려 중전마마 맹한 눈으로 지아비를 바라보았다. 무슨 말씀을 하시는지 이해를 못하는 눈치였다. 그러거나 말거나 왕은 손목을 부여잡고 채근하였다.

"대답하소. 혹여 옥체 달라진 데가 없소? 달거리 그만 하시고, 입덧하시고 혹여 그런 기미가 없냐니깐."

"아이고, 침수하시다 말고 어인 엉뚱한 하문이셔요?"

"짐이 태몽을 꾸었으니 그러하지! 요것이 필시 원자를 얻을 태몽이야. 정말 옥체 달라진 기미가 없소이까?"

"……열흘이나 지난고로 이번 손님이 아니 오시어서…… 저가 내일서 할마마마 찾아뵙고 진맥하여 보려고 하였지요 무어. 안즉은 확실하지도 않은데 어찌 입 밖으로 감히 발설하리요?"

"어이쿠! 중전, 회임하였구나. 회임하였어."

상감마마 벌떡 일어나 환호작약하시었다. 달거리 아니 한다는 말만큼 확실한 증거가 어디 있노? 자리옷 차림으로 벌떡 금침에서 벗어났다. 냅다 손수 문을 열고 나와 숙직내관을 찾았다.

"너 나가서 당장 홍준이 입시케 하여라. 중전 진맥 좀 하여야겠다."

"맙소사! 망측하여라. 아니라 하면 무슨 망신이람? 밝은 날 하시지 귀찮게 이 밤중에 사람을 부르셔요?"

중전마마 질색을 하였지만 이미 발동이 걸린 터, 성급한 기대로 들뜬 왕을 막을 수가 없었다. 이제나저제나 기대리는 소식이 아니더냐. 정궁께서 회임을 한 것이니 이제야 비로소 사직이 반석이며 열성조 앞에 낯을 들 것이다 하였다. 경사로고! 싱글벙글 마냥 좋은 왕이다.

잠자다 말고 얼떨결에 끌려 들어온 전의태감 홍준. 눈곱도 떼지 못하고 윗목에 좌정하였다. 중전마마 팔목에 묶인 실이 넘어갔다. 숨을 가다듬고 진맥을 하는데 왕도, 중전마마도, 문 옆에 앉은 아랫것들도 모다 두근두근. 간이 달달달. 한참 동안 눈을 감고 태맥을 살피던 홍준의 얼굴에 환하게 햇살이 번졌다. 벙싯벙싯 웃으며 고두하였다.

"전하, 감축, 또 감축 드리옵니다, 회임이십니다! 짐작이 맞사옵니다. 이제 석 달이 넘어가는 고로 팔월 초이면은 아기씨마마께서 탄생하실 것입니다."

경사났네, 경사났어! 얼씨구나, 좋다. 지화자 좋다!

우리 중전마마. 드디어 사직 보전할 아기씨를 회임하시었구나. 상감마마, 좋아 어쩔 줄 모르며 중전마마를 등에 업고 방 한 바퀴를 냅다 돌아칠 기세이다. 보령 늦어 간신히 얻어질 아기씨. 게다가 태중 아기를 한번 잃어버린 후에야 다시 얻게 될 금자동이가 아니냐. 먼동이 터 오르는 하늘 위로 왕의 호쾌한 웃음소리가 울려 퍼졌다.

아직도 희부연한 새벽. 중궁의 전령비자가 냅다 대왕대비전이며 부원군 댁이며 자운궁으로 달려간다. 부왕 되실 상감마마, 입이 간지럽고 좀이 쑤셔 가만있을 수가 없다. 날름 자랑질을 해대야지. 성급하게 분부하시기를 이리저리 다 알려라 난리를 쳐댄 때문이었다. 덕분에 낯을 차마 들지 못하는 수줍은 중전마마에게 옆구리를 호되게 꼬집혔다.

"흥. 짐이 무엇을 어찌하였다고 손톱 치켜들고 이러는 것이니? 우리 아기씨가 요 고마운 태중에 있다고 자랑 좀 하겠다는데 참말 이럴 것이니? 흐흐흐."

고운 사람이 고운 일만 골라서 하는구나! 좋아 어쩔 줄 모르는 상감마마. 질색하여 도망치는 중전마마 딱 잡아 눌러놓고 치마를 훌러덩 걷어 올렸다. 어수로 아직은 납작한 중전의 깨끗한 아랫배를 슬슬 쓰다듬으며 원자는 게 있느냐? 짐짓 느른한 괭이 소리를 내었다.

"너 이놈, 열 달 동안 예에 잘 계시다가 때 되면 고이 나오너라. 모후마마 너무 힘들게는 하지 말고 씩씩하니 잘 자라야 한다."

"공주면 어찌하시려고 이러실까? 내참."

"아, 원자라니까! 두고 보소, 짐의 태몽이 맞을 것이니. 범처럼 씩씩하고 영명한 놈일 게야."

호언장담, 상감마마 무조건 틀림없이 원자라고 깡고집이시다. 날이 밝아 참례 나가시어는 조하는 아니 돌보고 중전이 회임하였다 자랑질만 내내 늘어놓았다. 으쓱으쓱, 의기양양. 아니 먹어도 배부른 용안이라.

"필시 원자마마이실 게야. 상감마마께서 꾸신 꿈도 기가 막히나 현성 부원군께서도 달포 전 꿈에 글쎄, 하늘에서 떨어진 어린 용 한 마리를 잡아 우물에 가두었다지. 주상전하 씩씩하고 영명하신 기상 받고 태어나시어, 중전마마 야무지고 어진 덕 내림으로 자라실 터이니 으뜸가는 명군이 되실 분이 탄생하실 것이네. 실로 사직의 홍복이야."

여간해서는 입을 열지 않고 과묵한 터인 영의정 한영회가 한마디 할 정도였다. 곁에 앉은 대제학도 예판도 웃으며 고개를 끄덕였다.

한영회의 예측이 정확하였다. 열 달 후에 탄생하신 그 아기씨. 바로 단국 역사상 불세출의 명군(名君)이라 일컬음받으시는 익종 대왕, 범이 도령이시다. 어질고 현명한 인품에다 능란한 국정 운영으로 이 나라를 대강국(大强國)으로 만드신 분이다. 위대한 임금의 탄생은 태몽부터 그렇게 범상치 않았던 것이다.

온 나라가 이제나저제나 하고 기다리던 일이었다. 더없이 감축할 만한 일이며 반가운 소식이다. 금세 도성 전체에 중전마마 회임 소식이 소문나고야 말았다. 삼삼오오 모이기만 하면 감축하고 즐거워하는 일이라. 중전마마께서 덩실하니 단박에 씩씩하고 영명한 원자마마를 낳아지시면 좋으련만.

자, 이렇게 하여 중전마마께서 온 나라가 그토록 바라던 회임을 하시었는데…….

이 일은 당장 조정에 큰 소용돌이를 가져오게 되었다. 중전마마께서 원자를 낳아지시면 곧바로 적장자라. 보위를 책임질 세자마마이다. 허면은 희란마마 소생인 혁이 놈의 운명은 어쩌란 말이냐?

비록 지금은 그 모자, 죄를 받아 서인 처지로 갇혀 사는 신세이되, 안즉은 뿌리 깊은 세력이다. 알게 모르게 그놈을 왕자로 인정시켜 조정 대세를 이룬 저들 뒷곁으로 밀어 동궁 세우자 나섰던 벽파의 입지가 답답하게 된 터가 아니냐? 천만대 저들이 잡은 권세를 죽어도 놓기 싫은 터라 어찌하든지 앞날을 기약해 볼 것이다 싶은 흉심들이 가만히 있지는 않을 것인데…….

물론 그들 뒤에는 재성에 도사리고 앉아 중전과 왕에게 저주의 원독을 쏘아 날리고 있는 희란마님이 있음은 불문가지. 사람 눈들 피하여 살그머니 스며들어 온 교인당의 말로 중전이 회임하였다는 기별을 받은 희란마님, 무릎 세우고 도성이 있는 방향인 북창(北窓)을 노려보았다. 시퍼런 독이 타올라 그 눈빛이 칼날이다. 그 눈독에 치일라 치면 사람 하나 죽이기 여반장으로 보였다.

'중전 고년이 회임을 하여? 뉘가 그저 순산하게 내버려 둔다 하더냐? 내가 주상의 성총을 잡으려 심지어 천하의 탕부라 하는 오욕까지 받고도 참았다. 이렇게 어이없이 몰락하라고? 어림없다! 죽어도 고년하고 같이 죽지 혼자는 못 죽는다.'

희란마님, 앞에 앉은 교인당을 가까이 다가앉게 하였다. 귀에다 대고 무어라 한참 속삭였다. 악독한 성정에 간교한 수단 한번 끝내주는 희란마님이 죽을 작심을 하였다. 여하튼 둥 중전을 해칠 꿍속을 펼치기 시작한 것이다. 아아, 두렵구나. 성덕궁 교태전 안에서 마냥 행복하기만 한 주상전하와 중전마마 앞날이 심히 걱정이로다.

이차저차 세월이 흐른다.

섣달 지나 정월. 새해가 시작되고 다시 돌아 이월. 추적추적 비가 내리었다. 얼어붙은 땅을 해동하는 단비이다. 처마 끝에서 똑똑 낙수가 떨어지니 밤잠 오지 않는 사람의 심회를 유난히 건드리는구나.

전전반측. 왕은 우원전 넓은 침전에서 이리저리 뒹굴고 있었다. 아무리 뒤척여도 잠이 들지 않아 결국 금침에서 벌떡 일어나 앉고 말았다. 그동안에 익숙하여진 버릇이라. 왕비와 한 베개 베고서 별의별 희롱 다 하다가 다정하게 안고서 침수하시던 터. 어여쁜 이를 떼어놓고서 홀로 주무시려 하니 도무지 허전하여 잠이 오지 않았다.

중전이 회임을 한 일이 꼭 좋은 것만은 아니었다. 호랑이같이 법도에 엄하신 대왕대비전하, 잉태한 터로 상감께서 중전을 가까이하시면은 아니 되오! 하고 딱 잡아 누르셨다. 잠시라도 떼놓을 수 없을 만큼 좋아죽는 사람을 지척에 놓아두고 열 달이나 손도 대지 말라니. 아니, 이런 변고가 있나!

"법도가 그러합니다. 곤전께서 회임하사 매사 조심함이라, 지아비이신 주상께서도 몸과 마음을 바르게 가지셔야지요. 당연 동침함도 피하셔야 합니다. 인제부텀 주상은 교태전 듭시지 말고 우원전서 침수하세요! 기별하실 일이 있으면 서간으로 하시고요. 임산부는 어지러운 바깥세상과 소식을 끊고 태교에 전념하셔야 합니다."

"아니, 그러하여도 그렇지. 할마마마, 그것이 저기…… 그래도, 음음음. 중전하고 소손은 언제나 함께 있어야 하거늘……."

어찌하든 그 일만은 피해보려 무진장 용을 썼다. 허나 소용이 없었다. 법도라는 데야 어쩔 것이냐. 법도라는데!

'쳇, 참말로 환장하겠구나, 그놈의 법도가 다 무어냐? 좋아죽는 신랑각시 생이별시키는 게 법도냐? 마음이 편안하여야 그것이 진정한 태교인 게지. 우리 서로 그리워서 전전반측, 이게 더 비에게 좋지 않지. 흥.'

아무래도 심란하여 이대로 잠들기는 틀렸다. 왕은 벌떡 일어나 소리쳤다.

"교자 대령하여라. 짐이 서경당 갈 것이다."

마침 그 밤의 숙직내관이 늙은 장 내관이었다. 지존께서 교자 대령하라 하시니 교군 깨워 대령하고, 발 내미시는 전하 태사혜를 신겨 드리었다.

"비도 오시는데 미끄러운 길로 후원 밤길 행차하시니까? 용체 젖어 아니 좋으실 것입니다?"

"음, 음. 짐이 도통 잠이 오지 않아서 말이야. 서경당 가면 다소간 잠이 올까 싶어서 그러하느니라. 짐이 이 밤에 어쩐지 울적하니 밤 산보라 하면 나을까 싶어서 그런걸."

어름어름 대답하시는 품이 궁색하였다. 후원 나가신다 하는 왕이 교태전 쪽만 바라보는구나. 눈치라 척인 장 내관이 지존이라 하여도 젊은 사내인 주인의 그 눈치를 못 챌 것이더냐?

"전하, 서경당에 납시옵소서. 쇤네가 알아서 할 것입니다."

불감청이언정 고소원, 서경당 가 있으면 중전마마 모셔온다 하는 말로 재빨리 알아들었다. 늙은 생강이 맵다고 눈치가 귀신인 터다. 전하, 싱긋 웃으시며 모르는 척 대답하였다.

"어이, 상선 너가 참말로 신통하다. 알아서 잘하여라!"

밝은 불이 켜진 서온돌.

지금 중전마마께서는 단정하게 앉아 옥돌같이 야문 글씨로 전하께 서간을 쓰고 있었다. 법도 따라 자수정으로 만든 반지와 목걸이, 팔찌를 차고 성현의 교훈을 새긴 옥판을 곁에 두고 계시다. 회임한 이후 그녀의 아침은 늘 옥판에 새긴 성현의 말씀을 소리 내어 외는 것으로 시작하였다.

십장생도 병풍이 쳐진 방 안에서 바느질 바구니 곁에 두고 훗날 아기씨가 입을 누비옷 마르는 것도 태교의 방법 중 하나였다. 이미 중전은 지아비이시자 부왕이 되실 상감마마 헌 속의대로 아기의 배냇저고리를 너덧 개나 말라놓았다.

아기의 의대를 부왕의 헌 의대로 짓는 것은 검소함을 왕실에서 솔선수범하여 실천하는 뜻도 있으되, 아바마마처럼 강건하고 아름다우렴 하는 뜻이 담긴 것이기도 하였다. 곁방에서는 중전마마 마음의 평온함을 위하여 궁중 악사가 잔잔하고 조용하게 거문고를 뜯고 있었다.

깊은 밤 봄비 내리는 소리. 그 속에 묻힌 거문고 선율이 구슬조각처럼 영롱하게 아로새겨졌다. 은애하는 이, 그리운 정은 어디 왕 혼자만의 마음이냐?

두툼한 금침 안에서 날마다 팔베개하여 주시고 희롱하여 귀엽게 사랑하여 주시던 지아비 아니 계시는 방. 유난히 쓸쓸하고 허전하다. 잠이 오지 않기는 그녀도 마찬가지. 사모하는 정이야 여심(女心)이 더 애틋하고 절절한 것. 그리운 심회를 낱낱이 적어 내려가는데 벌써 간서지가 두 장을 헤아린다. 그때에 흠흠 하는 기침 소리가 들리고 윤 상궁이 살며시 들어왔다.

"마마, 잠시 서경당 산보나 하시지요. 밤비가 처량맞게 나리니 진한 꿀차나 한잔 하옵시지요?"

중전은 함박 눈웃음을 머금었다. 보스스 얼굴 붉히며 작은 목청으로 확인을 하였다.

"전하께서 게에 나가 계시는구먼. 그렇지?"

"쇤네는 아무 말도 아니 하였습니다."

윤 상궁, 모르는 척 허공만 바라보는구나. 늙은 그이 얼굴에도 함박웃음이 머금어졌다. 중전마마, 마음이 바빠지니 냉큼 고운 초록 모본단 치마에 다홍빛 저고리 받쳐 입었다. 당의도 아니 걸치시고 두툼한 장옷만 푹 둘러쓰고는 가마를 타고 몰래몰래 서경당으로 나갔다. 물론 전하께 받쳐 올릴 다구(茶具) 챙기시는 것도 잊지 않으셨다.

서경당 사랑채에 이미 불이 밝다. 정자관 쓰고 앉아 있는 그림자가 늠름하고 단정하였다. 중전이 가마에서 내려서니 전하께서 인기척을 듣고는 방문을 활짝 열었다. 중전마마 마루에 사뿐히 올라서 전하께서 손을 내밀었다. 이내 두 개의 그림자가 하나로 합쳐졌다.

이미 아랫목에 금침 펼쳐져 있고 베개가 둘이다. 그 모양으로 심중에 있는 뜻 드러내시었다. 왕은 장옷 벗어 던진 어여쁜 지어미 껴안고 한참 동안 그 고운 얼굴 들여다보고 마음껏 어루만졌다. 깨물고 입술 탐하며 오랜만에 뜨겁게 희롱하였다.

"짐이 보고 잡았지?"

대답을 채근하니 방긋 웃는 웃음이 날아왔다.

"신첩이 그리우셨지요?"

대답 아니 하면 모르나. 그리운 정은 만리이며 급하고 갈구하는 뜻은 똑같이 장한데……. 나란히 금침에 누우니 하지 말라는 짓을 함께하는 참이라 꼭 무슨 죄를 짓는 기분이다. 하지만 금단의 열매가 더 맛이 있듯이 두 분 마마 마음일랑 한층 더 세차게 뛰놀고 두근두근하였다. 급하도다, 왕의 손은 옷고름을 풀기 바쁘고 입술은 한결 풍만해진 왕비의 젖꼭지를 애타게 물어 삼킨다. 영사 같은 중전의 팔이 듬직한 지아비 목을 꼭 끌어안았다.

회임한 지가 벌써 넉 달째로 접어들 참이다. 중전마마 가녀리고 날씬하던 옥체가 한결 풍만하여지고 아랫배 부근이 제법 동그랗다. 상감마마, 오랜만에 중전마마 속치마를 홀라당 걷어 올리고서 살살 희롱하며 내내 하고 잡았던 일을 해치웠다. 인제 제법 볼록 튀어나온 배를 어루만지는 어수를 살며시 가로막으며 중전이 낯을 붉혔다.

"그만 하옵시오, 마마. 저가 부끄러워 죽을 것이다."

"부끄럽기는 무에가 부끄러워? 짐의 아기씨까정 태중에 담고 있으면서도 수줍어하는 것이니? 지아비인 짐이 지어미 어루만지는 것인데 무에가 흉이오? 치워보소, 얼마나 더 부풀었는지 한 번 더 볼 것이야."

만류하는 그것조차도 섭섭하다 하여 불퉁하니 입이 한 길은 튀어 나온 상감마마. 들은 척 만 척 깨끗하고 보드라운 아랫배를 뜨거운 혀로 슬슬 애무하여 주었다. 그러다가 갑자기 중전이나 왕이나 깜짝 놀랐다. 그날 처음으로 아기씨가 슬그머니 뱃속에서 움직인 것이다!

태동(胎動)이다. 날수가 채워지니 아기씨가 태중에서 제법 자랐다 이 말이었다. 흥분하신 두 분이 한 번만 더 하여봐, 하시며 숨을 죽이며 기다렸다. 아기씨, 이번서는 제법 세게 발길질을 하고는 잠잠이다. 저 여기 얌전하게 잘 들어 있사와요, 하는 신호였다. 왕은 얼이 빠질 만큼 좋아서 헛헛허 그저 웃음만 실없이 흘리었다.

"참말 신기하다. 응? 참으로 예에 아기가 들어 있긴 하구나? 이놈이 발길질이 제법이니 탄생하면은 꽤나 개구쟁이일 것이야. 핫핫하. 거참, 신기하다. 거참, 신기하여!"

전하, 너무 대견하고 좋아서 중전마마 그 깨끗한 아랫배에 입술을 부비며 어쩔 줄을 모르신다. 또다시 궁금하였다. 다시 둥근 아랫배로 전하의 어수가 내려간다. 모체가 편안하니 아기씨가 다시금 슬며시 움직이고 있었다. 그 형용 손으로 어루만지어 확인하며 중전마마나 전하의 입가에 함박 웃음꽃이 피는구나.

그렇게 달게달게 한밤을 보내었다. 아무도 모르게 같이 지내신 일이 구설날까 겁이 난다. 장 내관이 안즉 어두운 새벽에 흠흠 헛기침을 하였다. 모르는 척 말끔하게 의관 정제하시니 교자 타고 두 분 마마 시침 뚝 따고 돌아가시는구나. 흥, 소문은 다 났다네. 모르는 척하는 것이지. 흠흠흠.

비가 그쳐 청량한 개울물이 넘쳐 나고 이른 새벽 별이 파랗게 떴다.

"짐이 중궁전까정 데려다 줄 것이다."

채워도 아쉽고 같이 있어도 보고 싶은 마음이다. 조금이나마 같이 더 있고 싶은 터로 왕은 교자에서 내려 교태전 앞까지 중전마마 작은 손을 꼭 잡고 함께 걸음을 옮겼다. 금원에서 중궁으로 통하는 월동문을 넘어가던 순간이다. 왕이 갑자기 헉, 하고 기이한 신음을 내질렀다. 아무 말 않고 돌아섰다. 뒤따라오던 중전의 어깨를 잡아 뒤돌려 세웠다.

"우원전으로 가십시다. 게서 짐이랑 무리죽 같이 받고 차나 하십시다. 이날은 조하 일이 다소 한가하니 분주하지 않소. 같이 갑시다."

말씀하시는 목청은 예사로우시다. 헌데 왜 갑자기 중궁 문을 들어서다 돌아서시어 이러하시는 걸까?

"사람 눈들이…… 할마마마께서도 신첩이 마마 곁에서 밤을 새웠다 하면 걱정하실 것입니다."

"보고 잡은 정이야 채워야지 편안한 것, 그것이 바로 좋은 태교라 합디다. 윤 상궁은 중전을 뫼시어라."

상감께서 딱 잘라 발을 막고 무조건 우원전으로 가자 주장하니, 영문을 알 수 없었지만 여하튼 중전은 시키는 대로 할 수밖에 없었다.

허나 심상찮음이다. 서둘러 중전을 가마 태워 내보내는 왕의 훤칠한 이마에 새파란 노염이 어리었다. 중전의 가마가 모퉁이를 돌아가는 것을 보고는 왕이 돌아섰다. 가만히 장 내관을 손짓하여 문 안을 들여다보게 하였다.

"어이쿠! 참말 망측하옵니다!"

늙은 장 내관이 깜짝 놀라 한 발 뒤물러섰다. 온몸을 부들부들 떨며 읍하였다.

세상에 이런 흉악하고 참혹한 광경도 어디 있으랴? 머리가 뜯기고 몸뚱어리 갈라져서 내장이 다 튀어나오고 피칠갑이 된 쥐들이 십여 마리 중궁전 마당에 죽어 나자빠져 있었다. 만약 중전마마께서 가마에서 내려 이 문을 넘으셨으면 참혹하게 죽은 쥐들을 보는 것은 물론, 심지어 발로 밟을 만큼 딱 그 자리였다.

회임 중이신데, 만약 충격을 받으시어 뒤로 넘어지기라도 하시었다면……. 아이고, 맙소사! 상상조차 하기 싫은 일이었다. 그것뿐이면 말을 아니 한다. 중전마마께서 서온돌 창을 열면 정통으로 눈길이 갈 만한 나뭇가지에 대롱대롱 흉측한 모양의 인형까지 매달려 있었다. 얼핏 보아하면은 딱 사람이 목을 맨 형상같이 흉악한 것이다. 회임하신 터로 예민하시니 중전마마께서 이를 보았으면 얼마나 충격이 크고 놀라셨을지 미루어 짐작할 수 있는 일.

"저토록 고약하고 흉악한 일이 있나? 천하에 발칙하고 더러운 것들! 당장 끌어 내려라!"

대로(大怒)하시어 추상같이 소리치는 상감마마의 하명에 따라 내관들이 죽을 둥 살 둥 급하게 죽은 쥐를 치우고 흉악한 인형을 끌어내렸다.

아아, 세상에 이리도 악독하고 통분스러울 수가 있을까? 그 인형은 바로 중전마마 형상이었다. 온갖 추잡스럽고 더러운 악설이 가득 적힌 주사(呪辭)에다 피칠갑된 옷을 걸친 인형이 목에 줄을 감고 매달려 있지 않는가. 중전마마께서 그런 꼴을 당하라 저주하는 것이 분명하였다.

"이 짓거리를 한 손모가지들을 그냥! 당장에 저 잡스럽고 요망한 것을 불에 태워 버려라! 허고 도끼를 내오너라! 짐이 이 흉악한 것이 걸린 나무를 빠개 버릴 것이다!"

상감마마 불같은 성미에 얼마나 노하였을까? 이 사이로 갈리는 음성이 나직하게 새어 나왔다. 평소 성품대로라면야 대난리에 날벼락이 떨어졌을 것이다. 허나 왕은 주먹을 움켜쥐고 꾹 참아냈다. 행여나 이 일을 중전이 알게 해서는 아니 된다는 본능 때문이었다.

"중전이 충격받으실 것이다. 입 꾹 봉하고 조금도 이 일을 알지 못하게 냉큼 치워라. 어서!"

시퍼런 노염이 어린 주상의 용안을 너무 두려워, 감히 아무도 바로 보지 못하였다. 내관이 도끼를 건네주자마자 왕은 냅다 인형이 걸려 있던 나무를 쾅쾅 베어 넘겼다. 상감마마 분노와 억누른 힘이 실린 도끼질에 죄없고 애꿎은 나무 한 그루가 맥없이 넘어갔다. 내려치는 그 손길은 정체를 알 수 없는 흉적, 중전마마와 태중 아기를 해치려는 검은 그림자에 대한 왕의 분노와 증오심이었다.

빠각빠각 생나무를 톱밥처럼 산산조각으로 내어놓고야 간신히 진정이 되었다. 왕은 아무렇게나 도끼를 바닥에 던져 버리고 장 내관을 돌아보았다.

"장 내관, 너는 지금 당장 소격전 태사를 불러 중궁전에 쌓인 악한 기운을 태우는 비방을 하라. 허고 재관이는 중궁전 경비하는 인간들을 모다 대전에 꿇어앉혀라! 짐이 이날 일어난 고약하고 더러운 일을 친히 탐문할 것이다!"

하지만 소용없다. 아무리 탐문하여도 뉘가 저지른 일인지 알아낼 수가 있어야지. 대궐에서도 가장 심처(深處) 중궁에서 버젓이 이런 짓을 자행하는 그림자가 쉬이 꼬리를 드러낼 정도로 허술하지는 않을 터. 흉적을 찾아내는 일은 결국 무위로 돌아가고 말았다. 결국 왕은 중궁을 경비하는 무장들의 수를 두 배로 늘리는 처분으로 심기를 안정하고 만족해야만 했다.

대궐을 발칵 뒤집고, 멍청하니 번을 선 금부의 병정들을 다 때려잡고도 싶었지만 그럴 수도 없다. 아무것도 모르는 중전이 충격받을까 저어하였기 때문이다. 쉬쉬하자니 소리 내어 일을 처리할 수도 없다. 겉으로야 아무 일 없던 듯 덮어버릴 수밖에 없었다.

게다가 치죄하여 벌을 주고 상하게 하면 태중 아기에게 아니 좋을까 근심스러웠다. 집안에 임산부가 있으면 비린 것도 피하고 피 흐르는 육고기도 잘 먹지 않는다 하는데, 태어나지도 않은 아기를 위하여 사람 목숨 후려잡고 피바람을 일으키면 원자의 팔자에 좋지 않으리라. 소격전의 태사와 부원군, 영의정까지 간청하여 이번 일은 없던 일로 하라 꾹 덮었다.

허나 도무지 마음이 편안치 않고 안정되지 않으니 미칠 노릇이로고!

왕은 며칠 내내 밤늦다이 편전에 앉아 생각에 잠기었다. 주먹을 움켜쥐고 몇 번이고 곱씹었다.

'뉠까? 과연 뉠까? 감히 중궁에 침입하여 그런 짓을 자행하고 중전과 태중 아기를 해치려는 그 검은 손은 대체 뉠까?'

본능적으로 떠오르는 얼굴 하나. 재성의 희란마님의 표독한 표정이 제일 먼저 눈에 잡혔다. 그러나 왕은 세차게 고개 흔들어 억지로 그 생각을 떨쳐 버렸다.

아무리 방자하고 교만하며 성정이 악독하다 하여도, 이렇게 대담하게 굴지는 못할 테지. 스스로 묻고 스스로 답하였다. 재성 집에 갇혀 오도 가도 못하는 죄인 신분이다. 권세 장할 적에 박아둔 눈과 귀는 이미 주상 당신이 다 잘라 버리지 않았던가. 어떻게 몰래 사람을 부릴 것이며 발각되면 단번에 목이 잘릴 일을 겁없이 자행하겠는가? 아무리 성총 잃어 강새암에 분한 악심이 표독하다 하여도 이런 일을 자행하지는 못할 것이다 싶었다.

'아무리 그러하여도 희란 누이가 짐을 은애한 마음은 진실일진대 짐의 피와 살을 이어받은 아기씨를 해치자 함은 바로 짐의 존재를 부정하는 것이나 다름없음이야. 차마 누이가 그러지는 못할 게다.'

명확한 이성은 그렇다 하는데 섬약한 마음은 아니다 부인하였다. 지난날, 주상 당신 그녀를 대할 적 그때는 거짓 하나 없는 순정(純情)이었다. 상대 역시 그러할 것이다 굳게 믿은 때문이었다.

'암, 아닐 게야. 고적하고 외로운 짐에게 이 아기가 어떤 존재인 줄 뉘보다 잘 아는 이가 누이일 것이야. 지금은 궁지에 몰려 무도하고 포악함이 드러났다 하여도, 짐의 성총을 빼앗아간 중전을 미워하고 투기한다 하되 짐을 진심으로 사모한 것은 참일지니. 그런 짓은 못해. 절대로 그리는 못할 사람이다.'

억지로라도 희란마님의 마음이 순정이라 믿고 싶어하는 마음. 그것은 왕의 마지막 남은 자존심이었다. 만약 왕을 대하여 애련해하고 미소 지으며 좋아라 하던 그녀의 모든 것이 단지 그가 〈왕이기에〉 보여준 교태라면. 왕의 권세에 호가호위하기 위하여 보여준 겉꾸밈만의 유혹이라면?

그런 하잘것없는 계집에게 미쳐 정사를 어지럽히고 강상을 버렸으며 어진 지어미를 박대하고 태중 아기까지 잃게 한 것이라면? 왕은 스스로의 미욱함과 어리석음을 어찌하지 못하였다. 민망하고 부인하고 싶은 부끄러움 때문에라도 왕은 더욱더 희란마님을 믿고 싶다. 마지막까지 가는 악독함이나 몰염치한 발악을 아니라 손사래 치고 싶다.

하지만 하늘을 두 손으로 가릴 수는 없는 일. 절대로 아니다, 아닐 게다 부인한 그 인간들이 바로 간특한 이번 일의 흉적이올시다! 어리석고 답답한 주상이시여!

그리 오래지 않아 이날의 자비를 뼈저리게 후회하실 터인데 어찌하면 좋노? 아아, 악인에게는 진정 어진 덕이 필요없음이런가!

지금 재성의 골방에 마주 앉은 교인당과 희란마님, 거복이 놈. 마지막 심보 하나까지 먹물처럼 시커멓고 잔인한 이 인간들. 독사물에 반죽하여 만들어진 듯한 이 천인공노할 인간들이 무슨 흉계를 또 꾸미고 있는 것이냐? 악독한 눈빛이 번들번들. 시커먼 눈알을 굴리고 있다. 두런두런 귓속말 전해가며 비소(誹笑)를 씹고 있는데…….

"천하의 흉악한 도둑년. 감히 이 희란의 것이던 주상의 성총 홀라당 빼앗아 호사부귀 누리면서 살고 있을 것이나 내가 어디 그냥 둘 줄 알고? 지금 태중에 아기 담고 별별 즐거움 누리고 있되 그 시절이 어디 평생 갈 줄 알고? 흥."

희란마마 교인당을 바라보았다. 미덥지 않아 다시 한 번 확인하였다.

"선이 고년이 설마 배신하지는 않겠지?"

"제 어미, 아비가 다 우리 수중이올시다. 제년이 저지른 일이 많으니 고년이 딴마음 먹어 우리를 찌르면은 제년 잘못을 우리에게 뒤집어씌우려고 하였다 하면 그만입니다."

"그저 중전 고년이 불에 타 콱 뒈지기라도 하였으면 얼마나 좋을꼬? 불이 나서 우왕좌왕할 적에 마루 끝에서 확 밀어버리라 하여라, 흥!"

"선이 년이 화약을 뿌리기로 한 곁방이 철지난 금침이며 타기 쉬운 것만 놓아두는 곳이니 금세 일이 나면 화광(火光)이 충천할 것입니다. 제발 귀신들이 도우사 일이 잘되면은 얼마나 좋을까요, 마마."

천인공노할 악한 짓을 계획하면서 천지신명을 부르는고나. 그 낯짝 한번 두껍고 양심없는 계집이 바로 희란마님이요, 교인당이라. 눈밝은 신명께서 어찌 이것들을 가만두고 계시나? 쯧쯧쯧.

한편 같은 시각 교태전. 희란마님의 지령을 받아 선이 년이 또다시 은밀한 행악을 꾸미는고나. 교활하고 악독한 고것이 중전마마 침전 벽 하나 사이 둔 곁방에 몰래 스며들어 가 있다.

전전날서 은밀히 기별이 와 사가로 나갔었더니 교인당이 와 있었다. 평상시 세 곱절이나 되는 두둑한 금전과 주머니를 하나 주었다.

"무엇을 어찌하자는 것도 아니란다. 벌레를 물리치는 약이니 금침 방에 뿌려만 놓으렴."

눈치가 없을까? 말 아니 하여도 선이 년, 속으로 짐작하기 희란마님이 중전 노리어 계교를 꾸미는 것이로구나 딱 알아차렸다. 물론 그전에 피칠갑된 사특한 인형이며 껍질 벗긴 쥐 소동도 다 이년이 한 소행이다. 새 금침 장만한다며 솜을 들이는 수레 안에 저주악살 방술친 인형을 숨겨 들어와 남몰래 달아놓았던 것이다. 저도 이미 한통속이며 빠져나갈 길이 없음이다. 잠잠히 고개를 끄덕였다.

여적까지 제년이 희란마님 시키는 대로 눈과 귀가 되어서 중전의 동정 살펴다 주고 받아쓴 금전이 얼마더냐? 이제 싫다 하여도 할 수 없는 일. 게다가 지난번 인형 소동 때 대난리가 날 줄 알아 납작 엎드려 숨을 죽이고 있었거늘, 의외로 잠잠함이라. 이년 배포도 상당히 커지고 있었다.

선이 년이 받아와 뿌리고 있는 이 가루는 명국서 들어온 화약이었다. 뉘든 들어와 불씨만 당기면 확 하고 타오를 물건이다. 저는 그저 한발 물러나 있으면 되는 것이다. 밤이면은 당연히 궐 곳곳에 불을 밝힐 것이니 아무것도 모르고 그 방에 등불을 붙이는 다른 무수리 년이 홈빡 뒤집어쓸 계교였다.

선이 년 재빨리 보란 듯이 요 껍질 벗기어서 방을 빠져나갔다. 금침 세답거리 이고서 천연덕스럽게 우물가로 방뎅이 흔들며 걸어간다. 아무도 이년 고약한 행적을 본 바도, 짐작한 바도 없으니 중전마마 안위가 진정 근심이로구나.

대궐 안에 오붓한 밤이 내리기 시작하였다.

아무것도 모르는 무수리가 이 방 저 방 돌아다니며 불을 켜기 시작하였다. 회임하신 후에 중전마마는 도통 어두운 것이 싫다 하였다. 그저 환한 것이 좋다 하시니 밤에 침수하실 적에도 불을 끄지 않는 터다. 그래서 교태전 모다 환하게 불을 밝히는 중이다.

선이 년이 화약가루 뿌려놓은 방에 무수리가 들어갔다. 어둔 방 바닥에 무엇이 뿌려진 줄도 모르고 불씨를 당기었다. 갑자기 확 하고 불꽃이 튀어 소스라친 무수리가 그만 엉덩방아를 찧었다. 바닥에 떨어진 촛불이 화약에 닿아 투다다닥 불꽃이 터져 삽시간에 솟구쳤다. 당황한 무수리가 어쩔 줄을 몰라 하는데 얼떨결에 옷자락에 불이 붙었다. 으아악! 비명을 지르며 불붙은 치맛자락을 마구마구 털었다. 몸부림을 치며 뛰쳐나오나 이미 화마(火魔)에 먹히었다. 겁나게 시작된 불길은 이내 방문을 넘어 서온돌 침전을 먹어 들어가며 처마 위로 넘실거리는 중이었다.

"불이다, 불! 불이야—!"

"교태전에 불이 났소—!"

중궁의 하늘 위로 벌써 화광(火光)이 치솟고 벌건 불길이 넘실거린다. 편전에 앉아 그날 돌아오기 시작한 암행어사들을 알현하사 고변을 듣자오시던 왕이 바깥의 소란에 놀라 고개를 돌렸다.

"이것이 무슨 소란이냐? 왜 이리 시끄러운고?"

"저, 전하! 큰일이 났습니다! 교태전에 불이 났습니다요!"

내관이 아뢰어 소리치는 말에 갑자기 가타부타 말씀도 없으시다. 벌떡 일어나더니 미친 듯이 뛰쳐나가시었다. 체면이고 체통이고 안중에 없다. 혹여 회임한 중전마마 옥체에 변란이 있을까 오직 그것 하나 근심함이었다.

'제발 무사하오, 중전! 고이고이 피하시오. 제발.'

궐 곳곳에서 달려온 무장들이며 궁녀내관들이 벌 떼처럼 달려들어 불을 끄고 있었다. 급한 김에 전각마다 마련된 *드므의 물까지 퍼부어 불길을 잡았다. 숨을 헐떡이며 달려들어 온 왕은 불길 잡느냐 하는 것에는 관심도 없다. 오직 중전마마 안위만을 묻자오신다.

"중전은 무사하시느냐? 지금 중전은 어디 계시느냐?"

"전하, 진정하시옵소서. 윤 상궁이 부액하고 박 상궁이 업어서 부용정으로 피신하시었습니다. 옥체에는 아모 탈도 없으니 근심 마옵소서."

"불이 대체 어찌 난 것이냐? 어찌 이리 궐 안 방비가 허술한 것이냐?"

중전이 무사하다 하니 비로소 제정신이 들었다. 상감마마, 훤한 이마에 퍼런 심줄 세우고 책임을 묻자 하며 호령하시었다. 중궁의 아랫것들과 내외금위 무사들이 쩔쩔맸다. 중궁의 서 내관이 찬찬히 지금까지 살펴낸 전말을 고변하였다.

"중궁전 무수리가 불을 켜다가 아마 실수로 촛불을 놓친 듯합니다. 금침 두는 방 안이라 불길이 삽시간에 솟구쳐 이내 번져 간 듯하옵니다. 그 아이는 치마에 불이 붙어 화상이 심하니 죽을 둥 살 둥이라. 전의가 업고 갔습니다만 살기가 힘들 것이다 이리합니다."

"어찌 그토록 조심성이 없을꼬? 쯧쯧. 회임하신 터에 무척 예민하신 중전 생각을 그리도 못하는가? 짐이 부용정 갈 것이다. 오늘서는 교태전에 못 계실 것이니 우원전 침전에 자리 마련하여라. 게서

---

*드므: 물을 담아놓는 넓적하게 생긴 청동 독. 하늘의 화마가 그 물에 비친 자기 얼굴을 보고 제풀에 놀라 달아나라는 주술적인 소방 용구

며칠 계시게 할 것이다."

주상전하 그렇게 마무리하고 돌아서시되 흠칫 등골이 써늘하였다. 중전께서 무사하시니 다행이다. 불이야 날 수 있고 무수리 실수가 너무 명백하니 무어라 더 이상은 캐지 못하였다. 하지만 자꾸만 불길하고 심상찮은 이 느낌은 어디서 오는 것일까?

우연의 일치다. 짐이 알기로도 궐 안에서 화재가 난 것이 여러 번이 아니냐. 무수리의 실수라 하지 않는가. 단순한 사고인 게야. 스스로를 납득시키고 놀란 마음을 진정하려 하되, 쉬이 편안해지지 않는 이 심사는 대체 왜 이런가?

왕은 설깃 고개를 돌렸다. 재성이 있는 남쪽이다. 한동안 남쪽 허공을 응시하는 왕의 눈빛이 더없이 싸늘하였다.

회임하신 연후에 졸음이 많아진 중전마마. 주무시던 참에 불이 났다 한다. 곁에서 시중들던 박 상궁 등에 업혀 부용정으로 피신하시었다. 놀란 가슴 진정하시어 좌정하신 이후에 비로소 윤 상궁이 무수리 아이 실수로 불이 났다 아뢰었다.

"바로 마마 침수하시던 곁방이니 금침 놓아두는 방 말입니다요. 정화가 부싯깃을 치다가 아마 그 불똥이 솜에 튄 듯합니다. 게는 불을 켜지 말라 할 것을 잘못하였습니다. 마마께서 요 근래 어두운 것을 싫어하시어 곳곳 모다 불을 밝힌 것인데 이런 사고가 난 것이라. 사람들이 빨리 대처를 하여서 이 정도로 잡힌 것이 천만다행입니다. 주상전하께서 대경실색하셨을 것입니다."

죄라 하면 오직 하나. 부싯깃 한번 잘못 친 그 무수리. 이미 궐 바깥으로 옮겨진 터였다. 궐에서는 왕실 가족 이외에는 병이 나서도, 죽어서도 아니 된다 하는 법도 때문이었다. 화상이 깊어 소생 가능성이 없는지라 전의가 그 당장에 사가로 내보내시오 하였다. 불에 타 일그러지고 흉측한 몰골, 혼절한 채로 장옷에 돌돌 말려 외가마 태워 사잇문으로 불쌍하게 내보내진다. 죄를 물을 것도 없이 그 이튿날로 숨을 거두었다. 선이 년이 부린 야료에 불쌍한 무수리만이 전부 뒤집어쓴 것이다.

중전마마 다음날 아침에 그 소식 전하여 들으셨다. 말릴 사이도 없이 커단 눈에 눈물이 글썽하였다. 비단 치맛자락에 눈물이 뚝뚝 떨어졌다.

"정화 인생이 참으로 불쌍타! 장례라도 잘 치러주어야지. 김 상궁 자네가 그 아이 사가로 한번 다녀오시오. 한번 실수로 죽음에 이르니, 팔자가 그리 기박하구려. 뉘가 불을 내고 싶었을까? 그 방이 허드레 물건 간수하는 곳이라 종이며 금침이며 탈 것이 많아 항시 조심하라 하였거늘."

아름답고나, 국모의 어진 덕이여. 중전마마 손수 천한 무수리를 위해 백미 몇 섬과 수의감 포목. 장례비조로 은전을 하사하시었다. 김 상궁을 사가로 내려보내 문상을 하시니 그 부모, 흙바닥에 엎드려 중전마마! 하고 감격의 울음을 터뜨렸다.

낮은 데를 가려 보살피시고 인정을 베푸시니 인덕은 저절로 따라온다. 하늘도 감동하실 것이니 어찌 중전마마께서 천복을 받지 않으랴?

 하지만 애꿎은 생목숨 하나 말짱하게 해친 희란마님. 지금 분함에 이를 바득바득 갈고 있었다. 머리카락을 아드득 쥐어뜯고 있다. 불이야 저들 꿍심대로 잘 났지만 목적이었던 중전 년 머리털 하나 상하지 못하였다니. 이런 빌어먹을 일이 있나! 희란마마 애타고 분하여 찬물만 연신 들이킨다. 악한 심화(心火)가 도무지 꺼지지 않으니 어찌하리오. 실로 고년 복이 천복이다! 이사이로 시퍼렇게 내뱉는데 앞에 앉은 교인당도, 거복이 놈도 꿀 먹은 벙어리였다.

 "하늘이 주신 복은 당할 자가 없다 하더니, 참말 중전 고년은 천복을 타고난 년이다. 응? 아이고, 분하여 못살 것이다! 생살을 씹어 먹어도 시원찮은 터, 죽일 년."

 빠각빠각 이를 가는 희란마님. 이판사판 막가자는 뜻이다. 어찌하랴, 중전마마께 반드시 위해를 끼치고야 말겠다 결심, 대결심인데……. 아아, 상감마마, 차라리 그전에 이 악인의 목을 베고 끝내셨어야지요. 어찌하여 살려두어 이날의 화(禍)를 자초하신답니까? 쯧쯧쯧.

 오호통재라. 중전마마에게 닥친 마지막 위기로구나. 모다 숨죽이고 다음 대목으로 넘어가오.

제11장 국면 전환

　　　　　　문밖은 한창 좋은 시절. 춘삼월 지나 강남 갔던 제비가 돌아오고 다시 흘러 사월. 초파일 행사에다 청명 곡우 지나니 오월이로다.
　단오절 잘 지내고 망종이라. 모시옷도 준비하소. 삽상한 여름치레 시작하여야 할 때다.
　붉고 하얀 모란꽃이 금원에 가득 피었다. 스치는 바람에 얄보드레하고 난만한 꽃잎을 뚝뚝 떨어뜨렸다. 그 아래로 철 늦은 창포가 칼같이 꼿꼿이 서서 보라 꽃잎을 활짝 펼치었다.
　금원 서경당.
　"그리하여 자(子) 왈, 매사 조심하여 사물을 바라보며 깊이 판단하여 헤아릴 것이면 이가 바로 군자의 덕이라, 하였나이다. 오늘은 이만 하옵지요, 마마."

　주렴을 친 아랫목. 보료에 앉으신 중전마마, 열심히 공부 중이다. 한 칸 떨어진 윗방에 서안을 펴놓고 강학을 하던 대제학 심우정이 책장을 덮었다. 연해 소반 놓고 기다리던 윤 상궁이 두 분에게 차를 올렸다.

　"남도서 말차 단지가 진상된 고로 이 중전이 직접 화로에 올려놓고 볶았답니다. 향기가 그만하니 드셔보시지요. 어제 전하께도 올려 드렸더니 향기가 무척 좋다 기뻐하셨답니다."

　비단실보다 더 가늘게 잣아 지은 모시 치마에 저고리. 금박 무늬로 봉황 아로새겨진 모시 당의로 성장한 중전마마, 옥구슬 구르듯이 낭랑하고 보드라운 목청으로 스승께 차를 권하였다.

　수태하신 지 어인 여덟 달이 되어가니 만삭이다. 아랫배가 둥실하니 만월처럼 부풀어 오르시고 몸도 많이 나셨다. 허나 고운 옥안에 기미 하나 없고 옥잠화 모양 단아하고 고와지시기만 하니 어인 조화일까? 오뉴월 복중에 잉태하여 몸이 무거움이라. 은근히 힘이 드신 것도 같지만 정좌하여 책을 펼친 자세는 하나 흔들림이 없었다.

　후원 깊숙한 서경당에다 출산을 대비한 산실을 정하였다. 상감마마 세자 시절, 종종 거처하셨고 생모 희빈마마와 선대왕께서 찾아오시어 쓰다듬어 주셨던 곳이니 주상 당신의 마음의 고향이다. 행복한 추억이 어린 이곳에서 우리 아기씨를 출산하오 하명하시었다.

국면 전환　291

주상께서 직접 산실로 정하여진 안방에 용사비등(龍蛇飛騰)하는 어필로 편액을 하사하셨다. 정심각(正心閣). 바른 마음으로 바르게 태교하여 훌륭한 원자를 생산하오 기원이 담긴 이름이었다. 하여 중전은 산실청을 차린 지난달 말에 거처를 옮기시었다.

중전마마께서 만삭이 되어가니 도제조와 권초관을 임명하고 산실청을 차리었다. 홍준을 비롯한 내의원 삼제조가 동시에 돌려 번을 선다. 어의, 내의, 침의, 의약동참 하여 스무 명이 넘는 산실청 관리들이 대기하였고 경험 많은 궁궐의 조산부들과 의녀들이 배속되어 중전마마의 출산을 대비하였다.

더 반갑고 든든한 것은 사친인 김익현이 서경당 사랑채에 숙직하면서 중전마마를 지키는 일이었다. 유모도 따라 들어와 중전마마를 보살피고 있고 게다가 창빈마마께서도 입궐하시어 시중을 들고 계신 것이 제일 반가운 일이었다.

"신첩에게는 사가의 어미가 없습니다. 출산하고 조리하여 주실 분이 계셔야 하는데 신첩께 창빈마마를 보내주십시오. 우리 아기도 창빈마마께 훈육을 부탁하렵니다. 전하를 이토록 바르고 활달하게 훈육하신 분이라. 그 얼마나 반듯하고 어진 분입니까?"

출산 후 몸조리를 핑계 대며 중전은 상감마마께 정업원의 창빈마마를 다시 입궐케 하여달라고 간청하였다. 항시 그 마음의 못인 그분과 주상을 화해시키고 싶었다. 마음은 있되 서로가 단호한 자존심이라. 여전히 뻣뻣한 상감마마. 은애하는 중전께서 아기씨 출산 후 몸조리를 부탁하겠다는 데야 어쩔 수 없다.

억지가 반이었던 고집을 꺾고야 말았다. 직접 어가를 타고 나가 창빈마마께 솔직하고 곡진하게 사과하였다. 공손하게 부탁드리었다.

"비(妃)가 생모를 어린 날 잃었기로 어미의 정을 모릅니다. 인제 아기씨를 출산하자 하나 매사 두렵고 불안한가 봅니다. 하여 창빈 어마마마를 곁에 두고 가르침받고 의지하고자 하니 허락하십시오. 짐의 허물은 덮어두시고 어진 곤전의 덕만 생각하시사, 그이를 도와주십시오. 부탁드리옵니다."

"주상전하의 지난날 허물이야 영명한 성총 밝히시사 성군 되신 그 덕으로 벌써 잊었나이다. 중전마마께서 귀한 아기씨 회임하사 직접 부탁하시는 데야 어찌 이 어미가 거절하리이까? 주상 닮으신 씩씩한 원자를 낳으시지 못하면은 이 어미가 중전마마 호되게 다스리리라."

그날로 창빈마마는 다시 입궐하시었다. 대왕대비전하, 잘되었다 옥루까지 보이시며 치하하시고, 밝은 도리 찾으시사 인의효덕 바로 잡으셨다 선비들이 칭찬한다. 이 모든 것은 바로 조용히 주상전하 허물을 가려 덮는 중전마마 내전의 덕이 아닐 것인가?

조용하고 정결한 곳에서 거처하시면서 밤낮으로 태교에 힘쓰시구나. 워낙에 심성이 어질고 밝은 데다가 좋은 공부에 고운 말씀만 하시고 옳은 생각 하시며, 바른 글만 읽으시니 환하고 아름다운 덕성이 어찌 더 빛이 나지 않으랴?

중전마마, 찻잔을 놓고 대제학을 바라보며 미소 지었다.

"듣자오니 스승께옵서 둘째 따님을 연전에 출가시키었다 하더니다."

"어찌 하찮은 미신의 딸년 일까정 알고 계시는지요? 말씀은 맞사옵니다만…… 제 딸년을 어찌 보시었나이까?"

대제학 심우정이 놀라 부복하였다. 중전마마 옥안에 그리움이 어렸다.

"그 동무는 기억이나 할지 모르겠으되 간택 때 이 중전과 함께 말을 튼 사이입니다. 동무가 활달하고 시원시원하며 심덕이 아름다워 두고두고 교우(交友) 하자 약조하였는데…… 운명이 갈려 이 중전은 궐 안에 남고 동무는 출궁하시었지요. 언제고 한번 동무를 다시 뵙고 싶습니다. 기별하여 주십시오."

"전하겠습니다. 참으로 딸년이 광영이옵니다. 홍산 최씨 가문 종부가 되었사온데 미거하고 어리석어 아비 망신만 시키는 줄 아옵니다."

대제학이 나가고 김 상궁이 들어왔다. 대청으로 심부름을 보낸 터다. 중전마마 고개를 돌렸다.

"대전에 나간 일을 알아보았는가?"

"예, 마마. 대전의 진노가 크시니 용마루가 날아갈 지경이라 합니다."

"……백성의 고혈을 빠는 탐관오리들의 실정을 들으신 것이니 어찌 심기가 편안하시랴. 자네는 대청 다시 나가서 소상히 동정을 잘 살피고, 퇴청하시는 호조좌랑 한번 뵙자 이르시게."

"분부받자옵니다."

바깥의 그늘에 앉아 있어도 땀이 줄줄 흐를 정도인데 편전의 공기는 차고 엄하다. 좌우로 벌려앉은 중신들, 두렵고 떨리어서 고두한 채 전전긍긍하고 있었다.

지난가을 전하께서 내보내신 어사들이 속속들이 돌아오기 시작하였다. 주저리주저리 지방 관속들의 실체를 명확하게 고발하였다. 이제 상감께서는 항시 괜찮사옵니다. 그저 잘되고 있나이다 말이 얼마나 거짓된 것인지 확실하게 알게 되시었다. 사리사욕(私利私慾)에 눈이 먼 간신배들이 성총 가리우고, 인(人)의 장막을 친 후, 전횡하여 벼슬자리 팔아먹고 백성 고혈 쥐어짜는 일들이 모다 밝혀진 참이니 어찌할 것이더냐?

용상에 앉으신 전하. 영라도 땅에서 돌아온 암행어사 이규광의 고변을 받자옵고 계시다. 구구절절 아뢰는 말에 한숨뿐이었다.

생각하였던 것보다 죽도에 근거지를 둔 해적의 침입에서 발생한 피해는 더 막심하였다. 탐관오리들의 탐학은 더없이 기가 막히었다. 당신의 눈이 미치지 않는 곳에서 백성들이 더없이 고생을 하고 궁핍하게 살고 있음이라. 선대 장조대왕께서 이십여 년을 고심하여 이룩해 놓은 부국의 기초가 뿌리서부터 흔들리고 있다 함을 알게 되었으니 이를 어쩌랴?

"인간들이 보자 보자 하니 하는 짓거리가 더없이 고약하도다. 짐을 기만하고 속여먹기 이토록 무엄하다니! 영라도 땅 육십여 부(俯) 중에서 관속들이 염직하니 일을 잘하고 윤택한 곳은 반도 아니 된다 함은 무슨 뜻인가? 백성 고혈 짜서 제놈들 배불리고 왕 노릇을 하고 있었던 것 아니냐? 백성들은 고생하며 모다 짐만을 원망하였을 것이니 어찌 잠자리가 편안하였을 것인가?"

이 모든 일은 바로 잉첩에게 홀리어 허수아비 노릇을 하였던 어리석은 왕 자신의 실덕 때문이다 싶었다. 어찌 주상의 마음이 편안하시랴? 벌써 미간에 격한 심줄이 퍼렇게 서 있었다.

도무지 진정할 수조차 없을 만치 노엽고 기분이 나쁘다. 격하고 열불나는 심사로 따지자면 뉘든 눈앞에 있는 것들 죄다 당장에 박살을 내고 싶은 심정이었다. 용상에 앉아 발을 구르며 길길이 중신들을 향해 삿대질을 하시었다.

"눈들이 있달지면 보라! 예에 앉아서 그저 좋나이다 하고 있으면 그것으로 끝나는 일인 줄 알았더냐? 참으로 한심하다! 도무지 믿고 일을 맡길 이가 없어! 눈이 있으면 보고, 입이 있으면 말을 해보라! 언제고 애먼 중전의 누명 들추어 폐서인하여 죄를 주라고는 떼지어 들고일어나기 잘하더니 말야. 어째서 이런 일에는 전부 입 봉하고 벙어리마냥 도사리고 앉아만 있는 것이냐? 참으로 녹을 받는 처지로 망극하고 부끄러운 줄 알라!"

"망극, 오직 망극하옵니다, 전하!"

입은 있으되 할 말이 없다. 중신들 고개 조아리고 이구동성, 그 말뿐이다. 그런 꼴들 앞에서 왕은 더 노화가 치밀어 올랐다. 암행어사들이 올린 장궤 두루마리들을 전전긍긍 죄인마냥 꿇어 엎드린 신하들을 향해 격하게 내던지었다. 멀리 날아간 두루마리가 심지어

공조판서 허유인의 얼굴에 정통으로 맞기까지 하였으되 누가 감히 나서서 왕의 치솟는 격한 노화를 만류할 것이더냐? 왕은 용상의 팔걸이를 부서져라 주먹으로 두들겼다.

"황공하옵니다, 망극하옵니다. 그딴 입에 발린 소리들 말고 좀 쓸모있는 말을 하여보라. 아주 꼴값들 잘 떨고 있구먼? 짐더러 옳은 정사를 펼치라 말은 못한 주제에 그저 향락만 하여라 부추기기는 잘하였었지? 그런 인간들이 조하를 채우고 있으니 짐이 무슨 성군이 될 것이야? 천하의 폭군이 되지 않는 것만도 다행한 일이지!"

"제발 고정하시옵소서, 전하! 감히 어떤 입이 성상의 위엄을 두고 폭군이라 하겠나이까? 그저 진노를 푸시옵고 아름다운 하교를 하여 주시기를 비옵나이다."

영의정 한영회가 그나마 침착하게 고개 조아리며 감히 한마디 아뢰었다. 허나 왕의 노염을 가라앉히기에는 역부족이었다. 발로 용상의 기단을 걷어차며 버럭버럭 고함치는 왕의 노화를 막을 자 그 중에는 아무도 없었다.

얼마 후 격한 노염이 다소 가라앉았다. 왕은 두려움에 굳어져 석상이 된 중신들을 내려다보며 말을 이었다.

"하지만 짐이 깊이 생각한 것이니 당장에 죄주고 벌주는 것만이 능사가 아니라 싶기도 하다. 이미 일어난 일들을 가려 상벌을 줌도 중요하나 이제 앞으로 잘함이 더 중요한 것 같소. 성심을 다하여 일을 처리하되 큰 공(功)이 있는 한은 앞의 실책을 불문에 부칠 수도 있는 일. 당장에 급한 일은 함평의 식량 사정 구휼하는 일이며 아래

지방 해적들 발호를 막는 일이라. 그 문제를 잘 의논하여 당장 처리하시오! 이미 어사들이 부패한 지방 관속들을 대강은 처분하였다 하니 급한 불을 껐다 싶어. 허니 경들은 성심을 다하여 짐의 근심을 덜어주오."

처음의 서슬 푸른 호령질로 보아서는 당장에 목들을 뎅겅뎅겅 자를 것같이 격하였다. 추상같은 고함 소리로 얼을 빼놓더니, 슬쩍 돌려치며 달래고 은근히 격려함이라, 신하들 혼백을 제 맘대로 움켜쥐고 다그치는 요령이 한결 더 세련되시다. 참으로 위엄이 높으시고 사리분별이 밝으시니 그저 격하여 고함만 지르시던 옛적의 모습에 대면 한층 성숙하여지시고 주상 된 기틀이 딱 잡힌 것이다.

일을 잘하면은 앞의 실책 어지간히 묻어두고 그만큼 대접하겠다. 은근히 달콤한 꿀물을 눈앞에 흔들어대었다. 허니 특히 뒤가 마려운 구석이 있는 신하들은 오직 제 살길이 예에 달려 있다 싶어 죽을 참으로 잘하여볼 것이다 각오를 단단히 하며 분주하게 대전을 물러나는구나.

왕은 입가에 서늘한 미소를 엷게 지으며 지켜보고만 있었다. 지금은 어차피 그 뿌리가 깊고 대세이니 당장에 모다 쳐내지는 못하리라. 허나 아무리 너들이 날뛰어보았자 결국은 다 잘라 버릴 것이다 속으로 다짐하시는 그 심중을 아직은 아무도 모른다.

아까 무릎 꿇고 앉은 중신들을 내려다보던 상감마마. 이놈, 저놈 하고 월성궁 보따리들을 눈으로 헤아려 보니 반을 훨씬 넘어갔다. 그렇게 대세를 이룬 터이니 짐을 감히 능멸하여 기만하고 제멋대로 정사를 농단하였겠지. 속으로 혀를 찼던 것이다.

'흥, 이날서 사지에서 벗어났다고 너무 좋아하지 말라고들! 일단 큰 죄 하나 얽어 눈에 띄게 설치는 인간들 여남은 명 본보기로 쫓아내고 나서 슬슬 지방 관속부터 하여 완전히 물갈이를 할 것이다! 두고 보아라. 짐이 너들 흉측한 심사 몰라서 그냥 놓아두는 줄 아느냐? 짐이 이미 샅샅이 네놈들 탐학을 조사하고 있으니 어디 두고 보자꾸나!'

그렇게 전하께서 호령질하여 혼을 내신 참이라. 그 밤으로부터 하여 근 열흘이나 날이면 날마다 두 서넛씩 관복 벗기어져 궐문 바깥으로 내동댕이쳐지는 수모를 당하는 중신들이 생겨나기 시작하였다. 물론 벽파의 썩은 간신들이다. 그중에는 정안로의 오른팔인 이조판서 이훈이며 한성부윤 민충재며 공조참판 서인직도 포함되어 있었다. 다는 아니되 조정서 정안로를 호위하여 힘깨나 쓰던 사람들이 그렇게 대놓고 잘려 나가니 전하의 뜻이 어디에 있는지 아니 보일 것인가?

그 며칠 사이로 정안로가 궐에 들어도 뉘든 외면하고 아는 척을 하지도 않게 된 것이 자연스런 세상인심이었다. 그는 인제 좌의정이란 감투가 그저 무거운 짐이요, 오욕 같아서 견딜 수가 없다. 그렇게 제 심복들을 하나하나 골라내어 단번에 잘라내시면서도, 그런데 전하께서 굳이 저에게는 아무런 다른 빛이 없으시고 물러나라 하는 말씀도 없으시다. 이는 또 무슨 뜻이냐?

정안로, 그것은 왕이 제게 주는 벌이라 느끼었다. 육신의 고통보다 더 큰 정신적인 형벌. 마치 짐승을 사냥하듯이 차근차근 저를 몰아붙이어 결국 파멸시키고야 말겠다는 뜻인데 짐승인 너를 죽이기 전에 그동안 실컷 마음고생하여 보라! 이런 뜻이다. 자다가도 식은 땀을 흘리며 벌떡 일어나기 몇 번. 그럴 때마다 정안로는 왕이 저를 얼마나 미워하고 배신감을 느끼고 있는지 아프도록 깨닫고 있었다.

'그때가 언제일까?'

정안로는 풀기없는 헌옷처럼 후줄근한 자신의 주름진 손을 깍지 끼며 지금 딱 죽어버려야 하는 것은 아닌지 곰곰이 생각하였다. 오직 하나 그를 구원해 줄 유일한 희망이 있다면은 안해인 정경부인이었다.

'그나마 전하께서 부인은 귀하게 여기시니 그 지아비인 나를 아무리 실책이 크다 하여도 주살하시지는 않으실 것이야. 또한 중전마마께서 어지시니 그래도 정승인 나를 살려는 주시겠지. 그저 죽은 듯이 조하 물러나 엎드려 살 것이면 전하께서 다소간 노염 풀리시어 여생이나마 평안하게 해주실 것이야. 휴우— 그저 큰마마가 원망스럽구나. 그 처신이 경박하고 모질어서 매사 주상 성미 건드리어 성총일랑 홀라당 빼앗기고 재성에 유배되듯이 쫓겨간 이후로 나에 대한 전하의 노염이 더 격하여진 것이니, 이 딸년이 내게는 원수나 다름없구나.'

주상이 딸년에게 퍼주는 성총에 기대어 한시절 잘 지냈을 적에는 이런 생각 하였을까? 그저 그 딸년 금이야 옥이야 떠받들며 먼저 나서서 옳고 그름 가림없이 장단에 춤을 춘 것은 생각도 나지 않는가?

제 죄는 두어두고 마냥 희란마님만 원망이다. 이(利)로 맺어진 사람들의 말로는 부녀지간이라 하여도 이렇게 배신으로 끝이 나는구나.

정안로는 애첩의 풍염한 품속에서 누워 있어도 비바람 부는 들판에 홀로 서 있는 것 같은 막막함을 느끼었다. 머리카락 한 올 같은 가느다란 희망에 목숨을 의지하는 심사가 바로 그러할지니 종말을 기다리는 도살장의 짐승이 바로 제 신세와 똑같다 싶었다.

그런데 날벼락은 도성의 궐 안에서만 일어나고 있는 것이 아니었다. 재성의 희란마님. 말 달려온 전령의 추상같은 어명 앞에서 퍼들퍼들 사지를 떨고 있는 참이었다.

어명을 전하러 온 승지가 왔다 한다. 혹시 전하께서 이 몸을 도성으로 환도시켜 주시려나 희망에 젖어 버선발로 뛰쳐나갔다.

허나 그녀에게로 날아온 전교는 무정하고 엉뚱한 날벼락이었으니! 아이고, 꼬셔라!

"재성 여인에게 하명하노니 오륙 년 전에 전하께서 월성궁 가용(家用)으로 하사하신 장해도를 반환하라 하시오!"

전하께서 한참 희란마님 저에게 미쳐 천지분간 못하고 모다 퍼주실 때였다. 한철 수만 냥 내탕금으로 모자라다 저가 앙탈하니 짐이 고운 누이 패물 값 하나 못 줄 것이야? 호기 부리신다. 가용(家用)으로 쓰오 기분껏 하사하신 것이 바로 남도 해안 풍성한 섬 하나였다. 게서 나는 모든 산물이며 세(稅)며 노역이 국고로 들어가는 것이 아니라 전부 월성궁으로 들어오게 한 참이니 그 얼마나 큰 재물이냐?

그런데 갑자기 이날 그 섬의 민폐가 극심하고 수탈이 가혹한지라 도무지 그대로 놓아둘 수가 없으니 도로 반환하여야 하겠노라 하는 무정한 하교이셨다.

"이미 쌓아둔 재물 충분하고 하사하시는 내탕금도 부족함이 없을지니 굳이 그 섬 세물이 필요없음이오. 어명(御命)이 지엄하니 추호도 어김없이 봉행하여야 할 것이오!"

뽀글뽀글 거품을 물었으되 도무지 방도가 없다. 무심한 전령은 말을 타고 가버리고, 남은 것은 날벼락 맞아 사지 퍼들거리며 기절한 희란마님뿐이었다. 교인당이 아랫것들 재촉하여 방 안에 업고 들어와서 찬물 뿜어낸다, 탕제 올린다 수선 피운 끝에 눈을 뜬 희란마님. 이날 일이 꿈이냐 생시이더냐? 제 생살을 꼬집어보고 싶었다.

"전하, 이 누이를 아예 죽이시오! 흑흑흑. 온갖 수모 박대 참아내며 주상 위엄 더럽히지 말아라 호령하시어, 설움 참아내며 여기까정 아모 말도 못하고 밀려 내려온 터입니다. 이 누이 무엇으로 낙을 삼고 살라고 이제는 돈줄마저 끊으시는 것입니까? 참으로 이러실 수는 없는 것이니다, 전하. 전하—! 으흑흑흑흑!"

희란마님 서러운 울음소리가 오래도록 끊이지가 않았다. 단 한 해 사이에 이토록 이 희란의 신세가 팍팍하여지고 구차스럽게 되었더노? 그나마 내가 훗날을 기약하며 사람들을 부리고 도성이며 궐 안팎 사정 살피는 눈과 귀를 움직이는 것은 돈 줄 하나 가지고 있었기 때문인데 이날서는 그도 못하게 되었으니 이제 내가 어찌 살라 이 말이더냐?

물에 빠진 이가 지푸라기라도 잡는 기분으로 교인당의 손을 부여잡았다.

"이 희란에게 미쳐 그저 다 줄 것이니 한 번만 누이가 짐을 보아 주오 하며 온갖 감언이설에 애원을 하여 내가 내 팔자 쥐어뜯으며 잉첩 자리 앉았더니 지금서는 단물이란 단물을 다 빨아먹고 싫증이 나니 마치 못 쓰는 물건인 양 내다 버린 주상께 반드시 복수를 하고 말 것이야! 내 눈에서 피눈물 흐르게 한 터이니 당신 눈에도 피눈물이 나야지. 그것이 사리에 맞는 것이지! 여보게, 교인당. 내가 한 십만 냥 남은 것이 있네그려. 이참에 다 털 것이니 어찌하든지 일을 하여보게나. 응? 중전 고년을 태중 어린놈과 함께 잡을 방도가 진정 없겠나?"

교인당이 십만 냥이라는 엄청난 재물에 자기도 모르게 침을 꿀꺽 삼켰다. 자자손손 십여 대를 써도 줄지 않을 재물이다. 그것을 제게 다 안겨준다 나서니 어찌 욕심 많은 그녀가 회가 동하지 않을 것인가? 한참 동안 이맛살에 주름을 지으며 생각에 잠긴 터로 마침내 교인당이 입을 열었다.

"아주 독한 악살(惡殺)을 쏘아 산실서 더 이상 있지 못하게 만들면은 될 것입니다. 잘못되면 쇤네가 오히려 피 토하고 죽을 것이니 감히 시행할 엄두를 내지 못했던 것입니다. 그러나 이제 일이 이렇게 된 이상 그 방도뿐이라. 쇤네 목숨을 걸고 큰마마의 소원을 이루어

드릴 것입니다! 마마, 당장에 중전의 속의대를 하나 구하십시오! 반드시 속살이 닿는 속고의여야 할 것이며 지금껏 쓰고 있는 것이어야 할 것입니다."

"선이 년이 있으니 그깟것이야 구하기 여반장이지만, 그것으로 무엇을 할 것이누?"

"제가 아는 비방이 영험하니 달포 동안 정성 들여 악살을 쏘아 중전이 덮는 이불에 몰래 넣어놓으면은 백이면 백 그 이불 덮는 이와 아기가 몸이 상하고 피를 토합니다. 또한 산모의 정수리에 살이 침범하여 잠을 편안하게 자지 못하게 하며 도통 저분질도 못하게 말려놓는 것이니 저가 몸이 괴롭다 하여 살고 싶으면 산실을 벗어나게 될 것이라. 세상서 가장 큰 죄가 태중 아기 해치는 것이니 이런 비방이 있되 이것이 잘못되면 오히려 살을 쏜 저가 죽어 나자빠지니 감히 하지를 못하는 터입니다. 허나 큰마마 사정이 하도 절실하니 저가 어찌 목숨이 아깝다 하여 망설이랴? 당장에 일을 할 것이니 당장 중전의 속고의 하나만 얻어주십시오."

"자네 말을 알아는 듣겠는데 그런 모진 살이 쏘아질 것이면 발각이 나지 않을 것인가? 중전이 몸이 편안치 아니하다 할 것이면 당장에 산실을 뒤집을 것이고 소격전의 태사가 신기(神氣)가 뛰어난 터인데 살의 기운을 눈치채지 못할 것인가? 산실 가까이 의심스러운 것이 조금만 있달지면 무작정 우리 쪽을 의심하여 대처분을 할 것이라 사친에게 주상이 경고를 하였다 해. 발각나면 다 죽는 것이야."

"들키지 않게 하여야지요. 저가 기막힌 계교가 하나 있으니 이리 잠시만 귀를…….”

교인당이 희란마님 귀에 대고 무어라 속삭인다. 그 말을 듣고 있는 희란마님 입술에 슬며시 잔인한 미소가 떠오른다.

"훗호호. 절묘하네그려! 그야말로 그렇게 하면 감쪽같을 것이니 일은 이미 반성사일 것이네! 훗호호. 주상, 두고 보시오! 이 희란과 우리 혁이 눈에 흐르던 피눈물만큼 반드시 흘리게 될 것입니다! 오늘날 이리도 무참하게 나를 버리신 대가는 받으셔야지요! 두고 보십시오. 반드시 원수를 갚고야 말 것입니다!"

같은 시간. 서경당의 정심각.

중전은 호조좌랑 하용지로부터 재성의 계집에 대한 처분을 듣잡고 계셨다.

"그리하여 재성 여인에게 하사하신 섬을 도로 물려라 하신 참입니다. 작년서 편액을 쪼개시고 난 연후에 그 여인에게 하사하신 전답이며 아랫것이며 모다 환수하라 분부하셨는데, 그 섬만이 빠뜨려진 것입니다. 그것이 어찌 된 영문인가 하면은 원래 그 섬이 *내수사에 속해 있었삽지요. 그래서 호조의 문서에 없던 것이라 그만 묻혀 버린 터였습니다. 헌데 어사께서 그 섬의 사정을 보고 돌아오시어 수탈이 극심하여 백성 곤고함이 심하옵니다 고변하니, 성상께서 심히 놀라시고는 그는 짐의 실책이다 하시었나이다. 이날서 승지가 교서를 가지고 내려갔다 돌아왔습니다."

"그이가 내탕금도 많이 깎이고 살림이 곤궁하다 들었소이다. 그

*내수사:왕의 개인 재산을 관리하는 곳

것까정 환수하면 다소 사는 것이 힘들지는 아니 한가요? 아무리 성총 떨어졌다 하나 주상전하의 첫 여인이고 용체를 모신 계집이오. 사는 것이 빈한하고 초라하여 전하의 위엄을 떨어지게 한다 할 것이면 그것도 도리가 아니오. 내가 그 말을 들으니 다소 안쓰럽구려."

"그런 말씀은 마옵소서. 지금 전하께서 하사하시는 내탕금으로도 부족함이 없습니다. 첩지도 없는 잉첩이 그만하면 족하다 못해 넘치는 것이지요! 전하께서 대장부의 도리를 다하시사, 그 여인에게 과분하십니다. 중전마마께서 근심하실 일이 아니라 보옵니다."

중전은 호조좌랑의 말에 고개를 끄덕끄덕하였다. 나지막한 목청으로 치하하였다.

"그리하셔야지요. 아무리 성총이 옅어졌다 하여도 그동안 정분이라 좋으셨고 옛적 당신의 즐거움이 되었던 여인이니 끝까지 돌보아주심이 당연합니다. 사람은 물건이 아니니 쓰다 버릴 수는 없는 것이요, 달면 삼키고 쓰면 버리는 것도 인간의 도리가 아니지요. 분주하시니 나가보시어요. 며칠 내로 겨울 의대가 다 지어질 참인지라 기별하면 다시 한 번 수고하여 주시고요. 이번서는 이 중전이 몸이 무겁다는 핑계로 게으름을 피워 의대 지은 것이 예전만 못하답니다."

"망극하고 황공하옵니다. 옥체가 무서우신 터로 하냥 힘들게 앉으시어 바느질을 하신 것이라 실로 이번 의대들은 비길 데 없이 귀하고 아름다운 터입니다. 허면은 이만 신은 물러가렵니다."

호조좌랑이 나가고 홀로 앉으신 중전마마 문득 고개 들어 남쪽을 향하였다. 빙긋이 웃었다. 조용한 안색에 퍼진 웃음이 어질다기보다는 어쩐지 고소하다 이런 색이다. 아까의 말씀으로는 희란마님의 사정에 동정을 하는 것처럼 하셨으되 심중의 뜻은 그렇지 않았다 이 말이련가?

'그 계집의 목줄을 내가 쥐고 있어야 한다 이 말이다. 쌓아둔 재물 믿고서 그 금전으로 제 흉악한 계교 해치우는 심복을 부릴 참이니 그 계집에게 들어가는 돈줄을 끊어버려야 그것이 훗날에도 힘을 쓰지 못함이라. 흥, 내가 너를 언제고 목을 아니 벨 줄 아느냐? 지금은 이 태중에 우리 아기씨 있는 터이라 혹여 해가 될까 봐 참고 있을 뿐이다. 이 나라 사직을 십여 년 요망하게 어지럽혔으며, 주상전하의 순정을 이용하여 네 호사 누린 터이니 간특하고 방자한 너는 제명대로 살 자격이 없어.'

전하께서 어사 이규광의 고변을 듣자와 그 가혹한 수탈의 결과를 낱낱이 보고 들으시었다. 기가 막힌 터로 하사하신 섬을 냉큼 물려라 분부하셨다는 것이 틀린 일이 아니었다. 헌데 어사가 그 섬으로 발길을 돌린 것은 바로 중전마마의 영리한 수단이었으니.

어사가 그 섬으로 굳이 배를 타고 찾아간 것은 한 노복의 비분강개 때문이었다. 부원군께서 데리고 있던 수하였다. 이규광이 영라도 어사로 가게 되었다 도승지로부터 은밀히 귀띔을 받으신 중전마마. 부원군께 서찰을 쓰기 신임하는 노복을 어사에게 천거하십시오 하였다.

"월성궁 계집에게 남도 섬 하나 하사하셨지요. 그 섬에서 올라오는 재물이 일 년에 십만 냥이 넘는답니다."

엄 상궁에게서 들은 바였다. 이 나라 강토의 주인이신 주상전하의 성총을 독점하는 위세당당한 계집의 소유이니 감히 어떤 관속이 그 섬에 함부로 발길을 할 것이더냐? 허니 그 섬의 백성들 고생과 수탈은 눈을 뜨고는 보지 못할 참이요, 얼마나 백성들 그 원망과 한이 쌓였을 것인가? 어사가 가서 눈으로 보면은 내가 말 한마디 아니 하여도 전하께 비분강개하여 고변할 것이고 그 말씀 들으신 전하께서는 당장에 노화 내실 것이다 생각하였다.

오늘날 역시나 돌아가는 일이 한 치도 어긋남없이 중전마마 짐작대로라. 중전은 바느질 바구니 끌어다가 아까 짓던 아기의 배냇저고리 감침질을 다시 시작하였다. 홀로 엷게 미소 지었다. 은밀하고 차분하되 더없이 싸늘하였다.

'네 이년. 너가 내 눈에 피눈물 흐르게 한 죄도 크지만은 더 용서할 수 없는 것은 바로 네년이 전하의 마음을 농락한 것이다. 이 세상에서 가장 고귀하고 아름다운 분이시나 또한 가장 외롭고 불쌍하신 분이셨다. 그런 분이 오직 순수한 마음으로 사모지정 느껴 모든 것을 버리고 척을 지면서까정 얻은 계집이 너일진대, 그런 분의 넘치는 사랑을 받아졌으면 너 또한 최선을 다하여 전하를 기쁘게 하여드리고 사모함으로 보답하여야 그것이 도리이지. 헌데 감히 천한 네년의 간악한 치마폭 안에 순진한 그분 휘감아두고서 허수아비 만들어 온갖 욕을 먹게 하는 것도 모자라 네년이 감히 호가호위하여 전하보다 윗길인 여황 노릇을 하였다더냐? 절대로 이 중전, 그것만은 용서하지 못하니 천한 네년 때문에 전하께서 저지른 실책으로 인하여 우리 아기가 훗날 부왕마마를 우습게 보는 일이 생긴다 할 것이면 그 죄를 너가 당연히 씻어야 하지를 않더냐? 우리 아기가 부왕마마를 존경하게 하기 위해서라도 전하의 가장 큰 부끄러움인 네년을 내가 반드시 대처분하고야 말 것이니라!'

중전마마 고운 아미 찡그리고서 다시 한 번 단단한 결심을 다짐하였다. 태중 아기를 위해서라도, 아기씨에게 비칠 부왕의 체면을 위해서라도 간악한 계집과 그 소생을 조만간 대처분하여 싹을 없애리라. 중전마마, 붉은 입술을 지그시 물었다.

그날 저녁. 우원전에서 밤수라를 받으시는 상감마마께 고변이 들었다.

"전하, 상침이 알현키를 청하옵니다."

전하의 용포를 수놓는 일급상침 허씨. 무릎걸음으로 들어오는데 등 뒤로 김 내관이 보따리를 끙끙 짊어지고 따라들었다.

"전하, 일전에 하명하시기 아기씨 이부자리와 중전마마 산실서 정히 덮어라 하여 금침 장만을 다 하였습니다. 보시옵고 마음에 드시면은 산실로 보내 드릴 것입니다."

한 보름 전이다. 한날 김 내관 놈이 곁에서 귀띔하기로 산달도 되어오는데 태몽을 꾸셨다 하니 호랑이를 수놓아 아기씨 금침이며 중전마마 새 이부자리를 만들어 중전마마께 하사하시지요 권하였다.

"게다가 호랑이는 벽사(辟邪)의 의미도 있으니 수놓아 금침 만들어 덮도록 하시면은 잡귀도 덤비지 못할 것입니다. 계절이 더워지니 중전마마께도 새로이 까슬한 모시 이부자리 한 벌 하사하시면은 얼마나 감격하시겠나이까?"

들자 하니 오랜만에 참으로 기특한 궁리였다. 이놈이 제법 머리쓰는 바가 신묘하다 한마디 칭찬하시고는 당장에 상침을 불렀다. 중전에게 보낼 것이니 아기씨 이부자리와 중전께서 산후 조리 후 덮으실 금침을 만들라 분부하셨다. 그런데 이날 그것이 다 완성되었다 아뢰었다.

"오냐, 수고하였다. 정성으로 지은 줄을 짐이 아느니 따로이 볼 것은 없느니라. 김 내관 너는 당장에 지고 짐을 따르라. 짐이 직접 중전께 이 고운 금침 덮고서 좋은 꿈꾸소서! 전하리라."

어찌하든 중전 곁으로만 갈 핑계를 찾고 있는 상감마마. 수라상반도 아니 하시고는 벌떡 일어나셨다. 김 내관이 이불 보따리를 짊어지고 대전마마 따라 금원 정심각으로 나아간다.

아름답게 지어진 이부자리 앞에 두고 중전마마 감격하여 눈이 별처럼 빛났다. 전하께서 중전마마와 태중 아기씨 생각하는 마음이 그 얼마나 지극하고 다정하신 것이냐. 감격하여 지아비 전하를 바라보며 생글생글 웃는데 아름다운 옥안에 미소가 함박 물렸다.

"매사 신첩을 어여삐 여기시니 마냥 황감하옵니다."

"짐이 요기 태몽따라 우리 아기씨 이부자리에다 호랑이를 수놓아라 하였거든. 색도 쪽물 들여 푸른색으로 하였거니. 사내아이 몫이야. 꼭 원자 낳으소? 응?"

중전은 금침 갈무리하는 나인 선이를 불러 보따리를 내가라고 분부시키었다.

"내가 명일서부텀 당장에 이 이불을 덮을 것이야. 내일 이것으로 침수 차비하거라."

그런데 선이 년 보소. 김 내관에게서 이불 보따리를 받아 들고 옆방 들어가는데 은밀하게 김 내관 놈하고 눈을 마주치는구나. 서로가 무엇인가 신호를 보내는 터인데, 필시 어떤 해괴한 사단이 이 금침 안에 있는 게 아닐까? 어허, 불길하구나!

그것도 모르고 중전마마, 화사하게 웃고만 계신다. 원자 낳아져라 하는 말씀에 살며시 눈을 흘기었다.

"아이, 공주면 어찌하시려고? 듣는 아기가 섭섭하다 하겠습니다."

중전이 두 손으로 귀를 막고 고개를 살래살래 저었다. 왕이 껄껄 웃었다.

"첫 공주면 요것 이불 덮고 아들 터를 팔 것이다. 하지만 짐은 꼭 이놈이 원자 같거든. 태중서 노는 꼴도 그러하고, 꿈도 그러하고, 또 중전 배가 둥실하니 원자 낳을 배란 말이지. 짐이 다 물어보지 않았겠어?"

"아이고, 망측스러워라. 누구에게 무엇을 어찌 하문하셨습니까? 설마 신하를 옆에 두고 신첩의 아랫배 모양이 어떻더라 이런 부끄러운 말씀까정 하신 것은 아니지요?"

국면 전환

"하였지. 하였으니 들은 것이고 아들 배인 줄 아는 것 아니겠니?"

민망한 중전이 눈을 흘기거나 말거나 왕은 흐뭇하여 주절주절 자신이 한 일, 들은 말을 다 자랑질하였다.

"아, 도승지더러 짐이 물었거니, 대답을 해주더라고. 그이가 참 소탈하니 속 시원하게 말을 잘하여주거든. 그래서 짐이 종종 하문하는데 말이지. 회임하신 중전께서 참외처럼 배꼽이 튀어나오고 달덩이처럼 아랫배가 둥글고, 또 냠냠 잘 젓수시고 속살이 나날이 만월처럼 풍만해지신다 이랬거든."

"아이고, 마마, 참말 못할 말이 없으시다!"

중전이 새빨갛게 변하여 비명을 질렀다. 사정없이 상감마마 옆구리를 꼬집기 시작하였다. 참말로 만고에도 없는 망신이 아니냐. 앞으로 도승지 얼굴을 어찌 보나. 그이가 나를 볼 적마다 중전마마 배꼽이 튀어나왔고 속살이 만월처럼 허옇다 생각할 것이 아니냐. 지어미를 이리 망신시킨 상감마마, 잘못한 줄도 모르고 천연덕스럽게 계속하여 떠벌떠벌 잘도 떠들었다.

"그랬더니 그이가 딱 듣고는 아이고, 상감마마 원자 아기씨옵니다 이러잖어. 그이가 복이 많아 아들만 셋이거든. 집의 안해가 아들 낳을 적에 딱 중전과 같았다는 게야. 원자 맞다니까!"

"……참이야요? 진정 그리 들으셨어요?"

부끄럽고 민망하였지만 아들을 낳은 이가 말하였다는 대목에서 슬금슬금 중전도 호기심이 생기기 시작하였다. 왕이 크게 고개를 끄덕였다.

"암만! 아들 가진 이가 딱 중전처럼 요렇게 참외 배꼽이라는구먼. 흠흠. 태중에서 노는 꼴도 아들이면 모후가 괴로울 정도로 활발하고 씩씩하다는 게야. 중전도 그렇잖어."

"태동이 어찌나 장한지, 자다가도 깜짝 놀라 깰 정도여요. 보시어요. 이렇게 앉아만 있어도 치맛자락이 움직일 정도로 세차게 놀으시니 아랫배가 움찔움찔한답니다."

"원자 맞다니깐! 태어나면 발이 빠를 모양이오. 발길질을 잘하는 것 보면 말야."

"참말 전하께서 바라시는 대로 원자면은 얼마나 좋을까요? 딱 첫참에 마마의 소원을 이루어 드리고 싶은데……."

중전이 두 손으로 아랫배를 감싸 안으며 진정으로 말하였다. 왕도 아랫배를 감싼 중전의 손 위에 가만히 어수를 올려놓았다. 두 분 마마의 손 아래 태중 아기씨는 이리저리 모후마마 배를 걷어차며 잘도 놀고 계시고. 중전의 눈을 바라보며 왕은 나지막한 목청으로 속삭였다. 진심이었고 진정이었다.

"하여주실 것이야. 중전은 짐에게 기쁨만 주시는 분인 고로 첫참에 덩실하니 원자를 주실 게야. 짐은 그리 믿고 사오이다."

"범처럼 씩씩한 원자가 태어나서 마마의 아름다운 기상 내림받고 자라시어, 덩실하니 보위대통을 잇는다면 신첩은 얼마나 자랑스럽고 보람찰까요? 신첩도 날마다 천지신명님께 기원합니다."

흐뭇하여 씩 웃던 상감마마. 슬며시 입술을 중전의 귓불 옆으로 가져다 댔다. 짓궂은 용안이시다. 아무도 듣지 못하게 둘만 아는 이야기를 소곤거리었다.

"중전, 짐이 말야. 도승지더러 한 가지 더 배워왔다?"

"무엇을요?"

"음음음, 만삭이신 비(妃)와 함께 잠자리하는 법이지 무어."

"전핫!"

"비가 짐의 위로 올라오소. 그러면 무사하게 즐긴다는구먼. 홍. 왜 눈을 흘기고 그러는 것이니? 짐더러 생짜 홀아비 신세를 만들어 놓고 그대는 마음이 편안하니? 야아, 짐도 죽을 맛이다 무어."

그날 밤 상감마마, 옆구리 살점이 톡톡히 떨어져 나갔다. 맹랑타고, 망신이라고, 체통 지키시라고 하도 꼬집어서 그리된 것이다.

응? 무어라고요? 죽고 못사는 그 정분. 그 밤에 이으셨느냐고? 정말 중전마마께서 감히 전하의 용체 올라타고 하여서는 아니 되는 교접하시며 방탕하게 즐기시었느냐고? 음음. 모르오. 님네들이 알아서 상상하시오. 다만 한 가지. 비단 방장 안에서 주무시는 두 분, 날가슴입디다그려. 흠흠흠.

제12장 위기(危機)

"아이, 편전 나가시어 조수라 받으시지 꼭 이리하시더라? 장성하신 분이 어린 아기처럼 입만 벌리고 있으시면 신첩더러 어찌하란 말씀이셔요?"

"어찌하긴 무엇을 어찌하여? 그대가 짐 입에 넣어주어야지! 아! 이번서는 김쌈을 주어."

서경당 깊은 안방. 아침부터 토닥토닥 수라상 받으신 두 분 마마, 입씨름이었다.

사흘을 못 참고 지난밤 삼경 넘어 또 상감마마, 몰래 다른 사람 눈을 피하여 산실 들어오시었다. 그 밤을 중전과 함께 지내고는 빨리 대전 나가셔요 아무리 구슬려도 싫어, 안 가! 하고 쇠고집이시다.

결국 아침 수라상이 나란히 올랐는데. 이분 하는 양 좀 보소? 멀뚱멀뚱 손 내려놓고 중전마마 앞에서 입만 벌리고 앉아 계시는구나. 중전마마 흉하다 눈을 흘기면서도 정성스레 김쌈 하여 전하 입에 넣어드린다. 목이 메일까 두려워 좋아하시는 시원한 김치 국물까지 은수저로 떠서 입에 넣어드리니 냠냠 맛있게 드시는구나.

모처럼 중전마마께서 끓여 드린 차 한 잔 받으셨다. 오늘서는 짐이 대전 나가지 말까 보다, 마냥 게으름을 부리는 즈음. 갑자기 대왕대비전하께서 별찬하여 서경당 오신다는 기별이 들었다.

"이크, 난리났다. 할마마마께서 짐이 예 있는 것을 보시면 또 애꿎은 중전만 나무랄 것이다. 짐은 가오. 밤서 또 오께!"

상감마마, 제 발이 저리었다. 들지 말라는 산실에 또 침입하여 밤까지 지새운 터. 이를 아시면 대왕대비께 경을 치실 것이 분명하였다. 마시던 찻잔을 내려놓고 부리나케 도망나갔다.

재수도 없지. 전하께서 타신 교자가 딱 그만 부용정 앞에서 대왕대비마마께서 타신 덩과 마주칠 것은 무엇이냐? 어름어름 인사하고 누가 물어나 보았나? 짐이 잠시 들어갔다 나오는 길입니다. 절대로 밤을 샌 것은 아닙니다 하고는 냅다 달아났다. 꽁지 만 강아지처럼 횅하니 사라졌다. 무어라 더 말씀이 있기 전에 도망을 가는 것이다. 그 모습 바라보시던 대왕대비마마, 혀를 쯧쯧 찼다.

"이른 시각인데 주상이 서경당서 나오는 것은 필시 지난밤부터 게에 머무르셨다 함이다. 도통 저 철없는 이를 어찌하노? 만삭이라 그저 조심하여야 할 중전을 가까이하지 못하여 그저 안달을 하시니, 원!"

"인력으로 뗄 수가 없는 정분입니다. 이해를 하여 주십시오. 얼마나 대견하고 그리웁겠나이까? 중전마마께서도 대전마마가 곁에 계셔야 심사가 편안하다 하시니 오히려 태교에 도움이 되실 것입니다. 무엇보다 모체의 편안함이 태교의 근본이 아니겠는지요?"

곁에 따르던 명온공주 마마께서 아뢰었다. 대왕대비마마 후덕한 그 옥안에 미소를 머금으시며 고개를 끄덕이신다.

"허긴 그 말씀도 일리가 있구나. 주상이 중전을 생각하는 마음이 어디 견줄 데가 있어야지. 그렇게 정분이 좋아 못사는 터로 예전에는 왜 그리 밉다 하였을꼬?"

"무엇이든 다 때가 있음이라, 그때는 주상전하께서 중전마마 향한 연심이 안즉 피지 않아서 그런 것이라 생각하옵소서. 자아, 듭시시요, 마마."

헌데 그날, 서경당 듭시었던 대왕대비전하 이하 왕실 여인들은 중전마마를 보자마자 대경실색하였다. 며칠 전만 해도 달덩이같이 환하던 옥안이 어쩐지 초췌하고 어둔 빛이 져 있었기 때문이다. 눈 아래 그늘이 거뭇거뭇. 만삭이니 숨차다 하여도 힘겨이 어깨 너머로 들이쉬는 숨소리가 영 어지럽고 불안하였다.

"어찌 이리 힘들어 보이오? 내가 닷새 전에 뵈온 고로 그때는 이 모습이 아니었소. 산달이 다 되어가니 이러는 것인가?"

"그런 모양입니다. 나날이 배가 부풀어 오르니 속이 치받쳐 오르는 고로 도무지 입맛이 돌지 않습니다. 잠이 들자 하여도 아기가 태

위기(危機) *317*

동 심하고 돌아눕기도 불편하니 깊은 잠도 자지 못하구요. 그래서 이런 모양입니다. 이는 다 아는 병이고 나아질 게 아니라 할 수 없답니다, 할마마마.”

“만삭의 일이야, 나도 여인네이니 아는 바이지만…… 어쩐지 이상하니 그러지요. 알기로 중전께서 산달 내내 잘 저숩고 잘 주무시고 늘상 순조롭다 하였는데, 이 며칠 상관으로 갑자지 기색이 달라졌으니 말이오.”

“갑자기는 아닙니다. 아기가 태어날 날이 머지 않은 고로 모체인 저가 곤고해지는 것이 자연스럽겠지요.”

생긋 웃으며 중전마마 예사로이 대답하였다. 듣고 계시는 대왕대비전하 무엇인가 찜찜하고 불안타. 허나 본인이 괜찮다고 하는데 무엇을 어쩌랴, 또 만삭이 되면 여인네들이 힘들어지는 것은 자연스러운 일이니 의심하는 것도 우스운 일이다. 헌데 어째서 이리 불안하고 불길한 마음이 들까.

“옥체 부대 조심하오. 어디 중전 몸이 보통 몸인가? 사직을 이어받을 어린 용을 담고 계신 옥체이외다. 아주 작은 사이함도 침범해서는 안 될 것이며 그 어떤 악기(惡氣)도 가까이해서는 아니 됩니다. 명심하세요.”

“각골명심하와 태교에 더 힘쓰겠나이다.”

옥체 조심하라 몇 번이고 당부하던 대왕대비전하를 배웅하고 돌아서던 중전마마. 미소 머금어 있던 어진 옥안에 어둔 그늘이 다시 졌다. 어른들 앞이라 태연한 척하였으되 방으로 들어오자마자 금세 어지럽다 하시며 기우뚱하시었다. 마마! 하며 윤 상궁이 부축하였다.

"또 어지럼증이 돋으십니까?"

"……소란 피울 것 없네. 내 잠시 힘들었던 게지. 금침 펴소. 잠시 누울 것이네."

선이 년이 들어와 중전마마 침장을 준비하여 드렸다. 상감마마께서 하사하신 바로 그 요 이부자리다. 중전마마, 반듯이 누워 눈을 감으시는데…… 갑자기 번쩍 눈을 뜨시어 윤 상궁을 불렀다.

"그것 말야. 사흘 전에 재성서 들어온 봉물 말야. 어떻게 하였소?"

"마마께서 사위스럽다 하시어서 저가 당장 궐 밖으로 다시 내가라 하였지요. 나인더러 당장 태워라 하였으니 이미 불티가 되어 날아갔을 것입니다."

참으로 웃기지도 않고 가당찮은 짓거리였다. 허구한 날 중전마마 상대로 방자한 짓거리에 독한 악설 씹던 재성 계집이 아니냐. 주상 성총 잃은 것이 전부 중전마마 탓인 양 하여 보나마나 중전마마 상대로 악독한 저주 퍼붓고 있을 계집이다. 헌데 사흘 전, 곤전께서 출산하시기 전에 상례적으로 치르는 일이라. 승록대부 안곁인 정경부인들이 듭시어 곤전마마께 하례 인사를 드리었다. 당연히 좌상대감의 안해이자 희란마님의 어미인 홍씨도 들어왔다. 뜻밖에 노인이 내놓은 것은 아기씨 기저귀와 포대기였다.

"좋이 가납하여 주옵소서. 재성의 여인이 순후하게 반성하며 마마와 아기씨의 강건함을 축원하며 지은 것입니다. 이 포대기는 인근에 가장 복록이 높은 노인의 의대를 구하여 만들었다 합니다."
 즉 희란마님이 중전마마와 태중 아기씨를 위해 기저귀와 의대를 지었다는 것이다.
 "죄인 신분이니, 마마를 찾아뵈고 하례를 드리지는 못하나 오직 순산하시기만을 기원한다 전하여달라 눈물로 부탁하였습니다. 가납하여 주옵소서."
 그 계집 참으로 같잖고 묘하구나. 말하지 않았으나 중전은 속으로 그리 생각하였다. 원자가 태어나면 제 아들놈 목숨이며 팔자가 더 답답해질 것은 뻔한 일. 그런데도 살살거리며 아기씨 포대기를 해 바친다고? 무엇인가 그것에 야료를 부리지 않았을 것인가? 계집의 간특함과 악독함으로 미루어볼 때 충분히 예상할 수 있는 일이었다.
 하여 중전은 겉으로만 미소 지으며 받았다. 예의상 그것에 손 한 번 대시고는 이내 윤 상궁더러 불러 이것을 산실 바깥으로 내가라 분부하시었다. 기저귀며 포대기가 무슨 죄가 있으랴마는 일단 악한 그 계집의 손이 닿았다 싶으니 어쩐지 등골이 써늘하고 불길하였다. 이것을 만들며 얼마나 우리 아기더러 저주를 퍼부었을까 싶으니 저절로 몸서리가 쳐졌던 것이다.
 "그 계집의 흔적이 궐 담 안에 있는 것도 싫으이. 궐 바깥으로 내가서 당장 불태우라 하소."
 단단히 엄명하였다. 창빈마마나 윤 상궁 역시 사위스럽고 불길하여 중전마마가 그것을 받으신 것에도 잔소리하고 나무랄 지경이었다. 헌데 지금 분명 나인이 그것을 태웠다 하는 데도 중전은 안심이 되지 않았다.

차마 누구에게도 말은 못하였으되 그날부터였던 듯싶었다. 참으로 두렵고도 이상하였다.

꿈만 꾸면 헛것이 보이고 무섭고 기괴한 악몽이 덮쳤다. 목이 잘린 귀신들이 보이지를 않나, 수천 개의 손이 날아와 중전마마 목을 조르지를 않나, 나찰 같은 것들이 울긋불긋 너풀거리는 색옷을 입고 나타나 둥둥 북을 울려대며 아기씨 놀고 있는 중전마마 아랫배를 걷어차려고 하지 않나. 분명 재성 계집의 소생이렷다? 무엄한 것이 용상에 앉아 하얀 옷 입은 중전마마를 손가락질하여 호령하기를 저년 목을 베어 남문 앞에 효시하라 조롱질이다.

잠시잠깐 조는 동안도 그런 더럽고 잔혹한 악몽이 덤벼드니 어찌 눈을 감을 것인가? 그전에는 더없이 편안하고 안온하던 정심각의 기운이 아니었다.

써늘하고 불길하고 어둡고 칙칙하였다. 음울하고 비릿한 그 무엇인가 분명 스며들었다. 보이지는 않지만 느껴지는 이상한 사이함과 독악한 기운. 앉아도 누워도 중전의 골수에 침범하였다. 예민함은 태아가 더 하였다. 흠칫흠칫 놀랄 정도로 태동을 하던 아이가 이 며칠 사이로 훨씬 둔하다. 모체의 불안함과 편안치 않음을 느낀 듯하였다.

"……내가 심기가 허약해진 게지."

"마마, 오데가 불편하십니까? 말씀하여 보십시오. 소인이 보기에도 옥안이 어둡사옵니다. 더없이 힘겨워 보이십니다. 어제가 다르고 오늘이 다르십니다."

"이상하네. 참으로 이상한 일이야. 예전에는 아니 그러하더니 이 며칠 상관으로, 그 계집이 봉물을 보낸 날부터인 것 같으이. 눈만 감으면 악몽이 보이고 헛것이 나를 해하려 덤벼드는 것일세. 먹어도 신물만 나고 골치가 아프며 온몸이 써늘하니 태중 아기도 편안치 않은 듯이 노는 모양이 다르네. 어찌 이럴까? 그것 내보내서 태웠다 하는데도 어째 내 몸이 이럴까?"

회임 중에 누구를 욕하고 의심하며 궂은 소리 한마디를 하는 법도 아니라는데, 어쩐지 그 계집이 의심스럽다. 혹여 나를 저주하여 방술을 부린 것은 아니냐 하소연하는 중전마마, 신임하는 윤 상궁을 앞에 두고 사뭇 울상이었다.

한편 창희궁으로 나간 여인네들 역시 예사롭지 않은 중전마마 때문에 대근심이었다.

극구 아무 일도 없다 하는 중전마마의 말을 들었으되 찜찜하였다. 명온공주께서도 믿지 않았다. 차마 산모 앞에서 사위스러운 말은 하지 못하나 곰곰이 생각에 잠긴 분의 얼굴에 깊은 근심과 노염이 어려 있었다.

"어마마마, 아무래도 소녀가 생각하기로 중전마마 안위가 보통이 아니옵니다."

"그것이 무슨 불길한 소리냐?"

대왕대비전하 깜짝 놀라시어 소리쳤다. 공주께서는 대왕대비전 곁으로 한 무릎 더 다가갔다.

"이런 말씀 드리옵기 참으로 참람하되, 어마마마, 중전께서 옥안에 어둔 그늘이 덮였사옵니다. 갑자기 저럴 수는 없는 노릇입니다."

"마음에 짚이는 일이라도 있느냐?"

"……재성 계집의 소행이 아무래도 불길하옵니다."

"재성 계집이 갑자기 왜?"

"고약한 계집입니다. 중전마마를 해치지 못하여 안달하는 계집 아니옵니까? 죄인 신분이라, 그런 계집이 제가 나락에 빠진 것을 오직 중전마마 탓으로 여겨 온갖 악설에 고약한 짓을 한다 들었나이다. 헌데 그 계집이 아기씨와 중전마마를 위하여 기저귀를 마르고 포대기를 만들어 봉물 올려요? 참으로 이상하지 않습니까?"

대왕대비전하 옥안을 찡그리시며 혀를 찼다.

"하지만 중전도 사위스러워 그것을 가납치 않고 곧바로 손에 들었다가 말고는 밖으로 내다 버렸다 하였지 않니."

"그 계집이 오죽 악독하여야지요. 사람 입을 따라 악살이 들어오고 물건 따라 귀신이 스며든다 합니다. 아무리 내다 버렸다 하여도 이미 고약한 계집의 사특한 기운이 산실에 스며들었음에랴. 저가 전하께 주청하여 자운궁에 있는 강선달을 데리고 올랍니다."

"음, 신기(神氣) 보통 아니라 너가 칭찬하던 그이 말이더냐?"

"예. 그이가 그 예전에도 진성을 따라 갓난 중전마마를 보고 내 미지상의 여아이며 일월성신의 기운을 갖춘 기이한 사주라. 반드시

곤위에 앉으실 것입니다 예언하였다 하지 않습니까? 불길하옵니다. 저가 상감마마 윤허를 얻어 그이를 궐로 데리고 들어와 정심각에 방술 한번 하렵니다. 악귀를 쫓고 정결한 기운을 다시 모셔옴이라. 중전마마 이번 모습은 정상이 아니니 필시 아주 독한 악살을 쏘인 듯 보입니다."

대왕대비전하, 나지막이 침음을 흘렸다. 흘깃 성덕궁 쪽을 바라보며 혀를 찼다. 공주마마의 말 몇 마디로 노인 역시 중전이 겪는 이번 불길한 기색이 희란마님의 짓이라는 데에 거의 동의한 셈이었다.

"허나 만삭인 중전을 산실 바깥으로 모셔내 오면 큰 소동이 벌어질 것이다."

"어차피 산실에서 좌정하신 분이라 누가 그분 종적을 알 것입니까? 남몰래 저가 뒷문으로 가마 대령하여 몇 날 의륭저로 모시어 있을랍니다. 저가 보기에 한시라도 빨리 그곳에서 뫼셔 나와야 살지 저리는 안 됩니다. 중전마마 옥안에 맺힌 음울한 기운이 벌써 골수에 사무친 듯합니다. 당장에 아기씨 노는 꼴이 다르다고 하시지 않습니까?"

"여하튼 재성의 그 계집이 문제로다! 어찌 상감은 그 사갈 같은 것을 대처분하지 않고 놓아두어 또 이런 일을 당하게 하는고? 쯧쯧쯧."

"비록 그것이 악하고 교만하여 주상의 성총을 잃었다 하나 첫정이 아니옵니까? 그래도 살게는 해주어야 한다. 평생을 책임지마 하신 뜻도 장부답지요. 나무라시지 마십시오, 저희가 더 조심을 하면 될 것입니다."

"……흐음. 난감한 일. 산실의 중전거처를 옮기는 일은 쉬이 결정할 문제는 아니다. 중전의 상태가 계속 그리하면 참말 걱정이거니. 그 계집이 봉물에다 야료를 부려 그리된 것이다. 네 말대로 방술 한번 하여야 할 게다. 여하튼 나도 유념하니 입 다물고 며칠만 더 지켜보자꾸나."

아이고, 어찌할거나! 답답타, 답답타!

야료는 게에 부린 것 아닙니다요, 마마! 지금 중전마마께서 날마다 덮고 주무시는 이부자리에 부렸답니다. 신당 펼쳐 놓고 날이면 날마다 중전마마 화상에다 화살 쏘아 박고 태중 아기씨를 상징하는 짚 인형에다가 송곳 쿡쿡 박는 희란마마. 사이하게 웃으며 악살을 쏘고 있는데. 독하구나, 독하도다. 허나 안즉 심중으로 짐작만 할 뿐 증거를 찾지 못하였으니 어쩌리오.

그 며칠 후이다. 예전마냥 밤수라 받으시던 중전마마. 몇 저분 하지 않았는데 갑자기 허리를 꺾으며 울컥 쓴물을 토하여냈다. 헛구역질하시며 고통스러워하였다. 몸이 예전만 못하다. 힘들구나. 속으로만 생각하며 근심하시었는데 인제는 골수에 사무친 악한 기운이 겉의 병증으로 드러나기 시작한 것이다. 토하다 토하다 못하여 나중에는 기진맥진, 입안에서 하얀 거품이 나올 정도였다. 그 이후에는 머리가 빠개질 듯이 아프다 동동 발을 굴렀다.

정심각에 비상이 걸렸다. 더없이 순조롭던 왕비의 상태가 갑자기 이유도 없이 나빠진 터라 전의들은 수군수군. 약방 상궁들은 종종걸음. 두서없이 오가는 아랫것들도 근심으로 우왕좌왕. 그런 기별이 대전으로 당장 아뢰어졌다. 기별을 듣자오신 상감마마 대경실색, 당장 서경당으로 달려들어 오시었다.

마침 그때도 중전마마 잠시의 쪽잠이라. 또다시 달려든 악몽에 진땀 젖어 어찌할 바를 모르며 신음하고 있던 차였다.

"중전, 정신 차리오! 어찌 이러시오? 왜 이러시오? 비가 왜 이러시냐?"

왕은 정말 놀란 참이었다. 이 며칠 상관으로 달덩이처럼 훤하던 옥안이 반쪽이라, 눈 아래는 그늘이 가득하고 볼은 기미로 새카맣게 덮였다. 침착하고 총명하던 눈동자에는 겁먹은 기가 뚜렷하였으며 안절부절, 아연불안, 자리에 앉아 있는 것조차 힘겨워하는 모습이라. 진땀에 젖어 괴로워 골수가 반으로 갈라지는 듯. 아픈 머리 부여잡고 데굴데굴 구를 정도였다. 믿음직한 지아비 들어오시었으니, 마음이 더 풀어졌다. 중전은 왕의 어수를 꽉 잡았다.

가녀린 손에서 어디 그런 무서운 힘이 날까? 왕의 팔목을 꽉 잡은 손이 부들부들 떨리고 있었다.

"마마, 마마. 신첩이 두렵사옵니다. 눈만 감으면 독한 것들이 보이고 신첩과 아기를 해치려는 꿈만 꾸어집니다. 먹어도 금세 쳇기이며 속에서 치받아 차마 견딜 수가 없음입니다. 어찌하면 좋을까요? 너무 괴롭습니다. 참아보려고 노력하였으되 정말 견디기가 힘이 드옵니다. 신첩을 좀 도와주십시오. 우리 아기씨 지켜주십시오. 네, 마마."

눈에 눈물이 글썽글썽. 자신을 좀 어찌하여 달라 구원을 요청하는 중전 앞에서 왕인들 어찌할까? 뾰족한 방도가 없다. 대체 왜 곤전께서 저리하시냐 아랫것들만 호령질할 뿐, 이유를 알 수 없다. 무한정 답답하고 걱정도 되고 불안하여 미칠 지경이었다.

사고(師姑)인 명온공주께서 알현을 요청한 것은 그 이튿날이었다. 신임하여 마음을 풀 수 있는 분이 오시었으니 왕은 솔직하게 심중의 근심을 드러냈다.

"휴우, 산실의 중전이 상태가 좋지 못합니다. 몹시 괴로워합니다. 대체 어찌하면 좋을지. 방도를 찾습니다만은 갑자기 저리하시는 이유를 모르니 답답하여 환장할 지경입니다."

"상감마마, 저가 중전마마를 잠시 의륭저로 피접 모시고 나갈랍니다."

뜻밖의 말에 왕은 고개를 들었다. 멍하니 고모인 명온공주를 바라보았다. 공주는 그러거나 말거나 강하게 주장하였다.

"믿지 않으실 터이되 이 사람이 보기에 중전마마께서 좌정하신 정심각에 불길하고 악한 기운이 스며들었습니다. 순조로이 잘 넘기시던 중전마마 모습이 저렇게 돌변하여 괴로워하시는 것은 분명 이유가 있음에랴."

"사고께서 그리 생각하시는 이유가 있다 싶습니다. 굳이 중전을 피접 데리고 나가겠다는 말씀 하심을 들어도 되겠습니까?"

재성의 계집이 중전께 봉물을 보내온 후 중전께서 상태가 나빠지기 시작했다는 말에 왕의 안색이 급격히 변하였다. 반신반의. 믿지 못하겠다는 기색이 뚜렷하였다. 어리석은 주상. 명온공주는 속으로 혀를 찼다. 그 계집은 주상 당신의 순정과 다르답니다. 어찌 그리 눈이 어두우시오?

"상감마마께서 저의 말에 찬동 아니 하셔도 어쩔 수 없습니다. 허나 중전마마께서 당장 저리 괴로우신 것도 사실이며 재성의 계집이 보낸 짐에 손을 댄 이후 그리하시다는 말을 몰래 창빈마마더러 털어놓았다고 합니다. 그 예감이 사실이든 아니든 여하튼 산모가 불편하고 힘들어합니다. 지푸라기라도 잡는다고 어떤 방도를 취해야지요."

"……중전께서 몹시도 괴로워하는 것을 직접 눈으로 보았습니다. 어찌하든 편안하게 하여드려야지요. 허나 몸이 무거운 사람이 산실을 나서도 되겠습니까?"

 미적거리는 왕의 기색을 명온공주는 단호하게 눌렀다. 지금은 비상시국이 아닌가? 태중에 귀한 원자를 담고 계신 중전께서 악살에 씌어 대굴대굴 구르며 죽네 사네 하는 판국에 무슨 법도?

"당장 중전마마 안위를 살피셔야지요. 정심각의 기운을 맑게 씻어주는 동안만 피접 보내주십시오. 저가 다 알아서 할랍니다. 전하께서는 모르는 척하여 주십시오. 어마마마께서도 근심 대단하시되 법도가 있으니 차마 말씀은 못하시되 몹시도 안타까워하십니다. 소격전의 태사를 시켜 저가 정심각의 기운을 정리하는 동안 가능한 한 멀리 중전마마를 그곳에서 떼어놓아야 할 듯합니다."

"사고(師姑)의 말씀이 맞습니다만, 효과가 있을지요?"

"일단 하여봄이 무방합니다. 저가 중전마마를 뫼시고 나가 며칠 지내시게 하여보겠나이다. 제 집에서 기운이 좋아지면은 이 사고의 걱정이 맞는 것입니다. 윤허하여 주십시오. 아무도 모르게 뒷문에 작은 가마 대령하여 중전마마 모시고 나갈랍니다."

정심각 안에서 마냥 괴롭다 한다. 잠시라도 견디기 힘들 정도로 두렵다 하였다. 악한 것이 꿈에서마다 덮치고 아기를 해하려 달려든다. 먹자 하여도 치받아 쓴물만 토하고 혼절하여 까무러치기 여러 번. 이대로 놓아두었다간 정말 무슨 일이 생길 것만 같은 불안함이었다. 그토록 중전의 안색은 좋지 않았고 상태는 나빴다. 마지못하여, 반은 지푸라기라도 잡는 심정으로 왕은 그렇게 하십시오 하고 한발 물러났다.

"허면은 며칠 의릉저에 중전을 보내겠습니다. 중전이 떠나신 후 사고께서 소격전의 도사와 더불어 정심각을 한번 새로 치워주십시오. 겹겹이 둘러싸고 사기(邪氣)가 침범하지 못하게 막은 곳에서 무슨 괴이쩍은 일이 있을 거라 생각하지 않지만, 돌다리도 두드려 보고 건너라는 말이 있듯이 방비함이 안전할 것입니다."

명온공주가 절을 하고 물러났다. 중전이 악살에 씌여? 하도 뜻밖이며 더없이 노여웠다. 감히 누가? 하지만 당장에 보고 들은 바라 부인도 못할 지경이었다. 중전이 푸른 쓴물 토해내며 괴롭다 구원해 달라 사정하는 것을 듣고 온 터가 아니냐, 왕은 멀거니 허공을 응시하였다.

만약, 왕은 지그시 이를 악물었다. 용포 위에 놓인 어수가 꽉 움켜쥐어졌다.

'그러지 않기를 비오, 누이. 제발 중전에게 닥친 악살이 누이와 무관하기를 비오. 짐은 믿고 있거니, 아무리 무도하고 악하다 하여도 짐의 피와 살을 이어받은 아기를 누이가 해치리라 믿지는 않소. 짐을 더 이상 잔인하게 만들지 마오, 누이. 제발 이번 일과 무관하기를 비오.'

교태전 마당에 흩어져 있던 껍질을 벗긴 쥐 소동에서부터 불이 난 것이며 이번 중전의 의문스러운 병증(病症)까지, 그때마다 뇌리 속에 제일 먼저 떠오르는 이름.

아니다. 아닐 것이야, 강하게 부인하고, 또 부인하고 싶은 마음이다. 허나 왕 역시도 반은 이미 알고 있다. 중전을 저주하고 제 목숨 떼놓고서라도 해치고자 하는 사람이 있다면 이 하늘 아래 누구인가? 희란마님 말고는 없다. 주상 당신을 두고 대적한 연적(戀敵)이자 중전 때문에 성총 빼앗겨 천하 호령하던 권세를 잃은 분함도. 아들 두고 훗날 기약하다 중전이 가진 원자 때문에 기회를 잃은 터, 분하겠지. 억울하고 원통하겠지. 첩첩산중. 원한 천리. 그 악심 그 원망이 얼마나 장할까?

'그런 계집을 은애하여 방자하게 만들고 온갖 행악을 하게 만든 이는 짐이다. 어째서 짐이 지은 죗값을 가엾은 중전이 받는가? 아무 죄도 없는 우리 아기가 받는가? 만에 하나 재성 누이가 개입하여 일

을 이 지경으로 만든 것이라면…….'
 제대로 죽지도 못하게 만들어줄 것이다. 왕은 칼날 같은 시선을 들어 재성 쪽을 노려보았다.
 '능지처참을 하고야 말리라! 구천에 혼백이 떠돌지도 못하게 가루로 만들어주리라. 사직의 안주인을 해하려 한 죄, 태중의 아기를 모해한 죄, 그리고 짐의 순정을 배반한 죄를 반드시 물을 것이다!'
 일이 그 지경이 악화된 후 무엇을 망설이랴.
 아무도 모르게 그 밤으로 하여 중전은 은밀히 낮은 가마 타고 성동의 의릉위 잠저로 출궁을 하시었다. 윤 상궁과 나인 두엇만 딸리고 왕이 보내신 호위밀 정일성만 가마를 옹위한 채 명온공주 마마를 따라 나갔다.
 전하께서도 미복하시고 한 삼사여 리나 말을 타고 중전의 가마를 따라 나갔다. 귀한 지어미를 배웅한 터였다.
 "부대 기분 전환하고 잘 놀다가 돌아오시오. 우리 귀한 중전? 사정 보아서 한 너덧 새 지내시되 옥체 환후가 나아질 것이다 하면은 며칠 더 지내셔도 좋을 것이오. 그저 짐은 비께서 편안하고 즐겁기만을 바랄 뿐이오."
 "정심각이 정결하여질 동안만요. 마마, 소첩이 뵙지 못하는 동안 강녕하셔야 합니다."
 가마 안에서 중전마마, 보스스 미소 지었다. 가마 창문이 내려지고 일행은 어둠 속에 사라졌다. 그 모습을 멀거니 바라보고 있는 전하, 어찌 그리 허전하고 쓸쓸하신가? 마치 손안의 귀중한 보물을 잃은 듯 텅 빈 마음. 섭섭하고 외로웠다. 이미 중전이 타신 가마가 멀어진 지 오래. 헌데 쉽사리 말머리를 돌리지 못하였다.

'길어보았자 겨우 한 열흘 계시다가 돌아오실 터인데도 짐의 마음이 이토록 울적하고 쓸쓸할 줄은 몰랐도다. 은애함의 깊이는 떨어져 봐야 안다 하더니 짐의 마음이 바로 그러한 것이 아닐 것이냐? 잘 다녀오시어야 할 것인데…… 조금이라도 옥체가 편안하셔야 할 것인데…… 돌아와서도 예전처럼 그리 힘들고 쓴물 토해내며 괴로워할 것이라 한다면은 실로 근심이라. 만삭이니 그러다가 행여 만에 하나 아기나 그이가 잘못되기라도 한다면은 짐은 못살 것이다.'

돌아서 홀로 궐로 돌아가시는 상감마마 뒷모습이 축 처졌다. 쓸쓸하고 처연한 달빛이 넓은 어깨에 어렸다.

이렇게 하여 궐내 아는 이 거의 없이, 몰래 중전마마께서 의릉저로 내려가신 지가 벌써 이레째. 중전은 의릉저에서 퍽이나 즐거운 시간을 보내고 있었다.

첫 밤에는 자리가 바뀌어 다소간 익숙하지 않은 고로 잠을 설친 것은 사실이었다. 그러나 그 다음날부터는 아무 거리낌 없이 퍽이나 유쾌하고 편안하시니 그 며칠 사이로 단번에 용색이 화사하게 회복되었다.

'그럼 그렇지. 그곳에서 나오자마자 단 하루 만에 이토록이나 용색이 안온하게 피심이랴. 분명 그곳에 어떤 몹쓸 것들이 더러운 짓거리를 하고 있음이 분명하다.'

명온공주께서 조심스레 지켜보고 있는 줄도 모르고 중전마마. 모처럼 편안하고 태평하시었다. 시원한 정자 올라 바깥 공기 쏘이며 동무들과 우스갯소리, 투호 놀이며 이리저리 산책도 하시니 그렇게 심하던 체증도 쑥 가신 듯 없어졌다.

연치 비슷한 사촌시누이 되시는 분도 두 분이며 의릉위와 공주마마 슬하로 이미 성가한 아드님 많으시니 며느님만도 여러 분 있다. 같이 담소하며 장난질 칠 동무가 많고 비슷한 또래라 할 말이 많은 고로 중전마마 성동 나오신 이후로 수다가 부쩍 늘었다. 게다가 중전마마와 비슷하게 출산할 며느님이 있으니 동무가 되었다. 서로 둥실하게 부른 배를 잘난 척 내놓고 아기씨가 얼마나 움직이느냐, 회임한 터로 몸이 어떻게 달라졌더라 서로 자랑질에 은근히 경쟁이었다.

"내가 그리 쳇기가 아니 가셔 고생을 하였거늘! 성동 내려오자마자 쑥 내려가는 것 좀 보소? 이는 필시 답답한 정심각에서 너무 움직이지 아니하고 앉아만 있어서 그러하였던 것이야. 어지럼증도 하나 없구려. 그러고 보면 사람은 적당하게 움직여야 사는 것이오."

몸을 많이 움직이시니 저분질이 한결 나으시다. 게다가 잠도 편안하니 당장에 그 미간에 어린 어둔 기운 다 사라지고 달덩이같이 고운 옥안이 빛이 나는구나. 끼니마다 싫다, 비리다 하시던 어육반찬 냠냠 달게 젓수시고 저녁때는 동무들과 함께 골계담 소설책을 허리 부러지게 웃으며 읽으시더니 지금껏 먼저 찾지는 않던 야다소반과를 하자고까지 하시었다.

위기(危機)

중전께서 편안하게 잘 노신다는 기별받으신 상감마마, 한결 안심이었다. 그러니 차마 냉큼 이만하면 궐로 돌아오소서 하는 말씀을 못하시었다. 대신 그립다는 말만 쓴 어찰만 내려보내시었다. 마냥 보고 잡소이다. 내쳐 돌아오소서 하는 뜻이었다.

……며엿새 더 노시다가 짐이 모시러 갈 참이오. 근신하여 편안하소서. 주변에 좋지 않은 일이 생긴 터로 경솔히 움직이지 마시고 그저 집 안에서만 노시옵소서. 태중 원자는 잘 계신고? 모후께서 힘드시니 너무 설치지 말고 조용히 잘 놀다 때 되면은 나오너라. 비께서 아니 계시니 성동이 지척이되 집이 그립구려. 이 밤에 곤전께서도 짐을 생각하오?

얼마나 다정하신지, 얼마나 부드러우신지. 중전마마, 아기씨에게 부왕전하 서간을 큰 소리 내어 읽어주며 볼을 붉히었다.

"참말 우리 모자를 생각하여 주시는 뜻은 넓고 깊은 게다. 우리 원자도 아바마마 가르침을 잘 배워서 훗날 성군이 되셔야지."

그리운 정은 달빛을 타고 흐르고. 같은 하늘 아래 궐 담 사이 두고 중전마마와 상감마마, 휘영청 밝은 달을 바라보며 서로를 생각하며 미소 짓는다.

허나 걱정스러운 일은 중전께서 의릉저로 나갈 적에 배행한 나인 중에 선이 년이 끼어 있는 것이로다!

흉악하고 고약한 이년이 눈치 보아 바깥의 거복이 놈에게 냉큼 기별을 하는 눈치구나. 중전이 궐 담을 넘어 허술한 사가로 나와 있음이라. 교인당이 악살 쓰고 희란마마 밤낮으로 쉬임없이 저주 퍼부어 마침내 유인해 낸 터, 기회 보아 중전마마 습격하여 태중 아기와 중전마마 목숨을 해치려 작정한 그놈이 어떤 짓을 할까 심히 두렵고나.

  목숨을 아끼지 않고 밤낮으로 호위하사, 충심으로 중전마마를 뫼시는 정일성이 곁에 있으니 안심이라 할까? 정 위사여, 정 위사여. 중전마마의 안위와 태중 아기씨의 목숨은 그대에게 달려 있소이다. 잠시의 틈도 놓지 말고 두 분을 지켜주시오. 오직 그대만 믿소이다.

  명온공주와 자운궁 국대부인 조씨마님이 신기(神氣) 빼어나다 하는 강선달을 데리고 입궐한 것은 그 다음날이었다.

  상감마마의 윤허를 받아 소격전의 태사와 더불어 귀신을 쫓는 복숭아 가지를 들고 서경당 안팎을 낱낱이 털었다. 그사이에 명온공주와 조씨는 나인들을 데리고 정심각의 모든 기물세간을 뒤집어엎었다. 심지어 찬간과 아궁이 속, 섬돌 아래. 기둥 속까지 다 파보고 헤집어보고 샅샅이 뒤졌다. 행여나 중전마마를 향한 악살의 기운을 발견할 수 있을까 싶어서였다. 허나 의심 가는 데라든지 불길하다 싶은 것은 눈에 뜨이지 않았다.

  명온공주와 국대부인은 난감하여 서로의 얼굴만 바라보았다. 상감께 장담하였는데, 이렇듯이 아무것도 나오지 않으면 무엇인가 산실에 불길한 방술이 씌어졌다 주장한 그들의 처지가 난감하게 될 참이기 때문이다. 길일을 가려 예법에 따라 엄숙하게 설치한 산실을 뒤집어엎은 터라 만에 하나 이대로 끝이 나면 하나 보람도 없거니와 경솔하고 방정맞다 비난을 사게 될 것이 뻔하였다.

두 귀부인은 낙심하고 난처하여 코가 석 자나 빠져 앉아 있기만 하였다. 푸른 복숭아 가지를 들고 강선달이 안채로 건너왔다. 명온공주가 탄식하였다.

"참으로 이상하구먼. 모든 정황으로 미루어보아 중전마마께서 악독한 살에 쓰인 것은 분명하되 그 증거를 찾을 수가 없어. 바깥은 샅샅이 살펴보았는가?"

"대강은 다 방비한 듯합니다. 특별한 것은 눈에 뜨이지 않았습니다. 안에서도 별다른 것은 찾지 못하셨는지요?"

"그러게 말이야. 분명 기운은 불길한데 눈에 보이는 것을 찾지 못함이라, 상감께 어찌 고변해야 할지 막막하네그려."

강선달의 눈길이 이리저리 날카로운 빛을 번쩍이며 안방을 훑었다. 나지막한 소리로 공주께 아뢰었다.

"중전마마께서 산실에 들어오시어 중간에 내입된 물건들을 찾아보시지요. 처음에는 괜찮으셨지만, 중간에 괴로움이 시작되시었다 하지 않았습니까? 분명 도중에 악기가 스며들었습니다."

"산실이니 무엇을 외인이 내입하자 하여도 어디 들여나 주었으면? 심중에 딱 그것이다 싶은 것은 오직 하나, 좌상 부인이 들여온 재성 계집의 봉물짐이되, 그는 중전마마께서 손가락 끝 하나만 대고 당장 내가라 하시어서 궐 밖으로 내보내 불을 태웠다 하였네."

문득 강선달의 시선이 문이 열린 곁방의 금침 더미로 다가갔다. 이리저리 뜯어놓아 다 헤뜨려진 이부자리이되 오직 하나 온전한 것은 호랑이를 수놓은 한 채뿐이었다. 상감마마께서 직접 하사하신 바로 그 금침이다. 다른 것은 다 뜯기어 흉하게 솜들이 튀어나오고 어지러운데 그것만이 온전하고 정갈하여 눈에 뜨이었다.

"마마, 저 금침도 살펴보셨습니까?"

"상감께서 중전마마께 직접 하사하신 금침이네. 감히 누가 손을 대겠나. 무슨 일이 있으려고?"

공주께서 예사롭게 넘기었다. 며칠 전까지만 하여도 옥체에 직접 닿았던 터이며 상감께서 하사하신 금침이다. 감히 어떤 인간이 야료를 부릴 수 있으랴? 애당초 옆으로 치워 두었다. 강선달이 고개를 저었다.

"등잔 밑이 어둡다 하였습지요. 직접 옥체에 닿는 것이니 더없이 술수 부리기 좋을 참입니다. 상감께서 하사하신 터이니 감히 누가 헤쳐 보고 뜯어서 살필 생각을 할 수 있겠습니까? 저가 만약 방술을 부린다 치면 제에다 딱 맞춤입니다. 뜯으십시오!"

"옳거니!"

강선달의 말이 사리에 맞고 명확하였다. 명온공주마마, 소리쳤다. 누가 말릴 사이도 없이 다다다 달려들었다. 상감께서 하사하신 금침이라 훼손하시면은 아니 됩니다, 박 상궁이 대경실색하여 소리치는 것도 아랑곳 않고 냅다 가위 들어 이불을 뜯기 시작하였다.

"에구머니!"

"아이고, 독하여라! 저, 저 고약한!"

둘러선 상궁, 나인들 입에서 놀람의 비명 소리가 터졌다. 국대부인 조씨와 명온공주뿐 아니라, 심지어 불길하고 악한 것들을 어지간히 보아온 강선달조차도 너무 사위스럽고 불길하여 소매로 얼굴을 가렸다.

"이, 이런 요사한! 이런 독악한 것이 금침 안에 들어 있었으니 어찌 우리 중전께서 잠자리가 편안하셨으랴!"

국대부인께서 탄식하였다. 더없이 징그럽고 끔찍하였다. 상궁, 나인들도 금침 안에서 나온 것을 보며 저절로 얼굴을 찡그리고 침을 뱉으며 욕을 퍼부었다. 보기만 하여도 몸서리가 쳐지고 덜덜 떨리며 등골로 써늘한 기운이 딱 끼치는 듯하였다.

아아, 무엄하고 참람하도다.

분명 중전마마 속살이 닿는 속곳이 분명할지니! 갈가리 찢어지고 더러운 피칠갑이 된 그것에는 요사스러운 부적이 몇 개나 붙어 있었다. 터진 가랑이 사이로 분명 태중 아기씨를 상징하는 것이겠다? 납작하고 작은 짚 인형이 나왔는데 정수리에는 바늘이 꽂혀 있었고, 인형이 입은 옷자락은 온통 불탄 자국, 숭숭 구멍도 뚫리었다. 송곳 자국이 분명하였다. 중전마마와 아기씨를 저주하여 가장 독하디독한 악살주문을 외운 모양이었다.

금침 안에서 나온 물건을 보며 강선달이 고개를 저었다. 탄식하였다.

"저가 어지간한 방술을 다 해보았습니다만, 차마 이토록 악하고 독한 꼴은 처음입니다. 이 방술을 치른 자가 누구인지는 모르되, 아마 이것에 목숨을 걸었을 것입니다. 남에게 저주를 쏘면 그만큼의 독한 기운이 스스로에게도 반탄되는 법입지요. 하물며 태어나지도 않은 아기에게 하는 악살 저주는 가장 큰 죄이니, 이 일을 저지른 인간들은 그 명이 결코 온전치 못할 것입니다."

"기, 김 내관, 그놈 짓입니다요!"

상감마마 하명으로 산실을 정결케 하는 의식을 지켜보고 있던 장 내관이 기함하여 고함을 질렀다. 늙은 내관은 분노로 불 뿜는 얼굴을 하고 공주께 아뢰었다.

"아이고, 인제서야 이해가 되는고나! 지난날, 재성 계집하고 딱 달라붙어 알랑거리던 놈이 어찌하여 중전마마를 위하여 금침을 하사하십시오 하고 고변드리었는지 그 이유를 몰랐거니!"

"상선, 이 금침을 하사하라 주청한 이가 애초에 김 내관 놈이더냐?"

"예예, 마마. 그러하였나이다. 듣자오신 성상께서 기특하다 하시며 그 일을 전부 김 내관 놈에게 일임하였나이다. 이곳으로 금침을 지고 들어온 놈도 그놈입니다요!"

"이 금침을 만든 계집과 김 내관 놈을 당장 잡아다가 추달해야 할 것입니다. 또한 제 생각에는 금침을 갈무리하는 년도 수상합니다. 아마도 같은 통속일 가능성이 큽니다."

"당연히 그 배후에는 재성 계집이 있겠지! 홍, 간특한 고년. 인제야 빼도 박도 못할 증거 있으니 이 공주가 반드시 고년 목을 베고야 말리라!"

 장 내관, 덜덜 떨며 금침에서 나온 더럽고 요사스러운 증거물을 들고 편전으로 나아갔다. 강선달과 공주마마, 국대부인도 그 뒤를 따랐다.

 중궁전 상궁, 나인들. 너무 엄청난 일에 넋이 빠져 삼삼오오 모여서서 어찌할 바를 몰라 하였다. 기도 막히고 경악스럽기도 하며 아직도 놀란 가슴이 진정되지 않아 희란마님을 욕하며 수군거리었다. 어이도 없고, 놀랍기도 하고 분통이 터져 끝까지 중전마마를 해치려 드는 악독한 재성 계집을 이번에는 반드시 죽여야 한다 주먹질에다 욕질하였다.

 "아니, 가만……?"

 돌아앉아 엉망이 된 정심각을 치우라 나인을 부르던 박 상궁이 흠칫 손을 놓았다. 김 상궁을 바라보았다. 얼굴이 하얗게 질려 있었다.

 "박 상궁, 어찌하여 그런 얼굴이오?"

 "선이, 선이 년!"

 "네에?"

 "중전마마 따라 나간 년이 선이 아니오? 아까 선다님이 무어라 하였지요? 금침 간수하는 년도 한통속일 것이니 잡아들이라 하였지 않습니까?"

 "그, 그랬습지요."

 박 상궁이 아연 부르짖었다. 얼굴에는 근심이 첩첩하였다.

"고 앙큼한 것이 중전마마 신임을 얻자와 피접 나간 곳에도 따라 나갔소이다. 만에 하나 그년이 정말 재성 계집과 한통속이면 중전마마 바로 곁에 검은 손이 붙어 있는 것 아닙니까?"

김 상궁의 얼굴도 따라 하얗게 질렸다. 박 상궁이 벌떡 일어났다. 버선발로 내달았다. 서경당 밖에서 산실을 경비하는 금부도사에게 달려갔다.

"종사관 나으리, 급하오! 당장 병정을 끌고 말 달려 성동 의릉저로 나가주십시오. 거기에 중전마마께서 피접 나가 계시거니, 중전마마 곁에 붙어 있는 선이 년을 잡아오시오! 그년이 중전마마와 아기씨를 음해하려 드는 일당인 듯합니다. 당장 잡아오십시오! 한시도 중전마마 곁에 두면 아니 될 악독한 계집입니다."

금부도사 강희명, 듣자 하니 보통 일은 아니다. 사리분별은 나중에 하고 일단 의심 가는 고 계집을 잡아와야 할 듯싶었다. 당장 말 등에 훌쩍 올라타 병정을 끌고 질풍처럼 달려나가는구나!

한편 대전.

장 내관이 내어놓은 문제의 악한 것을 보던 순간, 상감마마 눈에서 빠지직 불길이 일었다.

"이, 이 고, 고약한!"

차마 말을 잇지 못하시는데 서안에 놓인 손이 덜덜 떨리고 있었다. 중전에 대한 것도 그러하거니와 아기씨를 상징하는 인형 정수리에 바늘이 꽂힌 것 하며 숭숭 뚫린 송곳 자국이라. 아무 죄도 없는 아기를 저주하여 원독을 쏘는 무서운 짓을 하다니! 이런 더럽고 불길한 것이 금침 안에 있어 날이며 맨살에 닿았을 터이니 어찌 중전의 잠자리가 편안하랴?

"김 내관 놈하고 상침 허씨를 당장 잡아들여라! 짐이 박살을 내리라!"

궐 안에서 이런 소동이 벌어지고 있는데 그러나 상감마마 이하 궐 안 사람들은 아직도 모르신다. 지금 이 순간 중전마마 일생 중 가장 커다란 위기를 겪고 있었다.

"마마, 차라리, 행선당마님더러 의륭저로 들어오라 하시지요? 무거운 옥체를 하시고 바깥으로 사사로이 나가심은 불가하온 줄 아옵니다."

장옷을 들고 일어서려는 앞을 가로막으며 윤 상궁은 다시 한 번 사정하였다. 중전은 의연한 기색으로 명랑하니 대꾸하였다. 윤 상궁의 걱정이 오히려 우습다는 얼굴이었다.

"그만 하소. 무엇 별일있으려고? 내가 사실은 동무도 보고 잡지만은 계산골에 한번 가보고 싶어 그러하오. 옛날 집이 얼마나 변하였을까 궁금도 하구. 잠시 나갔다 온다니깐. 가마 타고 살그머니 댕겨옵시다그려."

"조심 또 조심하심은 가한 줄 아옵니다."

"밝은 날 잠시 다녀옴이 무엇 그리 큰일이라고 그리하노? 다시 궐에 돌아가면 나오지 못할 참이니, 얼마나 좋은 기회야? 다녀올라오. 윤 상궁이 앞장서시오. 일당백이라, 정 위사가 따를 것인데 무엇이 걱정인가?"

 상전께서 고집을 피우시니 윤 상궁도 인제는 어쩔 수가 없다. 마루 끝에 서서 발을 내미는 중전마마 버선발에 꽃신을 신겨 드리었다.

 공주마마께서 계시었으면 틀림없이 막았을 것이다. 절대로 바깥에 귀한 분을 내보내지 않았다. 허나 공주마마와 의릉위께서는 산실을 뒤집는 일 때문에 궐에 들어가신 참이다. 일은 그렇게 꼬였다.

 별다른 저지도 받지 않고 의릉저 별당을 빠져나온 가마는 천천히 계산골을 향하기 시작하였다. 가마잡이 넷이 멘 가마따라 윤 상궁과 정일성만 배행하였다. 조촐한 여염집 마나님의 외출이라. 누구도 원자아기씨 잉태하신 중전마마께서 앉아 계시리라고는 짐작도 못하였다. 단 한 사람만 빼고…….

 모퉁이에 숨어 이제나저제나 중전 해칠 기회만 노리고 있던 거복이 놈. 가마 안에 누가 탔는지 선이 년에게 이미 귀띔을 받은 터다. 순진한 중전마마, 선이 년 저를 몹시도 신임하여 사가까정 데리고 나오셨다. 동무이신 보아 아씨더러 한번 낯이나 봅시다 심부름을 보내었다. 이년이 심부름 가는 척하며 냉큼 주변에서 호시탐탐 기회를 노리고 있는 거복이 놈에게 내일 중전마마께서 계산골 소녀 시절 사시던 초당을 간다고 꼬아바치었다. 이런 죽일 년이 있나!

 쾌재라! 거복이 놈, 맞춤이라 하여도 이런 좋은 기회를 찾을 수는 없다. 희희낙락. 희란마님 그 기별에 중전 아랫배를 걷어차 주어라 독하게 확언하였다.

"이판사판! 그년 목을 베어주면 딱 좋으련만, 그가 힘들다면 태중 아기라도 반드시 없애야 할 일, 아기가 잘못되면 그년도 면목이 없어 목을 맬 것이다. 대차게 그년 아랫배를 걷어차 주어라! 흥."

검을 등에 지고 빠른 발로 가마를 지키며 따라가는 무장이 다소간 걸리었으되, 저들이 습격할 일당은 열너덧 명. 무장 한 놈쯤 당하지 못하랴. 오늘 중전 저년이 뒈지는 날이다. 큰마마 소원이 마침내 이루어지는 날이로다!

음흉하고 징그러운 비릿한 미소를 지으며 거복이 놈, 눈치채이지 않게 슬슬 중전마마 가마를 따르기 시작하였다.

계산골.

중전마마께서 소녀 시절까지 거처하시던 초옥은 열다섯 나이로 집을 떠난 이후로, 하나 변함없는 모습으로 앉아 있었다. 부원군 일가가 옥동 집으로 떠난 후 그 집은 가솔 중 한 사람이 맡아 살며 보살피고 있었다. 사직의 안지존께서 태어나고 자라신 곳이니 늘 정결하게 가꾸어라 부원군께서 하명하시었기 때문이다.

"아이고 중전마마, 강녕하시온지요?"

"오랜만이지요? 그만합니다. 동무는 그동안 잘 지내셨소?"

계산골 안채에는 미리 기별을 한 터로 중전마마께서 동무라 여기는 보아 아씨, 인제는 혼인하여 행선당마님이라고 불리는 심씨가 아장아장 걷는 따님을 곁에 딸리고 기대리고 있었다. 가마에서 내리는 중전마마 앞에 내달아 읍하여 반갑게 맞이하였다. 중전마마,

함뿍 미소 지으며 동무의 손을 잡고 반가이 응대하였다.

"이곳은 사사로운 곳이니 너무 동무께서는 예에 얽매이지 마시구려. 내가 다 민망하오. 잘 지내셨다는 이야기는 스승께 들었기로. 참말로 반갑구려."

꼬박 사 년 만에 다시 만난 중전마마와 보아 아씨. 서로 웃음꽃을 피우며 그동안의 안부를 물었다. 흘러간 지난 세월 동안 어떻게 지내셨는지, 이야기 보따리는 끝이 없고, 서로 격려하고 치하하며 나누는 웃음타래들도 역시 장강 물처럼 길었다.

행선당마님의 딸, 이름이 윤이인데 머루알 같은 눈 동그랗게 뜨고 귀한 어른 바라보는구나. 재롱 떠는 모습이 귀엽다 하시며 중전마마 망극하게도 옷고름에 달고 있던 백옥화문 노리개를 빼어 아기 옷고름에 걸어주었다.

중전마마, 오랜만에 반갑던 친구를 보기도 하였거니와 궁금하였던 일가식솔들 소식도 다 듣자오시니 그저 흔쾌하시다. 미리 아침나절 나와 있던 유모가 정성스레 낮것 상 차려 대접을 하였다. 맛나게 잘 자시고 소녀 시절 보내던 초옥으로 아기작아기작 걸어가신다. 작은 쪽마루에 앉아 전에 가꾸던 작은 뜨락을 바라보며 그저 감개무량하시었다.

"이 중전이 간택의 그날 당장 나올 줄 알고 녹두를 담가놓으라고 부탁하고 떠났거니, 그날 이후로 다시는 돌아오지 못하게 될 줄 뉘 알았던가? 그 녹두 불어 터져 먹지도 못하였을 것이야? 홋호호."

화사하니 웃으시던 중전마마 문득 눈을 반짝였다. 좁은 뜨락 담 옆에 선 오얏나무 열매가 노르께하며 불그스름하게 익은 것을 보고 손뼉을 쳤다.

"윤 상궁, 저 오얏 열매 좀 따보게. 맛이 심히 달고 향기롭다네. 전하께 가져다 드려야지."

윤 상궁이나 행선당마님이 다 놀라 담 옆의 나무를 바라보았다.

"아니, 저것이 오얏이옵니까? 속가의 것하고는 모양이 심히 다르고 열매가 달라 다른 것인 줄 알았나이다."

"이유가 있다네. 이는 사친께서 이십여 년 전에 심으신 나무거든. 멀리 명국서 오얏 품종이 새로 들어온 것을 선대왕전하께서 도승지로 입시하시었던 아버님께 한 뿌리를 주시면서 살려보라 하시었다는군. 그토록 커다란 성은을 받으신 아버님, 그 나무 한 가지를 소매에 품고 나와 잘 키우시니 이렇게 큰 나무로 자랐다네. 마침 알맞게 익었으니 따다가 전하께 보내 드려야겠다. 우리 아기씨에게도 난중에 예로 와서 조부께서 하사하시고 외조부께서 키우신 나무라 알려 드려야지. 다람쥐처럼 쪼르르 올라 열매 따먹어라 할 것이다."

암만요, 어마마마. 저가 나와서 요 달디단 오얏을 다 따먹을 것입니다. 대답이라도 하듯이 태중 아기씨 부른 배 안에서 굼실굼실 발로 걷어찼다. 중전마마, 또 아프게 걷어차는 작은 발을 매섭게 한 대 톡 때려주었다.

"얌전히 못 있겠니? 아바마마께서 너더러 꼼질꼼질 이쁘게 있어라 분부하였거늘! 너는 몹시 개구쟁이라, 이리 시와 때도 없이 이 모후를 걷어차고 잠도 못 이루게 움직이니 고약하도다!"

말씀으로는 훈계하시는 것이지만 우리 아기가 강건하다 자랑질이 아니고 무엇이랴? 곁에 시립하여 있던 행선당마님, 미소 지으며 읍을 하였다.

"태중서 잘 움직이시는 아기가 나오셔도 강건하다 합니다. 너무 고약하다 그러지 마십시오, 마마. 홋호호."

여인들의 웃음소리 사이로 정일성이 중전마마 하명을 받자와 자두나무 옆에 사다리를 대고 올라갔다. 무르익은 열매를 정성스레 하나하나 바구니에 따 담았다. 누른빛이 나는 붉은색 열매가 흡사 호박구슬을 붉은 물에 담가놓은 듯하다. 시중서 구하는 오얏보다 더 알이 굵고 향기로운 맛난 열매였다. 코에 대고 가까이하기만 하여도 단물이 뚝뚝 떨어질 듯 농밀한 꿀 냄새가 진동하였다.

중전은 제일 먼저 상감마마께 보내 드릴 것을 골라 따로이 챙겼다. 다시 한 바구니 가득 딴 열매를 행선당마님에게 건네주었다.

"가지고 가서 시부모님께 올리시오. 한 포기 작은 뿌리가 커다란 나무가 되었듯이 동무하고 나의 인연도 아주 짧았으되 긴 인연이 되었구려. 두고두고 왕래하십시다. 이 몸이 구중천(九重天) 안에 갇혀 사는 몸이라, 시정 사정이 어둡소. 동무께서 아기 안고 종종 들어와 세상 돌아가는 사정이며 살아가는 이치도 좀 알려주고 그러시오."

"하해와 같은 성은이 망극하옵니다, 중전마마. 소인을 귀한 동무라 여기시사 흔쾌히 대하여주시고 이렇게 황공한 부탁을 하여주시니 어찌 봉명하지 않으리이까? 성심을 다하여 작은 도움이 되고자 합니다."

　문 옆에 옆얼굴로 석상처럼 서 있던 정일성이 다가왔다. 무릎을 꿇고 아뢰었다.

　"마마, 시각이 늦어지는 참입니다. 인제 출발하셔야 합니다. 계산골에서 성동까정은 근 반나절이라, 날이 어두워지면 가마잡이들이 발을 헛디딜 참입니다. 태중 아기씨에게 아니 좋으실 것이라 금세 떠나시지요."

　중전마마, 정일성의 말에 화사하게 웃었다. 감회에 젖은 얼굴로 윤 상궁을 바라보았다.

　"참으로 사 년 전 그때와 똑같으이. 간택의 그날, 내가 이 집을 떠나지 않으려 발버둥을 쳤기로 억지로 어른들께서 시키는 대로 가마 타고 끌려갔거든. 오늘도 그러하구먼. 빨리 가자 재촉하는 터라. 가마 대령하게, 동무께서도 돌아가야 하실 것이야."

　중전마마, 행선당마님과 작별 인사를 하였다. 훗날 몸이 편안하여지면 궐로 부르마. 다시 보자 약조하였다. 전하께 드릴 맛난 오얏 열매 담긴 바구니를 꼭 안고 가마에 오르시었다. 금세 정일성이 따르고 윤 상궁이 배행하는 중전마마 가마가 계산골 초옥을 떠났다. 한나절 잘 노시고, 이리저리 쏘다닌 터라 가마에 타 흔들리니 저절로 곤한 졸음이 흘러왔다. 중전마마 팔걸이에 몸을 의지하고 꼬박꼬박 졸기 시작하였다.

　가마를 메고 가는 이들의 발걸음은 느른하되 초조하였다. 어느덧 해는 뉘엿뉘엿, 날은 저물어가는데 어둔 밤길에 무슨 일이 벌어지면 어찌하나. 허나 중전마마께서 몸이 무거우시니, 함부로 달려 가마를 까불 수도 없다. 조심조심 정성스레 메고 가는데 고갯마루를 넘어갈 즈음 벌써 해는 서산마루에 꼴딱꼴딱하였다.

가마 옆에 말을 타고 따라가는 윤 상궁도 그러하거니와 등에 검을 차고 사방 주위를 살피며 나아가는 정일성도 한시라도 긴장을 늦출 수가 없었다. 산길이니 큰 짐승이라도 나타나면 어쩌랴. 막 고개 마루에 도달하여 내려갈 길만 남은 터라, 이 길만 돌아 내려가면 번화한 곳으로 접어들 터이다.

"힘든 줄 알되 좀 더 빨리 움직이게나. 날이 저물어 험한 산길이라, 중전마마 옥체에 누가 될까 두렵구먼."

"옛, 마마님!"

가마채를 잡은 가마꾼들이 손에 불뚝 다시 힘이 돋았다. 바로 그때였다. 가만! 하고 정일성이 발길을 멈추었다. 따라 윤 상궁의 말도, 가마꾼의 발길도 멈추었다.

살인무술을 배운 무장이라, 다가오는 인기척을 제일 먼저 느끼었다. 맨살로 다가온 기운이 차고 써늘하였다. 사람의 기운에는 두 가지가 있으니 좋은 뜻을 가진 이가 내뿜는 기운은 훈김이요, 악심을 품고 달려드는 인간들에게서 풍기는 기운은 찬 기운이다. 헌데 지금 모퉁이에서 다가오는 기운들은 몹시도 비릿하고 찼다.

앞을 막아선 그림자는 열너덧 개. 하나같이 복면을 하고 흉악한 짓을 저지르고자 나타난 것들로서, 손에는 철 도리깨며 시퍼런 날이 번쩍이는 장검이며 팽팽하게 화살을 메긴 활을 들고 있었다. 무인의 직감으로 정일성은 이것이 중전마마께 닥친 커다란 변란이라 느끼었다.

아랫배에 힘을 준 다음 그는 벽력같이 소리쳤다.

"네 이놈들! 국법이 엄연하거늘, 예가 어디라고 감히 산적질이냐? 물러서지 못할까!"

애초부터 작정하고 나타난 듯 영걸찬 호령 소리에도 움쩍하지 않았다. 징그러운 웃음을 지으며 차츰차츰 동그랗게 포위하듯이 다가서는 흉적들을 예리한 눈으로 노려보며 정일성은 등의 장검을 쓱 뽑아 들었다.

"비키라 하였다! 네놈들이 진정 죽고 잡은 모양이구나! 감히 귀인이 타신 가마를 가로막다니!"

갑자기 가마가 움찔 멈추었기로 중전마마 병아리 졸음에서 화들짝 깨어났다. 천지가 조용한데 사방이 살기라. 이것이 무슨 해괴한 사단이냐 싶어 간이 졸아들었다. 저절로 두 손이 둥실 솟아오른 아랫배로 다가갔다. 숨을 죽이고 바깥 동정에 귀 기울이는데, 바깥에서 정일성이 호령하는 소리가 들렸다.

"순순히 물러서면 목숨을 살려주마. 당장 물러서지 못하겠느냐!"
"이 가마에 중전이 탄 것이 분명하렷다?"

정일성뿐 아니라 윤 상궁도, 가마채를 잡은 가마꾼들도 아연 긴장하였다. 이 일이 실로 심상치 않은 일이다 직감하였다. 사람들이 오가는 길에 갑자기 산적 떼가 출몰하였다. 평범하니 조촐한 시정 마님이 오가는 가마를 습격함도 놀란 판인데, 이놈들은 이 가마에 타신 분이 중전마마인 줄 분명히 알고 있었다. 작정하고 중전마마를 해치려 나타난 놈들이 분명하였다.

"목숨으로 지켜라! 작정하고 중전마마께 위해를 가하려 나타난 것들이다."

"존명!"

윤 상궁도 정신이 번쩍 났다. 말에서 내려 두 팔을 벌리고 중전마마 가마를 가로막았다. 내 오늘 이 목숨을 버리더라도 중전마마와 아기씨는 지킬 것이다.

"중전마마를 해치려거든 날부터 죽여라!"

가마 안의 중전마마, 와들와들 떨며 눈을 꼭 감았다. 너무 두렵고 기가 막히니 눈앞이 캄캄하였다. 뇌리 속에 순간적으로 무수히 오가는 생각. 그것은 어리석고 맹한 자신에 대한 원망이요, 부끄러움이었다.

'윤 상궁도 말리고 의릉저 사람들도 전부 가지 말라 하였거늘. 내가 괜히 고집부려 싸돌아다니다가 이날의 변을 당하는구나. 어찌할거나. 어찌할거나. 마마, 마마. 제발 달려와 주십시오. 신첩과 아기를 구해주십시오.'

중전마마 두 손으로 아랫배를 감싸 안고 덜덜 떨며 일의 추이를 기다렸다. 오직 하나 믿을 사람은 정일성, 일당백이라 하여 상감께서 붙여주신 호위밀이라. 그의 실력만을 기대할 도리밖에 없었다. 중전은 무서운 것에서 피하듯이 눈을 꼭 감았다. 오직 간절하게 속으로 간구하였다.

대적(對敵)!

오늘은 죽기 아니면 살기로다! 정일성이 행수 가마꾼에게 눈짓을 하였다. 가마꾼들이 곱게 가마를 내려놓았다. 혹은 품속에서 표창을, 혹은 다리춤에 찬 단도며, 등에 진 검을 빼 들어 적을 겨누었다. 남들 눈에는 별 볼일 없는 평범한 가마꾼처럼 보여도 이들 역시 중전마마를 지척에서 모시는 시위대였다. 그 솜씨 만만치 않았다. 상감마마와 중전마마 어가를 모시는 사람들이기에 지존께서 만에 하나 위해를 당하게 되면 제일 먼저 적들에게 노출되는 사람이 그들이다. 하여 어가를 뫼시는 가마꾼들도 평상시 지밀위사들처럼 무술을 익히는 것이 법도였다. 다섯에 열너덧. 일 대 삼이라? 해볼 만하다. 정일성은 속으로 생각하였다. 기선 제압!

"죽어라! 이야얍!"

그는 기합 소리를 내며 하늘로 솟구쳤다. 중전마마 가마에서부터 가장 근접한 놈을 향하여 예리한 검을 휘둘렀다. 단 한 번의 깨끗한 동작. 오직 적을 베어 넘기기 위하여 익힌 살인기예이다. 궐 안 호위밀 중에서도 검술로는 당할 자 없는 정일성의 칼날 아래 속절없이 흉적의 목 한 개가 뚜르르르 떨어져 나갔다.

저물어가는 조락의 빛 아래 퍼런 칼빛이 써늘하게 빛났다. 조용한 소롯길. 평상시 조용하고 한적하던 길에 때 아닌 칼부림이 일어났다. 표창이 번뜩, 화살을 겨누던 적의 눈을 찔렀다. 앗 하는 사이에 떨어져 나간 동료들의 목, 피를 본지라 눈이 반 뒤집혀진 터, 우아아아 고함을 지르며 달려들었다. 본격적인 싸움이 시작된 것이다. 작정하고 중전마마를 해하려 달려든 흉적들이다. 그들의 칼부림이며 주먹질에 몸 쓰는 형편도 보통 수준은 아니었다.

다만 베고, 또 베고 찌르고 갈랐다.

정일성 이하 가마꾼들 전부 다 오직 한 가지 생각밖에 없었다. 반드시 중전마마와 태중 원자 아기씨를 지켜야 한다는 것. 그들이 만약 중전마마를 지키지 못한다면, 오늘 이 자리에 있는 그들의 목숨뿐 아니라 그들 삼족까지 멸해질 터였다. 죽어도 중전마마와 같이 이 자리에서 죽어야 한다는 사실이었다.

윤 상궁 또한 오늘 이곳에서 목숨을 묻을 각오였다. 온몸을 던져 가마를 안고 막아누웠다. 나를 죽이고 중전마마 해쳐라! 바락바락 악을 썼다. 행여나 이 길을 지나가거나 산 아래 사람들이 이 고함 소리를 들어주려나 악바쳐 목청 터져라 고래고래 소리 질렀다.

"아이고! 사람 살리오! 살인났소이다!"

"살려주시오! 중전마마께서 변을 당하시오! 살려주오!"

한편 흉적들을 끌고 온 두목 거복이 놈, 시각이 갈수록 초조해지기 시작하였다. 가마잡이 넷에다가 그깐 무사 놈 하나? 단번에 뎅겅 목 자르고 말지 하였는데 아이코, 잘못 짚었다. 이놈이 여간 고수가 아니었다.

게다가 용렬한 가마꾼들, 겁을 잠시 주면 이내 두르르 도망가리라 생각하였는데 그 가마꾼들조차 일당십은 되는 실력 감춘 무술인이었을 줄이야. 냉큼 호위무장 한 놈 목을 베고 가마 탈취하여 뎅겅 중전 년 아랫배를 갈라 태중 아이를 죽여놓으리라 작정한 일이 이

크, 무위로 돌아가게 생겼구나.

이미 서너 명의 흉적을 죽인 정일성의 검이 하얀 빛을 뿌리며 이번에는 잠시 넋을 놓은 그를 향하여 달려왔다. 아랫도리를 내려쳤다. 거복이 놈, 정신이 번쩍 나서 되받아쳤다. 간신히 막았다. 허리에는 화살이 박히고 피가 줄줄 흐르는 검상이 서넛. 붉은 선혈이 상처에서 흘러도 아프다 신음 한번 지르지 않았다. 똑같은 숨날로, 하나 변하지 않은 침착한 안색으로 군더더기없는 더없이 간결한 동작으로 다시 치고 들어왔다.

허나 어쩌랴, 중과부적이었다. 아무리 무술 솜씨가 뛰어나다 하여도 겨우 다섯 명이 어찌 세 배가 넘는 흉적들을 이겨내랴. 이미 중전마마 가마를 지키던 가마꾼들도 쓰러지고, 가마 문을 싸안고 지키던 윤 상궁도 휘두르는 칼날에 어깨를 맞아 피를 철철 흘리며 질질 머리타래 잡혀 끌려 나가고 있었다. 달려가고 싶었지만 정일성 역시 지금 그를 향하여 칼을 비껴 세워 겨누고 있는 서너 명을 대적하느라, 거복이 놈이 중전마마 가마를 시퍼런 검을 세워 들고 다가가는 것을 막을 수가 없었다.

거복이 놈 사납고 무도한 발길질에 가마가 덜컹 흔들렸다. 식겁한 중전마마 눈을 꽉 감았다. 아아, 나는 우리 아기와 이대로 죽는 팔자인가?

"당장 물러서지 못할까? 날로 죽이고 우리 중전마마를 해치거라! 이놈!"

피가 줄줄 흐르는 상처를 무릅쓰고 죽을 둥 살둥 윤 상궁이 끝까지 기어왔다. 장검으로 가마 문을 사납게 내려치는 거복이 놈의 바짓자락을 잡고 늘어졌다. 허나 발길로 후려내치는 서슬에 늙은 윤 상궁, 가엾도다. 저만치 나가떨어졌다.

'어찌하든 중전을 죽여야 한다. 다른 놈은 두어두고라도 중전만 죽이면 되는 게야.'

시각을 끌수록 불리하였다. 거복이 놈 어찌하든 일단 중전부터 죽이겠다 결심을 하며 반은 부서져 덜컹이는 가마 문을 발길로 내질렀다. 가마 문이 마침내 부서지고 오들오들 떨고 있는 중전마마 신형이 드러났다.

실금처럼 아직 남은 빛으로 하여 검은 복면 속에 감추어진 흉적의 살기 어린 눈과 두려움에 젖은 중전마마 눈이 딱 부딪쳤다. 마지막 순간임에도 위엄을 잃을 수는 없었다. 중전은 두 손으로 아랫배를 감싸며 호령하였다.

"네 이놈! 감히 네가 누구관대 사직의 안지존을 이리도 핍박하느냐? 물러서지 못할까? 어디서 이리 흉악한 짓을 자행하고 살기를 바라느냐?!"

중전마마 흉적의 눈을 노려보며 앙칼지게 버티었다. 죽을 땐 죽더라도 끝까지 버티어야지. 시각이 늦어질 사 그들이 돌아오지 아니하면 의릉저에서 놀라 사람들을 보내지 않을까 중전이 기대한 오직 하나의 구원은 바로 그것이었다.

거복이 놈이 히죽 웃었다. 죽을 임시로도 끝까지 앙탈하는 중전을 두어두고 건들건들 빈정거리었다.

"그 참 호령질 한번 귀엽소만은 중전마마, 오늘 죽어주시어야겠소이다. 회임한 여인네를 해치는 일이야 그다지 흔쾌하지는 않되, 중전 그 팔자라 원자 생산하시는 일이 큰 죄인고로, 이날 이 물건이 중전마마 명을 가져가야겠소."

"……네, 네놈은 바로 월성궁 계집의 권속이로구나! 그 계집이 나를 이리하라 시키었더냐?"

중전마마 명민하시다. 원자를 가진 것이 죄라는 거복이 놈 한마디에 이번 일에 누가 개입되었는지 단박에 알아냈다. 악독한 그 계집이 잠잠히 그대로 죽지는 않으리라 생각하였다. 하지만 이렇게 발악하여 이판사판. 이날 중전의 가마까지 감히 습격케 하여 사지로 몰아넣을 줄이야! 아아, 내가 오늘 이 죽음의 그물을 결코 빠져나갈 수 없음인가? 중전은 순간 아뜩하니 절망하였다.

"큰마마께옵서 잘난 원자 담은 고 아랫배를 한번 걷어차 주어라 하명하신 터, 이놈이 그 분부를 이루어야 할 것 같소이다. 잘 가시오!"

망설이지 않고 발을 들어 아랫배를 걷어차려는 거복이 놈 앞에서 중전은 와들와들 떨며 눈을 꼭 감았다.

'원자야, 이리하여 너와 내가 그 간악한 계집 손에 죽게 되는고나.'

바람 앞의 등불. 위급한 그 순간. 오직 눈앞에는 그리도 은애하고 사모하는 상감마마 훤칠한 용안만이 스쳐 지나갈 뿐이었다. 중전의 감은 눈에서 눈물이 또르르 굴러 내렸다. 우리가 죽으면 또 얼마나 외롭게 되실까요? 평생 곁에 있어드리마 약조하였기로 신첩의 방정맞음이 천추의 한이라. 이리 우리 모자 불귀의 객이 되나봅니다. 마마, 마마. 신첩의 한을 꼭 갚아주시어요.

"네 이놈! 나를 죽이고 중전마마를 해하여라!"

"윤 상궁!"

"어이쿠! 이년이!"

중전이 비명을 질렀다. 거복이 놈도 혀를 찼다. 놈의 발길질에 저 구석에 처박힌 윤 상궁, 피를 철철 흘리면서도 또다시 악귀처럼 발발발 기어와서는 중전마마를 걷어차려는 거복이 놈 다리를 있는 힘을 다하여 꽉 잡고 늘어졌던 것이다. 아드득 이로 물어뜯었다. 어디서 그런 기운이 났을까? 중전마마 목숨이 경각에 달린 위급한 순간에 번뜩 정신이 들었기로 죽을힘을 다하여 덤벼든 것이다.

늙은 계집의 방해로 중전을 죽일 뜻을 이루지 못한 거복이 놈! 있는 대로 흉악한 성질머리가 뻗쳤다. 제길! 두 년을 다 죽이리라!

먼저 끈질기게 방해하는 윤 상궁을 죽이기 위하여 검을 휘둘렀다. 아니, 휘두르려 하였다. 그러나 윤 상궁을 죽이기는커녕 오히려 비명을 지른 이는 거복이 제놈이었다.

"으윽!"

그사이 정신없이 검을 휘둘러 대적하던 놈을 다 베어 넘긴 정일성이 바람처럼 날아왔다. 무방비하게 등짝을 보이고 선 거복이 놈 등을 후려베었다.

허벅지에 화살 한 대, 허리에 또 한 대, 온몸이 피와 땀으로 젖어

악귀같이 변한 그가 철철 선혈을 흘리면서도 가마 앞에 버터섰다. 비틀비틀 다리에 힘이 풀려 마침내 한 무릎을 꿇었으되 굴복하지 않았다. 칼을 지팡이 삼아 바닥에 박은 채 한 무릎을 접은 채 뻣뻣하게 투지로 검게 빛나는 눈을 들고 거복이를 보려보았다.

"나를 죽여야 중전마마를 해칠 수 있을 것이다. 절대로 네놈에게 중전마마와 아기씨 목숨을 내어주지는 못하리라!"

그때였다. 뚜그닥 뚜그닥 급한 말발굽 소리가 인적없던 한적한 산길에 울려 퍼졌다. 모퉁이를 돌아 횃불 수십 개가 달려오고 있었다. 날이 저물어도 중전마마 가마가 돌아오지 않는다. 분명 변이 생긴 것을 알고는 달려오는 구원병임이 분명하였다.

어쩔 수 없다. 중전을 해치려는 뜻도 이루지 못하였으며 당장 제 목숨을 부지하기 어려워진 거복이 놈. 등짝에 피를 철철 흘리며 살아남은 짝패 두 놈을 끌고 숲 속 어둠으로 도망쳤다.

"중전마마!"
"일성이!"

제일 먼저 달려온 말에는 윤재관이 타고 있었다. 믿음직한 친우의 얼굴을 본 정일성이 씩 웃었다. 땀투성이 피칠갑이 되어 웃는 얼굴이 오히려 우는 것처럼 일그러졌다.

"저 숲으로 도망을 쳤어. 등에 검상을 입은 터로…… 멀리는 못 갔을 게다. 잡아오게, 반드시! 내 목숨을 살리려면 반드시 그놈을 잡아와야 하네!"

"여부가 있겠나. 종사관께서는 중전마마를 뫼십시오. 너희들은 나를 따르라!"
 윤재관이 범처럼 날랜 호위밀 수하를 이끌고 질풍처럼 말을 몰아 거복이 놈이 도망친 숲으로 뛰어들었다. 금부도사의 부액을 받아 중전마마께서 무사히 새로 모신 가마에 타시는 것을 보고 나서야 정일성, 그 자리에 푹 쓰러졌다.

제13장 사필귀정(事必歸正)

"아이고, 아기씨는 무사하십니다. 슬슬 움직이시기 시작하십니다."

둘러앉은 모든 여인네들 동시에 안도의 한숨을 푹 내쉬었다. 금부도사가 급히 의릉저에 모시어 간 중전마마. 긴장이 일거에 풀리니 그만 혼절을 하시었다. 마마의 옥체도 문제이거니와 행여 아기씨가 잘못되었을까 봐 모든 사람들의 간이 자글자글 졸았다. 명온공주께서 감히 아랫배에 손을 대고 기다렸다. 그래도 강한 아기씨라, 태중에서 슬슬 움직이고 계신다. 공주마마 눈에 저절로 눈물이 어렸다.

"아이고, 고마우셔라. 고마우셔라."

"아기씨마마 무사하시니 참말 고맙습니다. 만에 하나 아기씨께서 탈이 났을 것이면 위로는 모후이신 중전마마께서는 면목없다 자진하셨을 것이며, 금지옥엽을 모시어 이런 변을 당하게 한 것이라 이날 집의 목숨은 다 죽었을 것입니다. 헌데 이리 무사하시니 얼마나 다행인지요."

천만다행, 김 상궁이 중전마마 옥체에 고이 이불귀를 괴어드리며 눈물을 씻었다. 두려움이 한결 가신 터로 중전마마 옥안에 혈색이 돌아오고 있었다.

이러는데 천둥 벼락 같은 말발굽 소리가 울려 퍼졌다. 궐로 돌아간 금부도사로부터 중전마마께서 당한 일을 고변받으신 상감마마, 대경실색. 냅다 말 달려 의릉저로 달려오신 것이다.

지존을 맞이하사 전부 땅바닥에 엎드린 의릉저의 모든 사람을 말 등의 왕이 노려보았다. 노한 눈빛이 몹시도 매섭고 엄한 것이었다.

"중전과 태중 아기에게 털끝만큼의 탈이라도 있으시면 이 집안의 산목숨은 다 죽을 것이다! 중전이 어디 계신가?"

"별당에 누워계십니다. 중전마마 옥체와 아기씨는 정 위사가 목숨 바쳐 지키었기로, 아모 탈도 없다 이리합니다."

의릉위의 말은 듣는 둥 마는 둥 왕은 그대로 말 배를 걷어찼다. 말을 탄 그대로 한달음에 별당까지 차고 들어갔다.

별당 마당. 섬돌 아래, 윤 상궁과 정일성이 옥체를 제대로 모시지 못한 죄인이라 무릎 꿇고 상의 처분을 기다리고 있었다. 말 등에서 뛰어내린 왕은 그래도 안심이 되지 않아 마루 끝에 선 김 상궁을 바라보며 성급하게 하문하시었다.

"중전은 어떠하시냐? 참말로 무사하시냐?"

"예, 전하. 근심 그치시옵소서. 중전마마께서 너무 놀라 까무러 치셨을 뿐 무사하십니다. 태중 아기씨도 예전마냥 잘 놀고 계시옵니다."

왕은 휙 고개를 돌려 바닥에 꿇어 엎드린 정일성을 노려보았다. 성큼성큼 다가가더니 손에 들고 계시던 채찍으로 사정없이 그의 얼굴을 후려쳤다. 당신의 모든 노염과 분노와 근심이 그 손길에 다 담겨 있었다. 정일성, 호위지밀로서 옥체를 무사히 방비하지 못한 터, 입이 열 개라도 할 말이 없었다. 꿋꿋이 버티어 주상께서 내려치는 힐난의 매질을 꾹 참고 있을 뿐이다. 왕이 등에 멘 검을 빼 들어 정일성의 목에 겨누었다. 예리한 칼날에 목의 살이 베어 선혈이 배어나왔다. 성상께서 낮은 목소리로 확인하였다.

"흉적을 잡았느냐?"

"두목을 놓쳤으되 신의 검에 중상을 입은 터라, 멀리는 도망치지 못하였을 것입니다. 재관이 호위밀을 이끌고 추격하였으니 아마 금일 중으로 잡아들일 듯하옵니다."

"그놈을 잡아들이기 전에 너는 죽지 못하리라! 그놈을 잡아들여라. 그 다음에 너의 죄를 물을 것이다!"

"존명!"

왕이 시립한 금부도사와 도승지를 돌아보았다.

"도성 문을 닫고 절대로 뉘든 빠져나가지 못하게 하라. 인근으로 하여 파발을 띄워 반드시 그놈들을 찾아내라. 일성이의 검에 부상을 입었다 하니 의국이며 약방을 탐문하는 것도 좋을 듯하다. 반드시 잡아오라. 내 친히 그것들의 목을 베어 이날의 변란을 경계할 것이다."

왕의 시선이 피투성이가 된 윤 상궁에게로도 다가갔다.

"아지 너도 많이 다쳤느냐?"

"마마님께서 온몸으로 가마를 막아 중전마마를 끝내 지키었습니다. 죄는 소장에게 물으소서! 마마님께서는 진정 충신입니다."

중전마마 아랫배를 내지르려던 거복이 놈을 물어뜯어 옥체를 지킴이라. 정일성이 윤 상궁의 공적을 칭찬하여 아뢰었다. 윤 상궁, 흑흑 오열하며 감격하여 아뢰었다. 중전마마와 아기씨를 마침내 지킴이라, 그녀는 진정 오늘의 저가 자랑스러웠다.

"천한 이 몸 따위는 천번만번 상하여도 상관없나이다. 천운이옵니다, 마마. 흑흑. 하늘이 중전마마와 아기씨를 지켜주심입니다."

"지존의 사사로운 행보를 끝내 막지 못하여 이런 변을 당하게 한 죄는 죽어 마땅하되, 아지가 목숨 떼걸고 중전을 지키었으니 그 공은 만만찮다. 죄를 더 이상 묻지 않을 것이니 내당 들어가 간병을 받도록 하라."

"성은이 망극하옵니다, 전하! 흑흑흑."

중전이 눈을 떴을 때 제일 먼저 보인 것은 그립고도 든든한 지아비 왕의 용안이었다. 참 무정하고 야속하여라. 정신 좀 들고서야 호령질하시지. 다짜고짜 삿대질까정 하시며 경솔한 중전의 처신에 대하여 버럭버럭 고함질이시다.

"이 어리석은 사람아! 어찌 그리하였소? 응? 만삭의 몸으로 어디 그리 싸돌아다니는 게야? 온 사람 간담을 상하게 하고 짐의 억장을 뒤집고! 꼭 이렇게 난리를 피워야 하겠냔 말야? 도대체 짐의 말일랑은 귀담아듣지 않아!"

"······마마, 용서하여 주십시오. 신첩이 잘못하였습니다."

"그대의 목숨은 그대만의 것이 아니거늘. 짐의 생명이라 하였지 않아! 태중에 아기씨를 담고 있음이라. 조심하고 또 조심하여도 모자랄 판에 이토록 방정맞은 행보를 하라 누가 하였소? 중전 한 사람 때문에 여럿 목숨 상하고 이런 소동이 벌어짐이라. 꼭 이러고 싶었소?"

"잘못하였습니다. 다시는 마마의 뜻을 어기지 않을 것입니다. 경솔하게 행동하지 않을 터입니다. 한 번만 용서하여 주십시오."

눈물이 글썽글썽하여 나지막이 사죄하는 중전의 얼굴을 왕이 한참 동안 바라보았다. 격정적으로 중전의 몸을 와락 끌어안았다.

"아아, 그대가 무사하여 얼마나 다행인가? 되었어, 이리 무사하시면 되었어. 암암, 탈없이 중전과 태중 아기가 무사히 돌아왔으니 인제는 된 게야."

위로하여 속삭이는 목소리는 예사로왔되, 중전을 꼭 안은 왕의 팔은 덜덜 떨리고 있었다. 도도하고 위엄 높은 그가 중전의 위급함에 대경하여 지금껏 차마 마음을 가라앉히지 못함이었다.

더없이 안심이 되었다. 동시에 한없이 미안하였다. 그리운 분의 어깨에 얼굴을 묻고 중전은 눈을 감았다. 자신도 모르게 주르르 눈물이 흘러내렸다. 다시는 이분을 뵙지 못할지니, 흉적 놈 발길질 아래서 딱 죽을 것이다 각오한 순간, 오직 떠도는 생각은 그것뿐이었다. 죽어갈 자신에 대한 두려움보다 남겨질 그분이 근심되고 아팠다. 우리 모자가 죽고 나면 또다시 홀로 남으시어. 홀로 얼마나 애통해하고 외로워하실까? 나는 차마 눈을 감지 못할 것이다, 그리 생각하였다.

생각하면 할수록 미안하고 죄송하고 부끄러웠다. 중전은 가만히 아직도 떨고 있는 왕의 손을 잡아다가 만월처럼 부푼 아랫배에 살며시 가져다 댔다. 모후께서 진정하시니 인제 아기도 편안하여졌다. 예전마냥 굼실굼실 아바마마 어수 아래 움직이고 있었.

두 사람의 눈이 마주쳤다. 중전은 눈물을 흘리며 생긋 웃었다. 가없는 애정을 담아 속삭였다.

"위급한 순간, 마마만 생각하였나이다. 두렵지 않았습니다. 언제 어디서든 마마께서 신첩을 지켜주시리라 믿었기에 두렵지 않았습니다. 이날 우리 모자 목숨이 산 것은 전부 다 마마의 은덕입니다. 한 번만 더 경솔한 신첩을 용서하여 주십시오."

"중전은 짐의 빛이며 목숨이고 하늘이야. 다시는 짐에게 이런 시련을 주지 마오. 부탁하오."

서로의 품 안에서 맞부딪친 심장. 두근거리는 고동 소리가 하나로 합쳐졌다. 한참의 시간이 지났을 때에야 비로소 거칠게 일렁이던 왕의 숨결이 천천히 잦아들었다. 잠시 후 부스럭거리며 중전이 머리맡을 손 더듬어 찾았다. 왕은 눈을 치떴다. 중전이 손에다 내준 것은 커단 오얏 한 알이었다.

"철도 아닌데 어인 오얏인가?"

"소녀 시절 살던 사가에 잠시 나갔기로, 게에 익고 있던 것이라. 마마께 드리려고 이것 따다가 시각이 늦었어요. 정신없어 바구니는 놓쳐 버렸지만 그래도 한 알은 꼭 쥐고 왔지, 마마 드리려고."

"아니 먹어! 이깟것! 까딱하였으면 두 목숨값이 될 뻔한 것이 아닌가?"

"그래도 신첩 정성인데 받으시어요."

"훙, 그 정성 두 번 받았다간 짐의 마음이 문드러져서 남아나지 않을 참이네. 이깟것. 무엇이 그리 별나서 이것 때문에……."

기분 같아서는 냅다 저 멀리 던져 버리고 싶었다. 그러나 왕은 꿀꺽 말을 삼켰다. 중전이 섭섭한 빛을 띠고 말끄러미 바라보고 있었기 때문이다. 할 수 없어 중전이 주는 오얏을 아무렇게나 소매춤에 넣어버렸다. 중전이 동그랗게 눈을 뜨고 왕을 노려보았다. 오물오물 토달거렸다.

"씨는 주시어야지."

"무어?"

"씨는 주셔야 신첩이 또 아기씨 가질 것 아닙니까? 씨뿌려 아기씨 가질 참이라, 씨까정 마마께서 가져가시면은 어찌하셔요?"

피식, 경직된 왕의 입가에 비로소 편안한 미소가 떠올랐다. 중전의 입가에도 꽃망울 같은 미소가 맺혔다. 톡톡 중전의 볼을 손가락으로 찌르며 왕이 을렀다.

"요 부른 배이나 풀고 나서 그 말 하십시다그려. 인제 정신이 좀 드는구먼. 중전께서 농까정 하시다니. 인제 살 만하오?"

"신첩은 인제 아무렇지도 않습니다, 마마. 하니 괜스레 신첩 때문에 애꿎은 사람 벌주고 그러지 마시어요? 네에?"

"짐도 다 요량하고 있소이다. 출산 전후에는 각도의 형벌도 피하고 도살도 금지한 참이라. 짐이 가혹하게 하지는 않을 것이오. 자, 일어나십시다. 당장 궐로 모시고 갈 참이오. 다시는 짐 곁에서 떼놓지 않을 것이오. 그대는 짐에게서 떨어지면 변란이 일어나. 인제 절대로 곁에서 멀리 가지 마시오."

중전을 뫼시고 궐로 돌아온 대전마마. 일단 중전을 서온돌에 뫼셔놓고 금부도사와 승지를 불렀다. 용안에 추상같은 빛을 가득 담으신 채 엄명하시었다.

"비가 안즉 출산을 아니 하시었다. 불길한 일은 매사 금하라 하였으니 이번 일에 얽힌 죄인들은 곤전의 산후에 치죄할 것이다. 옥에 가두고 잘 감시하라. 이 인간들을 움직여 일을 꾸민 자들이 행여 궐 안에 스며 있어 그들의 입을 막고자 술수를 부릴지 모르니 잘 지켜야 할 것이야. 내 이미 그들의 배후가 누구인지 중전과 윤 상궁, 일성이 말로 알고 있으되, 잠시 참고 더 깊이 조사함이라. 두어 이레 후면 모든 것이 끝나겠지."

그 일이 끝나고 왕은 다시 영의정과 이왕에 정하여진 산실청 관리들을 불러 산실을 다시 꾸며라 분부하시었다.

"정심각을 조사한 바 중전을 향한 악한 방물이 나오고 이미 사기가 침범하였다. 불길하고 사위스럽다. 비가 교태전으로 돌아오심이 가하다. 동온돌에 산실 꾸며 비(妃)의 출산에 대비하라."

상의 하명받자와 나인들이 동온돌 안팎을 정결하게 쓸고 닦았다. 다음으로 차지내관이 들어가 산실의 북쪽 벽에 24방위도. 최산부. 차지부*를 붙였다. 그 다음으로 산자리를 장만하는데 월덕방위(月德方位), 즉 달이 떠오르는 방향으로 산모의 머리가 향할 수 있도록 자리를 정하고는, 방바닥에 제일 아래로부터 차례로 볏짚, 가마니, 돗자리를 깔았다. 다시 양모로 짠 자리, 기름종이를 놓고는 그 위에 양 귀가 온전히 달린 백마피(白馬皮)를 깔았다. 흰색은 양기이며 상서로운 색이므로 출산의 안전과 신속함을 기원하기 위함이다. 마지막으로 그 위에 고운 짚자리를 깔고 백마 가죽 머리 위에는 삼실과 족제비가죽을 깔으니 산실이 완성되었다.

*태의(胎衣)를 둘 방향에도 주사로 쓴 부적을 붙이고 분만 중의 중전마마께서 힘을 쓸 때 붙잡을 수 있도록 사슴가죽으로 만든 말고삐를 방벽에 걸어놓았다.

이 일이 끝이 나자 전의태감 홍준이 상감마마 윤허를 받아 차지법을 세 번 읽었다.

"중궁전 김씨 만삭이라, 드디어 출산하시니 동서남북 상하로 열 보씩 순산하실 자리를 빌리옵니다. 신명께서 보호하사 악한 귀신을

---

*차지부:셋 다 순산을 기원하는 부적
*태의(胎衣):태를 받아놓을 옷

물리치고 순산하옵시기를 도와주소서!"

산실 밖 대청의 추녀 끝에는 구리종을 걸었다. 산실 문 밖에는 세 치 길이의 못을 세 개 박는 것으로 산실 꾸미기가 끝이 났다.

혼절할 정도로 심히 놀라고 옥체에 충격을 받으신 탓일까? 상감마마께서 싸안고 돌아오신 지 이틀 만에, 아침 늦다이 중전마마께서 마침내 진통을 시작하였다.

칠월 스무하루 날이었다. 안즉은 이르리라. 한 보름 더 있어야 합니다 하였던 출산이 모체의 발동으로 이르게 시작된 것이다.

중전마마 산기 있으시다는 기별에 온 궐이 화급하게 돌아가기 시작하였다. 고통에 찡그린 얼굴로 중전마마, 부원군과 대왕대비전, 왕의 배웅을 받으며 약방 상궁들과 조산부들의 도움을 받아 산실에 듭시었다. 원기 나시라 금세 산삼가루가 올려졌고, 불수산 대접이 들어왔다. 붉은 끈으로 묶은 해마와 석연을 손에 꼭 움켜쥐고 쥐고 중전마마, 엉거주춤 앉아 조산부들의 의견대로 진통을 견뎌낸다.

이마에는 구슬 같은 땀이 송알송알, 붉은 입술 사이론 신음이 저절로 흘러나왔다. 고운 아미 찡그린 채 중전은 열두 시진이 넘는 극심한 진통을 견뎌냈다.

마루 하나 건너편. 서온돌에 앉아 고통에 찬 지어미 신음 소리를 듣는 상감마마, 안절부절못하신다. 뒷짐 지고 방 안에서만 오락가락. 당장 산실로 뛰어들어 가서 손을 꼭 잡아주고 싶지만은 근접도 못하게 하니 어쩌란 말이냐? 가능하다면 대신 아파주고 대신 낳아주고 싶지만 이것만은 절대로 사내가 해줄 수 없는 노릇이다.

날이 저물고 밤수라 올라왔지만 입맛이 어디 나랴? 두어 저분 하시고 물리신다. 대체 언제 어린놈이 나오냔 말이닷! 제법 대단히 진통하였으니 적당하게 하고 쑥 나오면 좋으련만! 이 어린놈이 애초부터 부왕 닮아 고집 피우고 아니 나오니 모후만 죽어난다.

삼경이 다 넘어가는데 아기씨는 나오지 않고 고통 어린 중전의 신음 소리만 교태전 마당까지 가득 찬 터. 오죽하였으니 상감마마, 한달음에 소격전 나아가 중전의 순산을 기원하며 백배를 다 올렸을까?

"마마, 마마! 좀 더, 조금만 더 기운 내소서! 아기씨 머리가 보이옵니다! 더 힘 주어보소서!"

꼬박 열두 시진. 산실에서 죽을힘을 다하는 중전마마. 곁에 돕는 창빈마마와 조산부들의 격려를 받아 마지막 용을 썼다.

"으아아, 으아앙!"

홍희 13년. 칠월 스무이튿 날. 막 아침 햇살이 산머리로 고개를 내밀던 때였다. 마침내 기다리고 기다리던 아기 울음소리가 문안에서 터졌다.

서온돌의 부왕전하 귀까지 울릴 정도로 옹골차고 기운 넘치는 울음소리였다. 상감마마 벌떡 일어나 마루로 뛰쳐나갔다. 경훈각의 대왕대비전하 역시 손수 문을 열고 버선발로 뛰쳐나왔다. 땀투성이가 된 창빈마마께서 산실 문을 열고 나왔다. 벙싯벙싯 함박웃음이었다.

"상감마마, 감축드리옵니다. 중전마마께서 순산하시었나이다. 덩실하니 고추를 달았습니다. 늠름한 원자 아기씨가 탄생하시었습니다."

"중전은? 중전은 무사하십니까?"

"암만요! 순산하시었습니다. 첫국밥 젓수시고 기진하신 터로 곤히 잠드셨나이다."

상감마마, 은애하는 정궁의 몸에서 마침내 첫아들을 얻은 그득한 기쁨을 감출 수가 없었다. 억지로 진정하며 돌아서서 두 손 맞잡고 대왕대비전하께 하례를 올렸다. 법도대로 정중하게 인사를 치렀다.

"전하의 은덕을 입어 소손이 금일 원자를 보는 대경사를 맞이하니, 이는 전하의 무궁한 복력이 아무것도 한 것 없는 소손에까정 미침입니다. 하례드리옵니다."

"감축합니다, 주상. 종묘사직과 천지신명이 도우시사 덩실하니 순산하시고 더구나 원자라. 아국의 복록이 무궁하며 주상의 기쁨이 넘침이라. 참으로 감축드립니다."

대왕대비전하, 넘치는 기쁨으로 눈가가 벌겋게 젖어 있었다. 마루와 마당에 모인 사람들 전부 다 두 분 전하께 한목소리로 감축드리옵니다 외치었다.

뎅뎅뎅!

산실 문 밖에 달린 구리종이 청아한 소리를 떨치었다. 상감마마, 구리종 줄을 잡고 힘차게 울렸다. 용안에 미소 가득히 지으며 마당

아래 부복한 사람들에게 소리쳤다.

"짐은 알리노라! 금일 묘시께에 원자가 탄생하였다! 각 담당 부서에서는 제반 사항을 전례에 의거하여 거행하라!"

산실에서 짚자리가 나왔다. 권초관이 짚자리를 돌돌 말아 쑥으로 꼰 새끼줄로 묶어 문 위의 못에 매달았다. 다음에 소격서로 나아가 노자상 앞에 초제를 지낼 준비를 시작하였다. 상의원에서 올린 오색채단과 복두, 포. 홀, 조화, 금대를 상 위에 놓고 원자 아기씨의 만복을 비는 의식이다.

이렇듯이 상감마마 보령 스물넷에 겨우 얻은 이 아기씨, 귀하신 원자마마. 훗날 익종대왕이 되실 범이 도령 그분이다. 휘는 면, 자는 명호, 아명은 범이라. 부왕께서 꿈에 호랑이를 보고 탄생하신 터이니 아명을 그리 정하여 주시었다.

경사, 경사, 대경사로다!

전국각지에 대사면령이 내려지고 별시가 치러질 터다. 중전마마 출산에 관여하였던 모든 관원들에게 푸짐한 상이 뒤따를 것은 불문가지. 기분 한껏 내신 참이라! 상감마마, 교서를 발표하시어 원자 탄생한 기념으로 대은덕을 널리 알리었다.

팔도 환곡 일 년 치를 면제해 주시고, 요역을 감해주시며 팔도의 여든 넘은 노인들에게 쌀과 고기와 포목을 내려주시었다. 별시를 방 붙이고 삼 일 만에 종묘에 원자 탄생을 고하고 칠 일 만에 진연을 베푸신다. 만조백관이 탄연하례 선물을 품에 안고 입궐하누나. 중전마마 출산에 관여한 모든 관리들에게 푸짐한 상급과 은전이 내려졌다. 즐겁고 기껍도다. 허연 수염의 노신들이 어주 한 잔에 덩실 덩실 춤을 춘다. 다투어 상감마마께 꽃을 바치고 원자 얻으신 덕을 치하하였다.

초이레가 지나, 원자아기씨가 마침내 궐 식구들에게 선을 보이였다.
"까꿍. 부왕전하 뵙는 날에 이렇게 꼬질꼬질하셔서 되겠습니까? 욕간하십시다, 우리 원자아기씨. 아이고, 웃으시오? 네네, 고우십니다. 참말로 어여쁜 이시오."
산후 조리 지휘하시는 창빈마마께서 벙싯 웃으며 놋쇠 대야에 목욕물 준비하여 아기씨 욕간을 시키었다. 매화뿌리, 산돼지 쓸개, 복숭아 씨앗, 호두껍질을 함께 끓인 물이다.
"요렇게 하면 안질에 걸리지 않는 것입니다."
욕간하기를 도통 싫어하는 범이 도령. 대야 안에서 앙앙앙 장하게 울음을 터뜨렸다. 어마마마 곤히 주무시는데 시끄럽게 한다고 앙증맞은 엉덩이를 한 대 얻어맞았것다? 궁금하고 보고 싶고…… 초이레를 어찌 참았을꼬? 새벽빛이 밝아지자마자 냅다 뛰어들어온 상감마마. 어마마마 옆에 누운 아기씨를 번쩍 안아 들었다.
아바마마 헌옷으로 어마마마께서 만든 배내옷을 입고 새근새근 잠자고 있는 아기씨 범이 도령. 눈에 넣어도 아프지 않은 아들의 모습. 상감마마 이 귀여운 원자 얼굴이 눈에 밟혀 어찌 대전에 나가시려나.

"곱구먼요."

 주상전하 아드님을 만난 첫 감상이다. 고운 중전 닮아 앙증맞은 코며 이마가 어질고 반듯하였다. 오물거리는 입술이며 원만한 턱이 중전을 많이 닮은 듯하였다. 하얀 피부며 짙은 눈썹은 부왕의 판박이라. 갓난아기답지 않게 숙성하고 덩치가 장하였다.

 "아이고, 마마, 그런 말씀 마옵사이다. 귀신이 투기하여 아기씨에게 아니 좋을 것입니다."

 곁에서 배행한 창빈마마, 곱다는 말에 질색하여 소리쳤다. 상감마마 말을 덮으려 냉큼 큰 소리로 고함을 쳤다.

 "아이고! 이런 못난이가 어디 있는고? 뭉툭 코에 더럽고 찌질하니 이런 흉한 아기는 처음이오!"

 아차 싶어 상감마마도 얼른 말을 맞추었다. 때찌! 하며 괜스레 호통질을 하였다.

 "이 못난 것이 어디서 앙앙거리는고? 미욱하고 추접스러워 참말 눈뜨고는 못 보겠구나!"

 저는 아무 죄도 없습니다요. 첫 참부터 못났다 욕 얻어먹은 아기씨마마. 아바마마 억지 트집에 섭섭한가. 삐질삐질 입을 삐죽이어 울음을 울려 하였다. 허나 꼭 안고 아바마마께서 자그마한 엉덩이를 톡톡 두드려 주니 이내 잠잠하다. 오물오물 젖 빠는 흉내. 그러다가 싱긋 웃는 배냇짓을 하였다. 차마 건드리기도 아까울 정도였다. 자리에 누워 방긋 미소 짓고 있는 중전을 바라보며 상감마마 따라 빙긋 웃었다. 너무 좋아서 괜스레 힐쭉힐쭉 건드렸다.

"요런 못난 것을 낳아두고 잘하였다고 지금 누워 중전은 미역국을 먹었어야? 흥."

말로는 퉁이되 마냥 대견하고 감사한 그 마음. 어찌 중전인들 모르랴? 이 여린 사람이 모진 산고 이겨내느라 초췌하여지고 이렇게 해쓱하여졌다 싶으니 그저 짠하고 가련하였다. 지아비 다정하고 대견해하는 그 눈길에 중전은 발갛게 볼을 붉히며 눈을 내리깔았다.

"신첩이 마침내 마마의 끝없는 은덕에 보답한 듯싶습니다. 마마, 즐거우십니까?"

"즐겁다마다요! 이날 짐의 모든 소원이 다 이루어졌거니! 아아 드디어 우리도 이제 식구를 이루었도다."

한 팔에는 원자를 안고 또 한 팔로는 중전마마 손을 꼭 잡고 왕은 감격에 겨워 속삭였다. 더 이상 바랄 것이 없다 싶었다. 둘도 없이 아끼는 지어미와 늠름한 아기씨를 안고 있는 지금. 상감마마 어느덧 눈이 벌게졌다.

"고맙구나, 원자야. 이렇게 무사히 우리 곁에 와주어서 전정 감사하느니. 너로 인하여 짐이 비로소 열성조에 낯을 들 수 있게 되었으며 이날부터 사직이 반석이 되었구나. 고맙구나, 정말 고맙구나."

여린 볼에 아바마마 수염난 볼이 다가오니 따갑다. 저가 잠 좀 자려고 하는데 왜 이리 귀찮게 구는 것이야? 원자가 조그만 이마를 찌푸리며 앙 하고 울었다. 그 옹골찬 울음소리가 어찌나 장한지 저절

사필귀정(事必歸正) 375

로 흐뭇하였다.

"주상의 내림이라 요 성깔이 오죽할까요? 상감마마 어릴 적 모습과 똑같으니 은근히 강골이오. 원자께서도 자라면서 그 성질 볼만 할 것입니다?"

창빈마마, 벙긋이 웃으며 덕담을 하시었다. 아쿠쿠, 아기씨. 아바마마 처음 뵙는 자리에서 체면 구겨지게 쉬를 하였구나. 기저귀를 들치니 구린내가 진동한다. 창피하게도 응가를 한 것이다. 나인들이 서둘러 씻기고 기저귀 가는 모습을 빙긋 미소 머금은 채 홀린 듯이 바라보던 상감마마, 중전을 돌아보았다.

"잘 드시오?"

"잘 드시고 응가도 잘합니다. 새근새근 잘 주무시고 순하여서 신첩을 마냥 편안하게 하여준답니다."

"누가 원자 일을 물었나? 중전 말씀이지. 산후 조리를 잘하여야 한답니다. 푹 쉬시고 조섭 잘하시어 한시라도 빨리 원기 회복하소서. 헌데 듣자 하니 중전께서 직접 원자에게 젖을 먹인다구요? 힘들지 않겠소이까?"

"젖도 잘 나오고 그만합니다. 천륜이라 하였나이다. 마마께서 항시 생모마마 젖을 먹지 못한 고로 외롭다하시던 말씀 유념하였나이다. 우리 원자는 신첩이 젖을 먹일 것입니다."

"짐이야 마냥 감사한 일입니다. 고맙구요. 허나 중전의 옥체가 상하여서도 아니 될 것이야. 심성 고운 이로 하여 유모를 선발하였으니 중전께서 힘드시면 나누어서 양육하시구려."

"명심 봉행할 것입니다."

중전마마 출산하신 후 기진한 잠에 빠졌다. 긴 잠 후에 원기 회복하시어 눈을 떠보니 분명 아까 곁에 누워 있던 원자가 보이지 않았다. 유모상궁이 안고 있었다. 궐의 법도라. 따로 보육상궁인 아지와 젖어미가 선발되어 있음이라, 아기를 기르는 터다. 중전마마 아기를 낳기는 하였되 도통 할 일이 없음이라. 섭섭하고 허전하였다. 이리는 못할 참이다. 어진 분이 문득 노화를 내며 호령하시었다.

"원자 데려오너라. 이 몸으로 낳은 아기이니 이 몸의 젖을 먹일 것이다. 이 중전 소생이니 내가 훈육할 것이다. 천륜이라 하였다. 아무리 법도라 한들 그 천륜을 어찌 어길 수 있으랴?"

지아비 상감마마 평생 마음에 박힌 못이 그것이 아니더냐. 생모마마 두고서도 아기가 없는 장경왕후 슬하에서 젖어미 젖을 먹고 자라신 분이라. 항시 말씀하시기를 우리 원자는 중전이 직접 젖을 먹여 키우소 당부하시었다. 다행히도 아기씨가 순하고 잘 드시고 힘들지 않게 하였다.

상감께서도 그러하지만은 중전도 얼마나 외로운 분이냐. 미리 가진 아기를 한 번 잃고 마침내 품에 안은 첫 아들이라. 아기를 안고 고 말랑한 살에 얼굴 대이고 있다가 풍염한 젖꼭지 물리면 쭉쭉 잘도 빨아 드시었다. 배냇짓도 더없이 귀여웠다. 하품도 하고 방귀도 뀌고 생긋생긋 웃다가…… 그야말로 하루 종일 들여다보고 있어도 심심치 않고 싫증나지 않았다.
　나란히 앉아, 어린 아들을 안고 중전마마와 상감마마, 인제 더 이상 바랄 것이 없다 그런 생각만 하는 것이었다.

　그 밤이다. 진연을 끝내고 편전 돌아오신 상감마마, 황이를 불렀다.
　"짐이 명일 중전의 일과 관련한 죄인들을 친국할 것이다. 차비하라."
　"전하, 너무 이르지 않습니까? 허고 원자께서 탄생하신 경사라 팔도에 대사면령까정 내린 터로 어찌 이토록 이르게 친국하려 하십니까? 전례가 아니옵니다."
　"대사면을 하였으되 그것들은 임금을 배신한 흉적들이오. 용서할 일이 아니지. 감히 만삭인 중전을 습격하여 태중 원자와 중전의 목숨을 해치려 한 놈들이니 바로 역적이 아닌가? 짐의 마음은 이미 정하여졌으니 차비하라. 중전께서 교태전에 계시니 성덕궁에서 죄인을 악형하는 소리는 내지 못할 차라. 경덕궁에 백관을 모으시오. 만인의 눈과 귀 앞에서 짐이 그놈들의 죄를 명명백백 밝혀낼 것이오."
　거복이 놈을 위시하여 중전의 가마를 직접 습격한 흉적 놈들은 그 다음날, 윤재관을 위시한 호위밀들에게 잡혀왔다. 내통하는 의원 집에 숨었다가 가가호호 샅샅이 털고 나간 눈에 발각된 것이다.
　김 내관, 상침 허씨, 선이 년도 고스란히 옥에 갇혀 죽을 날만 기대리는데, 저들은 오직 금전에 협박에 무섭고 눈이 어두워 희란마마며 정안로가 시키는 대로 하였다 발뺌이었다.

주동이 아니라 하수인이라 하면 죄가 다소 덜해질까 하는 기대였다. 줄줄이 저들이 알고 있는 바, 시키는 대로 해온 행악들을 불어냈다. 굳이 친국 아니 하셔도 죄상은 명명백백 드러난 터인데 전하께서 굳이 백관들을 모아놓고 친국을 하심은 무슨 뜻인가?

이튿날 아침. 경덕궁.

대전인 환정전 앞. 새벽부터 모여든 백관들 앞에 죄인들을 치죄하는 형구가 펼쳐졌다. 저 위 월대에는 겹겹이 차일이 처지고 용상이 놓여졌다. 죄인들이 검은 깔때기를 쓴 나장들에게 끌려 나와 형틀에 오랏줄로 묶여졌다.

헌데 이상한 일이다. 만조백관 등 뒤로 천여 명의 내금위 위사들이 창검을 빼어 들고 겹겹이 둘러서 있지 않느냐? 대전 문 안쪽만 아니라 바깥쪽으로도 재성서 올라온 상감마마 직속 신위영의 군사들이 완전무장한 채 도열해 있었다.

어찌 이러하실까, 무엇을 하려고 군졸들을 백관 뒤에다가 배치하셨을까? 웅성웅성 수군수군. 두런두런 삼삼오오 모여 힐끔힐끔 분위기를 가늠하려는 중신들의 얼굴이 한결같이 불안하고 목이 타는 빛이다.

"주상전하 납시오—!"

한 식경 후쯤, 상께서 듭시오 하는 장고가 들려왔다. 용포에 익선관. 어수에는 등채를 잡은 전하께서 줄줄이 수십 명의 내관 상궁을 뒤에 딸리고 도승지, 호위밀들을 좌우로 곁에 둔 채 어도를 걸어 월대에 오르시었다. 턱 하니 용상에 앉으셨다. 바로 옆 한 단 아래에는 영의정 한영회가 섰고 그 옆은 병조판서 남준이 차지하였다.

숨죽인 대전 앞 너른 마당. 상감마마 옥음이 울렸다.

"죄인을 친국하련다. 저 오른쪽 놈이 중전의 가마를 습격한 바로 그 흉적이 분명한가?"

저 괘씸한 놈이 감히 가마를 습격하여 태중 아기를 죽이고 중전을 해치려한 놈이렷다? 격하고 급한 성질머리로 치자면야 당장 뎅겅 목을 잘라 버렸으면. 왕의 어수가 용상의 팔걸이를 단단하게 잡았다. 왕의 하문에 읍하여 형조판서 김승로가 아뢰었다.

"그런 줄 아옵니다. 신이 심문한 결과 그렇다 자복하였나이다."

왕의 짙은 눈썹이 찡그려졌다.

"짐이 궁금하다. 중전께서 잠시 사가로 나가셨을 때 미복하시고, 그저 사가의 여염집 부녀인 양 하시었다. 헌데 어찌 저것들이 중전의 가마인 줄 알고 감히 습격하였는가? 짐이 듣기로 산골 깊은 곳에서 종종 화적들이 출몰한다 하는데 저들도 단지 행인의 전낭 털자고 나왔다가 중전가마와 맞닥뜨린 것은 아닌가?"

거복이 놈 이미 몇 날 며칠 계속된 모진 악형에 살 뜻을 잃었다. 저가 아니라 하여도 이미 중전더러 원자를 회임한 것이 죄라, 죽어 주어야겠다 말꼬리가 있었으니 부인한다 하여도 소용없으리라. 한시라도 빨리 이 모든 일이 끝나고 목이 베이든 사지(四肢)가 찢어지든 끝이 났으면 싶었다. 그저 편안하게 죽고 싶었다.
 성상의 하문에 대답하라 호령하는 형리의 재촉에 입을 열었다.
 "이미…… 중전마마…… 가마인 줄 알았나이다."
 "어찌 중전께서 계산골로 나가시는 것을 알았느냐?"
 "산실에…… 악한 방술질하여…… 중전마마 골병 들게 한 다음에…… 허술한 곳으로 나오시…… 면 중궁의 내통한…… 계집이 기별을 한다…… 하였습니다. 쿨럭!"
 말을 제법 많이 하자 쿨럭 입에서 피가 터졌다. 악형에 못 이긴 육신이 쇠하여져 그것조차도 힘에 겨운 것이다.
 "내통한 계집이 바로 저 나인이냐?"
 성상께서 어수에 잡고 있던 등채로 선이 년을 가리켰다. 벌써 반죽음이라, 주인을 배반하고 악행을 일삼은 간특한 년의 말로가 볼 만하였다. 모진 고문에 축 늘어져 경련만 하는 선이 년을 향하여 거복이 놈이 고개를 끄덕였다.
 "그래? 감히 사지의 안지존을 해치려는 이런 흉계는 하찮은 네놈이 시작하였을 리는 없을 터. 누가 뒤에 있느냐? 누가 너들더러 중전을 해쳐라 하였느냐?"
 "……월성궁 마마께서…… 지금껏…… 여러 일을 다 꾀하였되, 뜻을 이루지 못하시고…… 지금 나락으로 떨어진 것은…… 전부…… 중전마마 탓이라 원망이 극하시니…… 이놈더러…… 중전마마 가마 습격하여…… 중전의 아랫배를 걷어차 주어라…… 이리…… 하명…… 하셨습니다."

바로 그때, 격분한 왕이 벌떡 용상에서 일어났다. 감히 누가 말릴 사이도 없이 호위밀이 들고 있는 장검을 뺏어 들었다. 단 아래로 한 달음에 달려 내려가 거복이 놈을 향하여 망설이지 않고 시퍼런 검을 휘둘렀다.

으아악! 철퍼덕. 거복이 놈의 허리가 단번에 베어져 나가 피보라가 허공에 확 튀었다. 아아, 망극하여라! 상감마마 용포에도 용안에도 붉은 악인의 피가 튀었다. 땅바닥에 펄떡펄떡 뛰는 놈의 반쪽을 냉정하게 노려보더니 지그시 태사혜로 악인의 가증스러운 얼굴을 짓눌러 뭉개 버렸다.

붉은 피가 아직도 검날에 묻은 장검을 바닥에 탁 박았다. 거복이 놈의 붉은 피가 선연히 묻은 용안을 돌려 좌우로 부복한 중신들을 노려보았다. 칼날 같은 눈은 어찌할 바를 몰라 겁먹은 눈을 굴리고만 있는 정안로에게로 박혀 있었다.

"죄상은 명명백백. 흉수는 재성의 계집이며 좌상 너도 그 죄를 면치 못하리라. 그 계집의 위세를 등에 업고 떼로 몰려들어 와 나라를 어지럽히고 짐을 기만한 인간들이 여기 많이 모여 있구나. 어린 짐을 능멸하여 인의 장막을 치고 사직을 농단하였으며 태중 원자를 가진 중전을 모해하려 하였다. 감히 국법이 금한 사병을 사사로이 기르고 무구를 빼내어 역모를 꾀함이라. 너들 단 한 사람도 살아 이 자리를 떠나지 못하리라."

왕은 다시 용상으로 저벅저벅 걸어갔다. 넓은 등 뒤로 아직도 뜨거운 가을 햇살이 올라앉았다. 지엄하고 강건한 왕의 뒷모습은 하나 흔들림이 없었다. 용상에 앉은 왕은 나지막이 하명하였다.

"영상은 명을 받들라."

"신 등대하였나이다."

"지금 도승지가 건네주는 두루마리에 적힌 인간들은 전부 다 역모에 가담한 역적이다! 군사를 움직여 한 놈도 빠뜨리지 말고 하옥하라. 허고 좌상 저 늙은 놈! 오랏줄로 당장 묶어라!"

뒤에 선 군사들이 달려들어 정안로를 오랏줄로 묶어 땅바닥에 내팽개쳤다. 제발 살려달라 아우성을 치는 입을 칼등으로 내려쳐 버려 빠진 이빨이 우두두 튀었다.

"저 노물은 십악의 으뜸이라. 대역죄의 우두머리이다. 당장 끌고 나가 백성들이 보는 앞에서 거열형에 처하라. 저의 삼족을 멸할 것이며 집 안에 살아 있는 것은 전부 죽여라! 저 노물이 살던 집터도 더없이 더럽고 음흉하다. 건물은 불태우고 그 자리를 파서 연못을 만들라."

"존명."

"그리고 저 천악한 것들은……."

왕의 시선이 월대 아래 죄인들에게로 가 박혔다. 등채로 허공을 내려쳤다.

"저것들 역시 살려둘 가치가 없다. 시신도 보존케 하지 않으리라. 저것들 삼족 전부를 찢어 죽인 다음 전부 불태워 재로 날려 버려라. 허고 재성의 계집 역시 절대로 살려주지 못하리라!"

이렇게 하여 단국의 여황 노릇을 하며 의기양양 세월을 풍미하던 월성궁 큰마마 운명이 결정되었다.

"그 계집은 성총받는 자의 덕을 잃었으며 감히 간부 놈과 통정하여 짐을 능멸하였다. 그도 모자라 역모까정 꾀하였다. 그 수단이 무위로 돌아가자 인제는 원자를 회임하신 중전을 제 팔자 몰아간 원수로 모해하여 해치고자 한 터로 어찌 살기를 바랄 것이냐? 당장 금부도사는 재성으로 내려가 간악한 계집과 그 수하인 무녀, 계집의 어린 소생을 잡아오라. 반드시 그것들을 효수하고 난 후, 젓을 담가 팔도에 내려보내 두고두고 시신마저도 조롱받게 할 것이다."

홍희 13년. 팔월 초하루 날.

유난히 푸른 하늘이었다. 고추잠자리가 청명한 허공 위로 부산하게 날아다니고 있었다. 궐 담 바깥에서는 올벼를 거둬들이는 농부들의 노랫소리가 은은히 들려오는 날이었다.

단국 역사상 가장 참혹한 변란인 을사의 화는 그렇게 끝이 났다.

백관 중에서 정안로 일파로 지목되어 화를 당한 자가 무려 삼백여 명. 줄줄이 지방관속과 궁 곳곳에 박힌 상궁, 내관들, 끈 닿은 병정들, 정안로 일파와 연루되었다 하여 장살되거나 귀양 가거나 하옥당한 형을 받은 이가 무려 천여 명. 새남터의 망나니가 휘두른 칼에 목이 떨어져 피가 흐르고, 아리수 물이 벌겋게 변하였다.

그날 밤, 교태전에 듭신 상감마마. 동온돌에 앉아 원자에게 젓을 먹이는 중전을 한참 동안 묵묵히 바라본다. 아무 말도 없이 가만히 앉아만 있었다. 젖을 다 먹은 원자를 받아 안고 한참 동안 작은 얼굴을 들여다보시며 얼러주시는 용안이 편치 않았다. 훤칠한 이마에 수시로 퍼런 빛이 나타났다 사라졌다. 이윽고 왕은 바깥을 향해 소리쳤다.

"유모는 들라."

왕은 강보에 싸인 원자를 들어온 유모의 품에 안겨주었다.

"원자를 경훈각으로 데리고 나가서 귀를 솜으로 막아라. 아무것도 듣지 못하게 하라."

"예, 전하."

어찌하여 아기 귀를 솜으로 막아라 하시는고? 옆에 앉아 분부를 듣고 있는 중전마마, 아무것도 미리 듣지 못한 터이지만은 본능적으로 가슴이 두근두근, 불안하였다. 동그란 눈을 뜨고 상감마마 입만 바라보았다. 왕은 한참 동안 고개를 숙이고 바닥만 내려다보다가 마침내 결심한 듯 고개를 번쩍 들었다.

"생각하고 또 생각하였거니, 짐이 이 일을 어찌해야 할까? 꼭 이래야 할까 많이 고민하였소이다. 우리 원자가 태어난 후로 죄수들을 방면하고 상급을 내리며 경사라, 각도가 즐거움으로 뛰노는데 지금 피바람을 꼭 일으켜야 하는가. 또 짐 역시 왕이기 전에 인간이거니 많은 사람들을 죽이면 그 원귀가 어찌 달려들지 않을 것인가, 생각이 많았소. 허나……"

"저, 전하, 무슨 말씀을 하시려고 이러하셔요? 용안이 심히 굳으시고 노화 가득하시니, 신첩은 두려워서 어찌할 바를 모르겠습니다."

 그러나 왕은 중전의 말에도 아랑곳하지 않고 자신이 하고 싶은 말만 하였다.

 "허나 시일을 끌수록 더 뿌리가 깊어지며 적들이 어둠 속으로 묻혀들어 갈 터이니, 차라리 모든 것이 드러난 지금 척결하여야 함이 옳다 싶었소. 오히려 우리 원자가 안즉 어릴 적에 짐이 이 일을 끝장을 보아야지 저 아이 앞날에 누가 끼이지 않을 듯싶었거니. 어차피 어리석은 짐이라, 폭군 소리를 또 한 번 듣는 것이 무엇 어떠랴? 더러운 일은 원자보다는 짐이 하는 것이 나으리라 싶었어."

 "마마, 무슨 일이옵니까? 바깥에서 어떤 일이 있었기에 이런 무서운 말씀을 하시는지요?"

 "중전, 지난번에 가마를 습격하고 원자와 그대를 해치려 한 흉적의 배후가 누구인지 알지 않소?"

 왕비는 대답을 못하였다. 그 한마디로 왕이 어떤 일을 해치웠을지 짐작되었기 때문이다.

 "이미 짐작하였을 것이오. 중전의 가마를 습격한 놈을 마침내 잡았기로 문초하였거니 단순히 비와 원자를 해치려 한 일만 아니었소이다. 사사로이 병사를 기르고 나라의 무기고에서 무구를 빼내가고 서로 떼로 얽혀 혁이란 놈을 중심으로 하여 후사를 도모함이라. 바로 역모입디다. 그 깊고 넓은 뿌리가 뉘일까? 바로 번동 좌상과 재성의 계집이라. 도저히 인제는 더 이상 두고 볼 수 없음이라. 짐이 그리하여 결단을 내렸거니, 금일 아침 정가를 잡아들이고 그 일파를 전부 다 굴비 두름 하였기로, 사지를 찢어 죽이고 그 집터는 연못으로 만들어 버렸소."

에구머니. 중전은 하도 기가 막히고 두려워 멍하니 왕을 바라보기만 하였다. 아무리 그러하여도 그렇지 이토록 독하고 무서운 일을 이처럼 전광석화처럼 밝혀내어 처결을 할 줄이야!

"마마, 아무리 흉적이되 원자가 태어난 후 이레밖에 되지 않았나이다. 이토록 가혹한 피바람은 좋지 않을 것입니다. 처분하시되 쓸 만하고 단순히 얽힌 자라 하면 옥석을 구분하시어 잘 처결하십시오."

"그는 중전이 걱정할 일이 아니오. 짐이 알아서 할 짐의 일이지."

"허면 이미 결단하시고 처분하신 일을 신첩에게 새삼스레 의논하심은 무슨 뜻입니까? 달라질 일도 없지 않습니까?"

"안즉 남았소. 재성의 계집이 있지 않소? 그 계집과 아들의 목숨은 안즉 붙어 있소. 내일 결정할 것이오."

중전은 잠시 망설였다. 한숨 한번 내쉬고 속삭였다.

"그 혁이란 아이가 진정 왕자라 하면 어찌합니까? 아들 죽이는 아비 없나이다."

"그놈은 짐의 생자 아니오. 이미 아니라 하였소이다. 짐의 아들은 원자 하나뿐이오! 허고 설사 그놈이 왕자라 하여도 짐은 그를 인정하지 못하오. 우리 원자에게 그처럼 독한 태생의 형이 있음이 싫고 꺼려지오. 하물며 그놈이 중전 사슴을 쏘아 죽이는 것으로 보아도 알 조이니 그 성정이 독하고 포악하오. 살려두어 우리 원자에게 도움이 될 것이 하나도 없소. 짐은 그놈을 반드시 죽여야겠소이다!"

"허면은 재성의 여인은 어찌 처분하실 것입니까?"

"그 계집 역시 온전히 살려둘 죄가 아니오. 요참하고야 말 것이오."

중전은 단언하는 왕의 목소리에서 지독한 배신감을 읽었다. 왕은 한때 은애하였던 여인의 행악에 분노함과 동시에 배신당한 자신의 순정을 슬퍼하고 있었다. 그런 계집에 미쳐 날뛴 지난 세월의 허물에 대하여 더없이 허무해하며 왕은 이를 갈았다.

"짐이 다 주었거늘! 진정으로 생각하여 제 살길을 열어주고 어리석은 폭군이라는 망신을 당하면서도 저를 은애했었거니. 그가 한 짓이라고는 고약하고 무도한 행악뿐이더군. 제 아들놈을 보위 올려라 명국과 내통하여 무구를 사들이고, 군사를 조직하였으며 여차하면 궐로 침입하여 짐을 내쫓아 죽일 생각까지 의논하였다 합니다. 이를 용서할 수 있소?"

용포 위에 꾹 움켜쥔 왕의 손이 부들부들 떨리고 있었다. 눈을 치켜뜨고 왕은 딱 부러지게 오금을 박았다. 더없이 잔인한 눈빛을 들어 허공을 노려보며 이를 악물었다.

"반드시 죽일 것이오. 중전이 반대하여도 소용없소."

"……한때 성총받은 자입니다. 시신이라도 온전하게 보존하게 하여주십시오. 악을 덕으로 보답하는 것이 진정 성상의 도리라 보여집니다. 허고, 마마, 그 아들놈의 목숨은 신첩에게 주십시오. 아무리 그러하여도 어린놈의 목숨을 끊어버리는 것은 흔쾌하지 않습니다. 안즉은 어린 터로 훈육하기에 따라 그 성정을 변할 것입니다. 한 아들을 얻었다 하여 한 아들을 버릴 수는 없지요. 그 아이 목숨은 살리어, 차라리 승려로 만드십시오. 평생 불도를 닦으며 제 어미의 행악을 씻게 하는 것은 어떻습니까?"

홍희 13년 팔월 초나흘. 희대의 요녀 궁인 정씨는 형장에서 한 줌 이슬로 사라졌다.

어진 중전마마께서 시신이라도 온전히 보존케 하여 달라 주청하였으나 왕은 끝내 들어주지 않았다. 왕은 역모의 주범인 그녀와 정안로, 이훈의 시신을 갈기갈기 찢어 소금 뿌려 젓을 담근 다음 팔도로 내려보냈다. 그 단지를 사람들이 오가는 길 한가운데에 묻어라 명령하였다. 대대손손 그 시신이 사람들의 발에 밟혀 욕을 보이게 만든 것이다.

단 한 사람 혁이는 목숨을 건졌다. 중전마마의 은덕이 미친 것이다. 그는 머리털을 잘려 영강산의 절에 사미로 감금되었다. 허나 아들놈을 살려준다는 말에 희란마님, 감사해하지 않았다. 쓰디쓴 미소를 머금으며 〈중전이 끝내 나를 능멸하는구나〉 뇌까렸을 뿐이다.

"어린아이더러 평생 살아남아 역적의 씨앗으로 조롱받으며 살게 만들었으니 차라리 지금 죽이느니만보다 더 독하구나. 우리 아기가 세자 되어 보위 올라 천하를 호령할 것이되 중전의 소생으로 용상

빼앗기었으니, 우리 아기의 속이 어떨 것이냐? 참으로 중전은 독하구나. 어진 듯하면서도 끝내 독하구나."

그 혁이란 놈, 끝내 앙앙불락. 제 어미와 외조부를 죽인 상감마마와 중전에게 증오심을 품어 삭이지 못하고 훗날 절에서 탈출한다. 화적 패거리 두목이 되어 나라를 소란케 하였으되 그 당시 세자이던 익종대왕에게 토벌당하게 된다. 허나 그 일은 이십 년 후의 일이다.

모든 일이 끝난 후 왕은 청사에 이 모든 일을 한 점 감추지 말고 기록하라 하명하였다.

명종은 을사의 화 이후 종묘 앞에서 자경문을 지어 읽었다. 즉 열성조 앞에서 반성문을 쓴 것이다. 실록은 이렇게 기록한다.

선대왕께서 경계하시기를 임금 된 위엄을 버리지 말며 항상 근신하고 조심하라 명하셨다. 간언하는 자의 고언을 바르게 들을 일이며 아첨하는 말의 독을 버쳐라 하시었다. 색(色)을 삼가고 몸가짐을 진중하게 하라 훙서하시는 그 순간까지도 당부하시었다.

허나 규는 어리석은 터로 총명을 잃었다. 방탕한 한때의 실책으로 말미암아 위로는 대왕대비전하의 심기를 어지럽히고 근심케 하였으며 사직을 위험에 빠뜨렸고, 원자와 중전의 목숨까지도 잃을 뻔한 실책을 저질렀다. 많은 피가 흐르고 조정이 뒤집혀졌다. 이 모든 것의 사단은 사특하고 천한 잉첩에 홀려 사리분별을 잃은 규의 과실이다.

이날 규는 모든 일의 전말을 적어 청사에 기록게 하였다. 규의 후손은 반드시 이날의 일을 경계 삼아 스스로를 조심함이 옳으리라.

상감마마, 그날 이후 일거에 썩은 가지 다 쳐내시고 곧고 바른 선비들로 그 자리 채우시니, 아름답도다, 성군의 덕이여! 밝은 정사 널리 펼치시네. 그야말로 요순의 덕이로다, 가가호호 태평가일세.
가정사로 일러 말할라 치면, 중전마마와 더없이 금슬 깊어 백년해로하시었다.
을사년에 태어난 원자아기씨, 그야말로 신동이며 효심 갸륵하시다. 다섯 살 때 세자로 책봉하시었다. 연해 두해 상관으로 중전마마, 잉태하시어 쑥쑥 아기씨를 생산하시니 슬하에 네 왕자와 두 공주 두시었다. 때 맞추어 성가시키고 손자손녀 무릎에 앉히시니 그 아니 좋을시고! 인생의 복력은 오직 상감마마 것이라.
두 분 마마 은애하는 그 마음은 날이 가고 달이 가도 더 깊어지고 아름다워질 뿐 그야말로 천생연분. 연리지에 비익조라. 마침내 때가 되어 세상을 버리시니 반드시 생과 사를 함께하자 약조한 대로 같은 날 같이 가셨다.
익종대왕 즉위하시니, 울며울며 합장하여 두 분을 장사지냈었다. 참으로 희한한 일이다. 누가 심은 것도 아닌데 두 분의 유택인 영건릉에 자귀나무가 하룻밤 새에 무성하구나!
후세 사람들이 이르기를〈저것 보아. 두 분마마께서 저승에서도 금슬 첩첩하시니 저렇게 분솔처럼 고운 꽃이 피었구나〉 칭송하였다.

 자, 금일 이야기는 이것으로 끝이오! 지금껏 들어주신 님네들아, 잘 돌아가시오. 어이 어이, 거기 선비님. 이야기 들은 값은 주고 가셔야지오오~!

『화홍花紅』終

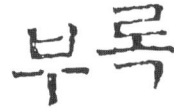

한 권으로 읽는 단국실록 (명종, 익종 편).

명종(단기 392—452);
단국 제15대 국왕. 휘는 규. 자는 욱제.
장조의 후궁 희빈 홍씨의 소생으로 생후 백일 만에 원자로 정해졌고 5세 때 세자로 책봉되었다. 열한 살의 어린 나이에 보위에 오름. 재위 49년.
단국 후기. 실학사상을 바탕으로 말기에 달한 유학사상을 대치, 능란한 국정 운영으로 새 지평을 열었다고 평가를 받고 있다. 그의 업적은 단국 초기 무종대왕의 업적과 견주어지며 단국 후기 사회의 발달이 그의 치세에 모두 이루어졌다 하여도 과언이 아닐 정도로 융성한 문물의 발전을 이루어냈다.
어린 나이로 보위에 올라 치세 초기에는 좌의정 정안로 일파에 국정을 농단 당하였다.
그러나 보령 스물넷이 되던 해(재위 십삼 년째) 단국 사상 가장 가혹한 피바람으로 기록된 〈을사의 화〉를 전격적으로 일으켰다. 왕권에 도전한 정안로 이하 벽파들을 몰아내 참혹하게 살해함으로써 명종은 때로 폭군으로 폄하되기도 하였다. 그때에 참수형을 당한 이가 무려 오백을 헤아릴 정도였다. 귀양 가거나 장살당하거나 크고 작은 벌을 받은 이가 천여 명이 넘었다고 기록되어 있을 정도이다. 죄인을 참형한 새남터에서 흐른 피가 강물을 벌겋게 적셨다고까지 전해진다.

〈을사의 화〉는 그 당시 어린 명종의 총희(寵姬)이던 궁인(宮人) 정씨를 배경 삼아 그녀의 부친인 정안로 일파가 왕권을 농단하고 전횡하는 것에 대한 반감을 쌓고 있던 명종이 그들 일파를 역모로 몰아 일거에 제거한 사건이다. 그 당시 벌어진 왕비시해미수 사건의 배후라는 죄목이 덧붙여졌다.

그 당시 회임 중이던 소헌왕후 김씨가 건강이 좋지 않아 잠시 사가로 나가 피접을 하고 있었다. 궐로 돌아오던 중 왕비의 가마가 괴한에게 습격을 당하는 전대미문의 일이 벌어졌다. 그 사건의 주범을 명종은 궁인 정씨와 정안로 일파라고 판단한 것이다.

하마터면 왕비와 태중 원자를 잃어버릴 뻔한 명종은 격노했다. 벽파의 영수인 정안로와 이조판서 이훈은 친국 후 사흘 만에 부중 앞에서 거열형을 당하였다. 그들에게는 변명할 기회도 주어지지 않았다. 궁인 정씨 역시 그날로 살해하였다.

그것으로도 분이 풀리지 않았던지 명종은 아예 정안로의 집을 연못으로 만들어 버렸고, 궁인 정씨와 이훈, 정안로의 시신을 찢어 팔도로 내려보냈다. 사람들이 다니는 길에 시신을 파묻으라고 명하였다. 두고두고 사람들의 발에 밟히게 만들어놓은 것이다.

그러나 명종은 이후에 강력한 중앙집권적인 왕권을 바탕으로 조세 제도를 합리적으로 개편하고 이앙법을 도입하여 농업의 생산성을 높여 부국강병의 기초를 이루어냈다. 또한 학자들의 건의를 받아들여 상공업의 걸림돌이던 금난장시의 독점권을 철폐하였으며 각 분야의 산업을 장려하여 단국을 농업국가에서 근대 상공업 국가로 변화시키는 많은 개혁정책을 성공적으로 수행하였다.

장조 때부터 시작된 모범적인 계획도시 재성 건설을 주도, 완성하였고 근대적인 개념의 치수, 도로사업을 시작하였으며 명나라와의 교역을 통하여 많은 근대적 사상과 문물을 받아들였다.

전근대적인 형벌제도를 합리적으로 개혁하였으며 적서를 관폐하지 않고 인재를 등용하기 시작한 것도 이때부터이다. 규장각을 확대 개편하여 인재 등용에 힘썼고 그곳에서 배출된 학자들과 관료들이 그의 개혁정치를 뒷받침하는 역할을 한 것으로 평가되고 있다.

명종은 특히 야산 개간에 관심이 많았다. 재위시 해마다 전국의 황무지를 조사해 몇만 평씩 개간사업을 실시하였는데 그것은 그의 치세에 일관되게 이루어진 지속적인 사업이었다. 그는 평소 사냥을 나가서 개간에 적당한 땅이 놀려지고 있으면 노하여 신하들을 호통치곤 했다고 전해진다. 물론 근대적 개념의 국토개발과는 거리가 있으나 단국 시대에 있어서 가장 활발한 개간사업이 이루어졌다. 그 결과 국토의 많은 부분이 유용지로 개발되어 이후 국토 생산성이 상당히 높아지는 결과를 가져왔다. 동시에 왕실의 재정을 든든히 한 것인데 이후 국왕들이 개혁 사업을 실시할 수 있는 왕실의 재정적 기초를 닦은 인물이 명종이다.

감저(고구마), 감자 등 구황식물이 전해진 것이 명종 때이다.

해적의 소굴인 죽도를 정벌하여 단국에 복속하였고 야스다국과 화친하여 해마다 수신사를 보내어 야스다국 발전에 많은 공을 쌓은 인물로도 평가를 받고 있다. 해운에 관심이 많아 수로 개척에 힘을 실어 명국 이외에 미앙국, 아른다왕국, 셜론 등 남방국과의 교역을 개척한 공이 크다.

명종은 단국의 역대 국왕 중 가장 미남이었다. 칠 척이 넘는 키에 그 모습이 너무 아름다워서 곁에 모시는 신하들이 모두 왕에게 반하였을 정도였다. 남아 있는 그의 어진(제국대 박물관 소장)으로 보아도 헌헌장부의 기개가 넘치는 모습이다.

명종의 성격은 몹시 급하고 격하였다. 한 번 화가 나면 대전에서 발로 기둥을 걷어찰 정도였고 교서 두루마리를 신하들 얼굴을 향해 내던지기 예사였다. 보위에 오른 왕으로서의 자의식이 강하여 여든이 넘은 노(老)재상들에게도 '너'라고 고함치며 호령하였다고 한다. 신하들이 감히 그 앞에서 고개를 제대로 들지 못할 정도였다.

명종은 활 쏘기에 무술 솜씨가 뛰어났고 말 타기를 즐겨하였다. 기록에 의하자면 궐의 담을 말을 타고 뛰어넘을 정도여서 신하들을 항시 조마조마하게 만들기도 한 악동 기질을 갖고 있다고 하였다.

그러나 그는 사리판단이 빠르고 영명하여 명국에서 보내온 어려운 난제들을 거뜬히 풀어내어 단국을 무시하였던 명국의 황제를 한 방 먹이기도 하였다. 그러나 실은 그 난제를 푼 이는 명종 자신이 아니라 왕비였다는 설도 있다.

명종은 학문 또한 높아 사십여 권에 이르는 어제문집을 남기기도 하였다(제국대 도서관 소장). 아들인 익종의 문집을 제외하고는 국왕이 남긴 문집으로 가장 많은 양이다.

그 내용도 정통적인 유학에 대한 것뿐 아니라 실학의 거두 정호 이억의 사사를 받은 영향인지 실학적인 기풍이 많이 남아 있다. 재성 건축에 관한 교지인 〈재성축제정리궤법〉이나 개간사업과 그 개간된 토지 이용에 관한 교서인 〈을묘 복전 남파익도〉를 보면 명종이 상당히 합리적이고 과학적인 실학의식으로 무장한 군주였음을 알 수 있다.

명종은 평상시 학자들이 공허한 유학적 이론에 매달려 있는 것은 〈땅에 발을 대지 않고 하늘을 오르려는 일〉이라 비판하였다. 당시의 주체적이고 실용적인 학풍인 실학을 적극 권장하여 한계에 달한 유학 사상을 대치하는 사상적 기반으로서의 실학을 정착시킨 공로가 크다 할 것이다.

그러한 일면은 성균관에 대한 지원을 보아도 알 수 있는데 그는 평소 입버릇처럼 인재를 기르는 것은 나라의 백년지대계이다라고 말하며 성균관에 대한 배려를 아끼지 않았다. 이때 등장한 일세의 학자들이 바로 강두수, 조용하, 박제익, 조이헌 등이다.

명종은 정비인 소헌왕후 김씨와의 사이에서 사남이녀를 두었다.

명종의 정궁인 소헌왕후 김씨는 장조시절 도승지를 지낸 자산 김익현의 외동딸로 십오 세에 간택을 받아 궐에 들어왔다. 왕비는 용모도 아주 아름다웠을 뿐 아니라 품성이 어질고 부덕이 높았다. 여군자(女君子)로 일컬어질 정도로 학문이 깊고 지혜로워 단국 왕실사상 가장 뛰어난 왕후로 기록되어 있다.

소헌왕후는 수침이 아주 능하였다. 궐에 들어온 첫해부터 중궁전 내탕금을 아껴서 그 돈으로 직접 솜옷을 지어 그 당시 걸인들이 많이 살던 서소문 아래에 내어가 걸식하는 노인들을 입혔다. 그 일을 들은 부군 명종이 왕후가 걸어갈 길을 보인 모범이라 하여 친히 실록에 왕후의 그 선행을 기록하라 하명하였다.

그녀가 남긴 예술성 높은 자수 작품이 아직도 다수 남아 있다. 대표적인 유물로 부군인 명종이 입었던 곤룡포(제국대 박물관 소장)와 사친인 부원군 김익현에게 생신선물로 하사한 부모은중경 8폭 병풍(국립박물관 소장)이 있다.

특히 명종의 흑색 곤룡포는 기록에 따르자면 왕후가 직접 옷을 지어 금사로

수를 놓아 만든 것인데 명종은 그 옷을 아주 아껴 반드시 길일에는 그 옷만을 착용하였다 한다.

그녀는 단국 역대 제왕 중 가장 훌륭한 인물로 손꼽히는 익종 대왕을 길러 낸 현모였으며 폭군으로 폄하되기도 한 명종을 옆에서 잘 옹위하여 빛나는 업적을 쌓을 수 있게 한 양처였다. 명종은 성격이 몹시 급하고 격하여 때때로 앞뒤 분간을 못하고 울화통을 터뜨리기 예사였는데 오직 한 사람 왕비가 나와야만 그의 격한 성질을 달랠 수 있었다고 전해진다.

왕실 기록에 따르면 명종은 정궁인 소헌왕후와의 금슬이 아주 깊었다. 틈만 나면 대전의 일을 놓아두고 중궁으로 달려가기 좋아해서 심지어 신하들로부터 너무 왕후를 가까이하시니 그것도 근심이다 하는 말을 들을 정도로 아내를 사랑했다.

그렇게 지아비인 왕에게 사랑받았던 왕후 또한 부군인 명종을 지성으로 받들고 사모하여 두 사람을 바라보는 모든 사람이 부부지간의 아름다운 표상이라고 칭송했다. 아들인 익종대왕이 후에 모후와 부왕을 회상하며 남긴 행장기에 따르자면 그들은 〈날이면 날마다 그 사모하는 마음이 깊어지며 서로를 존중하여 따르고 의지하는 바가 지극하였으니 곁에 누가 있든 없든 두 분만의 세계가 있어 아들인 나도 감히 근접치 못하였다〉.

왕비는 항시 지아비인 명종과 아들인 익종의 용포를 직접 지어 수놓아 입혔다. 왕이 중궁전에 들어오면 발을 손수 씻겨주고 수라상 시중을 혼자 들며 항시 왕의 뜻을 살펴 단 한 번도 그의 뜻을 알아차리지 못한 적이 없었다고 한다. 왕 또한 그런 어질고 부덕이 높은 왕비를 지극히 사랑하여 항시 입버릇처럼 말하기를 태어나기를 다른 곳 다른 날서 났어도 죽기는 같은 날 같이 죽기를 소원한다라고 말했다고 한다.

사냥길에 낙마하여 그가 훙서한 후에 소헌왕후도 지아비인 왕을 따라 보름만에 스스로 굶어 목숨을 끊으니 영건릉에 같이 합장을 하였는데 이후로도 그리 뜨거운 부부지간의 연정을 보여준 이도 없다 할 것이다.

익종(단기 416-483);
단국 제 16대 국왕. 휘는 면. 자는 명호. 재위 31년.
명종의 정궁 소헌왕후 김씨의 소생으로 명종의 장자이다. 오 세 때 세자로 책봉되었다.

단국 역사상 가장 위대한 성군으로 손꼽힌다. 그는 현모인 소헌왕후의 가르침과 부왕인 명종의 총애 속에 일찍부터 성군이 될 자질을 갖추고 약관의 나이부터 정사에 관여하며 보위에 오를 준비를 한 그야말로 '준비된 제왕'이었다.

익종은 부왕인 명종이 스물넷이 되어서야 처음 얻은 아들이었다. 전기(前記)한 대로 까딱하였으면 태어나지도 못하고 잃어버릴 뻔한 아기였으므로 그 사랑이 지극하였다. 왕과 왕비는 처음 얻은 아들을 귀애하여 궐 안의 관례를 깨고 직접 젖을 먹여 키웠으며 왕의 침전에서 항시 안고 잤을 정도였다.

익종은 명종과 소헌왕후가 같이 세상을 떠난 후에 부모에 대한 절절한 정을 잊지 못하여 직접 행장기를 썼다.

그 글에서 회고하기를 〈두 분 마마 사이에 내가 잠이 들어 있는 터로 밤 내내 깨어 바라보고 안으며 귀여워하셨다〉고 적었다. 그 사랑이 어떠했는지는 미루어 짐작할 수 있다. 왕실 기록을 보아도 명종은 세자의 어떤 말에도 노하거나 반대한 적이 없으며 항시 세자가 말을 하면 존중하고 그 청을 들어주었다 한다.

그러나 익종은 부모의 그런 무조건적인 사랑을 받을 만큼 훌륭한 아들이었다.

그는 일찍부터 학문에 뜻을 두고 노력하여 천자문을 생후 세 살에 줄줄 외었다. 세자로 책봉된 오 세 때에는 효경과 소학을 독학하여 외워 내려가 시강하는 학사들을 경악케 했다는 일화를 남길 정도로 신동으로 소문난 인물이었다. 물론 모후인 소헌왕후가 아들을 잘 가르친 덕도 있을 것이나 그의 자질이 실로 천재성을 지닌 것이 사실이다.

실록에 기록된 평을 보면 익종대왕은 〈한 번 들은 것은 절대로 잊지 않고 깊이 생각하여 그 뜻을 새겨 익히니 단 한 번도 그 행동에 털끝만큼의 어김도, 어리석음도 없었다〉고 한다.

세자였던 익종과 성균관 진감인 실학의 태두 조이헌과의 경세 문답이 지금도 남아 있다. 그 당시 겨우 스무 살이던 익종의 학문이 실로 깊었다 하는 것은 그것을 보아도 알 수 있다. 그의 학문에 대한 애호와 깊이는 백오십여 권에 이르는 방대한 양인 어제문집 〈명호전서(제국대 박물관 소장)〉를 보아도 미루어 알 수 있다. 그의 문집은 단국 왕조 사상 왕이 남긴 최대, 최고 수준이다.

글씨와 난초 그림에 능한 예술가이기도 하여 지금까지도 많은 작품이 전해지고 있다. 특히 동궁 시절, 사가에 살고 있던 정승 황이의 딸 연희 소저(후에 효정왕후가 됨)에게 보낸 연서(戀書)가 백미이다. 세자는 바위에 뿌리박은 난초 그림을 소저에게 보냈는데 그 화폭에 담긴 글귀가 기막힌 사랑고백이다.

〈나는 어리석은 바위. 너는 그 틈에 자란 아름다운 난초이니 바위는 난초의 향기로움을 사랑하고 난초는 바위의 묵직함을 사모한다. 산에 향기가 진하니 이 밤에 너의 꽃잎에서 퍼지는 향기를 그리워하노라.)

이만하면 현대의 연인들이 나누는 사랑의 밀어에 못지않은 농밀한 표현이 아니겠는가?

익종은 또한 활 솜씨가 뛰어나 동방신궁(東方神弓)이라는 별명을 가질 정도였다. 기록에 따르자면 이백 보 바깥에 있는 술방울을 쏘아 맞추고 정자 안에서 잠들어 있는 세자빈을 깨우기 위해 주합루에서 연못을 사이에 둔 부용정의 술끈을 쏘아 떨어뜨리기까지 하였다고 전해진다. 약간의 과장이 있을 것이나 그의 행적을 찬찬히 더듬어보면 실로 익종은 문무겸전(文武兼全)한 위대한 대왕의 칭호를 들을 만한 존재였다.

선각자적인 관념을 가져 부왕인 명종과 더불어 단국의 근대화 기틀을 마련한 계몽군주로도 일컬어진다. 단국이 후에 근대적인 개혁을 성공적으로 수행할 기틀을 잡은 대표적인 명군이 바로 그였다.

적서의 차별을 없애고 여아들의 교육 기회를 확대하였으며 신분에 관계없이 유능한 인재를 적재적소에 배치하는 용병술이 뛰어났다. 단국 역대 국왕 중 가장 합리적이고 능란한 국정 운영을 했다는 평가를 받았다. 또한 부분적이나마 신분제도에 대한 새로운 인식을 한 터이기에 노비제도를 전격적으로 폐지하여 후에 효황제가 전근대적인 신분제 철폐를 단행할 수 있는 기틀을 마련하였다. 뿐만 아니라 그렇게 면천된 노비들을 북도 지방과 남도 지방(죽도)에 조직적으로 이주시켜 그 생업의 터전을 마련하여 주었고 동시에 그 땅을 개발하는 효과를 거두기도 하였다.

익종의 성격은 부드러운 듯하나 당차고 꿋꿋하였다. 외유내강이라 할 것이니 때로는 어질다 소문이 난 그가 부왕인 명종보다 더 과격한 면모를 보여주기도 하였다. 그 한 예가 바로 명국과의 협상에서 보인 태도이다.

기록에 따르자면 명국의 사신이 단국에 대하여 은근히 전쟁의 위협을 가하며 압박하였다. 그때 명종을 시위하였던 세자 익종이 자리를 차고 일어나 칼을 휘둘러 사신의 목에 겨누고 일갈하기를 〈전면전이 아니면은 몰라도 자신이 있고 그대들이 이렇게 나온다면 우리는 그대들 뒤를 치기 위해 목여진과 화찬을 맺어 도성 연경을 함락시키겠다〉고 되받아쳤다. 그 당시 국제 정세를 그가 분명히 꿰뚫고 있었다는 증거이다.

한 번도 밀리지 않고 할 소리를 다 하여 명의 사신들조차 세자인 익종이 자리에 나오면 모두 다 자리에서 일어나 최고의 경의를 표했다고 한다.

힘을 바탕으로 한 자주적 외교란 개념을 분명히 이해하고 있었던 익종은 강병이 부국의 기초라 하여 무장된 군대를 많이 조직하였다. 그런 힘을 바탕으로 명나라와의 관계에서도 목종의 황위 찬탈을 배후에서 지원함으로써 그 대가로 탁월한 외교적 수완을 발휘하여 북도지방을 확보하였다. 삼남의 기민들과 해방된 노비들을 조직적으로 이주시켜 북도 개척의 터전을 잡은 터이니 전대부터 숙원이던 북방 지역의 개척은 실로 익종 대에서부터 이루어졌고 그 공 또한 그에게 돌려야 할 것이다.

당대의 영웅으로 기록된 명 목종도 단국의 익종에 대하여는 〈일당백인 인물이다〉 감탄하며 〈그가 명국에서 태어났다면 짐을 제치고 천자가 되었을 것이다〉 탄식을 했다고 전해진다.

세자 시절 명종의 뜻에 따라 죽도를 정벌하여 복속한 공을 세운 이도 바로 익종이었다. 단국시대에 군사적인 발전이 가장 많이 이루어진 때도 그의 치세 때였다. 단국 후기 최고의 과학기술자로 손꼽혀지는 김어진, 문정실 등을 명나라로 보내어 여러 가지 무기를 수입 제작케 하였으며, 글라시아에서 철도 기술을 수입, 명국보다 먼저 부설하였다.

익종은 근대적인 눈을 가진 선각자적 군주였다. 세계정세에 대한 관심이 많았던 그는 언제나 합리적인 눈으로 세계의 흐름을 정확히 읽고 있었다. 그는 곧 이어 새로운 물결이 밀어닥칠 것을 예견하여 항시 신하들에게 〈우물 안 개구리에서 벗어나 넓고 큰 눈을 떠야 할 것이다〉라고 말하였다 한다. 그 자신도 명국어에 능하여 사신들을 접견할 때 통역도 따르지 않고 능숙하게 대화를 나눌 수 있을 정도였다. 선교사로 들어온 리오 주교에게 글라시아어도 사사받았다고 전해진다.

익종은 명종 대부터 자리 잡기 시작한 근대적인 상공업의 장려에 힘썼고 민간 무역을 확대하였다. 부왕과 마찬가지로 토지의 합리적인 이용에 관심이 많아 직접 지은 농사법에 대한 책이 있을 정도였다. 명을 거치지 않은 서방과의 접촉도 익종 때부터 시작되었다.

효정왕후 황씨 사이에 삼남사녀를 두었다.

그는 왕으로서는 아주 늦은 이십사 세 때에 혼인을 하였다.

효정왕후는 명종의 총신이자 도승지, 우의정을 역임한 황이의 딸로 십팔 세에 세자빈이 되었다.

그녀는 왕실의 간택에 앞서 동궁인 익종과 자유연애를 하여 왕후가 된 최초의 인물이다.

지금도 남아 있는 익종의 일기(국보 981호, 규장각 소장)에 따르자면 혼인을 늦게 한 것은 어린 황씨가 장성하기를 기다린 것이었다. 익종이 공부하러 사가로 나간 사이 만났다. 그 사이 정분이 나버렸다. 머리털 잘라 천지신명에 맹세하기 부부가 되자 하였는데 앞에서 말한 난초 그림도 동궁이 연애시절에 어린 연인에게 보낸 연서였다.

세자가 언약은 하였으되 성격이 다소 늦고 학문에 빠져 간택까지 시일을 끌자 그녀는 다른 집안으로 혼인을 한다 부러 소문을 내어 익종을 도발하였다. 간택을 받아 궐에 들어가게 되었어도 짐짓 혼인하지 않겠다고 도망치는 시늉을 냈다고 한다. 동궁이 놀라 말을 타고 궐 담을 넘어 그녀를 잡아채 혼인 전에 연분을 맺게 되었다. 그 이후에 동궁에게 윽박지르기 다른 계집을 보면 이날서 한 일을 소문을 낼 것이다 협박하여 익종을 손아귀에 사로잡았다고 전해진다. 실로 수단이 대단한 여자라 할 것이다.

효정왕후는 여인이나 검술이 능하고 학문이 높으며 성격이 사내처럼 괄괄하고 당차서 소녀 시절부터 남복하고 시정 거리 돌아다니기를 좋아하였다. 세자빈이 된 이후에도 궐을 자주 빠져나가 그녀의 미행(微行)을 막지 못한 익종이 자주 곤혹스러웠다고 전해지는데 실로 그 당시에 보기 드문 여인이었다 할 것이다. 하물며 지엄한 신분의 여성으로 그런 자유분방한 일을 계속할 수 있었던 것은 지아비인 익종의 비호가 없으면 불가능한 일일 것이니 평생 익종이 효정왕후의 괄괄한 기상을 이기지 못했던 것으로 보여진다.

그러한 추측이 진실일 것이라 보여지는 것은 또 다른 익종의 일기이다. 세자빈의 미행을 막으려 하였다가 토라져 이레나 밥을 먹지 않고 있었기에 그도 따라 굶어 겨우 마음을 돌렸다 하는 기막힌 일이 적혀 있을 정도이다. 실로 두려운 것이 없었던 익종이 왕후만 보면 설설 기었다는 궁녀의 기록도 남아 있다. 〈주상께서는 중전마마께서 눈살만 찌푸려도 안절부절못하셨다〉이것을 보면 천하의 익종도 집안에서는 공처가였던 셈이다.

그러나 효정왕후는 그렇게 사가로 돌아다니며 민의를 파악하여 민생 안정을 꾀한 익종의 국정 운영에 많은 도움을 주었고 그를 설득해 노비제도의 폐지와 여아들의 교육 기회를 확대시킨 공적이 크다 평가되고 있다.

무척 금슬이 좋았던 두 사람은 평생을 정답게 해로하였다. 혹자는 익종이 왕후를 이기지 못한 것이 아니라 너무 사랑하여 그녀의 청을 잘 들어주어서 공처가라는 오해를 산 것이다 말하기도 한다.

익종이 죽도를 정벌하러 갈 적에 임신 중이던 세자빈도 갑옷을 입고 따라나설 정도였다. 전투 중에 잠든 사이 장막에 스며든 첩자를 살해하여 익종을 지킨 이도 효정왕후였으니 실로 여장부 중의 여장부라 할 것이다.

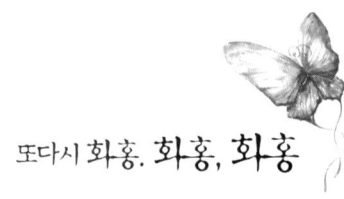

또다시 화홍. 화홍, 화홍

먼저 제가 화홍을 연재할 당시. 제목에 대하여 궁금해하시는 분이 많았는데, 일단 제목은 화무십일홍(花無十日紅)이라는 말에서 따온 것입니다.

'꽃이 붉다' 혹은 '십 일 붉은 꽃 없다'는 뜻으로 보면 '덧없는 것'이란 의미가 되겠습니다.

원래 이 작품은 제가 1998년부터 2001년까지 사 년 동안 버전을 여섯 번 바꾸어가며 쓴 글입니다. 분량은 워드 작업으로 약 1,100매가 되더군요. 그것을 출간 작업을 통하여 약 620매로 축소한 것입니다.

인터넷에 연재할 당시 분량은 거의 반 정도 나갔는데 분량은 한 600페이지 정도였습니다.

연재의 속성상 다시 구성하여 일곱 번째 버전으로 무한정 길게 쓸 수 있었던 것은 새로운 즐거움이었습니다만, 엔티카에서의 불펌 문제로 인하여 연재중단이 되고 말았지요.

고심 끝에 출간을 결심하고 다시 쓴 것이 이 원고입니다. 결국 책 세 권이 되었는데, 〈화홍〉의 〈여덟 번째 버전〉이 되겠습니다.

원래 이 〈화홍〉은 1편도 길지만 그만큼 더 긴 2부, 3부, 4부까지 있는 아주 긴 가상 대하 역사소설입니다.
　단국의 역사를 설정할 때 1부 주인공인 명종의 아버지 장조부터 하여 그 후대 8대까지 왕의 계보를 다 작성하여 두었습니다. 사실은 그 왕들의 일대기를 다 쓸 작정이었지요.
　이왕 만들어져 있는 것은 2부 아들 익종 이야기, 3부 명종의 손녀딸 아라 아씨가 명국으로 건너가는데 그녀와 명국 황태자와의 이야기, 4부는 미완성으로 현재 단국에서 일어나는 이야기였습니다. 현 황제가 고교생으로 신분을 감추고 학교를 다니는 이야기였죠. 아마 그 글은 완성하기 힘들 것 같습니다.

　일단 화홍은요, 스토리나 캐릭터보다는 문체의 실험이라고 보시면 되겠습니다. 우리의 고대 소설이 그러하듯이 눈으로 읽는 것이 아니라 소리 내어 읽는 글을 지향하였습니다. 그 왜, 고대 시가나 판소리 소설처럼 딱딱 박자 맞추어 읽는 글 말입니다. 그런 감칠맛을 지향했습니다만, 결과는 어떨지요.
　저는 화홍을 통해 구수한 〈이야기〉를 여러분께 읽어드리는 일을 하고 싶었습니다. 예전부터 우리가 다 알고 있던 옛날이야기 말입니다. 또한 제가 제일 좋아하는 창덕궁으로 여러분을 모시고 가고 싶었습니다.
　이 글을 쓸 때 창덕궁을 열 번 넘게 다녀왔습니다.
　금원의 뽕나무에서 오디도 따먹어보구요, 비 오는 날 부용정 연꽃을 참 오래도록 바라보기도 하였습니다.
　이제는 텅 비어 흉물스런 죽은 집이 되었지만 한때 그곳에는 욱제임금 같은 멋진 왕과 소혜마마처럼 어여쁜 중전마마께서 사셨겠지요. 둘이 손 잡고 대조전 화계에 심어진 앵두를 따먹으며 알콩달콩 정분을 이으며 살았을지도 모르겠습니다. 아마 그때 그들은 옥잠화 그늘에 숨어 아랫것들 눈을 피하여 살며시 수줍은 입맞춤을 하기도 했을 겁니다. 가정당 계단에 걸터앉아 휘영청 밝은 달을 함께 바라보았을지도 모릅니다.

한 번쯤 창덕궁에 가시거든, 욱제임금이 거닐던 대전과 소혜 중전마마가 앉아 바느질하시던 금원의 연경당을 찾아보셔요. 참 예쁜 곳입니다. 참, 그때는 화홍을 가지고 가실 거지요?

2004년 화홍이 출간된 이후, 수없는 재판을 거듭할 만큼 독자님들의 과분한 사랑을 받을 줄은 저도 미처 생각지 못한 일입니다. 매우 감사하게 생각하고 또한 얼떨떨한 것도 사실입니다.

이제 2010년.

1998년부터 2004년까지 근 6년을 저의 모든 글 깊은 뿌리 노릇을 했던 이 책이 6년 만에 다시 새로운 얼굴로 단장하고 독자여러분에게 다가가게 되었습니다. 글을 쓰는 사람으로서 정말 큰 영광입니다.

여러모로 부족한 글. 그나마 예쁘다 여기시고 다시금 오래도록 사랑해주신다면 더 바랄 것이 없습니다.

저는 계속하여 더 노력하겠습니다.

여러분은 항상 평강하십시오.

-수리산 기슭에서 언제나 감사해하는 이지환 드림.